CISNE

Biblioteca de

REBECCA BRANDEWYNE

REBECCA BRANDEWYNE

LAS RAICES DEL CORAZON

Traducción de
Susana Camps

COLECCION CISNE

Título original: *Heartland*
Diseño de la portada: Jackie Merri Meyer
Ilustración de la portada: Elaine Duillo

Tercera edición: junio, 1999

Printed in Spain – Impreso en España

ISBN: 84-01-50653-0 (vol. 3/4)
Depósito legal: B. 26.623 - 1999

Fotocomposición: Comptex & Ass., S. L.

Impreso en Litografia Rosés, S. A.
Progrés, 54-60. Gavà (Barcelona)

M 5 0 6 5 3 0

Para Mary, mi querida amiga y mujer muy especial, por estar siempre que la necesito y por comprenderme. Con cariño.

LOS PERSONAJES

EN LA PRADERA DE KANSAS

Fremont Haggerty, un granjero
Su nieta: Rachel Wilder
Poke, un jornalero
Jonathan Beecham, un granjero viudo
India Beecham (difunta), esposa de Jonathan
Sus hijos:
  Eve
  Gideon
  Caleb
  Susannah
  Philip
  Andrew
  Naomi
  Tobias
Gustave *el Buey* Oxenberg, un granjero
Rye Crippen, un cuatrero
Adam Keife, un joven
Seeks, un mestizo indio

En Texas

Slade Maverick, un pistolero

En Wichita

Livie Svenson, una granjera joven
Preacher Proffit, un evangelista
Digger Thibeaux, un jugador

LAS RAÍCES DEL CORAZÓN

Fue un día gris y glacial de 1875
cuando él llegó a la ciudad de Wichita;
un forastero, como todo el mundo advirtió,
a pesar de que el sombrero de ala ancha y baja
le cubría su rostro hermoso y sombrío,
ocultando el destello de sus ojos de acero.
Sus espuelas de plata titilaron cuando bajó de la silla
y aplastó el cigarro con el tacón de su bota.

Vestía un largo guardapolvo negro abotonado hasta el
[cuello,
que se hinchó con el crudo viento de la pradera.
Llevaba una Peacemaker de ruleta grande ajustada a cada
[muslo,
y sabía muy bien cómo usarlas.
Era solitario, impulsivo, más duro que el acero,
con el corazón cercado por un muro de piedra.
No imaginaba al atar el caballo a la barandilla
que Wichita causaría su ruina.

Ella tenía el cabello amarillo como el maíz y los ojos verdes
[como la menta.

Su espíritu era valiente y sincero, como los propósitos de él;
y como la belleza silvestre de la pradera que amaba,
se mostró evasiva, nada fácil de domesticar,
pues quería un hombre para ella o la absoluta soledad.
En el corazón de él y en su alma ni una sola puerta oscura
podía permanecer cerrada a la luz pura y al amor de ella,
dispuesta a ofrecer todo de sí misma... y aún más.

La luna perlada, las estrellas como diamantes en una noche
[de ónice,
la bruma de plata sobre un riachuelo de zafiros,
el amanecer de rubíes en el horizonte de topacios,
tesoros de esta clase le mostró ella.
A través de sus ojos, él vio lo que jamás había visto:
nubes de peltre licuándose en lluvia de cristal,
un arco iris de ópalo sin principio ni fin,
un atardecer granate que incineraba la llanura.

El cielo de aguamarina, el algodonero de esmeralda,
el oro cuando se sacude el trigo,
el amatista de un añil intenso, la hierba jade del búfalo...
Éstos fueron los bienes que ella puso a sus pies,
toda la riqueza de su mundo; y cuando lo hubo hecho,
su pasado huyó de él en cuanto ella lo besó.
Más dulce que la miel fue la pasión que brotó en su interior
y proclamó que ella sería siempre suya.

Ahora la gente dice que, cuando sopla el viento del norte
en las noches en que la luna está alta
sobre la pradera, un observador atento puede ver
dos jinetes fantasmales sobre el cielo.
Ad astra per aspera, éste fue siempre su credo.
Ni siquiera la muerte pudo separarlos.
Porque todo lo que merece ser poseído no puede ser
[tocado, sino sentido,
y permanecerá por siempre protegido en las raíces del
[corazón.

PRÓLOGO

LA LUNA SOBRE LA PRADERA

No hay nada en el mundo como una noche clara so- [illegible] las grandes llanuras del Medio Oeste, [illegible] del corazón [illegible]

[illegible]

[illegible]

La pradera, Kansas, 1880

No hay nada en el mundo como una noche clara sobre las grandes llanuras del Medio Oeste, conocidas como «las raíces del corazón». En el horizonte, el firmamento se repliega sobre sí mismo como pólvora negra sobre el imperceptible terreno ondulado y el cielo y la tierra parecen una sola cosa, un vacío inmenso. Es como si a lo lejos, se pudiera alcanzar el fin del mundo y caminar sobre la nada. Pues sólo las estrellas moran en esta inmensa oscuridad. Ellas titilan como innumerables espuelas de plata y penden tan bajo en el horizonte que es como si sólo hubiera que tender una mano para tocarlas. El ojo tiene una visión eterna, ve las auténticas puertas del cielo, pues eso parece el lugar donde la luna es sólo una mota en la lejana y vasta órbita de Dios, que revela Su omnipresencia aquí como en ningún otro lugar del mundo. Él resguarda las raíces del corazón en la infinita cuna de Sus manos.

Eso reflejaba una mujer, Rachel, quien, perdida en el silencio de su imaginación, yacía sobre el suave perfume de las flores y las hierbas silvestres que alfombraban la pradera. Era una noche hermosa..., una noche perfecta. Cuando alzó la vista hacia el ébano infinito que se extendía sobre su cabeza, rezó silenciosamente una oración, dando gracias a Dios por haberla bendecido con aquel severo pero impresionante país que era su hogar. Por cada nube que había aparecido en su vida, había salido también un arco iris. Rachel no podía pedir más.

Al pensarlo, la emoción la conmovió y se le hizo un nudo en la garganta. Lágrimas de felicidad brotaron de sus ojos y cayeron sobre las trenzas que salían de sus sienes. ¡Sin duda nadie tenía derecho a ser tan feliz! Pero por increíble que le pareciera a ella misma, lo era. Cerró los ojos verdes, suspiró con profunda satisfacción y su pecho se hinchó y deshinchó por un instante, como la cresta de una ola, bajo la abundante cosecha de oro que la luna irradiaba como una moneda recién acuñada sobre el cielo. Su cuerpo desnudo, perlado por la humedad de la noche, brillaba bajo la difusa luz. Su cabello largo y rubio, suelto, se enredaba como espigas de trigo maduro a cada ráfaga de viento frío y susurrante.

Estaba unida a las raíces del corazón como si hubiera nacido y crecido allí, al igual que su marido, que la sostenía firmemente en su abrazo protector, un oscuro, musculoso y largo cuerpo broncíneo aún íntimamente fusionado con el suyo de oro pálido y suave.

Ambos, hombre y mujer, estaban momentáneamente saciados. Pero poco antes, su mutua avidez había hecho que el acto del amor fuera rápido, apasionado, casi violento. Ahora, mientras Rachel se distendía en su sensación de bienestar con la mente en reposo, evaluó lo extraño que era que aún le resultara difícil, después de todos aquellos años, reconocer cuán íntimamente se pertenecían el uno al otro. Su amor era más orgulloso que las salvajes y silvestres llanuras que ellos consideraban propias. Cuán duro debía de ser para él, que durante tantos años había sido un hombre solitario y un melancólico, manejar los sentimientos tan intensos que compartían... Y a pesar de ello, no había una sola parte de él que ella no conociera, ni un resquicio ni un ángulo de su cuerpo que no hubiera descubierto, ni un rincón ni una grieta de su mente en los que no hubiera ahondado, aunque hubiera sido mejor no remover algunos recuerdos oscuros y dolorosos.

A causa de aquellos recuerdos, el amor que compartían a veces la asustaba, la aterrorizaba. Porque los que se hermanaban con el reino del corazón sabían que lo que éste daba también podía arrebatarlo cruelmente y, a menudo, sin advertencia alguna. Así que, aunque su marido se había desprendido definitiva y firmemente de su pasado, una pequeña y supersticiosa parte de Rachel todavía temía que algún día los fantasmas que él había enterrado se levantaran una vez más para perseguirlos.

Sin embargo, ella no habría tenido otro amor. Su marido era el único hombre que existía para ella, como ella era la única mujer para él; estaba segura de que si él tuviera que empezar de nuevo, la escogería entre todas las mujeres. Era la única que había derribado los muros que rodeaban su corazón y que había erigido un hueco en su interior. Sí; fuera cual fuera su futuro, aquel hombre era suyo para siempre. Sólo la muerte podía separarles, y aquellos que habían superado las severas lecciones que impartía el reino del corazón jamás volverían a temer a la muerte. Era una parte de ellos, como las sombras que nacían bajo el sol implacablemente abrasador de la pradera en verano. Voluntariamente, Rachel apartó de su mente la penumbra del pasado de su marido.

En algún lugar de la noche, un coyote solitario aulló a la luna con un gemido doloroso y atemorizador; una lechuza de granero ululó, un halcón de cola roja gritó, y una pequeña criatura cruzó nerviosamente un arbusto. La brisa suspiró como si fuera la respiración de un ser primitivo, agitando suavemente las diminutas flores silvestres y la hierba que había brotado con abundante verdor desde la primavera, pero que ahora, con la violenta embestida del otoño, perdían lentamente su color y adquirían el dorado suave de la paja.

A lo lejos, en el pequeño hueco de una ventana de la granja de Rachel, ardía la llama de una vela de bienvenida, que bailó errática en cuanto un soplo de viento se insinuó en el interior y la desdibujó. La humareda de una de las dos chimeneas de piedra que salían del tejado se rizó repentinamente para ondularse y huir fantasmagóricamente por el cielo.

Edificada sólo desde hacía un año, la casa era una de las mejores, con dos pisos de altura, aunque la planta cuadrada y simple, firme y sólida; tenía una forma robusta y estaba construida con madera pesada y tablones, materiales poco frecuentes en la pradera de Kansas, donde los árboles escaseaban. La mayor parte de la madera, excepto la extraída de los bosques de algodoneros, era transportada desde Wichita en tren, el pueblo más próximo, lo que encarecía el precio de la lumbre. La granja era un lujo para Rachel, acostumbrada a un hogar húmedo y oscuro, y a un cuartucho ordinario hecho de troncos de algodonero. Aún no podía creer que la casa fuera de su propiedad. Había sido construida con amor y orgullo por su marido, quien blanqueó las paredes hasta que tuvieron la apariencia del algodón más limpio y fresco —bajo la luz de la luna adquirían un brillo mágico—. Frente a la casa, en el amplio porche acotado por la barandilla, había dos balancines de madera laboriosamente tallados que se movían y crujían suavemente empujados por la brisa, como si estuvieran encantados. Pero aunque Rachel adoraba su nuevo hogar, aún no estaba lista para regresar a él.

Aunque quería profundamente a los habitantes de la casa y eran más que bienvenidos a ella, la granja, a pesar de su tamaño, estaba repleta con la presencia de su abuelo y los niños, así que permitía muy poca intimidad. El tiempo que podía pasar a solas con su marido era precioso y no pensaba malgastar ni un solo minuto.

Apretándose contra él, Rachel acomodó confortablemente su cabeza en el hombro de su esposo. Extravió la mano en su pecho cubierto de vello. Disfrutaba con el tacto de su piel suave como el cuero curtido, de los rizos crujientes como muselina recién almidonada entre sus dedos largos y estilizados. ¿Acaso había existido algún hombre como él? En cualquier caso, Rachel jamás lo había conocido.

—Te quiero —murmuró.

Por la clase de hombre que era, estas palabras no brotaban fácilmente de la boca de su marido. Para su propio orgullo y placer, Rachel las repitió con una voz baja y ronca que después de tanto tiempo todavía conservaba algo del acento de su madre, muerta mucho tiempo atrás.

—Yo también te quiero, Rachel... mi Rachel —dijo—. ¡Dios, cómo te quiero!

Como para demostrarle cuánto, con una mano atrajo su rostro hacia él y puso sus labios fuertes y carnosos sobre los de ella. Al principio la besó suavemente, muy suavemente, como si fuera una doncella que acabara de florecer a la juventud y necesitara ser cortejada y mimada. Pero al cabo de un momento, animado por su receptividad, fue haciéndose más exigente. Su lengua retrocedió para seguir prolongadamente la línea de sus labios abiertos, tanteando las comisuras antes de entrar en la boca y degustar la dulzura del interior. Como miel silvestre se mezcló en su lengua el cariño y la dulzura. Paladeó su sabor. Ávida, su lengua empezó a entrelazarse con la de ella buscando cada rendija húmeda y oscura de su boca para sorber de ella cada dulce gota.

La fuerza del deseo original de Rachel por su marido empezó a reavivarse y a arder, aventada por los reclamos del hombre. Ahogó un débil gemido en su garganta. Sus manos treparon al cuello de él y lo aproximaron. Sus dedos se internaron en el cabello brillante que se rizaba en abundantes olas sobre su nuca. Ferviente, se adhirió a él, queriéndolo, necesitándolo, amándolo. Su pasión procedía de la tierra, aunque su marido era todo su corazón.

Las manos del hombre atraparon su rostro. Su beso se hizo más profundo, fuerte y exigente, magullando sus tiernos labios. Pero a ella no le importaba. Su pasión sólo la enaltecía. Ávidamente, Rachel lo exploró como él había hecho con ella, entrelazando su lengua deliciosamente y espoleando su ardor. Como la de un hambriento, su boca la succionó, tragó su aliento; sus dientes mordisquearon sus labios. Él sabía a tabaco rubio y whisky, un agradable sabor masculino que ahora le resultaba tan dulce y familiar como el hombre en sí. Era difícil imaginar que alguna vez le había reprendido por aquellos hábitos. Él se había reído de ella antes de mostrarle cómo sabía una boca que tuviera aquellos hábitos... El corazón de Rachel se aceleró al recordar escenas eróticas. Su cuerpo tembló con ansiedad y anticipación.

Sintiendo que su temblor era el de una gacela asustada ante el ataque, los dedos de su marido se ensartaron en las trenzas brillantes y doradas que nacían en sus sienes y la sujetaron como si fuera una cautiva de su voluntad y placer. Su boca incineró la mejilla de ella, abrasándola como una plancha de metal ardiente antes de enterrar el rostro en la nube de cabello rubio para inhalar profundamente su perfume. Lilas.. Hasta donde podía recordar, Rachel había olido siempre a lilas. El verano anterior él y ella habían plantado unos arbustos de esta fragancia a lo largo del porche de la granja. Los ramilletes de flores de color morado pálido habían estado floreciendo hasta el verano, perfumando el aire y la granja, donde los capullos habían esparcido su olor cuando Rachel destiló su esencia sobre la mesa de la cocina. Saboreándolo, respiró una vez más el ramillete de su perfume. Los recuerdos que aquel olor le evocó inundaron su mente de imágenes de Rachel, siempre Rachel: sus innumerables rostros en incontables lugares. Ahora él los conocía todos, conocía cada expresión, cada lugar donde había estado, tan bien como se conocía a sí mismo. Después de mucho tiempo, él, que había estado tan solo, se hallaba tan unido a otro ser humano que ambos eran mitades de un todo.

Abrió los ojos y se embriagó con la visión de ella. Quizá alguien pudiera pensar que Rachel era normal y corriente, pero para él era la mujer más hermosa del mundo. Su espléndida melena era como el fulgor del sol en torno al rostro de rasgos afilados y cada trenza era suave como un copo de algodón sobre sus manos callosas. Atrapó una de las pesadas trenzas y la enroscó a su cuello mientras le susurraba palabras de amor al oído. Su aliento era cálido sobre su piel suave, la hacía temblar de placer. Tiernamente, él besó sus cejas y las medialunas de vello dorado de donde partían sus fuertes trenzas, por encima de los pómulos salpicados de diminutos lunares. Recorrió con el dedo índice la nariz respingona y los generosos labios, tirando del interior con suavidad antes de que Rachel abriera los ojos y mordiera la punta del dedo juguetonamente, sonriente y provocativa. Al verlo, el hombre lanzó una risa gutural, una risa que se disolvió en un gruñido mientras sus ojos se oscurecían y su boca atrapaba otra vez la de ella salvajemente, con la lengua penetrando entre sus labios.

Rachel le devolvía los besos con avidez, y su lengua se unió a la de él hasta que ambos, hombre y mujer, tuvieron que tomar un respiro y ella pudo percibir la dura evidencia del deseo masculino contra su cuerpo, justo donde él la cubría a medias. Sus manos se cerraron en torno al cuello del hombre; luego sus dedos se extendieron y fueron descendiendo por la espalda. Se deleitaba en el contacto de su piel, hábil y perlada de sudor, y en el modo en que sus músculos se arremolinaban y acoplaban a sus manos mientras la estrechaba y acariciaba. La piel de su marido olía a musgo y almizcle, tenía un sabor salado cuando con la boca cruzó su mejilla. La barba tosca e incipiente que oscurecía su rostro y arañaba sus labios y su lengua era el potente testimonio de su hombría, de su virilidad, rasgos que la embriagaban. Mordisqueó su oreja y acarició su cuello, tocando cuanto podía alcanzar. Pero esta vez él no permitiría que el acto terminara tan rápidamente. Rachel contuvo el aliento cuando de pronto él agarró su cabello y la obligó a echar la cabeza atrás, observándola lentamente con los ojos medio cerrados.

A su sensual examen, un estremecimiento de vulnerabilidad y expectación recorrió la espina dorsal de Rachel. Su corazón se aceleró. Él era tan fuerte... y ella, por comparación, era frágil... La doblegaba fácilmente a su voluntad; presionó su boca contra la garganta de ella, desnuda como una ofrenda, iluminada como el cuello de un cisne en el que latían sus pulsaciones. Con la lengua, palpó su pulso y luego hundió suavemente los dientes en el hombro de ella, justo donde se unía a la nuca, en el lugar más vulnerable. Su mordisco se convirtió en beso. Rachel se estremeció con una creciente excitación, que se intensificó cuando su marido empezó a frotarle el cuerpo con habilidad y sabiduría, despertando cada punto erógeno hasta que ella se sintió vibrar, tan dolorosamente sensible que cada caricia se convirtió en una descarga eléctrica que la sacudía.

Seguro de sí mismo y hábil en el amor, aquel hombre viril, a quien ella pertenecía voluntariamente, sabía cómo reclamarla para sí... La sangre latía en sus oídos —era un sonido antiguo y familiar—, mientras sus manos contenían sus senos maduros y redondos, abultados y dolorosos de tanta pasión. Sinuosos, los dedos pulgares recorrieron las curvas de areolas sonrosadas y acariciaron sus pezones hasta que se oscurecieron y pusieron rígidos, deseosos de ser succionados, tomados. Atendiendo a su silenciosa demanda, sus labios rodearon uno de ellos, luego el otro, sorbiendo con avidez antes de que los dientes los aprisionaran para sujetarlos y tentarlos con la lengua. Rachel jadeó como si su cuerpo recibiera una cascada de chispas. Se sintió como un meteoro fugaz en el melancólico cielo nocturno, ardiendo, cayendo, incinerándose antes de culminar en un estallido final.. La cabeza le daba vueltas. Una vez más, un gemido se quebró en su garganta.

—Mi amor —suspiró, y atrajo a su marido aún más firmemente, recorriendo con las uñas su espalda—. Oh, mi amor...

—Rachel —susurró el hombre, roncamente—. Rachel, cariño...

Sus senos eran como globos dorados entre sus manos, cruzados por delicadas venas azules por las que fluía la sangre de la vida, pensó él. La brecha que había entre ellos se inclinaba como un valle perfecto adonde viajó la boca de él, lamiendo tentativamente la transpiración que goteaba en su intimidad. Como unos momentos antes, él dejó que sus manos se deslizaran sobre los pezones en un complaciente masaje circular antes de separar los senos y empujarlos hacia arriba hasta que se desbordaron entre sus dedos. De nuevo, sus labios buscaron y encontraron las esferas coronadas por crestas rosadas; su lengua se retiró y jugó en torno con placer.

Caprichosamente, ella se entrelazó a él esperando, necesitando más. En lo más profundo y secreto de su corazón, la yesca del deseo prendido se avivó hasta extenderse como un fuego en la pradera de su cuerpo, consumiéndolo. Su marido sabía cómo excitar su ardor, pero aún no había empezado. Sus gestos amorosos no eran apresurados sino deliberadamente provocativos, y aguzaba sus efectos incendiarios al prolongarlos.

—Dulce..., dulce... —murmuró sobre el tenso vientre de Rachel mientras su boca se dirigía más abajo y la abrasaba con la lengua.

Él conocía cada parte de ella, y sin embargo deseaba dibujarlas de nuevo: los costados en los que provocaba maliciosas cosquillas por la mañana, la cintura tan esbelta que él podía rodearla con sus manos, y más... Una y otra vez, sus dedos bajaban culebreando por sus piernas y luego se deslizaban hacia arriba, para demorarse en la cara interna de los muslos, atormentándola exquisitamente al evitar el lugar que ella más deseaba que le tocara. Suavemente, gritó su necesidad, pero su marido decidió ignorarla.

—Paciencia, cariño —la reprendió él, con una voz melosa que se vertía en su oído y una media sonrisa en los labios—. La paciencia... tiene sus recompensas, ya sabes...

—¿Estás hablando de virtud?

—No. —Su risa fue grave, burlona—. ¿Qué placer encierra la virtud?

«Ninguno —pensó Rachel, recordando su vida de solitaria y solterona, antes de que él llegara y la hiciera suya—. Ninguno en absoluto.»

Aceptándolo, no insistió en sus protestas y permitió que su marido hiciese lo que quisiera con ella. En el pasado le había temido, le había aterrorizado la violencia y lascivia de las emociones que él había desatado en su interior; pues era un hombre al que no convenía contrariar, y ella había osado hacerlo. Pero había pasado mucho tiempo. Ahora, él la quería con todo su corazón y ella desafiaba el tacto íntimo de sus manos y su boca pegada a su cuerpo, que la encendía hasta un clímax de fervor. La satisfacía el hecho de haber cambiado su carácter haciéndolo un poco más amable, como un caballo recién domado que conserva el corazón salvaje y libre, potencialmente mortal. Pero Rachel no quería que su marido fuera de otro modo. Y él no podía serlo, porque había atravesado los caminos más duros de la vida, nunca los fáciles. Había aprendido las habilidades con que la cautivaba en los miserables prostíbulos de los incontables barrios bajos de su pasado, aunque no había tocado a otra mujer desde que estaba con ella.

Se arrodilló junto a ella y besó sus delicados pies y luego alzó uno de ellos para llevárselo a los labios. Su lengua serpenteó sobre la arqueada planta. Uno a uno succionó los dedos, que tenían el sabor dulce de las flores silvestres y la hierba de la pradera, de la rica, oscura y fértil tierra que habían estado pisando.

Por un minuto, sostuvo su mirada ardiente sobre el rostro de Rachel. Había echado la cabeza hacia atrás, en éxtasis. Sus ojos estaban en blanco. Sus labios entreabiertos emanaban un aliento ardiente. Entretanto, el corazón del hombre pareció detenerse para luego empezar a latir con fuerza en su pecho, como el mazo del herrero contra el yunque. La visión de su continencia, desnuda en su pasión por él, le agitó violentamente la sangre. Sintió que su espalda se agarrotaba de deseo. Aquella imagen era sólo para sus ojos. Ningún otro hombre disfrutaría de ella. Mataría a cualquiera que se atreviera a intentarlo.

Rachel percibió su mirada celosa y depredadora. Sus párpados estaban entreabiertos. Entonces se encontró con los ojos de su marido. El tiempo se detuvo, quedó suspendido. Luego, lentamente, sin dejar de observarla, se apoyó en ella, levantó sus rodillas y apartó sus muslos. Finalmente su mano la encontró y alivió con facilidad su hirviente deseo, al tiempo que empezó a golpear rítmicamente el nido que había entre sus muslos, la concha de repliegues y terciopelo que ningún otro hombre había conocido ni conocería nunca.

Ella estaba caliente y húmeda de deseo, y al notarlo él casi perdió el control. Obligándose a respirar profundamente, se tranquilizó. Hasta encontrar a Rachel, su vida había sido tan cruda y estéril como las llanuras en invierno. Pero ella lo había llenado hasta hacerlo fértil, dándole mucho más, a pesar de que él no tenía nada que ofrecerle a cambio excepto su nombre y protección. Podría haber conseguido otro hombre, cualquier hombre que quisiera, pensaba él, aunque sabía que ella —tímida, modesta e inconsciente de su atractivo sensual— no habría estado de acuerdo. Sin embargo, lo había elegido a él. No quería que se arrepintiera de esta elección en todos los años que les quedaban de vida. Así que en esto, como en todas las cosas, trataba de hacer cuanto podía por complacerla.

Descaradamente, deslizó un dedo en su interior, luego dos, los retiró y los introdujo de nuevo, repitiendo el juego una y otra vez, asegurándose de que estaba lista para recibirlo. Y entretanto, su dedo pulgar rodaba en torno a la diminuta y palpitante yema de su feminidad, que se tensaba hacia él desesperadamente, frenética por desplegarse. Pero a pesar de sus intensos jadeos y del modo en que movía la cabeza y arqueaba el cuerpo, todavía demoró el momento.

Por debajo de él, indefensa ante su embestida —aunque no lo habría estado si no hubiera querido—, Rachel se expandió sin pudor exhibiendo los sentimientos que le provocaba. Era como si los huesos se hubieran disuelto en su interior, dejándola inerte como una muñeca de trapo. Su cuerpo era una masa de sensaciones desenfrenadas. Podía sentir el viento frío sobre su piel en agudo contraste con el cálido aliento de su esposo. Debajo de ella, la hierba húmeda era suave como un colchón de plumas, a diferencia de las toscas manos de él. La verde fragancia estaba entintada por los primeros mordiscos del otoño y se mezclaba con el perfume de las flores silvestres que espolvoreaban la pradera y las fragancias que emanaban del cuerpo de su esposo.

A Rachel le gustaba su olor masculino. Por la mañana, después de levantarse, a veces regresaba a la cama, apoyaba la cabeza en la almohada de él, olía su aroma prendido a las sábanas y se maravillaba de que fuera realmente su hombre, su marido. Y en una ocasión en que él se había ausentado de la granja fue a su vieja bañera e, impulsivamente, enrolló una de sus camisas de cambray a su cuerpo desnudo como si así pudiera sentir sus brazos. Le parecía que estaba mucho más próximo, casi a su lado, no en la lejanía de los campos.

Al recordarlo, una ola de pequeños temblores la sacudió, y luego otra, arrancando del núcleo más profundo y expandiéndose por su cuerpo como los remolinos de un riachuelo. De pronto, en su interior, el vacío que sólo su marido podía llenar creció tan insoportablemente que todos sus pensamientos recondujeron la mente de Rachel. A ciegas, luchó contra él gritando su urgente necesidad, su entrega ferviente; y por fin, abruptamente, su boca y su cuerpo la cubrieron. Su turgente masculinidad tentó entre las piernas de ella, se sumergió rápida y profundamente en su interior, deteniendo su respiración y derramando sus sentidos al viento.

Más negra que la oscuridad, la noche estaba llena de una magia ancestral y telúrica. Su ritual era tan viejo como la humanidad, y en ningún lugar tan pleno en aquella llanura virgen, bajo aquella luna primitiva. Era glorioso, y Rachel lo glorificó con cada una de las atávicas fibras de su ser. El cuerpo del hombre la comprimía con su peso, pero era una carga deliciosamente soportable. Yacían tan próximos que parecían ser uno solo, ambos fusionados en el otro, sin espacios intermedios, sin lugar para el corazón o la mente de nadie más... que nunca existiría.

La respiración de su marido era como humo ardiente contra su cuello y sus senos y de repente arrancó sus labios de los de ella, los fundió con su carne húmeda lujuriosamente, succionó sus pezones y los lamió. Las manos de Rachel estrechaban su espalda. Sus uñas arañaron su piel hasta las nalgas cuando, inexorablemente, él empezó a moverse dentro de ella y alcanzó la máxima confianza: no había nada para él excepto ella, y ella sentía lo mismo.

¿Quién movía a quién? No lo sabían... y no les importaba. En perfecta simetría, se excitaron al unísono, de un modo hermoso, como todos los amantes.

Así como el susurro del viento de la pradera se convierte progresivamente en un rugido, barriéndolo todo a su paso, se extendió el placer por el cuerpo de Rachel, atrapándola despiadadamente y elevándola. Salvaje como una tormenta, explotó en rayos y truenos al alcanzar su clímax fulgurante. Al final, incluso el hombre que la había llevado al borde del rapto quedó relegado a un rincón de su cerebro. Sólo su subconsciente captaba el tacto de sus manos, que trepaban convulsivamente por sus caderas, alzándola, aplastándola contra él, mientras ella se estremecía y sollozaba con gemidos dulces y penetrantes como los de algunos animales solitarios en la llanura. Y él, su compañero —ahora y siempre— respondió penetrando en su líquida oscuridad con la embestida de su furia, suave y acompasada, cada vez más deprisa, hasta que con un grave y triunfal gemido se vertió en ella.

Un largo y atroz suspiro sacudió su cuerpo de arriba abajo cuando se desplomó sobre el de la mujer. Su corazón se descargó como la lluvia contra el de ella. Sus anhelos se amansaron para llenar el aire de la noche, al tiempo que lentamente, muy lentamente, abandonaron su breve fusión a los cielos y la tierra les reclamó una vez más para sí.

Al cabo de un momento, sonriéndole, el hombre rozó una de las trenzas húmedas y la apartó del rostro de Rachel. Sus ojos soñolientos y saciados se encontraron con los de ella. Sus bocas se acariciaron un par de veces. Luego, se apartó de ella presionándola ruda y posesivamente entre sus brazos, como si no tuviera intención de soltarla nunca, y acomodó la cabeza de Rachel en su hombro. Cerrando los ojos, suspiró de satisfacción.

El hombre, perdido en sus pensamientos, guardaba silencio. Acostumbrado a sus cambios de humor, Rachel permaneció tranquilamente en su abrazo, escuchando cómo crecía suave y rítmicamente el sonido de su respiración como si se hubiera adormecido un momento. Verlo adormecido la conmovió tanto como hacer el amor, aunque de un modo distinto. Que él durmiera desnudo y desprevenido, y sin embargo tan tranquilo a su lado, le transmitía con mayor elocuencia que ninguna de sus palabras lo mucho que la amaba y confiaba en ella. En su corazón, se sintió satisfecha de sus sentimientos hacia ella.

Rachel lo besó con ternura. Luego, silenciosamente, para no molestarlo, se escurrió entre sus brazos para recuperar la ropa que había esparcido sin cuidado sobre la hierba. Mientras se vestía, sus ojos vagaron desvergonzadamente sobre el cuerpo tendido de su marido. Era un apolo, se dijo en voz baja, alto y musculoso, con la piel tostada por el sol y brillante bajo la luna, fuerte como el metal, suave como el algodón, excepto donde la piel pálida revelaba las antiguas cicatrices, testimonio de su voluntad de supervivencia. Pero había llegado a ella con la piel de diablo, curtido de viento, lluvia y sombra, vestido de negro, insolente, afligiéndola con temor... y alguna otra emoción oscura y salvaje que nunca había sentido antes, pero que una vez desatada en su interior, ya no podría ser dominada de nuevo. Como un clamor del infierno, la demanda del hombre la persiguió reclamándola para sí; y al final, ella le había rendido su cuerpo joven y virginal, su corazón y su alma con alegría. Ni en sus más descabellados sueños había imaginado que haría eso.

Pronto lo despertaría. Luego, cogidos de la mano, se encaminarían a la granja siguiendo el lazo plateado de la luna que abrazaba la pradera entera. Pero por un momento, mientras los recuerdos la colmaban, volvió atrás en el tiempo.

Fantasmagóricamente, como a una gran distancia, le pareció oír el murmullo rodante de un trueno, un resplandor de lluvia y el gemido de un eco que transportaba el viento. Y cuando miró al horizonte, apareció en su mente un hombre montado a caballo, tocado con un sombrero plano inclinado sobre su hermoso rostro sombrío y cubierto con un guardapolvo largo y negro abotonado hasta el cuello. Lentamente, como un jinete fantasmal, galopó hasta ella. El nombre del caballo que montaba era *Fortuna* y el suyo Fatalidad...

LIBRO PRIMERO

EL PISTOLERO

1

La pradera, Kansas 1874

Era una tierra áspera y salvaje. Una tierra donde el sol abrasaba el cielo desnudo y azul; donde la lluvia estallaba furiosamente desde las repentinas masas de nubes oscuras que aparecían en el horizonte y reventaban; donde el viento soplaba salvaje y constantemente, azotando sin piedad las vastas y desiertas llanuras, que se extendían a lo largo de kilómetros en todas direcciones, tan yermas que sólo algunos algodoneros solitarios salvaban su desolación. Era una tierra que podía ser la prometida de algunos, pero que constituía la condena de otros muchos; y así como había conquistado a innumerables hombres y mujeres antes que a ella, también había finalmente vencido, después de una ardua pelea, a India Beecham.

Las langostas terminaron con ella. Llegaron como una plaga en agosto de 1874 —año al que, en consecuencia, se referirían a partir de entonces como «el año de las langostas»—, un fenómeno que ella nunca había visto antes. Formaban una nube espesa, brillante y de color verde de millones de insectos horribles y chirriantes, que llovían desde el cielo como granizo bajo la ventisca. Espesos como enormes copos de nieve, se asentaron en aquella tierra durante días y antes de que se produjera su deseada marcha despedazaron vorazmente todo brote de hierba que hallaron. Lo que una vez había sido próspero y fértil se volvió a su paso tan estéril y desértico como era en invierno.

Bajo el peso de las nubes de insectos, las ramas de los árboles se resintieron y deterioraron y, aunque habían sido cuidadosamente tratadas hasta entonces, se rompieron; las vastas de trigo se curvaron y el pasto de la pradera quedó tan aplastado como un pastel bajo un azadón. Las langostas anidaron en los cultivos de melón, devorando incluso las cortezas más duras y jaspeadas; arrasaron las huertas surco tras surco, despreciando sólo la piel externa y dura de las cebollas y se hartaron de fruta madura, dejando de ella sólo el corazón de su hueso colgando patéticamente de los árboles. Royeron las colchas, mantas, sábanas, los abrigos, chales y las bolsas de arpillera que la gente, en su desesperación, había usado en un inútil intento de proteger sus diezmadas cosechas.

Cuando por fin consumieron hasta la última brizna de hierba y vegetación que quedaba a la vista, empezaron a devorar madera, objetos de cuero y tela. Cayeron sobre los troncos de madera de algodonero de que estaban construidas las cabañas y los graneros, los duros postes tallados de barandillas y vallas, y los superficiales acabados de las tiendas y los bares. Royeron las empuñaduras de las herramientas. Devoraron con avidez riendas, arneses y sillas de montar. Al ponerse el sol, los insectos se dirigieron en formación tubular hacia sus hogares, causando estragos en el pobre contenido de los barriles, armarios y las despensas; destrozaron las cortinas más minuciosamente tejidas y bordadas y destruyeron los mobiliarios traídos con arduo trabajo y altísimos costes desde la costa este.

Desde su indefensión, India vio cómo acres enteros de plantaciones frutales, vegetales y cereales que ella y su marido Jonathan habían plantado en primavera eran consumidos en sólo unas horas, y recordó con desesperación los meses de duro trabajo sobre sus espaldas, cuando limpiaron el campo de huesos de búfalo y de piedras hasta acondicionar el terreno y plantaron las semillas de las que dependería el futuro y la supervivencia de la familia. Cargada de preocupaciones, esa noche fue incapaz de dormir y permaneció despierta escuchando cómo las langostas causaban estragos en la despensa y en las bodegas que habían llenado con arduo esfuerzo, en el precioso contenido de la cómoda nupcial que había traído en bote y en goleta durante el largo camino por el río y la pradera desde Luisiana hasta Kansas, e incluso en la propia cama en la que se había tendido sollozando en silencio para que Jonathan y los niños no la oyeran. Desde ese momento, India abandonó su lucha contra la tierra y perdió toda esperanza.

Ahora, en aquella tarde parecida al verano indio, demasiado delgada y pálida, sobrecargada por el embarazo y con aspecto de sobrepasar en mucho sus treinta y cuatro años de edad, se detuvo ante su pequeña casa y pequeño jardín, que había sido arrasado por la plaga de langostas. Aunque en las semanas que transcurrieron desde la invasión de los insectos India había tenido que habituarse a la ruinosa visión de los campos, aún sentía sorpresa y vértigo al contemplar el daño causado. De algún modo, aún no era capaz de aceptar el hecho de que la tosquedad de aquella vegetación rala que se extendía hasta donde alcanzaba la vista fuera todo lo que quedaba de sus sueños.

Aunque los insaciables insectos ya se habían ido, su sabor y hedor seguían en el aire. Fuentes, riachuelos y pozos resultaron tan contaminados por sus excrementos que el agua no podía ser ingerida por hombres ni animales. Los pollos, cerdos y ánades se cebaron de insectos durante tan inesperado festín, adquiriendo un sabor tan detestable como el de las propias langostas que habían comido. En todas partes, la gente subsistía tomando pan de maíz, caldo y café endulzado con sorgo. Los hombres deseosos de tabaco tuvieron que conformarse con fumar hojas de vid.

Un débil suspiro escapó de los labios de India cuando terminó con la última prenda, que gracias a Dios ya estaba limpia tras pasar por el cubo de metal lleno de agua que guardaba un precario equilibrio en el hatillo que transportaba sobre la espalda. Luego empezó el laborioso proceso de escurrir la ropa a mano. Se aseguró de que el agua sobrante regresara al cubo, ya que las comodidades eran escasas en la pradera y traían el agua de la fuente, que se encontraba a unos cientos de metros de allí. Y sin embargo, el zahorí que había localizado el agua les había dicho a ella y a Jonathan que eran afortunados por haberlo encontrado tan cerca...

Su marido pensó que el viejo adivino mestizo que habían contratado por consejo de los vecinos era un tonto estrafalario. Creyó que en realidad el zahorí no había hecho más que señalar con una horca y que les había estafado el dinero, ya que podía hallarse agua en algún otro punto del terreno. Empleó muchos días cavando, en la infructuosa búsqueda de una fuente algo más próxima a la casa. Pero el viejo mestizo estaba en lo cierto, y su marido reaccionó con indiscriminada rabia hacia indios y zahoríes. Tenían la suerte de que su vecina más próxima, Rachel Wilder, que había aprendido del viejo mestizo el arte de los zahoríes, era la mejor amiga de India.

Sin embargo, después de tan descorazonadora experiencia con el surtidor, India y Jonathan comprendieron que no podía derrocharse ni una sola gota de agua en aquella pradera —incluso el agua sucia de la ropa podía ser usada para regar el huerto de India.

Al instante, volvió la mirada hacia su jardín devastado y la espontaneidad de aquella acción inconsciente la sacudió. Un gemido cercano a la histeria, a medio camino entre el lloriqueo y la risa, brotó de su garganta como el lamento de un animal mortalmente herido. Por unos largos y sobrecogedores segundos osciló sobre sus pies y sintió que iba a desmayarse. Cerrando los ojos con fuerza, se agarró al asa del cubo y aguardó a que desapareciera el repentino mareo.

Asustado por la turbación de su madre, el bebé que llevaba en su seno se agitó con inquietud y soltó una patada. Instintivamente ella apoyó una mano en su vientre y respiró con lentitud hasta notar que el niño se tranquilizaba. Luego, encogiéndose de hombros, se obligó a seguir con su trabajo, ya que la vida, a pesar de las aflicciones, continuaba.

Aquella mañana había recogido su cabello negro y canoso en una gruesa coleta, que había escapado de las horquillas. Apartó los mechones que caían sobre su cara y secó las gotas prendidas a sus cejas, rasposas de polvo y restos de jabón que aún burbujeaba levemente en el gran caldero de agua para lavar que colgaba sobre los rescoldos de la hoguera cercana. Luego se inclinó y forcejeó hasta conseguir apoyar en la cadera el cesto de mimbre que había junto al cubo de metal y que había llenado con la colada. Aquel trabajo habría sido costoso en cualquier circunstancia, pero con la dificultad añadida del embarazo y los dos pequeños llorones que se colgaban de sus faldas, le resultaba casi imposible de realizar. Gimiendo, se empeñó en la tarea y empapó de sudor las sisas y el escote de su ligero vestido. Por un instante, lo único que consiguió fue evitar caer de rodillas y llorar de desesperación.

—Espera. Deja que te ayude, mamá —se ofreció Eve, que se apretaba contra su madre con expresión grave y los ojos azules ensombrecidos por una experiencia del dolor que sobrepasaba el conocimiento propio de una adolescente de trece años.

Cuando miró a su hija mayor, India sonrió temblorosamente, conteniendo a duras penas las lágrimas ardientes que asomaban a sus ojos.

«Qué joven es —pensó India, sacudida por los remordimientos—; ¡es demasiado joven para ser tan sabia! Es injusto que un niño sea forzado a soportar las cargas de un adulto. Y sin embargo, si no fuera por Eve, no creo que yo tuviera bastante fuerza para seguir adelante. Oh, Eve, deseo tantas cosas para ti... Nunca quise que nuestra vida se convirtiera en esto. Nunca quise que tu vida fuera tan dura y que tuvieras que crecer tan rápido...»

En un instante, India recordó su propia infancia en la magnífica plantación de su familia en Luisiana, Cypress Hill, al borde del río Misisipí. La mansión estaba a cargo de esclavos que la servían, la mesa del comedor desbordaba de comida y su trabajo consistía en tejer encajes y bordados. ¿Cómo había llegado a su situación actual?

Inquieto por los turbulentos pensamientos de su madre, el bebé empezó a patear de nuevo. Aquél era el decimotercer embarazo de India en dieciséis años. Había dado a luz a siete niños con vida, a dos que nacieron muertos y fueron enterrados en Luisiana, y había tenido tres abortos durante los intervalos. Eso era suficiente para acabar con cualquier mujer, así que India lo acusaba. No había deseado aquel último embarazo, pues de algún modo en su interior tenía la certeza de que esta vez no sobreviviría al parto.

Volvió a mirar a Eve ansiosamente cuando empezaron a golpear juntas la ropa limpia para escurrir el agua. ¿Qué sería de Eve y los otros niños si su madre moría? India sabía que Jonathan no saldría adelante solo. Nunca había sido demasiado estable o pragmático. Cuando ella se enteró de que habían dispuesto su boda con el único heredero de la rica familia de la plantación vecina, protestó en vano ante su despótico padre, clamando que Jonathan Beecham era un egoísta y un inmaduro. A pesar de su oposición, la unión fue consumada. Así que, por necesidad, ella tuvo que fortalecerse para compensar la debilidad de Jonathan, aunque eso acabó despertando su resentimiento. Él no había nacido para ser soldado ni para luchar en la guerra entre los estados. Nunca pensó que languidecería en la prisión yanqui en Rock Island..., él, que había sido satisfecho en cada uno de sus estúpidos caprichos y en sus más leves anhelos.

India había supuesto que, si su marido sobrevivía a la

terrible guerra, cambiaría. Después de todo pensaba que ningún hombre podía dejar de sentir los efectos de semejante contienda. Y realmente los había acusado..., sólo que lamentablemente no mejoró. Jonathan se había vuelto variable, hosco, amargado y, peor aún, francamente miserable.

Durante la invasión de Nueva Orleáns sus padres murieron de la peste que asoló la región y los malditos yanquis sellaron con tanto rigor Beecham's Landing, la propiedad de Jonathan, que la casa que una vez fue resplandeciente se volvió simplemente inhabitable. Las fiebres también se llevaron a la madrastra de India y su padre fue abatido al defender la propiedad de los aventureros, que después de la guerra bajaban como buitres desde el Norte, y que confiscaron codiciosamente Cypress Hill cuando fue incapaz de pagar los impuestos que habían gravado sobre ella.

Así que, tras la derrota del Sur, sin hogar, casi en la miseria, con su familia muerta o dispersada, India y Jonathan se dirigieron hacia el Oeste, donde ella esperaba al menos que podrían empezar de nuevo en un paraíso remoto, libre de cicatrices que había dejado la emancipación de los esclavos. Pero en Kansas, una de las ruedas de su goleta golpeó una roca a su paso por la pradera y se rompió un eje. Para Jonathan, aquélla fue la gota que colmó el vaso. Obstinado y malhumorado, se negó a recorrer un solo metro más. Así pues, las espantosas y peladas llanuras, cuya simple visión había disgustado a India y a las que se había afanado en dejar atrás, se convirtieron en el hostil hogar donde viviría el resto de su breve e infeliz existencia.

Torpemente, ya que nunca antes había sido obligado a trabajar con sus manos —durante la guerra había sido oficial, por supuesto—, Jonathan construyó una bodega y levantó sobre ella un granero y una vivienda. Construyó una casa fea y sucia, aunque India no se rebajó a criticar la pequeña extensión de césped que fue excavada con pretensiones de jardín. El suelo era de tierra prensada, había una sola y diminuta ventana, cubierta de cuero sin curtir; y una techumbre de tierra llena de hierbajos de la que brotaban largos tallos cada primavera y por la que se filtraba el agua a cada tormenta, dando paso no sólo al frío sino también a las serpientes y los roedores.

Para sorpresa de India, Jonathan pareció despertar ante las exigencias de su nueva morada y se enorgullecía de su extenuante trabajo, el primero que realizaba en toda su vida. Pero ella, rememorando las magníficas plantaciones de su juventud, miraba la tosca e inhóspita vivienda y se echaba a llorar. Su marido, que no entendía que llorase por lo que habían conocido y perdido y no volverían a tener jamás, creía que estaba decepcionada y avergonzada por sus inútiles esfuerzos. La odiaba por llorar.

Fue entonces cuando empezó a beber en serio. Gradualmente fue entregándose a crecientes estallidos de furia y violencia que aterrorizaban a India y a los niños. En algunas ocasiones, borracho y maldiciéndolos por sus propios temores y defectos, así como por sus fracasos, les pegaba. Después de hacerlo, lloraba desconsoladamente y pedía a India que le perdonara. Y ella, una mujer sola en un mundo de hombres, con varias bocas hambrientas que alimentar, se tragaba su orgullo, su dolor y temor, sometiéndose sin respuesta a su súplica de borracho y a sus frecuentes y despiadadas violaciones.

Deprimida, consumida, indiferente a la vida o a la muerte, India sabía que no podría resistir mucho más. No obstante, también sabía que su amiga Rachel la ayudaría; pero ésta, aunque en muchos aspectos parecía mayor, sólo tenía dieciocho años, una granja y una familia propias que cuidar. Además, Jonathan la detestaba, así que India no quería que ninguna mujer, y sobre todo Rachel, tuviera que soportar sus exabruptos de borracho. India tenía otros amigos, pero ninguno a quien pudiera pedir ayuda, excepto su hermanastro más joven.

No lo había visto desde hacía muchos años, cuando se

encontraron poco después de la guerra. Educados bajo la tiranía de su padre, se habían querido mucho en la niñez; y a veces, incluso ahora, después de tanto tiempo, llegaba alguna carta que contenía unas líneas apresuradas para acompañar algo de dinero que, como India sospechaba en lo más profundo de su ser, y por mucho que amara a su hermanastro, había sido mal adquirido. En cualquier caso, él aún se preocupaba por ella.

Contempló la creciente curva de su cintura y los pequeños Andrew y Naomi, que tiraban de sus faldas; también vio a Eve, tan inapropiadamente seria y madura. Más allá, en la lejanía de los campos, sus hijos Gideon, Caleb y Philip trabajaban afanosamente para limpiar los desastres producidos por las langostas. Desde la casa se escuchó el ruido de los cazos, las sartenes y los platos que su hija Susannah estaba utilizando para preparar la cena. Bajo la sombra del alerón del granero, Jonathan, con ojos legañosos, abrazaba una botella mientras tentaba el canturreo de una canción que había aprendido durante la guerra, sin duda en algún prostíbulo, pues desde el principio había sido infiel a su esposa. La boca de India hizo una mueca de disgusto al advertir su tambaleante figura y la vulgaridad de sus palabras.

No, no podía abandonar a sus hijos al cuidado de su esposo, pensó con amargura. Al margen de su pasado o de lo que hiciera ahora, su hermanastro debía ocuparse de los niños si a ella le sucedía algo. Guardaba su antigua dirección en la casa.

«Le escribiré hoy —se prometió en silencio a sí misma—, sólo por si sucede algo malo durante el parto. Debería haberle contado la verdad sobre la situación de mi matrimonio hace muchos años en lugar de dejarle creer que todo iba perfectamente. Quizá entonces las cosas habrían sido diferentes. Ahora, sólo espero no haber tardado demasiado... Oh, perdonadme, perdonadme, mis queridos hijos, por no haber conseguido que las cosas fueran mejor. Pero he hecho todo lo posible y ya no puedo más, estoy agotada...»

Luego, con un involuntario suspiro, India cargó lentamente la canastillas de mimbre con la colada y se encaminó al sórdido habitáculo al que nunca llamaba «casa».

2

Dry Gulch, Texas, 1874

El salvaje y melancólico viento del Norte surcaba los altos montes de Tules y el profundo cañón de Palo Duro para barrer el llano Estancado, donde, por detrás, como el cuerpo de un perro herido y esparcido por el atropello de un tren ya lejano, se amontonaba sobre la tierra la pequeña aldea de Dry Gulch, expuesta de lleno a las furiosas embestidas del viento. Aunque no había más que un diminuto racimo de cabañas mal construidas, tiendas y cantinas que aparentemente no merecían especial atención, Dry Gulch era famosa a lo largo y ancho de la región. Era un pozo pestilente de perversidad y desenfreno, hogar de borrachos empedernidos y mujeres perdidas, de violentos maleantes y asesinos viciosos. Muchos de los que vivían allí eran buscados vivos o muertos por la justicia en numerosos estados y territorios.

A pesar de ello, ningún hombre de leyes que apreciara su pescuezo se habría aventurado a acercarse al lugar. El último que había sido lo bastante valiente para hacerlo fue colgado inmediatamente de un árbol, y su cuerpo aún pendía como una señal de advertencia para todos los forasteros.

Incluso los guardabosques de Texas evitaban todo trato con Dry Gulch. Los forasteros que, por ignorancia o por no haber sido advertidos, cruzaban los límites del pueblo —y no llevaban una placa de metal— podían ser cosidos a balazos en cuanto aparecían sin que sonara una sola voz local de advertencia o alguien moviera un dedo para prevenirles. En lugar de eso, las rameras aplastaban ávidamente sus rostros grotescos contra las ventanas inmundas de las cantinas donde ejercían su comercio carnal y se mofaban de la suerte de aquel pobre y desprevenido individuo que había hallado una muerte tan rápida. Tampoco nadie preguntaba al asesino —o a los asesinos—, si había motivos para matar a sangre fría a alguien tan descuidado o estúpido como para entrar en Dry Gulch. Los depravados habitantes del pueblo mantenían la boca cerrada y los villanos que lo usaban como escondrijo hacían lo mismo.

Habitualmente, Dry Gulch era un hervidero de carcajadas, correrías con alcohol barato, rameras y los frecuentes tiroteos que se desataban con ferocidad entre los borrachos pendencieros. Pero ahora, aunque quedaban dos horas de luz de un día gris glacial, la calle principal estaba desierta y los porticones de los toscos edificios que la flanqueaban estaban atrancados para resistir el amargo frío que arrastraba el viento.

Los copos de nieve azotaban el aire y se arremolinaban a lo largo de la calle desolada y sucia. A lo largo de ella, sólo un montículo serpenteante de hierbajos se exponía entre las barandillas, hasta que finalmente una fuerte ráfaga de viento lo barrió hacia las podridas veredas. El montículo rodó sobre sí mismo hacia el frío y rígido entarimado y se detuvo al pie de dos puertas estrechas y cerradas, bajo las alargadas y hostiles ventanas de rebordes de cal muerta que daban la única luz que brillaba a lo largo de la calle. Detrás de las puertas, en un vivo contraste con el silencio que reinaba en el resto del pueblo, gemía la música estridente de un piano desafinado y mal tocado, y las risas alegres se dispersaban transportadas por el viento.

Ni siquiera el viento del Norte podía barrer el bullicio del Red Garter.

En el interior de la cantina, individuos de la más diversa calaña permanecían apoyados en la barra o se sentaban en sillas desvencijadas junto a las mesas marcadas con inscripciones de cuchillo. Las rameras sonreían lujuriosamente y soltaban sus falsas risas para que los clientes las invitaran a beber. Algunas de las chicas, acompañadas por su chulos borrachos, trepaban por una tambaleante escalera de caracol que conducía a un vestíbulo sórdido y sombrío donde se alineaban unos cuartuchos mal amueblados.

En un rincón de la cantina, el pianista rollizo aporreaba el instrumento con absoluta indiferencia por las notas disonantes que arrancaba al viejo y desafinado piano. Ninguno de los hombres que se encorvaban sobre la mesa de juegos cercana prestaba la más leve atención a aquella cacofonía. Sólo Slade Maverick hizo una mueca de dolor cuando el pianista golpeó otra tecla y, de pronto, añadiendo a la agresión musical un insulto, se saltó unas notas de la canción que estaba intentando tocar. Aparentemente el rostro de Slade permaneció impasible, centrando su atención en la partida de póquer que había empezado por la mañana y que había ido aumentando en tensión a medida que avanzaba el día. En aquel momento, el aire estaba tan cargado de presagios que Slade sintió que podía cortarlo en tajadas con su afilado cuchillo.

No era el único en sospechar que se avecinaba tormenta. La mayoría de los presentes en la cantina había notado desde hacía rato que la atmósfera se estaba cargando sobre la mesa de juego, apartándose prudentemente de aquel rincón del salón. Sólo una de las mujerzuelas, Lolly, se había quedado cerca, aunque no por su valentía o por su falta de sentido común, sino porque ni siquiera una manada de caballos salvajes podría haberla apartado de Slade Maverick.

La débil lámpara del Red Garter era indulgente con el duro rostro de Lolly, ya que le confería una apariencia más jovial. Lolly era más limpia que las demás prostitutas, que se podían conseguir por unos cinco dólares en cualquiera de los numerosos bares del pueblo. En el pasado había sido una ramera de lujo, antes de que un malvado abusara de ella, llevándola a lo más bajo y abandonándola luego; pero aún poseía ciertos rasgos de su educación decente.

Su cabeza morena era una masa de rizos artificiales sobre la que había colocado una pluma roja a la altura de la oreja izquierda. Su maquillaje era menos llamativo que el de la mayoría y, aunque había pintado cuidadosamente un lunar negro en una mejilla y otro en la generosa curva de su seno, ambos eran pequeños y tendían a ensalzar su pretendida belleza. Un juego de diamantes falsos brillaba en sus orejas, su cuello y sus muñecas, haciendo que su llamativo vestido de satén rojo con lazos negros pareciera más elegante de lo que era en realidad. Así pues, Lolly, a pesar de ser una prostituta, era mucho mejor que la basura que frecuentaba Dry Gulch. Sin duda por eso encontraba a Slade Maverick especialmente atractivo, ya que él tampoco se parecía en nada a la gentuza del pueblo.

Con un pie sobre el asiento de una silla, la falda lo bastante recogida para exhibir un esbelto tobillo y un muslo con una liga roja, Lolly apoyaba el codo en la rodilla y el rostro en la palma de la mano mientras observaba cómo los hombres que jugaban en la mesa de póquer examinaban las cartas que les había tocado y las ordenaban. En más de una ocasión su mirada se extraviaba hacia la figura alta y sombría de Slade y, de vez en cuando, escapaba un suspiro de sus labios.

Él no solía frecuentar Dry Gulch, lo que la hería personalmente, ya que estaba medio enamorada, a pesar de que Slade nunca le hubiera correspondido ni dado esperanzas. Aunque no la trataba con brutalidad, como la mayoría de los rufianes del pueblo, lo cierto es que, como los demás, la utilizaba. En el fondo de su corazón, Lolly sabía que para él no era más que un conveniente receptáculo de lujuria, y que aunque siempre la elegía a ella cuando venía al pueblo, eso era sólo porque hacía el esfuerzo de arreglarse y no ser tan sucia como las otras. Para los usos y las costumbres de Dry Gulch, Maverick era un tipo refinado, aunque nadie que apreciara su vida se lo habría echado en cara. Quizá era cierto, pero podía agujerear una carta de póquer a quinientos metros de distancia y, además, era bien conocido su temperamento tosco e irritable.

Notable pistolero y cazador de recompensas, era uno de los pocos hombres del lugar que no tenía un precio puesto a su cabeza y cuyo rostro no aparecía dibujado en ningún cartel bajo el rótulo «Se busca, vivo o muerto». Si bien trabajaba a su antojo a ambos lados de la ley —aunque era más frecuente que estuviera del lado de la justicia—, el hecho de que ningún magistrado ni cazarrecompensas siguiera sus pasos se debía más a su astucia que a su moral. En realidad, si era necesario, no tenía ningún escrúpulo en utilizar con precisión mortal sus dos revólveres Colt Peacemaker calibre 45 de plata hechos para él, con cachas de marfil y provistos de un cañón de veintiún centímetros capaz de disparar seis potentes balazos.

Lolly se sentía a salvo con sólo estar cerca de él, pero obedeció al instante cuando Slade le dirigió un subrepticio gesto con la mano de que se apartara. Asustada, sabiendo por experiencia que era una locura desobedecer la orden de un hombre, empezó a retirarse con disimulo de la mesa de póquer.

Slade había estado jugando a cartas durante horas, aunque sabía que le estaban haciendo trampas desde el principio. Había observado detenidamente a cada uno de sus compañeros de juego y había descubierto al culpable. El hombre, conocido en Dry Gulch como «el Diácono», había estado ocultando cartas bajo la mesa durante la partida, deslizándolas por las mangas de su camisa.

Si había algo que Slade Maverick no soportaba, era que le engañaran en el juego. Incluso en Dry Gulch, los hombres eran honestos en la mesa de póquer... o no jugaban.

Cuando el Diácono alargó las manos para recoger una vez más los beneficios de su jugada, Slade aplastó de un manotazo los billetes que estaban en el centro de la mesa. Como granos de arroz en una boda, los billetes de dólar volaron por el aire. Con un tintineo ominoso, algunas monedas de plata rodaron por el suelo cubierto de colillas aplastadas.

—¿Qué diablos crees que estás haciendo, Maverick? —preguntó el Diácono con los ojos oscuros y desorbitados, chupando miserablemente el cigarro que había mordisqueado todo el día—. Tres reinas no tienen nada que hacer contra un *full*... ¡Lo sabes de sobra!

—Por supuesto —mascculló Slade—, cuando el *full* es honesto y decente.

—Creo que no me gusta ese tono, Maverick. ¿Insinúas que soy un tramposo?

—Así es —admitió Slade suavemente—. Sube los puños de tu camisa, Diácono, para que yo y el resto de los chicos —señaló a los otros jugadores— podamos ver qué guardas ahí dentro.

—Estás cometiendo un gran error, Maverick. ¡He matado a cientos de bocazas hijos de perra como tú desde mucho antes de que nacieras! Pero te aseguro que no soy demasiado viejo como para no cargarme a otro...

En aquel momento, el Diácono se puso en pie de un salto, volcando la mesa de póquer en un intento de derribar a Maverick. En el previsible silencio que paralizó la cantina, los disparos cortaron el aire. Los porcinos ojos del Diácono se abrieron sorprendidos cuando, en una rápida sucesión, varias balas se incrustaron en su rollizo y blancuzco cuerpo. Las mujeres gritaron y se dispersaron. La sangre brotó de las heridas del Diácono. Dejó caer los brazos lentamente, se tambaleó hacia atrás, y apretó reflexivamente el gatillo de su revólver para disparar sin sentido contra las paredes y la mesa volcada. Luego, lanzado un gemido, arrojó el revólver y se curvó sobre sí mismo, agarrándose el pecho y el vientre mientras la sangre manaba entre sus dedos. Dio un par de pasos, se movió pesadamente hacia un lado y luego tropezó con una silla, que cedió haciéndose pedazos. Finalmente, con un golpe seco, golpeó el suelo cubierto de serrín del Red Garter con la mirada perdida y la lengua colgando entre los dientes amarillentos.

Slade se volvió con rapidez para cubrirse la espalda con la pared. Sostenía dos pistolas que brillaban amenazantes en sus manos fuertes y seguras; uno de los largos cañones plateados todavía humeaba. El azul oscuro de sus ojos escudriñó la cantina en busca de algún otro signo de peligro. No ocurrió nada, pero Slade no estaba tan loco como para bajar la guardia enseguida. La muerte acechaba en cualquier parte y él estaba rodeado de buitres de la peor calaña, entre los que el Diácono había sido un pájaro carroñero de cierto prestigio.

—¡Registradle las mangas! —rugió a los hombres que rodeaban la mesa de póquer volcada.

Tras unos segundos de deliberación, un par de hombres, murmurando entre dientes, se inclinaron y arremangaron los brazos del cadáver. Tres cartas cayeron al suelo.

—¡Por qué, maldito bastardo! —estalló uno de los hombres, pateando el cuerpo con irritación—. ¡Me cepilló ciento veinticinco dólares... haciendo trampas! ¡Al parecer, nos has hecho un buen favor, Maverick!

—Sí, eso creo. —Slade lanzó otra mirada alrededor y enfundó sus revólveres en cuanto vio que no habría necesidad de defenderse de la chusma del Red Garter.

Recogió el dinero del suelo doblando cuidadosamente los billetes y llenándose los bolsillos. Despreció las monedas. Luego se ajustó el sombrero negro en la cabeza, se envolvió en el guardapolvo negro y, con una mueca sarcástica, cargó el cadáver del Diácono sobre sus anchos hombros. Vivo o muerto, valía 250 dólares en Dodge City, y Slade quería cobrar la recompensa. Sin mirar a quienes dejaba atrás —ni siquiera a Lolly—, atravesó sin pronunciar palabra las puertas cerradas del Red Garter mientras sus espuelas de plata tintineaban en el silencio del local.

Al salir, el viento golpeó a Slade como un puño de hielo. Se encajó el sombrero y bajó el ala, levantando el cuello del abrigo para cubrirse un poco antes de empezar a andar por la desierta calle principal del Dry Gulch.

—¡Señor Maverick! ¡Señor Maverick!

Al oír su nombre, Slade se volvió y vio a un chico que corría hacia él desde la puerta de una chabola decrépita y oscura. Era el pequeño Timothy, el hijo bastardo de una de las prostitutas de Dry Gulch. Ganaba unos centavos llevando recados, barriendo y haciendo algún que otro trabajillo en el pueblo. Uno de sus deberes adquiridos era acercarse al árbol de los ahorcados cada día y recoger el saco de correspondencia que los carteros dejaban allí, pues ni siquiera ellos se atrevían a pisar Dry Gulch.

—Señor Maverick —jadeó Timothy, con el rostro enrojecido y tratando de recuperar el aliento al llegar junto a Slade. El hecho de que no mostrara sorpresa alguna o terror ante la visión del cuerpo que Maverick cargaba a sus espaldas hablaba por sí mismo de los usos y las costumbres del pueblo—. Acaba de llegar esta carta —dijo Timothy—. Costó un montón de meses dar con usted... Fíjese en el sobre, ¿lo ve? Más vale que lo abra cuanto antes.

—Gracias —dijo Slade. Arrojó el pesado cuerpo al suelo y lanzó un cuarto de dólar al chico, que lo agarró en el aire a pesar del viento.

Cuando Timothy se marchó, Slade rompió el sobre para leer la inconexa nota de su interior, emborronada por las lágrimas. Luego juró y blasfemó durante un buen rato. Hizo una pelota con el papel, arrugando el sobre y las dos páginas que sostenía en las manos. Gruñendo, sumergió el papel en el bolsillo de su guardapolvo. Luego partió y colocó el cadáver en el penco del pistolero, desató su propio caballo de la barra donde lo amarraba y montó. Espoleó el caballo para situarse delante del penco y se internó en el viento persistente y huracanado del Norte.

Desde una de las pequeñas ventanas del piso superior del Red Garter, Lolly lo vio salir a galope del pueblo, con los hombros abatidos y una punzada en el corazón. Luego se volvió lentamente y empezó a desnudarse para el rudo lascivo que yacía acostado en su cama de hierro deslustrado.

Era el día de Navidad, y así se celebraban las fiestas en Dry Gulch.

3

La pradera, Kansas, 1875

Era un día extraño y perezoso, más seco de lo habitual a causa de las nubes cargadas y oscuras que se amontonaban en el cielo y de la progresiva caída de nieve. Su presencia contrastaba vivamente con la vestimenta negra del puñado de mujeres que se había reunido en la pradera para rendir el último adiós a India Beecham. Temblando de frío se amontonaron al pie de la tumba, listas para que su difunta fuera enterrada lo antes posible y poder volver a su casa y al calor de sus hogares.

Hacía tanto frío que las largas bufandas de lana de las plañideras se helaban sobre sus bocas dificultándoles la respiración, y las manos de los que llevaban el féretro en hombros eran como bloques de hielo dentro de sus guantes cuando empezaron a bajar el sencillo ataúd de madera al oscuro hueco del sepulcro con considerable dificultad, a causa de la fría rigidez de la tierra. Por un momento, pareció que los dedos entumecidos no podrían sostener el féretro por más tiempo. Pero finalmente lo depositaron en tierra y el reverendo pudo oficiar su servicio con voz enérgica para que se impusiera sobre el lamento del viento.

Como un latigazo, cada amarga ráfaga golpeaba a las plañideras sin piedad, hacía que sus rostros se aguzaran con crudeza y las azotaba por la espalda, levantándoles las faldas para revelar una insospechada y tosca sucesión de enaguas y medias de calceta. Ninguno de los hombres se daba cuenta, pues se preocupaban más de abrigarse que de observar los oleajes de la ropa femenina.

—Encomendamos el alma de nuestra hermana difunta a Dios Todopoderoso y entregamos su cuerpo a la tierra; pues la tierra volverá a la tierra, las cenizas a las cenizas, el polvo al polvo —dijo la voz ronca del reverendo a través de su bufanda acartonada.

Finalmente, los portadores del féretro cogieron las palas y sacaron la nieve sucia que se había amontonado a un lado de la tumba.

El sonido de las botas de cuero se unía al de las palas de acero que trataban de penetrar la tierra silenciosa y al ruido de la tierra gélida que golpeaba el ataúd con un sonido tétrico en los oídos de Rachel Wilder, haciéndola encogerse de miedo. «De modo que así termina la vida», pensó tristemente. Había algo injusto en todo aquello. La pobre India merecía mucho más...

Mientras las sólidas paladas continuaban golpeando rítmicamente el humilde cajón, que debido a la estación del año no contaba siquiera con una triste flor, Rachel no pudo contener las lágrimas por más tiempo. Brotaron de sus ojos para congelarse sobre sus mejillas y sintió un nudo tan grande en la garganta que pensó que le cortaría la respiración.

Tragó saliva temblando de pena y rabia cuando su abuelo, Fremont Haggerty, que estaba de pie a su lado, la rodeó con un brazo mientras apoyaba inoportunamente su mano en el hombro con la amable intención de consolarla.

Pero su nieta se resistía a ser consolada, así que Fremont suspiró profundamente, meneando la cabeza con preocupación cuando vio temblar su obstinada barbilla y cuando sus ojos llorosos, entrecerrados para resistir el viento y la nieve, miraron acusadoramente la silueta negra y oscilante de Jonathan Beecham.

India Beecham había sido la mejor amiga de Rachel, casi la única, y Fremont sabía que su nieta culpaba a Jonathan de su muerte. Aquel maldito borracho debía ser castigado por ello. Si no hubiera estado bebiendo y acostándose con rameras en Delano, el barrio prostibulario de Wichita, mientras su esposa alumbraba a su niño en la casa con la única ayuda de sus hijos —Eve, la mayor, aún no tenía catorce años—, India quizá aún estaría viva. Sin embargo, estaba muerta, y su despreciable marido se había atrevido a asistir al funeral, apestando a whisky y tambaleándose hasta el punto de que Fremont pensó que era sorprendente que no cayera al sepulcro de su esposa o que, espoleada por la furia y el dolor, Rachel no lo empujara dentro de él.

Cuando Fremont miró de nuevo a su nieta, supo con certeza que si se le hubiera ocurrido esa idea, no habría dudado en ponerla en práctica... Pensó que si las miradas de Rachel pudieran matar, los enterradores estarían sepultando a Jonathan junto a India en ese momento. Fremont había visto antes esa expresión en el rostro de su nieta y sabía lo que significaba. No dudaba ni por un instante de que el desgraciado de Jonathan conocería la acidez verbal de Rachel antes de que terminara el día, y estaba de acuerdo con ello. No tenía intención alguna de salvar el pellejo a Beecham. Un hombre debía ser capaz de soportar el alcohol o abstenerse de beber, así de simples eran las cosas... El incesante gimoteo de Jonathan sobre la guerra y lo mucho que debían maldecirse sus consecuencias, particularmente cuando afectaban a espíritus fuertes, era una redomada estupidez. Fremont había luchado en la guerra contra México en el 46 y había incluso perdido una pierna en la contienda, sin por ello convertirse en un borracho. Beecham era débil, francamente débil. Fremont nunca había comprendido por qué India, una mujer cabal, emprendedora y trabajadora, se había casado con ese hombre.

Suponía que Rachel sí estaba enterada. Pero, a diferencia de la mayoría de las mujeres, a ella no le gustaba chismorrear las confidencias de los demás, por lo que Fremont seguía ignorando los motivos que habían llevado a India a casarse con su marido. No importaba... Cualesquiera que fueran, ella había sido demasiado buena para él. Todo el pueblo lo sabía. Sin duda inspiraba piedad, pensaba Fremont, que hubiese vivido y fallecido del modo en que lo había hecho, entregando su último soplo de fuerza al bebé. Debido a las circunstancias, el recién nacido no tenía un aspecto saludable. En realidad, era decididamente pequeño y débil, determinó Rachel al observarlo, mientras lo acunaba en sus brazos. Fremont pensó que tendría suerte si lograba sobrevivir a la muerte de su madre, y secretamente deseó que su nieta no llegara a sentirse muy atada a él.

Como si percibiera los sombríos pensamientos de su abuelo, Rachel abrazó con fuerza al pequeño, protegiéndolo lo mejor que podía del mal tiempo. Aunque lo había arropado con varias mantas y estaba envuelto en su capa, el bebé, Tobias, siguió llorando como desde el inicio del funeral. Rachel lo acunaba y palmeaba suavemente su espalda, obsesionada con su orfandad y la de sus siete hermanos y hermanas abandonados al cuidado de Jonathan Beecham.

Aunque aquel hombre era padre de ocho hijos, no sabía nada sobre ellos, y si la joven Eve no hubiera tenido la idea de mandar llamar a Rachel tres días atrás, Tobias habría muerto de hambre o, más exactamente, de asfixia, ya que Rachel había llegado a la cabaña de los Beecham a tiempo de evitar que Jonathan atragantara al recién nacido, que lloraba de hambre, con una cucharada de harina de avena fría y apelmazada.

Se dejó llevar de nuevo por la ira al recordarlo y consideró las posibilidades de que el *marshal* de Wichita, el pueblo más próximo, la mandara a la horca por volar los sesos a Jonathan de un balazo. Finalmente, tuvo que reconocer que, por más que ella fuera una mujer y Jonathan un padre incompetente, el *marshal* Mike Meagher sin duda cumpliría con su deber en un caso de asesinato. Por desgracia, las cosas eran así. Rachel pensó despiadadamente en la posibilidad de que Jonathan, borracho, cayera por las escaleras de alguna cantina y se partiera el cuello, de modo que sus pequeños quedaran libres de su potestad. Pero enseguida se reprochó semejante pensamiento. No sólo era pecaminoso —y Rachel era una persona honesta, aunque tuviese su propia y peculiar moral—, sino que, además, a lo largo de los años había acabado comprobando que los deseos malignos solían volverse contra aquellos que los formulaban. Supersticiosa por naturaleza, se apresuró a rezar en silencio una plegaria, diciendo a Dios que no deseaba realmente que Jonathan sufriera ningún mal. Por otro lado, consideró con cierta inquietud lo que podría llegar a ser de los niños si a él le sucedía algo.

Seguramente, a causa de su estrecha amistad con India, los chicos serían puestos a su cargo, tal y como ella suponía que habría sido el deseo de India. Rachel sabía que a Jonathan no le quedaban parientes con vida y que la propia India sólo tenía un hermanastro más joven. Pero por lo que India le había contado, al parecer se trataba de la oveja negra de la familia.

El padre de India no fue capaz de doblegar a su hermanastro a su voluntad de hierro, como había hecho con ella, por lo que decidió expulsarlo de casa sin un centavo. Sin embargo, él siguió llevando una vida disoluta. Profundamente enojado al ver frustrados sus intentos, el severo y rencoroso padre de India borró el nombre de su hijo de la Biblia familiar, lo proclamó muerto y prohibió a India que tuviera algún contacto con él. Aunque había desobedecido la orden de su padre, India no había visto a su hermanastro desde hacía muchos años. Poco después de que el padre lo repudiara, el hijo se alistó en el ejército confederado y se marchó de Nueva Orleáns. No volvió hasta el final de la guerra. Más tarde, India se enteró de que su hermanastro se había visto obligado a trasladarse de Nueva Orleáns a Texas, y que el precipitado viaje se debía a un duelo escandaloso. Desde entonces, sólo había recibido esporádicas noticias.

Por eso Rachel se consolaba con la idea de que, si por suerte le sucedía algo a Jonathan, el hermanastro de India no estaría localizable o, si lo estaba, no tendría interés alguno en socorrer a sus hijos, de modo que éstos serían felizmente entregados a la custodia de Rachel. Además, a pesar del amor que India sentía por él —y que sin duda se debía a una romántica percepción de la personalidad de su hermanastro, sospechaba Rachel—, ¿qué podía esperarse de un hombre que, enfrentándose a las más perentorias objeciones de su padre, había entregado su juventud a las cantinas, los prostíbulos y los barcos fluviales del Misisipí, bebiendo, alternando con mujeres y jugando a póquer mientras se desarrollaba la guerra? ¿Qué podía esperarse de un hombre que, después de la ominosa rendición del Sur, había vuelto a casa para continuar con su vida libertina, hiriendo y matando a otro hombre por una vulgar cortesana de un burdel francés? Sin duda quien empezó desviándose del camino de la virtud había terminado convirtiéndose en un diablo.

Por tanto, si a Jonathan le ocurría algo, ella no debía preocuparse por si el hermanastro de India aparecía para hacerse cargo de los chicos. Un hombre de esa clase no podía sentir ningún afecto ni ningún tipo de obligación hacia ocho sobrinos y sobrinas a los que ni siquiera había visto. Y si por alguna remota posibilidad esto llegaba a suceder, Rachel lo ahuyentaría del mismo modo que, por bien de los hijos de India, intentaría enderezar a Jonathan tan pronto como fuera posible... —¡aunque tuviese que atar al establo a ese borracho holgazán y romper cada una de sus botellas de whisky para ello!

4

Los hombres se habían asentado en la confluencia de los ríos Big y Little Arkansas, y allí, en las profundidades de «las raíces del corazón», en aquella pradera vacía e inmensa que era conocida como Great Plains, levantaron un pueblo.

Aunque no fuera su primer propósito, pronto advirtieron que podrían explotar ese emplazamiento en los años venideros, tras la llegada de los pioneros y después de que los primeros puntos comerciales que se habían establecido allí evolucionaran hacia un asentamiento permanente. Aquellos cazadores, comerciantes y contratistas que cruzaron por primer vez la frontera de Kansas eran fuertes, feroces, y lo bastante visionarios para intuir el futuro, agarrarse a un sueño y hacerlo realidad.

En su entusiasmo por dejar su huella impresa en la historia, por apropiarse de una pequeña porción de destino y por dejar a la posteridad un pueblo donde no había habido hasta entonces más que una pradera, los fundadores echaron de su tierra a los indios de Wichita, con los que habían estado cazando, comerciando y fumando amistosamente la pipa de la paz. Es cierto que intentaron realizar dicho exilio del modo más honesto y humano posible, mediante tratados y evitando el derramamiento de sangre, si bien muchos de los nativos salvajes murieron durante el traslado a causa de las enfermedades que introdujeron los pioneros, del rigor del invierno y el hambre, hasta el punto de rebautizar el riachuelo Chrisholm Trail, llamándolo Skeleton Creek por la blancura de que lo dotaron los huesos de los cadáveres indios que sobresalían de los bancos del río. Paradójicamente, los fundadores también tomaron de los indios el nombre del pueblo que habían formado: Wichita, que significa «casas dispersas».

Desde su nacimiento en 1870, fue un lugar tosco, advenedizo, contemplado con recelo por predecesores y rivales como Park City que, situado a 22 kilómetros hacia el noroeste, competía vivamente por el mercado de ganado, pues las manadas que se dirigían a los mataderos del norte necesitaban un punto donde recalar a medio camino. Los fundadores llegaron incluso a sobornar a los vaqueros para que desviaran las manadas hacia Wichita en lugar de dirigirlas a Park City, y pagaban a cada uno de los capataces quince dólares por cada manada perdida como consecuencia de haber desviado su paso hacia Wichita en su afán competitivo.

El pueblo no escapaba a los conflictos internos. William *Dutch Bill*, de la banda Douglas Avenue de Greiffenstein, luchaba encarnizadamente contra los North Enders de Darius Munger por cualquier motivo, desde las intrigas de Wichita hasta la localización de los puentes a lo largo del río Big Arkansas, o la elección de los nombres de las calles. Cada banda consideraba que tenía la última palabra en cuantos asuntos se decidieran en el pueblo. Pero fue una cuestión verdaderamente nimia la que provocó una acalorada contienda que potenció la rápida expansión del pueblo: la lucha entre los hombres de negocios de Wichita por superarse unos a otros. Por muy primitiva que fuera su apariencia, con edificios toscos, aceras improvisadas y calles sucias —y a menudo embarradas—, al pueblo no le faltaban motivos de distracción.

Pronto contó con más de ciento setenta y cinco edificios, incluyendo tres iglesias, dos colmados, seis carpinterías, dos restaurantes, tres hoteles, dos salones de billar y cuatro auténticas oficinas del estado, así como una tienda de ropa —la New York Store— y dos líneas de diligencias —la Southern Kansas y la Kansas Stage Company—. También plantaron árboles y arbustos, cavaron extensos jardines y organizaron su propia línea ferroviaria, la Wichita & Southwestern. Eso atrajo al editor Marshal Murdock de Burlingame, Kansas, que empezó a publicar un periódico diario llamado *Wichita Eagle*, compitiendo con el semanario *Wichita Beacon*.

El pueblo también contaba con una buena provisión de doctores, abogados y maestros, aunque ninguno de ellos disfrutaba de tanto respeto y consideración como los prósperos hombres de negocios. Esto era comprensible, ya que la mayor parte de los médicos carecían de certificado y eran, en realidad, curanderos; los abogados solían discutir tan ferozmente durante los pleitos que llegaban a los puños en las salas de los tribunales; y los maestros sabían a menudo menos que los niños.

Sin embargo, este caos no fue tolerado por mucho tiempo. Las ordenanzas previeron e instituyeron una nueva ley y la pusieron en práctica. Las borracheras y el desorden social, los disparos dentro de los límites del pueblo o los asaltos estaban multados con diez, veinticinco y cincuenta dólares, respectivamente. Los domingos se prohibía estrictamente la venta de alcohol, así que para remojarse el gaznate en las fiestas hacía falta ser astuto como un zorro.

Pero incluso Wichita, con todas sus precauciones y buenos propósitos, tenía que salvar algunos escollos, ya que con el progreso llegaban no sólo beneficios, sino también inconvenientes, y Wichita no era una excepción a la regla. En muchos aspectos, el pueblo crecía de acuerdo con una planificación bien regulada y en otros, como si los fundadores no hubiesen previsto nada.

A lo largo de la orilla oeste del río Big Arkansas brotó

y creció el primer indicio de lo que constituiría la otra cara de la ciudadanía decente y respetuosa con la ley: el inevitable barrio de prostíbulos. Fue este suburbio el que dio a Wichita su fama rápidamente difundida —y por otra parte, inmerecida— de ser un pueblo salvaje de cuatreros, un auténtico infierno sobre la tierra y un lugar donde los tiroteos eran algo cotidiano. Llamado a veces «Wichita oeste», aunque más frecuentemente «Delano», este reducto de vicio y violencia era el blanco de las críticas mordaces de los discursos de los políticos —al margen de que hubieran frecuentado de incógnito sus corruptas y pecaminosas costumbres—, y objeto de la condena airada de cada mujer decente y religiosa del pueblo.

Rachel Wilder pertenecía a este último grupo. Así que, con gran cólera y mortificación, montó a su yegua *Sunflower* y la espoleó rumbo a las anchas y fangosas calles de Delano hasta llegar al Silver Slipper. Tenía tanto frío que le castañeteaban los dientes, pues estaba calada hasta los huesos por la lluvia glacial que caía sobre ella; tenía la voz ronca de tanto gritar del modo menos femenino posible para que Jonathan Beecham saliera de una vez de allí.

Sabía que la oía porque, casualmente, él se había asomado a una de las ventanas del primer piso de la cantina y había vociferado con su voz ebria que se largara de allí. En ese momento hacía su tercera aparición.

—¡Oh, vamos, señorita todopoderosa Wilder, lárgate! —exclamó desde arriba, blandiendo una botella medio vacía de whisky como si fuera a arrojársela—. Lárgate a casa y déjame en paz, ¿vale? ¡Maldita zorra metomentodo! ¿Quién diablos te nombró mi ángel guardián? ¡Tú no eres mi mujer! —Tomó un largo trago de la botella. Luego se secó la boca con el dorso de la manga—. ¡De hecho, tú no eres la mujer de nadie, te quedarás vieja y reseca! ¿Me oyes, frígida solterona? No tienes derecho a ordenarme lo que debo hacer. ¡Así que desaparece de mi vista! ¡Estás estropeando mi diversión con... Emmalou!

—Sostenía entre los brazos a la ramera con la que había estado la noche anterior y empezó a besarla y a tocarla descaradamente—. Te aseguro que eso no le divierte en absoluto, ¿verdad, cariño?

Lanzó una mirada impúdica, de complicidad, a la prostituta y una sonrisa lasciva bailó en su rostro, como si pensara en su potencia sexual y en cómo gritaría y gemiría de placer cuando la tomara de nuevo... ¡Estaba dispuesto a sacar el jugo a sus 7,50 dólares! Al cabo de un momento, se acordó de Rachel y, frunciendo el entrecejo, dio la espalda a la ventana y masculló:

—¿Me oyes, señorita estrecha y remilgada? ¡Lárgate por donde has venido! ¡Vuelve a casa, a tu cama fría y vacía! ¡En Delano no hay lugar para las mojigatas... y sobre todo para las que están locas como una cabra!

De los ojos de Rachel brotaron lágrimas ardientes de dolor y humillación al escuchar aquellos insultos, ya que la golpeaban en lo más hondo de sí misma. Sabía que, a sus dieciocho años, muchos consideraban que ya no podría casarse y otros que estaba «un poco chiflada». Pero aun sabiendo que no estaba casada porque simplemente no quería y que los otros rumores acerca de ella eran falsos y maliciosos —aparte de que la mayoría salían del propio Beecham—, las habladurías no eran menos dolorosas.

Después de su nada caballerosa plática, Jonathan respiró profundamente, alzó la botella de whisky para engullir un poco más de su contenido y luego enterró la cara lascivamente entre los generosos y casi desbordantes pechos de Emmalou. Ella lo agarró en un arrebato y empezó a restregarse provocativamente contra él, mientras una sonrisa de suficiencia curvaba sus labios carnosos y rojos, observando fijamente a Rachel para asegurarse de que la joven se había escandalizado. Luego, con un alarido de júbilo, la prostituta se apartó con Jonathan de la ventana, reapareciendo brevemente para hacer gestos obscenos y groseras aclaraciones a Rachel, cerrando al final la ventana de golpe para atrancarla firmemente. Pero uno de sus cuatro cristales cuadrados estaba roto y, poco después, a través del agujero, los jadeos estridentes y los gemidos lascivos y placenteros alcanzaron los oídos de Rachel, sonrojándola de vergüenza.

Si no hubiera pensado en los pobres huérfanos Beecham, abandonados y obligados a sobrevivir por sí mismos en el reducto de su degradada cabaña, Rachel habría vuelto a su casa tan rápido como hubiera podido. Pero su terquedad se veía fortalecida por el sobrecogedor recuerdo de los tristes y asustados rostros de los chicos aquella mañana, cuando ella había ido a visitarlos y descubierto que habían pasado la noche solos, aterrorizados por las figuras y las sombras que, al caer la noche, se convertían en indios, coyotes, serpientes y otras pesadillas que asustaban a los niños en la pradera. Respiró hondo y se tragó su orgullo. Nunca había aceptado una derrota y pensó que no importaba lo difícil que fuera conseguirlo, pero que de alguna forma haría que Jonathan Beecham afrontara sus obligaciones. Era lo último que podía hacer por la desafortunada descendencia de India.

Al recordar a su amiga muerta, la obstinada barbilla de Rachel se irguió y sus hombros se cuadraron con decisión, ignorando a los transeúntes que la observaban embobados e impúdicos al pasar por la sórdida calleja. Sabía que aquellos tipos suponían que cualquier mujer, incluso casada, estaba en Delano al servicio de cualquier hombre, y que no les importaría ponerle las manos encima o hasta violarla, llegado el caso. Así que no desmontaría de su yegua ni por un instante, ni apartaría la mano de la pistola que agarraba con determinación. Sus dedos, entumecidos a pesar de los guantes, tentaban convulsivamente el cañón y el barrilete.

—¡Jonathan Beecham! —exclamó de nuevo con fiereza, temblando de furia y rabia—. ¡Jonathan Beecham! ¡Tú, canalla, llorón! ¡Sal de una vez! ¡Es una vergüenza que te comportes así... con la pobre India enterrada aún no hace un mes y ocho pobres niños en casa! ¡Jonathan Beecham! ¿Me oyes? —No hubo respuesta, y Rachel blasfemó en voz baja—. ¡Diablos! —Luego, alzando la voz una vez más, lo amenazó—: ¡Jonathan, te juro que si no sales ahora mismo por las puertas de esta cantina, haré que lo lamentes, consentido bribón!

La única respuesta que obtuvo fue la risa indecente de Emmalou y el vigoroso —y claramente audible— crujido de los muelles oxidados de la cama. Rachel se ruborizó hasta la raíz del cabello y sus labios se cerraron en una línea estrecha y doliente. Entonces, con una determinación marcial en la mirada, se volvió hacia su acompañante y protector, un hombre negro que aguardaba montado en una mula tras de ella.

—Poke —le ordenó, afilando sus palabras con cólera—, ve a buscar al señor Beecham a la cantina.

Desmontando lentamente y mirándola en silencio desde debajo del amplio y alicaído sombrero empapado bajo la lluvia, el corpulento asalariado meneó la cabeza.

—Ni por todo el oro del mundo, señorita Rachel —masculló—. ¡Sabía que tendría que decirle esto! ¿Acaso ha olvidado lo que sucedió la última vez que fui a buscar a ese maldito cabrón? Casi me mataron, señorita Rachel..., usted lo sabe. En Delano zurran de lo lindo a las personas de color y no quiero que me aplasten la cabeza contra la barra del bar o las puertas de la cantina por culpa de ese degenerado del señor Beecham. Lo siento, pero es mi última palabra sobre el asunto. —El negro meneó lacónicamente la cabeza y luego montó de nuevo en la mula sin prestar atención al gesto ceñudo de Rachel.

—Poke —dijo ella, enojadísima—, no sé para qué te traje.

—Bueno, porque soy la única persona en todo Kansas, además de su abuelo, por supuesto, que no se asusta de su lengua punzante, señorita Rachel —repuso, sincero y pragmático.

—¿Lengua punzante? —exclamó ella—. ¡Poke, mide tus palabras! Lo único que hago es ser honesta y decir lo que pienso, como debería hacer todo el mundo... ¡La gente debería hacer lo mismo en lugar de mentir, el mundo sería mucho mejor!

—Quizá tenga razón, señorita Rachel —reconoció Poke—, pero a nadie le gusta oír la verdad acerca de sí mismo... La honestidad debe ser medida en pequeñas dosis para no ofender. Yo sé que usted tiene buenas intenciones y que siempre trata de hacer lo correcto, señorita Rachel, porque en su interior, es la persona más amable que jamás he visto. Pero a los ojos de los demás, tiene más sentido común que todos ellos, y eso es algo que no pueden perdonarle..., especialmente por ser mujer. Por eso creen que es un marimacho, señorita Rachel, ¡y no hay nada que yo pueda hacer para evitarlo!

—¡Hum! —Rachel gruñó para demostrar su enojo, pero se dio cuenta de que el negro permanecía inmóvil y de que no parecía dispuesto a echarle una mano. Suspiró, y luego añadió—: ¡Bueno, Poke, ya que no vas a ayudarme, está claro que no tengo más remedio que enfrentarme al señor Beecham yo misma!

Un viento amargo vagaba sobre las llanuras enfangadas por la nieve a medio derretir y la lluvia caía con persistencia desde las nubes hinchadas y grises que cubrían el cielo. En un punto u otro del horizonte, la horquilla de un relámpago apuñalaba la tierra y los truenos rugían su advertencia ominosa. Iluminado por esa luz inquietante, un jinete se detuvo sobre la cresta nevada de la colina de la pradera, una silueta solitaria contra el cielo. Bajo las alas anchas y planas de su sombrero, frunció el entrecejo y observó el firmamento lejano y tempestuoso. La lluvia estaba amainando.

Mordisqueando inconscientemente la punta del cigarrillo que fumaba, el hombre levantó el cuello de su guardapolvo y trató de protegerse del viento y la humedad. Había sido un trayecto largo y duro; deseaba tomar un buen baño, afeitarse, comer caliente y dormir en una cama. Arreó el caballo espoleando ligeramente los costados del animal. Si se apresuraba, podía llegar a Wichita antes de que cayera el crepúsculo... y la tormenta.

En ese momento, para su alivio, ya que había empezado a creer que se había perdido por el camino en las llanuras desiertas y estériles, el jinete vio el pueblo que se alzaba a oscuras ante él, como un barco fantasma sobre el vasto mar. Era un paisaje gratificante. Galopó hacia él y sólo aminoró la marcha cuando alcanzó los aledaños. Ignorando fríamente el cartel que prohibía la entrada de armas de fuego en el pueblo, se desabrochó parcialmente el guardapolvo y dobló hacia atrás las solapas para tener los revólveres a mano si llegaba a necesitarlos.

Advirtió, como le ocurría siempre que se acercaba a un núcleo de civilización, que la tensión empezó a manar como una fuente en su interior. Su conducta era cautelosa. Sus ojos observaban atentos los sombríos alrededores, contabilizando el número de pequeños bares y burdeles que bordeaban la calle, los sucios maleantes y las zorras que holgazaneaban en las aceras a pesar del rigor del tiempo. Su labio superior se curvó en una mueca de asco. Por fin había llegado a la infame Wichita oeste..., Delano. Bueno, no era peor que otros lugares donde había estado, e incluso mejor que algunos. Atento a las miradas furtivas que la curiosidad dirigía hacia él, el jinete desmontó. Las riendas y las espuelas de plata tintinearon.

Instintivamente, los habitantes del pueblo le evitaron. Sin preguntarlo, sabían qué era. Sólo tres clases de hombres usaban dos pistolas en el Oeste: los novatos, los locos o, lo que era menos frecuente, los profesionales. Y aquel hombre, de aspecto fiero, corpulento y musculoso, no era ni un novato ni un loco. Habían visto a otros como él antes, y ni siquiera los más peligrosos —pistoleros, cazadores de recompensas, hombres que vivían a ambos lados de la ley— querían toparse con alguien de tan peligroso y depredador aspecto. Los que tenían un pasado criminal bajaron la mirada a su paso, deseando no ser el objetivo que lo había llevado hasta allí. Ninguno sabía que no era una recompensa lo que andaba buscando en Wichita.

Observando a los que lo evitaban el jinete sonrió maliciosamente. Pensó que, después de todo, podría hacer algún trabajo allí. Luego, recordando el motivo que lo había llevado a Wichita, su alegría se esfumó. Sus manos enguantadas apretaron las riendas como único signo visible de su inquietud y cólera interior.

Fue entonces cuando advirtió la presencia de un tumulto. Puso el caballo al paso, prevenido pero guardando la serenidad ante los posibles problemas. Su precaución era innecesaria. Conforme avanzaba pudo ver que la causa del disturbio no era más que una mujer extraordinariamente alterada. Supuso que debía de ser la mujer o la amante ultrajada de alguien, ya que montaba una delicada yegua de color marrón y empuñaba una pistola como si hubiera bajado al pueblo dispuesta a llevarse a su hombre, excitada como una fiera con la visión de aquellos miserables borrachos y de la ramera que se asomaba a la ventana. El jinete meneó la cabeza disgustado por la escena. Afortunadamente, él nunca había estado tan chiflado como para atarse a una mujer. Oh, eran magníficas, maravillosas, pero por una larga y solitaria noche cuando un hombre sentía la necesidad de algo suave y cálido. No obstante, por la mañana había que ponerse rápidamente en movimiento antes de que lo ataran a uno con nudos tan estrechos que ya no pudiera desatarse jamás. Sí, venía y se iba fácilmente... ése era su lema. Sólo por el placer de un día, ellas podían echarle a uno el guante, y luego... ¡se acabó tomar una copa —o cualquier otra cosa— en paz!

«¡Mujeres! —pensó estremeciéndose—. ¡Jesús!»

Eran como mutantes, ya que cuando conseguían tener el anillo en el dedo..., ¡por Dios que cambiaban! Incluso la más tímida y dulce de ellas se convertía al anochecer en la más desagradable de las arpías. Si no te reprendían por beber, era por fumar o jugar, o por ir con otras mujeres. Lo había visto a menudo y había aprendido la lección...

Pobre del imprudente marido que ignorara a su esposa, porque ella se lo haría pagar..., desde luego que sí.

«Pobre idiota bastardo —pensó despectivamente—. Está claro que no tiene ni pizca de coraje. Si esa potrilla salvaje fuera mía, ¡qué pronto le enseñaría modales!»

Habría seguido adelante, pero las feroces y desgañitadas palabras que oyó a continuación lo hicieron detenerse y mirar a la esbelta y arrebatada figura de la mujer.

—¡Te lo advertí, Jonathan Beecham! —exclamó—. ¡Te advertí varias veces..., así que luego no digas que no lo hice!

Luego, incluso antes de que el rápido pistolero comprendiera lo que estaba sucediendo, Rachel Wilder apuntó a la ventana de la cantina con su Parker de 1869 calibre 12 con recámara y su pistola Damascus de doble barrilete; levantó el gatillo y disparó.

Afortunadamente para Jonathan, Emmalou, la ramera, tenía un gran sentido de la supervivencia y lo empujó contra el suelo con ella justo antes de que la ventana y una parte del dintel superior saltaran en un millón de pedazos, dispersando madera y cristales por la habitación y la calle. El estallido de las pistolas fue tremendo y también su retroceso, pero Rachel y su yegua, *Sunflower*, estaban acostumbradas a ello desde hacía mucho tiempo. Mientras Rachel recuperaba el equilibrio sobre su silla de montar y observaba los efectos de su acción —que lamentaría enseguida—, su plácida montura no hizo más que mover la cabeza y desplazarse lateralmente un poco.

Por desgracia, la recalcitrante mula de Poke, *Cider*, no se mostró tan imperturbable. Al oír los gritos de algunas mujeres y la consiguiente conmoción, la mula empezó a cocear y alzar las patas delanteras furiosamente, casi arrojando a su jinete —que se sujetaba a la silla con desesperación— y soltando un sólido y cortante resoplido contra las orondas ancas de *Sunflower*.

En aquel instante, la yegua perdió su docilidad. Sorprendida y asustada por el doloroso golpe, gimoteó estridentemente, dio un paso atrás y, de pronto, sin previo aviso, se desbocó. Sin dar crédito a lo que ocurría, Rachel reaccionó lentamente. Apenas tuvo tiempo de guardar la pistola en la cartuchera de cuero atada bajo la cincha de su silla de montar y de esquivar los fragmentos del techo que se desprendió del Silver Slipper, antes de que *Sunflower* pateara salvajemente con sus cascos la vereda. La reacción de la yegua fue tan inesperada que Rachel no pudo sujetarse en tan repentino y brusco galopar. Tampoco había mucho espacio para maniobrar en el reducido límite que quedaba entre la cantina y las barras donde se amarraban los caballos. Con el corazón latiendo en su pecho como una locomotora, Rachel sólo pudo agarrarse al cuello de la yegua, incapaz de detenerla o controlarla antes de que *Sunflower* arremetiera contra las puertas estrechas y cerradas del Silver Slipper, arrancando uno de los porticones de sus bisagras y destruyendo el otro.

Si toda su atención no hubiera estado centrada en la necesidad de recuperar el control de la yegua, Rachel se hubiera reído del espectáculo que representaron todos los que estaban en el bar que, al verla, trataron de huir como locos, chocando contra mesas y sillas en su precipitado intento de ponerse a salvo. Finalmente, con los ojos en blanco y aterrorizada, la yegua retomó el bocado entre sus dientes y fue gobernable otra vez. Eso era todo lo que Rachel podía hacer para permanecer sentada en su silla. Su mente estaba en blanco y su instinto de supervivencia desapareció por completo.

Como una liebre loca, *Sunflower* brincó por los límites de la cantina, golpeando frenéticamente con los cascos, aplastando el suelo de madera y estropeando las escupideras lustrosas, cuyo asqueroso contenido salía disparado. El estómago de Rachel se encogía a causa de las sacudidas y del hedor del tabaco masticado. Su cabeza flotaba como una boya arriba y abajo, y veía el suelo aparecer y desaparecer, una y otra vez, como si estuviera en un carrusel desbocado. Su sombrero empapado salió disparado hacia arriba. Perdió algunas de sus horquillas, y las largas trenzas rubias que ataba en lo alto de su cabeza cayeron, tapándole los ojos. Finalmente perdió las riendas. A pesar de que el viento helado y la lluvia penetraban por las puertas destrozadas del Silver Slipper, el sudor la empapaba. Apretando con fuerza los dientes, se asió a la silla dispuesta a salvar la vida.

Para mayor escarnio, algunos de los groseros clientes de la cantina, que sin duda se habían escondido bajo el destartalado mostrador que corría a lo largo de una de las paredes del local, los escalones crujientes que llevaban a las habitaciones y la barandilla tambaleante que daba al salón desde el primer piso, ahora se divertían y mofaban del improvisado espectáculo, riendo inapropiadamente y soltando gritos de entusiasmo que revelaban su adhesión.

—¡Domínalo, pequeña! —la animaban, borrachos, y empezaron a disparar temerariamente sus pistolas al techo, aumentando el pánico de *Sunflower*—. ¡Parte el espinazo a ese potro! ¡Yee... pa!

Pronto, el aire se llenó de nubes de polvo del yeso que caía del techo y de la suciedad que levantaba la yegua al pisotear el sucio piso. Rachel tosía y se atragantaba, tratando de respirar con dificultad. La yegua había recorrido un círculo y volvía a estar en la entrada del Silver Slipper, donde, a ambos lados de la puerta, había dos ventanas alargadas que daban a la calle. Rachel advirtió con horror que *Sunflower* hacía ademán de saltar a través de uno de los ventanales. Incapaz de evitar el desastre inminente, hundió su rostro en la larga y sedosa crin de la yegua y, al sentir que los músculos posteriores de su montura se preparaban temblando y contrayéndose para saltar, cerró los ojos y rezó. Lo siguiente que supo fue que la amplia luna de cristal saltaba en pedazos y tintineaba en torno a ella conforme atravesaban la ventana.

Con un ruido y estallido de cristales, *Sunflower* golpeó la vereda, chocando violentamente contra uno de los postes de madera que sostenían la techumbre exterior del Silver Slipper. La inestable columna cedió al impacto, partiéndose secamente en dos por la base que se empotraba en la vereda. De inmediato, aquella parte del tejado se vino abajo con un estremecimiento, al igual que la yegua cuando sus cascos patinaron al pisar el resbaladizo barro de la calle.

Por un horrible momento, Rachel pensó que iban a chocar contra una carreta vacía que había al otro lado de la calle. Pero en aquel instante, justo a tiempo de salvarla de la inminente colisión, una mano fuerte y diestra intervino para sujetar las riendas de *Sunflower* y tirar brutalmente de la yegua hasta levantarla.

—¡Tranquila! —exclamó una voz grave y masculina—. Tranquila, eso es... Ya está. Ya está...

Al escuchar la firmeza de la orden, la asustada yegua se sosegó un poco, y luego, como si reconociera a su maestro, la obedeció y se calmó definitivamente, resoplando y relajando los costados. Rachel notó que el animal se tranquilizaba y advirtió que la pesadilla había terminado y que, sorprendentemente, aún se mantenía en su silla. Parecía imposible.

Con un carraspeo recuperó la respiración, obturada por el polvo que aún se levantaba alrededor de ella después de la temible carrera. Alzó lentamente la vista hacia el desconocido que la había rescatado.

Se quedó tan absorta observándolo que las palabras de agradecimiento no surgieron de sus labios, pues no podía hacer más que mirarlo. Era tan apuesto que, en su mente confusa, Rachel pensó que no era real, que se trataba de un jinete fantasma, una de esas apariciones demoníacas que los supersticiosos juraban que en ocasiones podían verse en una noche salvaje o mística en la pradera. A través de las riendas doradas, con el sonido de la llovizna, era como si visionara al hombre a través de un prisma oscuro o de una viñeta ahumada; casi hipnotizados, sus ojos lo recorrieron de arriba abajo.

Era esbelto y estilizado como una pantera, oscuro y plateado como el cielo de una noche estrellada. Llevaba puesto un sombrero negro con un ala ancha y baja que oscurecía su rostro rudo y atezado. Tan espeso y negro como su abrigo de montar de invierno, era el cabello largo y lanudo que se rizaba en su nuca. Bajo sus cejas satánicas y sus párpados pesados, ribeteados por espesas y largas pestañas, sus ojos azules brillaban como los de algunas aves rapaces. En su profundidad había un atisbo de burla, una leve amenaza, pensó Rachel sintiendo un escalofrío fugaz. Su nariz estaba finamente cincelada sobre el bigote negro y la boca suave y sensual. Sostenía entre los dientes blancos un cigarro negro y delgado. De su punta ardiente se evadía, como un espectro, un hilo de humo que se perdía entre la lluvia y el viento. Tenía los pómulos bien definidos y las mejillas llenas. La determinación de su mandíbula con barba de unos días rayaba el orgullo y la arrogancia, como si estuviera habituado a pedir y obtener lo que quería.

En torno al cuello llevaba una cálida bufanda de lana negra. Su largo guardapolvo negro estaba abotonado desde el firme y plano estómago hasta la garganta, y cubría ampliamente unos hombros desbordantes y un pecho ancho. Llevaba en la cintura un cinturón de cuero negro adornado con una hebilla de plata y dos pistoleras, cada una de las cuales contenía un mortífero Peacemaker de sólido diseño y larga distancia de tiro, con cachas de marfil talladas con la estampa del caballo y las flechas que fuera el distintivo de marca de Samuel Colt, sujetas con bordes de plata cuidadosamente elaborados. Ataba los pantalones de montar negros y ajustados a sus muslos y pantorrillas de pana. Botas de cuero negro, con espuelas de plata muy brillantes, calzaban sus pies.

Con graciosa habilidad montó su alazán, obviamente hecho a la silla. Su postura era expectante pero vigorosa. Era un hombre que jamás huiría del peligro, pues estaba seguro de sí mismo y de su capacidad para enfrentarse con la vida.

Por su atuendo y sus gestos, Rachel advirtió que su desconocido salvador era un profesional, un pistolero, un cazarrecompensas, el arquetipo de lo que ella siempre había detestado y temido en un hombre: frío, irónico, rudo y salvaje. Seguro de sí mismo y de su superioridad, era la clase de hombre que tomaría sin preguntar lo que quisiera y que no dejaría que nadie ni nada se interpusiera en su camino.

Al pensar en esto, se le puso la piel de gallina y sintió una emoción extraña, salvaje e indefinible, que nunca había tenido antes, recorriéndole inesperadamente la espalda con sentimientos de temor, excitación y desconcierto. De pronto, se sintió tan ardiente como una cañería de metal bajo el sol del verano. Su boca estaba tan seca como un viejo hueso de búfalo. Su corazón batía como las alas de un colibrí. Entonces se dio cuenta de lo grosera que estaba siendo al mirar fijamente a aquel hombre, de lo desaseada que debía de estar después de lo ocurrido y de los devastadores resultados de la escena que él probablemente había presenciado antes de ayudarla. El rubor cubrió sus mejillas. Consternada, pensó que él la consideraría basta y vulgar, aunque no podía entender por qué su opinión sobre ella era importante.

Sin embargo, lo peor de todo fue que el pistolero volvió la vista a los escombros del Silver Slipper y luego la miró a ella esbozando una extraña sonrisa; finalmente, y para abundar en la vergüenza de Rachel, soltó, insolente:

—¡Cariño, si ésta es tu idea de cómo dar un paseo en una tarde lluviosa, te juro que detestaría ser tu acompañante un sábado por la noche!

Era intolerable... Rachel quiso morir de vergüenza allí mismo y en ese instante. Pero tenía agallas, algo que era más innato que adquirido; así pues, no se vino abajo. Se irguió con orgullo y determinación, valiéndose de su ingenio. ¿Cómo se atrevía aquel tipo desaliñado a reírse de ella, a burlarse, a hablarle como si fuera una cualquiera? No era un caballero. Rachel defendía tenazmente la idea de que había un lugar para cada cosa... ¡y decididamente aquel hombre necesitaba que lo pusieran en su sitio!

—Verá, señor —dijo altanera—, como considero que su proyecto es imposible, no debe preocuparse. Sin embargo, le agradezco su ayuda. Ahora, si fuera tan amable de soltar a mi yegua, no lo molestaría por más tiempo.

Estoy segura de que, por más que se diga de su temperamento, Verne Lundy, el propietario del Silver Slipper, por una vez querrá llamar al *marshal* Meagher; y como no quiero acabar en un calabozo, debo continuar mi camino.

A pesar de su intención de replicar con firmeza, se dio cuenta de que estaba hablando demasiado rápido y confusamente. Pero no parecía poder hacer nada por evitarlo. ¡Maldito hombre! ¿Por qué tenía los ojos del color azul más oscuro que ella jamás había visto? Eran como profundos pozos en un cielo de verano. ¡Y de qué modo la miraba...! ¡Era como si... como si la desnudara con la mirada! ¡Realmente era insultante, y además muy violento!

Por su parte, el pistolero pensaba que era una mujer simple y desagradable, demasiado orgullosa y arrogante, sin razones para serlo. Rígida como un palo, se sentó en la grupa de la yegua haciendo grandes esfuerzos para parecer una mujer ofendida y mantener a aquel tipo a raya, a pesar de su deplorable aspecto y del hecho de que su lamentable arremetida había ocurrido ante los ojos de él, como prueba de su naturaleza desenfrenada. No obstante, ¿por qué se ruborizaba como si hubiera intentado cortejarla...? El color intenso de sus mejillas resaltaba aún más las pecas de sus pómulos, advirtió él, haciendo que sus ojos verdes —su único rasgo atractivo, se dijo irónicamente— parecieran aún más verdes. Esos ojos, y la forma triangular de su cara, la hacían parecerse a un gato callejero, lo que, al margen de sus aires y maneras, es sin duda lo que era... «Impertinente mujercilla», pensó sin piedad. Recordando las palabras que había dirigido al borracho imbécil de la ventana poco antes de abrir fuego contra él, tuvo el prurito de enojarla de nuevo.

—Perdone, pero... ¿no cree que olvida algo..., señora? —preguntó, con voz ahuecada y sarcástica—. ¿Qué hay de su... marido? —Señaló hacia lo que quedaba de la ventana en lo alto de la cantina, donde Jonathan Beecham permanecía ahora de pie.

—Afortunadamente —respondió Rachel, gesticulando con desdén al mirar a la figura enojada y pensativa de Jonathan—, ese maldito borracho no es mi marido. Yo, señor, no estoy casada, ¡y después de lo de hoy, doy gracias a Dios por haber tenido el buen sentido de permanecer soltera!

A continuación, considerando que su salvador había probado finalmente su lengua punzante, Rachel golpeó con los tacones los costados de *Sunflower* y galopó hasta salir del pueblo, seguida torpemente por Poke y la errante e imprevisible mula *Cider* sobre una pista de barro.

Con los ojos entrecerrados y fríos como el hielo, el pistolero la observó hasta que desapareció de su vista como si la hubiera tragado la fina lluvia. Luego, tensando el músculo de su mandíbula, se volvió con determinación hacia el Silver Slipper.

5

En un vano intento por eludir la tormenta que se avecinaba, Rachel cruzó la pradera forzando a *Sunflower* todo lo que pudo y mirando de vez en cuando hacia atrás para asegurarse de que Poke y *Cider* la seguían. No se dirigía a casa, como Poke deseaba de todo corazón, sino a la cabaña de los Beecham. Por fin reconocía que, a pesar de sus abnegados esfuerzos desde que India había muerto —pretendiendo intimidar y avergonzar a Jonathan con el fin de que cumpliera con sus responsabilidades—, él no tenía la más remota intención de enmendarse y hacerse cargo de los niños. Como le parecía inconcebible que los chicos fueran abandonados a su propia suerte, Rachel no veía otra alternativa que llevárselos del habitáculo de los Beecham a su propia casa para cuidarlos.

No podía seguir soportando el esfuerzo de intentar trabajar en su propia granja y vigilar la de los Beecham; sabía que, de otro modo, no habría llegado a perder la serenidad hasta el punto de disparar contra Jonathan. Después de lo ocurrido, Rachel descubrió que se había turbado tanto que sus manos aún temblaban sobre las riendas. ¡No podía comprender qué la había hecho llegar tan lejos!

Peor aún era el creciente temor de que Verne Lundy enviaría casi con absoluta certeza al *marshal* Meagher tras ella; y si bien no le importaba pagar por los desperfectos que había causado, Rachel no quería ir a la cárcel. La idea era absolutamente mortificante. ¿Qué diablos la había llevado a perseguir a Jonathan hasta Delano? Al fin y al cabo, los pequeños Beecham no eran sus hijos. ¡Debería haber seguido al pie de la letra el estricto código del Oeste y meterse sólo en sus propios asuntos!

Luego pensó una vez más en India, la pobre India, su amiga. Rachel sabía, en lo más profundo de su corazón, que si hubiera tenido que volver a hacerlo, no habría dudado, no habría cambiado nada excepto, por supuesto, la aparición del desconocido salvador, aquel hombre perverso. Al margen de su atractiva apariencia, no había nada que lo hiciera recomendable excepto aquel par de hermosísimas Colt Peacemaker como Rachel jamás había visto. Habían sido hechas por encargo, Rachel lo sabía por las cachas de marfil y su cuerpo de plata. Los profesionales preferían ese revólver al americano Smith & Wesson del calibre 44; pues, aunque cuando su carga se agotaba el americano podía ser recargado con mayor facilidad debido a la simultánea expulsión de los casquillos, ese revólver poseía una elegancia europea que los pobladores del Oeste, acostumbrados al perfecto equilibrio del Colt, rechazaban. Por otra parte, un hombre que llevara consigo dos pistolas y supiera cómo usarlas, no necesitaba preocuparse demasiado por la velocidad con que pudiera recargarlas, especialmente si era un adepto al «cruce de fronteras», una técnica por la que el revólver que aún no había sido disparado pasaba rápidamente a la mano más diestra para el tiro.

Rachel confiaba en su vieja pistola, que no requería demasiada técnica para alcanzar su objetivo y que era mortífera a corta distancia. Más de una vez la había usado al enfrentarse a los tipos que traspasaban los límites de sus tierras..., especialmente cierto pelmazo persistente y siempre mal recibido, Rye Crippen. También tenía un rifle de un solo disparo, el Trapdoor Springfield de 1873, calibre 45-70. Pero sólo lo usaba para intimidar a larga distancia.

Para cuando Rachel llegó a la cabaña de los Beecham era la hora del crepúsculo y los cielos ya habían vaciado casi todo su contenido. La lluvia se filtraba, como el té a través de un colador, por el techo del establo donde ella y Poke amarraron sus monturas junto a los animales de tiro de Jonathan, los caballos y la pequeña vaca lechera. El suelo estaba empapado y, sorteando los charcos, ella y el negro corrieron hasta alcanzar la casa. Voceando bajo la lluvia, con el abrigo flameando frenéticamente al viento, Rachel golpeó con fuerza la puerta.

—Somos Rachel y Poke, Eve —exclamó—. ¡Ábrenos, cariño, y déjanos entrar!

Después de lo que pareció una interminable espera, la tranca fue finalmente retirada y la puerta crujió vacilante. Sosteniendo en alto una lámpara de queroseno, con ojos profundos y ansiosos, Eve Beecham surgió lentamente de la oscuridad. Su hermano de once años, Gideon, estaba de pie tras ella sujetando una vieja carabina Sharps, que habían modificado para que admitiera munición moderna. Después de comprobar que realmente eran Rachel y Poke, los niños suspiraron aliviados y se apartaron para dejarlos entrar.

—¡Oh, tía Rachel, estamos tan contentos de que hayas venido! —sollozó Eve, dando a Rachel el tratamiento que los niños Beecham le otorgaban, orgullosos de ello. Eve abrazó a Rachel con fuerza, por unos instantes. Luego, la soltó y dio unos pasos atrás para preguntar serenamente, aunque sin muchas esperanzas—: ¿Papá no estará en el establo poniendo el toldo sobre los animales, verdad?

—No.

Rachel meneó la cabeza deseando retorcer el cuello de Jonathan como si fuera uno de los chorros de agua que había visto colarse por el techo de la cabaña, empapando la muselina que India colgaba de las vigas, años atrás, para intentar recoger la suciedad y la hierba que caían del techo. La frágil tela estaba desgastada y colgaba hecha jirones. Como consecuencia, las serpientes y los ratones se filtraban por el techo con la tormenta, se deslizaban y escurrían por el suelo empapado. Rachel quería llorar por la pobre India y sus sufrimientos. Hizo un esfuerzo, contuvo las lágrimas y prosiguió.

—Lo siento, Eve. Tu padre está en el pueblo... por unos asuntos... y no podrá volver esta noche. Por eso hemos venido Poke y yo. Esta noche dormiréis en mi casa. Así que recoged vuestras cosas. ¡Enseguida! ¡No tenemos tiempo que perder!

Mientras hablaba, Rachel recogía con rapidez y eficiencia lo que sabía que los chicos, y en especial el bebé, Tobias, podrían necesitar —ropa, calcetines, camisones, pañales, peines, cepillos de dientes y todo lo demás—, y lo echaba en el gran canasto de mimbre que India había usado para la colada. Rachel quería salir cuanto antes de la cabaña de los Beecham, donde los recuerdos de su amiga muerta la acosaban y los pensamientos acerca de Jonathan la encolerizaban de nuevo.

Sabía, por las expresivas miradas que intercambiaron los mayores —Eve, Gideon, Caleb, Susannah, e incluso Philip, de siete años de edad— que no habían creído su historia sobre los asuntos que Jonathan estaba resolviendo en el pueblo, y que sospechaban que su padre estaba en Delano, bebiendo y dándose a las mujeres. Sin embargo, no pronunciaron una palabra de censura o protesta y empezaron a liar sus bártulos de inmediato.

Los chicos se sintieron íntimamente aliviados al saber que su padre no volvería a casa. Deseaban que nunca regresara. A su lado, vivían muertos de pánico. Cuando bebía, se ponía agresivo. Les gritaba y pegaba, a menudo sin motivo alguno. Sentían que de algún modo eran los responsables de sus problemas y pensaban que él sería más feliz si se libraba de ellos —del mismo modo que, por doloroso que fuera admitirlo, ellos también lo serían—. A veces, la vida era así de cruel; no importaba cuánto quisiera uno a una persona. Al menos, eso les había dicho su madre.

Mientras Rachel y los niños terminaban de empaquetar y apagaban cuidadosamente la escasa luz y las brasas del hogar, Poke corrió al establo para atar los animales de tiro de Jonathan a la carreta de los Beecham. Ató su mula, la yegua de Rachel y la vaca lechera al gancho posterior. Luego registró el granero hasta que encontró un pedazo de lona vieja que arrojó al interior de la carreta. Serviría para proteger a los niños de la lluvia.

Desde la puerta del granero aguardó a que Rachel hiciera una señal y, en cuanto ella apareció con la lámpara en la mano, subió al asiento de la carreta y la condujo a la casa. Rachel sujetaba al bebé y Gideon arrastraba la canasta de mimbre. Los niños y ella subieron a la carreta y se cubrieron con la lona. En cuanto estuvieron instalados del modo más cómodo posible, Poke hizo restallar el látigo sobre el lomo de los animales de tiro. De inmediato, las mulas se introdujeron en la tormenta; a ratos escuchaban el creciente ruido de los truenos que descendía de la atmósfera cargada y aparecía un faro fantasmal, azulado, en la noche.

El pistolero se detuvo frente a la puerta de la sórdida habitación de Emmalou, en el primer piso del Silver Slipper, registrando con la mirada la enorme cavidad que el disparo de Rachel había abierto en la pared, los pedazos de madera y cristal diseminados por el suelo y, con mayor determinación, al hombre desastrado que yacía bajo los efectos de la resaca en una sucia cama de hierro. Después de observarlo un rato despectivamente, el pistolero se dirigió hacia el lavamanos de la habitación, vertió una considerable cantidad de agua del jarro de porcelana en la palangana y luego arrojó el contenido sobre el hombre, que roncaba ruidosamente.

Farfullando con enojo y confusión, Jonathan Beecham sacudió el agua en todas direcciones y saltó de la cama como un pollo asustado que saltara desde el palo de su gallinero.

—¿Qué diablos...? —exclamó, y luego se interrumpió bruscamente al darse cuenta de que estaba gritando con rudeza al personaje misterioso que tenía frente a sus narices.

—¿Eres Jonathan Beecham? —preguntó el pistolero entre dientes. Su cigarrillo humeante era lo único que separaba su rostro oscuro y barbudo de la cara del otro hombre.

—¿Quién... quién quiere saberlo? —preguntó Jonathan con voz queda, advirtiendo dolorosamente, conforme experimentaba algunos indicios de sobriedad, no sólo que estaba desarmado, sino que además no llevaba pantalones, lo que suponía un deplorable estado para alguien que se enfrentaba con un pistolero profesional obviamente encolerizado.

—Slade Maverick —gruñó el pistolero—. ¿Este nombre significa algo para ti?

—No, no... —tartamudeó Jonathan ansiosamente ya que, como muchos bravucones, en realidad era un cobarde. Se sentía intimidado por aquel tipo de metro noventa de fibrosa y dura musculatura que lo increpaba ferozmente—. ¿De... debería significar algo?

—Sí —Slade lo miró amenazadoramente, entrecerrando sus ojos azules—, ¡porque aparte de pertenecer a una de las mejores pistolas del Oeste, es también el nombre de tu cuñado, cobarde bastardo! —dijo, empujando a Jonathan con tanta fuerza que el tembloroso borracho rodó por el suclo—. No te acuerdas de mí, ¿verdad? Bueno, es comprensible... Yo sólo tenía catorce años cuando India y tú os casasteis. Pero yo sí te recuerdo. —Slade se detuvo, taladrando con una mirada arrogante el rostro rastrero y pastoso de Beecham. Luego exclamó—: ¡Jesús! ¡Qué mi pobre hermana soportara siquiera tu visión durante todos esos años, es algo que nunca entenderé!

—¿Tú eres... tú eres el hermanastro de India? —Jonathan se atragantó, totalmente aterrorizado.

—¡Sí, hijo de perra! ¡Y estoy aquí para exigirte una compensación por todo lo que sufrió en tus miserables manos! —exclamó Slade, haciendo que un terrible escalofrío recorriera la espalda de Beecham. Luego, renegando, el pistolero lo empujó afuera—. ¡Vístete! —le ordenó, tajante—. Tú y yo vamos a dar una vuelta por tu casa.

—¿Ahora? ¿En medio de la tormenta? —gimoteó Jonathan, adelantándose hacia la lluvia que se colaba por el enorme agujero de la pared y preguntándose cómo podía librarse de Slade y escapar del pueblo antes de que el pistolero se enterara de que India estaba muerta.

—Sí. ¿Por qué no? —gruñó Slade—. Vamos, muévete..., a menos que necesites mi ayuda...

Sus manos se posaron elocuentemente sobre las empuñaduras de sus Peacemakers.

—No, no, no... —Jonathan meneó con fuerza la cabeza, mirando horrorizado al par de revólveres con cachas de marfil, y buscó rápidamente sus pantalones.

Emmalou, que oyó las últimas indicaciones al entrar en la habitación, con una escoba en la mano y una expresión de disgusto ante los destrozos, habló con aspereza.

—Éste no va a ninguna parte —afirmó, y observó detenidamente a Slade. Luego se mojó los labios color carmín con la punta de la lengua—. ¡Me debe siete dólares y cincuenta centavos y todavía no los ha soltado, así que no se larga hasta que pague!

Los ojos de Slade miraron a la grotesca ramera, centrándose en el rostro sobrecargado de maquillaje y en el cuerpo que empezaba a engordar demasiado y que aprisionaba dentro de un corsé.

—Puede que él no esté enterado —replicó despectivamente, señalando a Jonathan—, pero yo sí... Apuesto a que tienes suerte si consigues tres dólares en tus mejores días. Tómalo o déjalo —concluyó, separando tres billetes del rollo que guardaba en el bolsillo y arrojándoselos a la mujer.

Emmalou pareció contrariada por la actitud del pistolero y su evidente falta de interés por ella, pero recogió el dinero y lo embutió en su corpiño, entre los pechos orondos.

—A Lundy, el dueño de este estercolero, no va a ser tan fácil taparle la boca —afirmó, meneando la cabeza y clavando la mirada en Slade—. Dijo que el propio Beecham, que está aquí mismo, o esa presumida señorita Wilder, no le importa cuál de los dos, tendría que pagar los desperfectos. Ya ha mandado a buscar al *marshal*... y no creo que le hable con esa maldita arrogancia, señor, a menos que él le meta entre rejas. ¿Sabe una cosa...? Espero que lo haga, porque en ese caso, ¡creo que me dejaría caer por allí para reírme un buen rato de usted!

—Sé que lo harías —gruñó Slade con indiferencia. Luego se volvió hacia Beecham—. Deduzco que esa «señorita Wilder» es la fierecilla enfurecida que disparó contra ti.

—Sí —respondió Jonathan, enojándose al recordar la hazaña de Rachel y sintiéndose un poco más valiente ahora que llevaba los pantalones puestos—. ¡Esa zorra entrometida! ¡Desde luego, voy a decirle algunas cosas la próxima vez que la vea! Me gustaría saber quién diablos cree que es... ¡dispararme de ese modo! ¡Podía haberme matado!

—Sí, podrías estar muerto —enfatizó Slade, esbozando una media sonrisa que estremeció a Jonathan. Luego añadió fríamente—: A mí también me gustaría saber quién cree que es, Beecham..., y por qué piensa que deberías obedecer sus órdenes.

Jonathan se mordió los labios nerviosamente, pero antes de que pudiera urdir una respuesta satisfactoria, Emmalou soltó:

—¡Es la presuntuosa señorita que ha estado cuidando de sus hijos desde que su mujer murió! Pero eso no le da derecho a decirle lo que tiene que hacer, ¿verdad? Ni a tratarme como si yo fuera mierda bajo sus pies ni a insultarme por mi forma de ganarme la vida... ¡Sobre todo cuando lo único que hago es tratar de que el pobre tipo se olvide de sus miserias! ¡Solterona chiflada! ¡Si vuelvo a verla, le volaré la cabeza! ¡No es la única mujer del pueblo que sabe empuñar una pistola!

Emmalou siguió hablando, pero Slade ya no la escuchaba, ensordecido por la conmoción y tristeza que lo asaltaron repentinamente con la crueldad de un cuchillo afilado. ¿India muerta...? ¡No, no podía ser verdad! Los recuerdos de una mujer joven con la larga melena negra al viento y unos alegres ojos azules brotaron en su mente, acosándolo. Era la única mujer que lo había querido. Incluso su madre, hermosa y distante, había estado siempre demasiado ocupada para prestarle mucha atención, aunque habían reído juntos y había sido amable con él cuando tenía tiempo... Slade recordaba pocas cosas de ella, excepto su sonrisa y su perfume, sus besos en la mejilla y sus pasos suaves cuando salía de la habitación con la mente ocupada en otras cuestiones. Su madre le parecía algo irreal, como un ángel de otro mundo que él hubiera invocado. En la majestuosa mansión de su padre a orillas del río Misisipí —una casa tan grande que un niño abandonado como él podía esconderse en cientos de lugares sin ser encontrado hasta que nadie se molestara en buscarle—, sólo India se había preocupado realmente por él. Qué distante había estado durante tantos años de su hermanastra..., ignorando sus problemas; si él lo hubiera sabido, la habría ayudado. Qué camino tan duro, cuántos kilómetros había recorrido sólo para reparar el tiempo perdido... No, era imposible que estuviera muerta.

Con una extraña mirada carente de emoción, Slade observó fijamente el rostro pálido de Jonathan, y adivinó lo peor. En ese momento, la sangre fluyó a su cabeza, sus ojos se nublaron y creyó enloquecer. Gritando enfurecido, se arrojó al cuello de Beecham y lo derribó brutalmente al suelo.

Aterrorizada por el repentino curso que tomaban los acontecimientos, Emmalou soltó la escoba y corrió por la habitación, mientras Jonathan, alzando los brazos, hacía todo lo posible por defenderse. Pero era como una criatura aterrorizada e indefensa ante las garras de un puma. Su rostro enrojeció, luego adaptó un tono azulado y sus ojos parecían a punto de estallar conforme las manos de Slade se estrechaban sobre su cuello, asfixiándolo y aplastando tan reiteradamente su cabeza contra el suelo que los que estaban abajo, en la cantina, oyeron el ruido. Beecham trataba de respirar, tirando desesperadamente de los dedos de Slade para que no lo ahogara. Por fin, cuando Jonathan pensaba que era hombre muerto, el pistolero lo soltó. Anegado, Beecham respiró hondo, pero antes de que recuperara totalmente el aliento, Slade le lanzó una poderosa patada a la cara.

Después de esto, dejándose llevar por la angustia y la ira, Slade empezó a pegarle sin piedad, hasta que Jonathan dejó de parecer un hombre y adquirió el aspecto de un animal que hubiera sido pateado por una manada en estampida. Sus ojos estaban casi cerrados, la sangre manaba de su nariz rota y del labio partido, y su pecho y abdomen eran una masa de cardenales. Al menos tenía fracturadas tres costillas. Estaba empapado de sangre y sudor, y también de la lluvia que entraba a través de lo que había sido una ventana. Se tambaleaba sobre sus pies, sólo sostenido por un remoto vestigio de orgullo masculino y por las fuertes y despiadadas manos del pistolero. Jonathan advertía, desde algún débil rincón de su mente aturdida, que no podía soportar mucho más.

De pronto, atraído por los alaridos de Emmalou y por el temor de que se estuvieran causando más destrozos en su local, apareció Verne Lundy, el propietario, acompañado por el *marshal* Mike Meagher. Con la experiencia de muchos años de intervención en los disturbios que se armaban en las cantinas, los dos hombres contuvieron a duras penas a Slade y lo apartaron del magullado Beecham, justo cuando el pistolero lanzaba un puñetazo particularmente contundente a la mandíbula del otro hombre. Con los ojos desorbitados de incredulidad y terror, Jonathan se tambaleó hacia atrás, perdió el equilibrio y cayó a través del enorme agujero de la pared sobre el maltrecho tejado, deslizándose después hasta la calle, donde quedó tendido bocabajo sobre el barro.

—¡Dios todopoderoso! —mugió Emmalou, asomándose por el orificio y añadiendo cautelosamente —: ¡lo ha matado!

—¡Que se pudra en el infierno ese pedazo de basura! —repuso Slade con voz áspera, notando que aprisonaban su muñeca derecha al tiempo que un lazo se estrechaba ominosamente en su mente.

Pensó que debía escapar. Aunque sus musculosos captores no le habían sujetado los brazos a los costados —trataban de desarmarlo—, también pensó en los hijos de India y, por supuesto, en la desagradable idea de que su rostro estaba impreso en numerosos carteles de búsqueda que se habían distribuido por todos los estados y territorios de Estados Unidos. Todo ello le impidió huir. De algún modo, supo que tenía que aclarar la situación antes de que llegara demasiado lejos. Después de todo, no era la primera vez que lo arrestaban y, probablemente, tampoco sería la última.

El *marshal* Meagher esposó a Slade y lo empujó rudamente escaleras abajo, seguido todo el tiempo de Verne Lundy. Al salir, descubrieron que Jonathan todavía estaba vivo y casi totalmente indemne, excepto por las heridas que había sufrido durante la pelea y por la torcedura de un tobillo que se había producido en el curso de su doble caída.

—Es sorprendente que no se haya partido su estúpida crisma. En fin, reconozco que estaba demasiado borracho para saber quién lo golpeó —observó el *marshal* con acritud—. Tienes suerte, forastero; de lo contrario, deberíamos colocarte una corbata de honor aquí mismo. Así que, considerando las circunstancias, creo que no te importará pagar una multa de cincuenta dólares por asalto y dormir algunas noches en el calabozo.

—Supongo que no —aceptó Slade con acritud.

—Bien —dijo el *marshal*. Luego hizo un gesto a uno de los policías locales, que venía a ayudarle—. Earp, a éste dale también una celda individual. —Se acercó a la figura desarticulada de Beecham—. Va a ser multado y encerrado, y además... se le imputará borrachera y escándalo público.

Y así fue como en su primera noche en Wichita, Slade Maverick fue ignominiosamente encarcelado en una celda de dos metros cuadrados, justo al lado de su cuñado, el despreciable Jonathan Beecham. Sin dignarse a hablar con él, que ya estaba sobrio y nauseabundamente complaciente, Slade cenó unas judías frías y repugnantes en un plato de latón. Luego se tendió en una litera de madera, en lo alto de un jergón revuelto. Deseó intensamente poder dormir. Sin embargo, permaneció despierto durante horas, escuchando el lamento del viento y el tabaleo de la lluvia en el techo metálico de la cárcel. Profundamente apenado por lo de India, sufrió en silencio, solo con sus pensamientos.

Fue la noche más larga de su vida.

6

Rachel no entendía por qué el *marshal* Meagher no había ido a buscarla a la granja para arrestarla. Estaba segura de que iría, al igual que su abuelo después de escuchar por la noche el animado relato de Poke sobre las payasadas que Rachel había hecho en el pueblo. Fremont Haggerty rió hasta que se le saltaron las lágrimas, golpeándose las rodillas y pataleando el suelo con tanta fuerza que casi se rompió su pierna de madera. Al escuchar el divertido relato, incluso los chicos mayores de los Beecham olvidaron sus penas más recientes y soltaron risitas incontrolables, con ojos llenos de sorpresa y admiración por el loco intento de Rachel de obligar a su padre a volver a casa.

—¡Ésa sí que es buena! —exclamó Gideon, poniéndose en pic sobre las sábanas dispersadas por el suelo—. ¡Seguro que papá recibió una buena lección!

—Gideon —rió Poke entre dientes, secándose las lágrimas—, ¡tu padre estaba tan alterado que podías freírle un huevo encima! ¡Nunca lo había visto así!

Fue sólo la expectación ante el inminente arresto de Rachel lo que los calmó. Pero para su sorpresa, ni el *marshal*, ni sus hombres, ni un mísero policía aparecieron esa noche por la granja para llevar a Rachel a la cárcel. Por supuesto, cabía la posibilidad de que la tormenta hubiera arredrado a los servidores de la ley, pero eso no explicaba por qué no había acudido nadie por la mañana, cuando el cielo, aunque todavía gris, amaneció tan claro como podía estarlo en invierno. Incluso el sol se esforzaba en salir, haciendo que la nieve medio derretida se esponjara como el azúcar.

Confundida, Rachel meneó la cabeza al ver el horizonte vacío y prosiguió su camino hacia el granero. Tal vez el indigno Verne Lundy había decidido no acudir a la ley ya que, después de todo, Rachel estaba segura de que él mismo tenía un buen montón de razones para eludirla. Suspiró, deseando conocer de un modo u otro lo ocurrido para dejar de preocuparse.

Balanceando el cesto de los huevos al caminar, respiró profundamente el aire de la mañana. Olía a fresco y limpio, como siempre después de una tormenta, al igual que la tierra oscura y cenagosa que la salpicaba bajo las botas. La brisa era fría; sin embargo, Rachel creyó intuir una brizna de primavera en medio de su rigor. En realidad, es lo que más deseaba, harta de la hosquedad del cielo, de la nieve y la escarcha, y del rígido frío de la noche, entre las sábanas, a pesar del fuego prendido en el horno y el hogar. Deseaba que el firmamento se volviera azul, los pastos de la pradera verdes, y que la caricia del viento que soplaba sobre las llanuras, suave como una canción de cuna en verano y fuerte como una sinfonía en invierno, permaneciera para siempre.

Cuando Rachel abrió una de las pesadas puertas del granero y se deslizó en su interior, se sorprendió al encontrar ya allí a Gideon, alimentando y limpiando a los animales, mientras que el pequeño Caleb, de diez años, ordeñaba las vacas. Al mismo tiempo, el chico atendía a la pandilla de gatos que aguardaba expectante alrededor de él, dando a cada cual un poco del líquido tibio y blanco mientras trabajaba.

—Anoche estuvimos hablando entre nosotros después

de que te acostaras, tía Rachel; verás, si vamos a quedarnos aquí, aunque sólo sea por un tiempo, queremos ganar nuestro sustento —explicó Gideon, ante su mirada interrogante—. Sabemos que ha sido duro para ti tener que cuidar de... mamá y de nosotros como lo has hecho, y no queremos vivir de la caridad.

Rachel contuvo las lágrimas al escuchar estas palabras, pues sabía que procedían de India. La conmovieron y se entristeció al recordar a su amiga fallecida; sabía que si Jonathan se hubiese ofrecido a echar una mano, lo habría hecho a la fuerza y sólo con la certeza de que el ofrecimiento sería declinado. Pero la expresión infantil de Gideon era orgullosa y sincera al mismo tiempo, como si fuera a echarse a llorar si Rachel rechazaba la ayuda que le estaba ofreciendo. Supo que no podía hacerlo. Así pues, dijo:

—Por supuesto, nadie quiere holgazanes aquí, Gideon. Nunca pensé que lo fuerais. Hay un montón de cosas que hacer y espero que vosotros, niños, las compartáis con nosotros exactamente como hacéis en casa. De hecho, estoy muy contenta de tener vuestra ayuda.

En gran parte era cierto, pues desde la muerte de sus padres durante un tornado unos años atrás, Rachel había cargado con más responsabilidades de las que podía soportar para sacar adelante la granja. Naturalmente, Poke hacía el trabajo más duro y el abuelo ayudaba tanto como podía. Sin embargo, el día parecía no tener suficientes horas.

—Cuando termines con esto, Gideon, pregunta a Poke qué hay que hacer luego. Y tú, Caleb, cuando estés listo, lleva esos cubos de leche arriba y ponlos sobre la mesa de la cocina —ordenó Rachel.

—Sí, señora —corearon los niños, sonriendo tímidamente.

En la pocilga, Rachel encontró a Philip vertiendo agua concienzudamente sobre los cerdos. En el gallinero, la pequeña Susannah, de nueve años, esparcía grano y recogía huevos mientras los fuertes pollos dominicanos de

Rachel picoteaban afanosamente. Viendo que le quedaba muy poco que hacer, Rachel arrojó a sus perros de caza los huesos y las costillas que había guardado de la cena de la noche anterior, luego regresó a la cabaña de maderos. Allí, Eve ya había ordenado las cosas y preparado la mesa para el desayuno.

—¿Pero es que vosotros, los Beecham, me habéis dejado algo que hacer esta mañana, Eve? —preguntó Rachel.

—Prepara la comida, tía Rachel —contestó la chica, sonriendo—. No estaba segura de lo que comerían el abuelo Haggerty y Poke.

—Cualquier cosa que no esté viva y coleando —bromeó Rachel, atando uno de sus delantales de muselina a la cintura y eligiendo unos sacos y canastillas entre las pequeñas provisiones que contenían los estantes de la cocina.

Buscó un cuenco de arcilla y un tenedor de madera, mezcló la masa, la amasó y enrolló y, después de espolvorearla ligeramente con harina, empezó a cortar panecillos.

Cuando los puso en el horno, cortó hábilmente unas lonchas de tocino ahumado, esperando que no tuvieran el repugnante sabor a las langostas que lo habían arrasado todo en agosto pasado. Mientras los trozos de carne se asaban en la plancha de hierro de la cocina, sacó café en grano y lo preparó. Luego cogió una sartén para el maíz y lo dejó tostándose. Finalmente cascó y frió un huevo fresco de los que Susannah había recogido. Mientras Eve alimentaba y cambiaba los pañales al pequeño Tobias, Susannah sirvió en tazas de hojalata la leche que Caleb había ordeñado y puso el maíz cocinado sobre la mesa.

Después, todos se reunieron para el desayuno. Para sobresalto de los más piadosos chicos Beecham, Fremont pronunció la plegaria, dando gracias a Dios por la comida que había en la mesa pero indicando que, después de todo, era su propio y duro trabajo el que la había provisto. Dicho esto, todos llenaron sus platos y empezaron a comer con avidez, conversando poco. A pesar de la tranquilidad de la comida, la presencia de los chicos alegraba a Rachel. Era como si fuesen una familia. Ella hubiera deseado tener hermanos o hermanas, alguien más joven a su lado. De algún modo, los Beecham parecían compensar su carencia. Se sintió más feliz de lo que había estado en mucho tiempo.

Después de la comida, Rachel advirtió que Eve y Susannah, e incluso la pequeña de dos años de edad, Naomi, sin decir nada se disponían a recoger la mesa, tirar los desperdicios y lavar los platos. Así que se puso el abrigo y, lamentando la pérdida de su viejo sombrero de fieltro el día anterior en el Silver Slipper, se ajustó una cofia a la cabeza. Informó a su abuelo de que iba a bajar al pueblo para enterarse de si Verne Lundy la había denunciado a las autoridades. Como sabía que cuando Rachel se obstinaba en hacer algo era difícil disuadirla, Fremont murmuró algo sobre las chifladas que nunca aprenderían la lección, y luego declaró en voz alta que seguramente disfrutaba haciendo esas cosas.

Con los ojos brillantes de cariño por su abuelo gruñón, Rachel señaló que al menos en esto no cabía duda de que era su nieta. Besó satisfecha su mejilla con suave olor a whisky y obtuvo algunos gruñidos más por los quebraderos de cabeza que causaba. Luego cogió la pistola, la revisó y salió afuera, al sol glacial que finalmente atravesaba el cielo gris. Ensilló a *Sunflower* y galopó hasta Wichita.

Una vez en el pueblo, Rachel recorrió la amplia y fangosa calle principal, Douglas Avenue, atravesó uno de los puentes que cruzaban el río Big Arkansas y se internó en Delano. A diferencia de Wichita, el suburbio estaba casi desierto a esa hora, pues sus habitantes dormían la resaca de los excesos cometidos la noche anterior. Desmontó cautelosamente y ató a *Sunflower* con firmeza a la barandilla de los caballos frente al Silver Slipper. Como el hurto de caballos era un delito grave en Kansas, no tenía que preocuparse, ni siquiera en Delano, de que algún vagabundo le robara la yegua. Era su propia integridad lo que la preocupaba. La decencia le impedía entrar en el bar, pero como parecía imposible que nadie la viera y sentía la necesidad de saber si estaba buscada por la ley, Rachel se atrevió finalmente a entrar.

A pesar de su desazón, miró boquiabierta alrededor, porque era la primera vez que pisaba una cantina. Se sintió extrañamente decepcionada por el hecho de que sólo hubiera una simple barra, algunas sillas y mesas rotas —estado que ella no podía recriminar a nadie— y un viejo piano desvencijado. Por las historias que había escuchado, Rachel esperaba encontrar candelabros de cristal, puertas de terciopelo rojo y pinturas de mujeres desnudas. Sin embargo, el Silver Slipper no era comparable al Sindicato, el banco Spirit o el Gold Rooms, algunos de los establecimientos de mayor categoría de Wichita.

Verne Lundy estaba allí a pesar de que era muy temprano. A Rachel no le sorprendió que no se alegrase de verla, sino que la saludara con bastante consideración, aunque añadió al instante que fuera tan amable de meterse en sus propios asuntos y salir de allí mientras una parte de su cantina permaneciera aún en pie.

—Si no has tenido bastante después de lo de ayer, sin una maldita palabra de disculpa y sin haber puesto un maldito centavo..., será mejor que te largues... Por cierto, ya se hicieron cargo de eso, chica —dijo—. Y si lo que quieres es saber si tu pellejo está en juego, no debes preocuparte, no he puesto ningún cargo contra ti, aunque debería. El *marshal* te dejará en paz. Pero será mejor que mantengas a ese idiota de Beecham alejado de aquí, ¿me oyes? Gracias a él y a ti, casi perdí mi asquerosa cantina, chica... ¡y a la mejor de mis condenadas zorras! ¡Porque es un milagro que mi pobre Emmalou no saltara en pedazos al otro mundo! ¡Gracias a Dios, no hay una sola mujer sobre la Tierra que sepa disparar!

—¡Señor Lundy! Por favor, no olvide con quién está hablando y cuide su lenguaje.

Rachel habló como una remilgada y obtuvo una sarcástica risotada a cambio. Pero como era ella quien había destrozado el salón, se sentía incómoda y reconocía que tal vez merecía aquellas palabras; así que cambió rápidamente de tema.

—Veamos, señor Lundy, ¿ha dicho que alguien se hizo cargo de la deuda por mí?

—Si te refieres a que alguien pagó por los destrozos que causaste, sí; alguien lo hizo.

—Pero... ¿quién? —preguntó Rachel, perpleja.

—No lo sé, muchacha, ni me importa. La última vez que le vi iba adornado como un pavo de Acción de Gracias camino del calabozo..., junto a tu amigo Beecham. ¿Por qué no se lo preguntas al *marshal* o al oficial Earp? También estaba aquí cuando se llevaron a esos bastardos... ¡Y ahora, deja de molestarme! ¡No quiero perder el día gorjeando como un jilguero! ¡Tengo trabajo que hacer! —Después de esto, dio la espalda a Rachel gritando—: Clem, ¿dónde están los barriles de cerveza que te pedí que trajeras al bar? ¡Mueve tu trasero, holgazán hijo de perra, si no quieres que te despida! —Luego, acordándose repentinamente, agarró algo que estaba tras el mostrador y lo arrojó a Rachel—. Aquí está tu sombrero, muchacha. Y ahora lárgate. ¡Vamos!

Aliviada porque después de todo no iban a arrestarla pero preguntándose quién podía haber compensado a Verne Lundy por los destrozos que ella había causado, Rachel abandonó el Silver Slipper. Montó en la yegua y se dirigió a la oficina del *marshal*, dispuesta a conocer la identidad de su benefactor y a agradecerle el favor.

No había llegado muy lejos cuando tuvo ocasión de ver al oficial Earp paseando por la calle. Para evitar una entrevista desagradable, detuvo a *Sunflower* y fue a saludar al policía. A causa de sus numerosas y ampliamente difundidas escapadas, aparte del hecho de que dos miembros de su familia, Bessie y Sallie Earp, habían sido multadas por prostitución hasta que él se había unido al cuerpo policial de Wichita, el oficial Wyatt Earp era muy popular entre los habitantes del pueblo.

Después de que Rachel explicara quién era y qué quería, él le facilitó el nombre que andaba buscando: Slade Maverick. Pero para su consternación, el policía también la informó de que, puesto que el prisionero era un pistolero infame que podía intentar fugarse en cualquier momento, no le era permitido recibir visita alguna. Así que perdería el tiempo si iba a la cárcel.

Rachel se quedó tan sorprendida de que su desconocido benefactor fuera el hombre que había aplacado a *Sunflower* cuando se desbocó, que sólo atinó a agradecer al oficial Earp la información y a seguir adelante. No podía imaginar por qué motivo aquel hombre se había hecho cargo de los desperfectos que había causado en el Silver Slipper, especialmente después de dirigirle aquellas insolentes palabras en la calle.

Fue al día siguiente cuando Rachel descubrió horrorizada que Slade Maverick no era sólo un pistolero notable, sino el hermanastro de India Beecham —la «oveja negra»— que había venido a encargarse de los hijos de su hermana muerta.

7

Cogiendo un aro repleto de llaves de su despacho, el *marshal* Meagher se acercó a las celdas y se detuvo ante los barrotes que aislaban a Slade Maverick y a Jonathan Beecham. Las llaves tintinearon cuando el *marshal* introdujo en cada cerradura la llave correspondiente, descorrió los cerrojos y ordenó a los hombres que se pusieran en pie.

—Sois libres, chicos —dijo—. Tú, si piensas marcharte de Wichita, puedes coger tus armas ahí delante. Si no, el agente te entregará una ficha de metal para que las retires cuando te largues de nuestro tranquilo pueblo. No queremos hombres armados aquí..., ya deberías saberlo, Beecham. Bajo ninguna circunstancia quiero veros de nuevo a ninguno de los dos en mi celda, así que evitad los problemas..., ¡especialmente tú, Maverick! Aunque hayas oído lo contrario, estoy al frente de un pueblo limpio y decente, ¡y no pienso ver mis logros empañados por ningún maldito par de pistolas!

—De acuerdo, *marshal* —masculló Slade—. Lo que usted diga.

El pistolero se puso el guardapolvo, se caló el sombrero y se colgó al hombro su manta de dormir enrollada. Luego, con el tintinear de las espuelas, salió de la celda y se detuvo frente a la mesa del agente —puesto que no pensaba quedarse en Wichita— para recuperar sus revólveres y otras pertenencias que le habían sido confiscadas después del arresto. Frunciendo el entrecejo al salir a la relativa claridad del mediodía, anduvo hacia el establo para retirar el caballo y la silla de montar. Registró mecánicamente sus alforjas para comprobar que no faltaba nada y revisó la cartuchera de cuero para asegurarse de que su rifle Winchester del 73, calibre 44-40, estaba allí. Luego montó y fue en busca de Jonathan, que sin duda había huido del pueblo a toda prisa.

El pistolero encontró a Beecham a unos kilómetros al este de Wichita y lo alcanzó rápidamente. Para su propio regocijo, ni siquiera tuvo que sacar el revólver para persuadir al acobardado Jonathan de que lo llevara a su cabaña.

Ésta era incluso peor de lo que Slade imaginaba. Comprendía que India le había ocultado la verdad. Sintió una gran pena por ella al ver aquella choza sombría. ¿Cómo había podido soportarlo viniendo de una de las mejores plantaciones a orillas del Misisipí? Lo ignoraba. Slade apretó los puños. Era todo lo que podía hacer por contenerse y evitar abalanzarse de nuevo sobre Beecham.

—Yo sólo..., bueno... —Jonathan se aclaró la garganta con nerviosismo—. Entraré y avisaré a los niños de que estamos aquí.

—Hazlo —gruñó Slade, y desmontó.

No hizo ningún ademán de aproximarse a la casa. Con dolor y cólera crecientes, observaba, cerca del lugar donde se había detenido, la cruz de madera ladeada por los efectos de la reciente tormenta que marcaba el lugar del sepulcro de India. Se inclinó y la enderezó lentamente, apretando los labios al comprobar que ni siquiera tenía una lápida. El montículo de tierra bajo el que yacía India todavía era visible. Slade pasó el dorso de su mano sobre sus ojos brillantes. Luego usó la culata de uno de sus Peacemakers como martillo para fijar la patética cruz, prometiéndose que encargaría un sepulcro de granito tan pronto como pudiera. Los ojos del pistolero eran duros y brillantes como el acero azul cuando Beecham apareció de nuevo.

—No hay... no hay nadie dentro —anunció Jonathan asustado, captando la expresión hosca e inquisidora de Slade—. La casa está... vacía. Incluso los... animales de tiro y la vaca... han desaparecido.

—Bueno, ¿dónde crees que están?

—Supongo... que Rachel se los llevó a su casa... ¡Esa zorra entrometida! Le dije que no se acercara por aquí, que no la quería ver con India y los niños. Es peor que una serpiente de cascabel..., ¡dos veces más venenosa! Lo que sucedió en el Silver Slipper no es la primera vez que pasa; esa zorra me está hartando. Siempre le decía a India que yo era un mal tipo, que me mandara al diablo... ¡Como si yo no hiciera todo lo que podía, a pesar de las calamidades, para que todo se arreglara! ¡Jesús! ¡Esa solterona celosa! La única verdad es que no podía soportar que India tuviese un marido porque ella no tenía a nadie..., sólo *el buey* Oxenberg la querría. ¡Pero es tan condenadamente estúpido que ni siquiera tiene sentido que venga cuando ya no llueve! ¿Qué otro podría interesarse por esa loca endemoniada?

—¿A qué te refieres... con eso de loca endemoniada? —inquirió Slade fríamente, frunciendo el entrecejo al pensar que una loca peligrosa podía haberse llevado a los hijos de India y que Beecham —¡aquel borracho demente!— había permitido que eso sucediera.

Sin embargo, y a pesar de que había disparado contra Jonathan aquel día en Delano, Rachel Wilder no parecía una desequilibrada, sino una mujer enfurecida. Cuando supo que había estado cuidando de sus sobrinos y sobrinas desde la muerte de su hermanastra, no le importó pagar los destrozos del Silver Slipper pensando que la había juzgado mal y que la había tratado injustamente. Sin embargo, rememorando la escena ocurrida en Delano y viéndola desde una nueva perspectiva, Slade se preguntó ansiosamente qué suerte podían estar corriendo los niños en sus manos.

—¡Te he hecho una pregunta, Beecham! —exclamó—. ¿Qué quieres decir con eso de... loca endemoniada?

—Sólo... sólo lo que he dicho —replicó Jonathan amargamente, arqueando las cejas—. Por estos alrededores, todo el mundo sabe que es una lunática. ¡No dejes que te vuelva loco! Finge ser una persona decente y religiosa, pero en lo más profundo de su corazón carece de moral. ¡Es un diablo, te lo aseguro! Se trata con un mestizo indio pagano, cosa que ninguna mujer en su sano juicio haría. Le da cuentas, sábanas, y todo eso... ¡y quizá armas y alcohol, no me sorprendería en absoluto! ¡Diablos! ¡Incluso actúa como él! Va a la pradera por plantas y raíces y no sé qué más; hierve toda clase de pócimas apestosas... sólo el cielo sabe con qué propósito... ¡aunque yo sospecho por qué! Y luego entra en trance y anda por ahí con una rama de forma de horquilla diciendo que va a encontrar agua bajo el suelo...

—Así pues, ¿insinúas que lo único extravagante que hace es comerciar con lo que probablemente es un viejo e inofensivo curandero y que ella es sólo... una herborista y zahorí? —preguntó Slade, sorprendido y enojado por la ignorancia y la estupidez de su cuñado—. ¡Eso no la convierte en una «loca endemoniada», Beecham! ¡Deberías arrodillarte ante ella y agradecerle que cuidase de tus hijos, que es más de lo que tú has hecho, condenado bastardo! De lo contrario, no sé lo que habría sido de ellos en esa cueva, solos y abandonados. Y ahora monta en el caballo, engendro de hombre y padre; vamos a hacer una visita a la señorita Wilder... Y te lo advierto, más vale que le demuestres el mayor respeto, ¡o juro que yo mismo me ocuparé de romperte tu estúpida crisma!

Involuntariamente, y aunque no fuera más amistoso, el segundo encuentro de Slade con el rostro felino de Rachel Wilder le produjo una impresión mucho más profunda, pues le pareció más atractivo de lo que le había resultado la primera vez. Se preguntó si acaso le había cegado la vista el polvo del camino... El modo en que sus cabellos rubios como vetas de oro brillaban bajo el sol del atardecer, los destellos verdosos que sus ojos le dirigían, los pómulos altos y pintados por el arrebol del crepúsculo en la pradera, y su suave y dulce boca rosada que temblaba de miedo y furia al mirarlo, le resultaban familiares... En realidad, se estaba enamorando, y a pesar de la tristeza que sentía por la muerte de India, había más que un atisbo de interés en el modo en que Slade observó el rostro de la mejor amiga de su hermanastra.

Era mucho más joven que India, así que le sorprendió que hubieran sido amigas íntimas, de hecho, lo bastante íntimas para que la tristeza de Rachel por la pérdida de India fuera evidente —algo que enalteció su visión de ella y que conmovió sus sentimientos—. Quizá las circunstancias las habían unido, pensó Slade. Ambas granjas estaban aisladas, a kilómetros de distancia del pueblo y de los vecinos más próximos.

Sin embargo, aunque Rachel le gustaba físicamente, y aunque fuera amiga de su adorada hermanastra, Slade se dio cuenta de que no podía sentirse atraído por la joven. No eran los tratos comerciales que mantenía, sus maquinaciones y artes adivinatorias lo que había hecho de Rachel Wilder una solterona, pensó el pistolero, a pesar de lo que dijera el idiota de su cuñado. Era su lengua viperina, cuyos severos e insistentes ataques estaba soportando desde hacía un cuarto de hora. ¡Era una auténtica fiera! Al menos, esta primera impresión de ella sí se correspondía con la del primer encuentro.

Slade estaba enojado porque, incluso después de conocer sus propósitos, no quería invitarles a entrar en la casa, sino dejarlos allí, de pie..., apuntándolos sobre la hierba enfangada. Ni siquiera quiso llamar a los niños para que salieran.

Con la voz temblorosa de emoción, proseguía con las

acaloradas acusaciones que había empezado a lanzarles desde que él y Beecham habían llegado.

—Señor Maverick, aunque no dejo de estarle agradecida tanto por su acertada intervención fuera del Silver Slipper como por haber saldado mi deuda con Verne Lundy (que insisto en que le pagaré en cuanto pueda), ¡sepa que no voy a devolver estos pobres chicos ni a un pistolero ni a un borracho! —declaró Rachel, con sus ojos verdes brillando de emoción—. Tío o no, usted no es la persona apropiada para cuidar de ellos. Como tampoco Jonathan es, lamentablemente, un padre apropiado, tal y como ha demostrado su deplorable conducta de las últimas semanas. Estoy absolutamente convencida de que, bajo estas circunstancias, India —en este momento, Rachel titubeó y tuvo que contener las lágrimas para proseguir con determinación—, habría deseado que yo tomara la custodia de los niños.

—Señorita Wilder, no estoy discutiendo el hecho de que ni yo ni el miserable de mi cuñado seamos las personas más adecuadas para educar a ocho pobres niños —aseveró Slade, sometiendo sutilmente su impaciencia a la tozudez de la mujer e ignorando deliberadamente la oferta de reintegrarle el dinero de la deuda—. Pero con el debido respeto, señora, le guste o no, nosotros somos de su sangre; y por más que usted fuera, aparentemente, íntima amiga de mi hermana, eso no la emparenta con ella, y no puede saber cuáles eran realmente sus ideas sobre este particular. Si es tan amable de apartar ese cañón, señorita Wilder, le mostraré la carta que recibí de India poco antes de su muerte, en la cual deja claramente expresado su deseo de que yo cuidara de los niños si algo le sucedía a ella.

—Yo... no le creo —dijo Rachel, perpleja y herida por el hecho de que India, en un momento de necesidad, recurriera a su hermanastro en lugar de a su mejor amiga.

—Sin embargo, señora, le aseguro que le estoy diciendo la verdad —respondió gentilmente Slade, advirtiendo el dolor de Rachel cuando le alcanzó la nota y evidenciando que no tenía intención alguna de arrebatarle la pistola, que ella se había negado a bajar.

Ella abrió el sobre, revisó su contenido y, después de leer lentamente las dos páginas escritas, las devolvió a su interior. Dio un profundo suspiro.

—Esto no cambia nada —determinó, para sorpresa de Slade—. India... India no podía estar en su sano juicio cuando escribió esto. Estuvo muy enferma y deprimida durante las semanas que precedieron a su muerte y, obviamente, su juicio estaba afectado por ello.

—¡Lo único trastocado en su sano juicio fue escogerte a ti como amiga, señorita Wilder! —soltó Jonathan.

—Cierra la boca, Beecham —gruñó Slade, acercándose a él de un modo tan amenazante que hizo que el propio Beecham y Rachel saltaran—, ¡antes de que te la cierre yo! ¡Si desde el primer momento tú hubieras cumplido con tus obligaciones, ninguno de nosotros estaría aquí ahora!

Volvió a dirigirse a Rachel con un tono de voz tan calmado, que a ella le pareció difícil reconciliar las dos caras que había visto en la misma persona.

—El hecho es, señorita Wilder, que mi hermana *escribió* esa carta y usted no tiene ningún poder legal sobre sus niños. Ahora, yo le agradezco que haya sido tan amable de cuidarlos en mi ausencia. Pero no tiene que sentirse responsable de ellos por más tiempo, y le agradecería que los hiciera salir ahora mismo. —Se interrumpió, expectante. Entonces, como Rachel no hizo ningún ademán de entrar en la casa, añadió con voz suave y profunda—: Señora, detestaría tener que pedir al *marshal* que viniera para arreglar esto.

El corazón de Rachel se aceleró cuando escuchó esto y sus hombros se abatieron, pues sabía que, fuera pistolero o no, la ley daría la razón a Slade Maverick en aquel asunto. Él tenía razón: no tenía ningún fundamento legal en que apoyarse en relación con los niños Beecham. No tenía nada, excepto el amor con que había apoyado a su madre y que aún entregaba a los chicos, pero ante los ojos ciegos de la justicia, esto no sería suficiente. Además, como el pistolero había ignorado, de un modo sorprendentemente caballeroso, su insistencia en devolverle la suma que había entregado para pagar las reparaciones en el Silver Slipper, todavía podía exigirle que le pagara esa deuda, en caso de que siguiera contrariándole, y eso era algo que ella no podía hacer de inmediato porque carecía de fondos. Desesperada, se dio cuenta de que no podía continuar presionándolo.

Deseó de todo corazón que Slade Maverick se abrasara en las hogueras del infierno, lugar al que seguramente pertenecía aquel diablo. Si él no hubiera aparecido para entrometerse, estaba segura de que habría llegado a algún acuerdo satisfactorio con Jonathan. Ahora todo estaba perdido. Era simplemente injusto, pensó encolerizada, una gran injusticia.

No se había dado cuenta hasta esos últimos días de lo profunda que era su soledad desde que sus padres, y luego India, habían muerto. No lo había advertido hasta que los pequeños Beecham la habían hecho formar parte con su cariño de una gran familia. Le habían mostrado un vacío en su vida que no sería fácilmente reparado cuando ellos se marcharan.

También tenía al abuelo y a Poke, claro, pero ellos sabían muy poco de las necesidades de una mujer, de las cosas más vulgares y corrientes de la vida cotidiana que Rachel había compartido primero con su madre, luego con India, y ahora con la pequeña Eve. Como hombres solitarios que eran, probablemente el abuelo y Poke no podían entender lo que había supuesto para ella todo aquel revuelo en la cabaña, las charlas, las risas e incluso las riñas y los lloriqueos del bebé Tobias. Tal vez no podrían entender el sentimiento maternal que había nacido en ella al acunar al bebé para que se durmiera por las noches, pretendiendo que era suyo.

Rachel había llegado a creer que aquella familia le pertenecía y se había entregado a las emociones que no pertenecían a ese momento de su vida. Ahora, sabía que sólo había amordazado unos sentimientos en su interior, incapaz de dar rienda suelta a sus sueños ya que sabía que nunca se harían realidad... ¿Qué esperanzas había de que encontrara un marido?

Su padre había sido maestro de escuela, abolicionista, revolucionario y visionario..., un hombre adelantado a su tiempo. Él creía realmente que todos los hombres —y las mujeres— habían sido creados iguales, y había asentado sólidamente estas creencias en su hija, Rachel, su única descendencia. Esto no había sido una ayuda para ella, pues se había convertido en una mujer que no encajaba en la sociedad en que le tocaba vivir. Ella marchaba a un ritmo diferente al que seguían las otras mujeres, y todo el mundo lo advertía. Las mujeres reconocían instintivamente que Rachel no era como ellas, que «era extraña». Los hombres, menos perceptivos, sólo sabían que se sentían incómodos con ella, y que de algún modo parecían amenazados por su forma de ser. No estaban acostumbrados a que una mujer respetable les sostuviera la mirada, interrumpiera educadamente su conversación y sostuviera opiniones contrarias a las de ellos o hiciera objeciones que, después de expuestas y debatidas, a veces se comprobaban superiores a los suyas.

Los pocos hombres que habían llegado a cortejarla, abandonaban enojados la empresa al poco de empezar, porque tenían la sensación de que les habían parado fríamente los pies y no sabían cómo continuar. Se sentían heridos en su orgullo masculino..., y lo peor de todo era que Rachel ni siquiera se daba cuenta de ello. Por el contrario, habiendo recibido aquellas instrucciones de su padre, se sentía profundamente confundida y herida en su inteligencia innata y en su curiosidad, creyendo que su absoluta honestidad y franqueza eran rasgos desagradables en una mujer.

No es que desconociera los modos en que las mujeres engatusaban a los hombres, sino que no quería adherirse a las reglas del doble juego. En su opinión, eran estúpidas y decepcionantes, y no veía por qué aquellas características tenían que ser resaltadas. No era eso lo que ella quería en un hombre y no podía creer que un hombre las buscara en ella.

Era por eso que su único pretendiente era Gustave Oxenberg..., llamado «el Buey» por todos, excepto por Rachel. Era un emigrante sueco grandullón, más fuerte y tozudo que el animal del que tomaba el apodo y tan laborioso como él. El hecho de que fuera leal, serio y tenaz no se le tenía generalmente en cuenta. Le resultaba dificultoso hablar de nada que no fuera el tiempo o los quehaceres de la granja; por ese motivo la opinión más extendida en el pueblo era que perseveraba en sus atenciones hacia Rachel Wilder porque no había ninguna otra mujer casadera que soportara su aburrido y persistente cortejo. De hecho, en todas partes decían que el Buey era tan idiota que ni siquiera era capaz de darse cuenta de que Rachel no era deseable como esposa.

No era tonto, o por lo menos no tan obtuso como la gente suponía. El que no condenara indiscriminadamente a Rachel Wilder como los demás se debía no sólo a su carácter generoso y ecuánime, sino también al hecho de que la había amado silenciosa y apasionadamente con todo su corazón desde el primer momento en que la vio. El amor que sentía por ella le parecía tan natural como el aire que respiraba o la comida que tomaba, y no se preguntó ni una sola vez por qué su mirada debería haberse posado sobre otra persona cuya naturaleza le resultara más ajena.

Rachel no le correspondía y él lo sabía. También sabía que, como no lo amaba, no se casaría con él. Él habría aceptado todas sus condiciones, la habría adorado si ella hubiera consentido en ser su esposa. Pero no importaba lo bueno y amable que ella lo considerara, ni lo mucho que lo respetaba y quería como amigo; Rachel no se casaría con un hombre al que no quería. Su cuerpo joven no se abrasaba de deseo cuando el Buey la tomaba de la mano. Su corazón no latía como las alas de un pajarillo cautivo al encontrar su corazón. Su mente y su alma no lloraban por las suyas, como si el mundo fuera a oscurecerse y a parecer vacío en su ausencia.

Ésos eran los sueños de amor de Rachel, nacidos de la poesía y las novelas que había leído durante la infancia, y que aún leía; la indomable pasión que enojaba a sus padres, como los mugidos del ganado cuando una tormenta barría las llanuras. Tan fuerte había sido el amor entre sus padres que, cuando vieron que no podrían escapar al tornado que finalmente los vencía, murieron uno en brazos del otro, tratando ambos de proteger al esposo de la furiosa espiral. Rachel nunca había sentido una pasión que la consumiera por un hombre, pero no iba a dar menos a su marido ni a aceptar menos como esposa. Así que, cuando el amor la eludió, guardó cuidadosamente sus sueños bajo llave y trató de desalentar lo más amablemente posible los propósitos de Gustave Oxenberg.

Ésa, al menos, había sido su vida hasta la muerte de India... India, que había aprendido a Burns y Shakespeare, a Byron y a Tennyson de memoria, y que había cerrado con llave sus propios sueños desde hacía mucho tiempo. Ahora, con la repentina adopción de los Beecham, la secreta esperanza escondida en el corazón de Rachel se había desatado con facilidad, el polvo y las telarañas habían desaparecido de inmediato y los saquitos de espliego colgados sobre sus sueños se había retirado tiernamente. A pesar de su carácter estricto, se había permitido albergar de nuevo esperanzas en al menos una parte de aquello por lo que desde hacía mucho tiempo había perdido ilusión.

Y ahora, todo saltaba por los aires por culpa del pistolero que estaba frente a ella, con los ojos azules e insondables en su triunfo, mientras su crueldad hacía pedazos aquella pequeña y vulnerable parte de su corazón. Rachel nunca había odiado a nadie tanto como a Slade Maverick en ese momento. Desde la punta de su sombrero hasta las suelas de sus botas de cuero negro, los despreciaba profundamente. ¿Qué sabía de sueños, de amor, un hombre más fuerte que la piedra y más duro que el acero? Si tenía un resquicio de corazón —y ella lo dudaba—, debía de ser marmóreo. Eso era todo lo que podía hacer para contener sus impulsos de descargar en él su pistola de corta distancia.

No obstante, irguiendo los hombros y bajando el arma, lo invitó cortés y fríamente a entrar:

—¿Quiere pasar, señor Maverick? ¿Jonathan...?

—Lo mismo dijo la araña a la mosca —murmuró Beecham, ganándose otra mirada admonitoria del pistolero.

—Eso lo dijo el cuervo, Jonathan —repuso Rachel secamente—, y como en mi casa no tengo ninguno, estarás a salvo. A salvo de mí, claro; porque si estuviera en tu pellejo, no agotaría la paciencia a mi cuñado. Por algún motivo, parece que te ha tomado tan poca simpatía como yo.

Miró a Beecham con desdén. Todavía tenía los cortes y morados de la paliza en el Silver Slipper, por lo que Rachel dedujo acertadamente que se había peleado con su cuñado. Al menos, esto era algo a favor de Slade Maverick, pensó, aunque ella aún no podía creer que los niños pudieran estar mejor con él que con Jonathan. Después de todo, ¿qué podía saber un pistolero sobre cuidar niños?

Los hombres siguieron a Rachel hasta la cabaña de maderos. Allí, Eve y Susannah estaban lavando y secando los últimos platos del almuerzo y el pequeño Andrew, de cuatro años, jugaba con su hermanita Naomi con un puñado de soldados de madera sobre el suelo. Tobias dormía en la cuna que Rachel le había confeccionado en un viejo cajón de comida. Cuando los niños alzaron la vista y vieron a su padre, fue como si de pronto se convirtieran en postes de madera, pues enmudecieron y se quedaron inmóviles. Por fin, después de unos minutos embarazosos, Eve, Susannah y Andrew saludaron a Jonathan. Pero Slade advirtió rápidamente que no había entusiasmo alguno en sus voces, sino sólo cautela y prevención. Tras presentarles al pistolero, los chicos no se mostraron particularmente atemorizados al saber que se trataba de su tío, que había venido para llevárselos a casa. Sólo la pequeña Naomi se levantó entre sollozos y fue a refugiarse corriendo tras las faldas de Rachel.

Slade supuso que su imagen no era muy reconfortante. No se había bañado ni afeitado desde su llegada a Wichita y, aunque se había cambiado de ropa, la que usaba estaba arrugada y olía a sudor de caballo por haber estado enrollada en su manta de dormir. El guardapolvo con el que solía viajar estaba bastante manchado y sus botas tenían salpicaduras de barro. Inconscientemente se frotó la cara, donde crecía una espesa barba de varios días, y miró ansiosamente alrededor en busca de un lugar donde apagar su cigarrillo. Descubrió una escupidera en un rincón y enterró en ella el cigarro fino y negro, sintiendo la mirada reprobadora de Rachel en todo momento. Como el pistolero solía ser muy exigente con su apariencia, se sentía violento y avergonzado bajo la mirada analítica de una mujer joven, y lamentó no haberse aseado antes de acudir a la cabaña. Pensó que él y Beecham, que todavía tenía peor aspecto y que ahora temblaba por los efectos de la abstinencia de alcohol, debían de ofrecer una imagen lamentable. Slade no podía reprochar a Rachel que, cuando advirtió que él la miraba, meneara la cabeza altivamente y respirara como si hubiese olido algo apestoso.

Por su parte, Rachel pensaba que la presencia de Slade Maverick era como la repentina entrada de un búfalo extraviado en la cabaña. La casa de dos habitaciones nunca le había parecido tan pequeña, el techo tan bajo y las paredes tan próximas. De hecho, todo parecía mucho más pequeño por su enorme figura negra. La idea la turbaba... Deseó que su abuelo o Poke hubieran estado allí, pero habían salido con Gideon, Caleb y Philip a inspeccionar los daños que había causado en la granja la última tormenta.

Esto es lo que Rachel explicó a Slade y a Jonathan mientras empezaba a recoger las escasas pertenencias de los niños y a ponerlas en la canasta de mimbre que habían traído de la cabaña de los Beecham. En todo momento sintió la mirada del pistolero sobre ella. Rachel deseó que dejara de observarla. La inquietaba, haciéndola sentir extrañamente violenta y temblorosa, como si hubiese corrido un largo trecho y le faltase el aliento. Era una sensación perturbadora. No podía entender de qué se trataba. Sin duda era atractivo, pero su aspecto era lamentable. Podía apostar a que no había tomado un baño ni se había afeitado al menos en una semana. Olía a sudor, a humo de cigarro, a whisky, al cuero de la silla de montar y a caballo..., olores profundamente masculinos. Sorprendentemente, Rachel creyó percibir también alguna reminiscencia de perfume.

Cuanto más analizaba las esencias que desprendía su piel, más se apresuraba Rachel, hasta el punto de casi arrojar las pertenencias de los niños en la canastilla. Cuando se dio cuenta, se preguntó si la presión bajo la que había estado actuando habría afectado a su cordura. Aquellos sentimientos y conductas extrañas no eran propios de ella. Era como si sufriera una fiebre, pensó, y consideró seriamente la idea de administrarse un tónico después.

Slade advirtió su turbación, pero la atribuyó a causas equivocadas. Por un momento, quiso apoyar una mano en su brazo y asegurarle que los niños no correrían ningún peligro bajo su cuidado. Pero sabía que no lo creería y, después de todo, ¿por qué iba a hacerlo? Él era un hombre duro que había tenido una vida dura. No era razonable suponer que un cazarrecompensas, un pistolero, podía romper de pronto con su pasado y colgar sus pistolas sin echar siquiera una mirada atrás. Aunque Slade estaba decidido a intentarlo, no sabía si podría hacerlo. Así pues, no podía reprochar a Rachel sus dudas.

Echó una mirada en torno a la pequeña cabaña descubriendo los pequeños detalles que delataban su toque personal: los saquitos de hierba seca en polvo que colgaban de las vigas, las cortinas tejidas en las ventanas, el mantel a cuadros y las alfombrillas de rafia en el suelo.

Cada cosa, desde las estanterías de la cocina hasta la chimenea de piedra o el suelo, estaba limpio y pulcramente ordenado. Le gustó esto; hablaba bien de ella. Le recordó la mansión de su padre en Luisiana, que siempre olía a jabón y a cera de lustrar.

Slade adoraba aquella sólida y vieja mansión, aunque no a su padre, que era a quien pertenecía. Nunca habían tenido los mismos puntos de vista. Su padre era la clase de hombre que es capaz de deslomar a un caballo —o a un chico— tratando de doblegar su espíritu, y al final, Slade lo abandonó antes que someterse a su voluntad de hierro. El viejo estaba muerto, y también su madre, que había sido la belleza del barrio francés de Nueva Orleáns. Había sido muy hermosa, y muchos años más joven que su padre, del que fue segunda esposa. Todavía habría estado viva —adoraba la vida— si una fiebre no se la hubiera llevado. Pero ahora también India había desaparecido. Slade era el último de los Maverick. Por algún motivo, esta idea lo incomodó.

Sus ojos se deslizaron una vez más por Rachel..., vio una cabeza orgullosa, una espalda erguida y una figura esbelta. Le recordaba una fiera salvaje, una potrilla nerviosa. Se preguntó qué clase de vida podía llevar allí, sola con su abuelo y un negro. No debía de ser fácil para ella. Luego su mirada contempló las manos, pequeñas y delgadas, pero rojas y toscas a causa del trabajo rudo que realizaban. Quizá tenía motivos para ser tan descarada. Quizá una mujer que trabajaba como muchos hombres tenía derecho a hablar como uno de ellos. Su irritación inicial quedó confundida por esta deducción. Él siempre había esperado mentiras y falsedades en una mujer, pero era obvio que no había nada de eso en Rachel Wilder.

Slade se sobresaltó al advertir que los niños ya tenían todas sus cosas y estaban listos para marcharse. Le dijo a Beecham que fuera al establo y enganchara los caballos a la carreta. Jonathan gruñó entre dientes, pero obedeció. Quizá Fremont y Poke escondían alguna garrafita allí... Beecham podría echar un trago. Sus nervios temblaban de ansiedad por la carencia de alcohol y por el trato que le daba su cuñado. ¿Cómo se atrevía aquel pistolero a presentarse allí y adueñarse de todo, como si tuviera algún derecho? Eso enfurecía a Jonathan..., aunque no tanto como para impulsarlo a hacer algo. Durante la guerra había permanecido en la retaguardia, como correspondía a un oficial. No había sido tan loco como para jugarse el cuello y dejar su unidad sin una orden. Había sido mala suerte que lo hicieran prisionero y lo confinaran a la presión yanqui de Rock Island. Allí los guardias eran hombres duros, y Jonathan pensaba que su cuñado estaba cortado por el mismo patrón que ellos. No tenía ninguna prisa por volver a pelear con él. Contento de alejarse, Beecham se dirigió al establo.

—Voy..., voy a pedir al abuelo y a Poke que traigan a los chicos aquí —dijo Rachel a Slade, volviéndose para que él no viera las lágrimas que anegaban sus ojos por la pérdida de los chicos.

—De acuerdo —respondió él, sintiéndose incómodo por apartarlos de su lado, aunque creía que era su deber. Tocó el ala de su sombrero—. Buenos días, señorita Wilder.

El pistolero estaba tan cerca de ella que Rachel percibió con toda certeza el remoto olor a perfume que había detectado antes entre los aromas masculinos que desprendía su cuerpo. Le encantaban los olores vegetales. Le recordaban la pradera en primavera, cuando las hierbas empezaban a reverdecer y florecían las flores silvestres. Las llanuras cobraban entonces todo su esplendor, antes de que el tórrido verano las agostara.

También por primer vez advirtió que la voz de Slade tenía el tono de un suave acento..., francés, le pareció, recordando que la madrastra de India había nacido y se había criado en el barrio francés de Nueva Orleáns. A Rachel le parecía incongruente que el pistolero procediera de un ambiente tan refinado, porque ahora no parecía conservar nada de él. Era como si hubiese roto deliberadamente con todo su pasado.

—Adiós, señor Maverick —dijo ella, y entonces, impulsada por la amabilidad de sus costumbres, extendió educadamente, aunque con desgana, la mano.

El gesto sorprendió y conmovió a Slade. Lentamente, se sacó el guante de piel y tomó su mano en la suya. El contacto físico fue breve, pero Rachel sintió que un temblor recorría su cuerpo. La mano del pistolero era cálida, fuerte. La suya parecía perderse dentro de ella. Sin embargo, él la estrechó con extrema delicadeza, como si temiera que pudiese romper sus huesecillos si la apretaba demasiado fuerte. Fue algo inesperado para Rachel. Cuando él la soltó, apartó enseguida su mano.

Los niños no estaban, pero pudo oír el ruido que hacía Jonathan al acomodarlos en la carreta. La cabaña de maderos parecía extrañamente silenciosa, como si contuviera la respiración, expectante. Pero Rachel no sabía por qué. Finalmente Slade se dirigió hacia la puerta y el tintineo de sus espuelas rompió el silencio.

Afuera, Rachel vio que Jonathan había atado su caballo y la vaca lechera al gancho posterior de la carreta. Eve, sosteniendo a Tobias, se sentaba en el asiento junto a su padre. Susannah, Andrew y Naomi se apiñaban en el interior de la carreta con la lona por encima para protegerse del viento. Nadie dijo nada mientras Slade se acomodaba en su silla y espoleaba al caballo.

Cuando la carreta echó a andar, los chicos miraron fijamente a Rachel, que permanecía de pie a la entrada de la casa viéndolos partir. Los ojos de los niños estaban llenos de tristeza y reproche. Ella forzó una sonrisa y saludó con la mano. Pero ninguno de ellos sonrió ni devolvió el saludo. Rachel no podía censurárselo. Ella misma se sentía como una traidora, como si les hubiera fallado.

Contempló al pequeño grupo a través de las lágrimas que empañaban sus ojos hasta que fueron sólo una mota lejana en las llanuras. Entonces, suspirando profundamente, se volvió hacia la cabaña de maderos. Era casi la hora del crepúsculo y tenía cosas que hacer.

Sin embargo, una vez dentro, se limitó a sentarse en el

balancín, con la mirada fija y vacía sobre la vieja caja que había servido de cuna a Tobias. Inconscientemente se frotó la mano con que había estrechado la de Slade Maverick. Ahora estaba fría; el hormigueo había desaparecido. Rachel pensó que debía alegrarse de ello.

Después de un largo rato, temblando, se levantó, prendió el fuego del hogar y tendió los dedos hacia su esplendor. En algún remoto lugar de su cerebro, se le ocurrió que de algún modo la calidez de las llamas era distinta a la que desprendía la mano callosa de Slade Maverick.

LIBRO SEGUNDO

UN ESPÍRITU VALIENTE Y VERDADERO

8

La pradera, Kansas, 1875

Rachel hubiera preferido que Gus, como ella llamaba a Gustave Oxenberg, no se hubiese acercado por allí esa tarde para cortejarla, porque no se sentía con fuerzas como para mantener una conversación educada con él. Además, había traído consigo una cabra con su cría porque había oído que la leche de cabra era mejor para los niños que la de vaca.

Gus se sorprendió al saber que los niños, excepto Gideon, Caleb y Philip, ya no estaban allí y que se los había llevado su tío, un pistolero; era evidente que estaba confundido, y que no sabía qué hacer con la cabra y el cabritillo. De pronto, carecían de utilidad, y él los había llevado allí como regalo para Rachel.

Aunque deseaba que el enorme sueco dejara de frecuentarla —excepto como amigo—, no podía evitar sentirse conmovida porque Gus hubiera pensado en Tobias. Así que le pidió amablemente que pusiera los dos animales en el establo para que Poke se los llevara cuando devolviera a los chicos a su casa después de la cena. Luego, a desgana pero sin otra elección, invitó a su perseverante admirador a que se quedara a compartir con ellos la mesa.

Fue una cena triste. Gus, a quien habitualmente le costaba pronunciar dos palabras seguidas, comía como un caballo y no veía motivo alguno para hablar en la mesa cuando había algún plato que consumir, y los demás estaban tan abatidos por la perspectiva de que los niños tuvieran que regresar a casa que tampoco hablaron. Además, la ausencia de los otros chicos era evidente y entristecía a todos. Rachel se sintió aliviada cuando terminó la cena.

Los niños saltaron enseguida de las sillas y empezaron a recoger los platos de la mesa, una tarea que habitualmente realizaban sus hermanas, y la alargaron el mayor tiempo posible deseando posponer el inevitable momento de la partida. Rachel sabía que no debía permitirlo, pero fue incapaz de impedirlo. De hecho, y a pesar de sus sentimientos de culpa, ella trabajaba aún más lentamente que los chicos, moviéndose como si tuviera los brazos y las piernas de plomo. Fremont advirtió que su nieta actuaba con una lentitud inusitada esa noche, pero adivinando cómo se sentía, no hizo comentario alguno. Prendió su pipa y se sentó en una silla a leer su vieja Biblia. Poke notó que Rachel no estaba de humor para charlar, así que convenció a Gus y jugaron una partida de damas, ganándose la gratitud de la joven.

Pero finalmente llegó el momento en que las últimas migas fueron retiradas de la mesa y barridas del suelo, el último plato secado y colocado en su estante, y el último trapo de cocina doblado y guardado en la canastilla. Al cerciorarse de que no había nada más que hacer, Rachel y los chicos se miraron tristemente y se impuso un silencio tenso. Sin embargo, antes de que alguien pudiera hablar, la tensión fue interrumpida por el ruido de unos cascos de caballo y el crujir de una carreta frente a la casa.

—¿Qué es eso? ¿Quién puede ser? —preguntó Rachel en voz alta, sorprendida.

Con la lámpara de petróleo en la mano, abrió la puerta. Se asustó y enojó al ver a Slade Maverick de pie, con el puño alzado para llamar. Pensó que tenía una opinión tan baja de ella que no confiaba en que le mandase a Poke con los niños. Se sintió insultada. Rachel empezó a decir lo que pensaba de él, pero cerró la boca al instante, cuando oyó ruidos y risas y, en medio de aquella confusión, descubrió a los niños Beecham saludándola excitados desde la carreta que Jonathan traía de regreso. Con el corazón batiendo dolorosamente en su pecho, miró a Slade inquisitivamente, deseando —aun sin atreverse a creerlo— que hubiese cambiado de parecer y no apartase a los niños de su lado. Él se aclaró la garganta y luego habló con evidente apuro.

—Yo... detesto tener que obligarla de este modo, señorita Wilder —empezó—, pero no... no había entrado antes en la cabaña de los Beecham y... no había visto los muchos desperfectos que causó en ella la última tormenta. La mitad del techo se ha derrumbado y en el interior hay agua hasta las rodillas. Está todo lleno de ratones y serpientes y... bueno, hablando claro, señora, no está en condiciones de alojar a ningún ser humano. No metería allí ni a un cerdo, así que mucho menos a mis sobrinos. Pensé en llevarlos a un hotel, pero es muy tarde, y además supongo que ya han sufrido bastantes trastornos en la vida... Así que... lo que intento decirle, señorita Wilder, es que le agradecería que les permitiera quedarse con usted mientras yo construyo una cabaña. —Slade se interrumpió para buscar en su bolsillo un rollo de billetes de dólar—. Le pagaré por darles comida y alojamiento, naturalmente.

A Rachel le temblaron las rodillas al ver el dinero. Nunca había visto tanto en toda su vida, y las válvulas de su cerebro empezaron a funcionar a marchas forzadas al considerar todo lo que podría hacer con aquella suma: emplear a más hombres en la granja para que su abuelo pudiera descansar y tomarse las cosas con tranquilidad, como correspondía a sus años; engrosar el pequeño rebaño de ganado que había reunido recogiendo los becerros que abandonaban sin piedad los vaqueros de Texas porque no resistían el largo camino hasta el Norte; comprar un hermoso vestido nuevo —¿cuánto hacía que no tenía uno...?— Pero ¡por el amor de Dios!, ¿por qué tenía que pensar en eso ahora? En realidad, la oferta de Slade por la manutención de los niños, algo que ella había afrontado y volvería a afrontar desinteresadamente, la enojó y humilló, porque le hizo sentir que el pistolero estaba cortando deliberadamente el sólido lazo que existía entre ella y los niños, remarcando el hecho de que no importaba lo mucho que ella los quisiera, porque en realidad no era de la familia. Así pues, la felicidad de su retorno quedó empañada.

—¡Por supuesto que me ocuparé de los niños! —exclamó Rachel—. ¡Pero no soy una extraña al frente de una pensión, señor Maverick! ¡Quiero a estos chicos como si fueran míos, y no aceptaré su dinero por cuidarlos! —Apartó la vista y tragó saliva, como si contuviera el irrefrenable impulso de coger aquel fajo de billetes que él le tendía—. ¿Qué clase de mujer cree que soy? La simple idea de su oferta, cuando India... —respiró airadamente y contuvo las lágrimas—, cuando India era como una hermana para mí, aunque en realidad no lo fuera, como usted puntualizó tan amablemente antes... —Su voz, temblando de contrición y sarcasmo, se quebró.

—Le pido disculpas, señorita Wilder —dijo Slade, conmovido—. No pretendía ofenderla, señora, de verdad que no. Pero sé que esto representa una pesada carga y que usted no puede realmente afrontar... En fin, usted sólo tiene una pequeña granja..., es decir, los tiempos que corren son duros, señorita Wilder.

Se interrumpió, titubeante, sintiéndose como un chiquillo inexperto ante las sacudidas de su cabeza, la agresividad de la mirada y la determinación de sus hombros, que le indicaban que sólo estaba empeorando las cosas con sus torpes observaciones sobre la economía familiar.

Tener una granja, especialmente en Kansas, suponía una vida dura que dependía de factores tan variables e incontrolables como el tiempo y el suelo. Los «pechos sodomitas», como a veces llamaban desdeñosamente a las grandes llanuras, aparecían más de lo debido en los ruegos y plegarias y menos de lo necesario en producción y rentabilidad. Por la carta de India, Slade sabía que la plaga de langostas había destruido granjas pequeñas como la de Rachel, y que a pesar de su evidente recuperación, no era posible que escondiera una fortuna bajo el colchón. Bajo su actitud beligerante, él comprendió que su orgullo y amor por los niños Beecham ocultaba su preocupación por cómo podría mantenerlos. También sospechó que Rachel moriría antes que confesarlo a alguien, y especialmente a él, un pistolero, un hombre al que no consideraba respetable. Slade sabía que tendría que ayudarla de algún modo, pero por el momento no se le ocurría cómo. Rachel Wilder era más áspera que una valla de espinas. Y él tenía poca experiencia en tratar a mujeres de esa clase..., a señoras. Las mujeres que había conocido hasta el momento sólo deseaban su dinero.

—Me las arreglo tan bien como cualquiera en estos tiempos, señor Maverick —sentenció glacialmente, confirmando sus sospechas—, y seguiré haciéndolo. Además, y aunque me disguste reconocerlo, todavía estoy obligada con usted por haber pagado mi deuda con el Silver Slipper, una cantidad que le pagaré tan pronto como me sea posible...

—Creo que ya le dije que no había necesidad alguna de ello, señorita Wilder —la interrumpió Slade. Entonces, bajo una repentina inspiración, sugirió esperanzado—: Sin embargo, ya que insiste, ¿por qué no se queda con los niños y consideramos que la deuda está saldada? Después de todo, el infortunado accidente en el Silver Slipper ocurrió cuando usted trataba de ayudar a mis sobrinos, una circunstancia de la que me siento responsable. ¿Estaría de acuerdo con esto, señora?

—Bueno, sí..., sí, está bien —convino Rachel después de considerarlo por un instante y de aceptar que este arreglo no le resultaba ofensivo.

Ya no se trataba de la fría proposición material que el pistolero le había ofrecido previamente y que había ofendido su cálido corazón. Además, él estaba en lo cierto. Si él hubiera estado allí para sacar a Jonathan de la cantina, el contratiempo en el Silver Slipper no se habría producido. Su rostro se ruborizó y Slade pensó que parecía un ángel, con el cabello rubio aureolado por el resplandor de la lámpara.

—Por favor, señor Maverick, ¿quiere pasar adentro? —lo invitó, esbozando una cálida sonrisa.

Aturdido por su reacción ante una mujer tan remilgada y atildada —no era su tipo en absoluto—, Slade se quitó el sombrero y lo sostuvo cuidadosamente tras él mientras se inclinaba para no golpearse con el bajo dintel de la cabaña de maderos. Como no se daba cuenta del efecto que ella le producía, Rachel dio un paso atrás para permitirle que entrara. Estuvo a punto de ser derribada por el asalto de los niños, que habían bajado de la carreta y apenas podían contener su alegría, apiñándose alrededor de ella para abrazarla uno tras otro. Rachel consiguió finalmente que se calmaran y presentó a Slade a Fremont, Poke y Gus. Ella reparó de inmediato en el hecho de que el pistolero estrechaba la mano no sólo al abuelo y al sueco, sino también al negro. Slade Maverick subió unos puntos en su estima, pues pocos hombres blancos, especialmente del Sur, lo hubieran hecho. Al margen de que le disgustara, era lo bastante sincera para admitir que haber dado la mano a Poke era un rasgo noble por parte del pistolero.

Bajo la luz de la lámpara que Rachel había colocado sobre una mesilla cercana, los ojos escrutadores de Fremont recorrieron a Slade de arriba abajo. Luego, como si le gustara lo que había visto, el anciano asintió con la cabeza y le indicó que tomara asiento.

—¿Quiere sentarse? —propuso Fremont—. No solemos recibir visitas, así que me gustaría conocer qué noticias trae usted. —Se volvió hacia su nieta—. Di a Beecham que lleve los animales al establo, Rachel, y que entre. No hay necesidad de que se quede ahí afuera como un miserable, con el viento y el frío que hace y que le dé una de sus pataletas.

—Sí, abuelo —respondió obediente, aunque ella no tenía inconveniente en que Jonathan se congelara.

Sin embargo, al salir, Rachel casi sintió pena por Beecham. Parecía que lo hubiese atropellado un tren. Luego, su corazón se endureció al percibir los vapores del alcohol en su aliento, y descubrió que había echado unos tragos de una botella que debía de haber escondido en alguna parte. Pensó que ya había recuperado a los niños y estaba harto de ellos.

—¿Sabe el señor Maverick que has estado bebiendo, Jonathan? —le preguntó.

—No lo sabe, y no me importa —gruñó—. Él no es mi padre... ¡ni tú tampoco! ¡Vete y déjame en paz! ¿Es que no habéis hecho bastante los dos convirtiendo mi vida en un infierno y volviendo a mis chicos contra mí?

Rachel apretó los labios.

—Fuiste tú quien hizo eso, Jonathan —puntualizó—, empinando el codo durante todos estos años. El alcohol ha arruinado a muchos hombres, y a ti también. Pero aún no es demasiado tarde. Déjalo, Jonathan, antes de que te mate.

—Está bien, gracias, señorita abstinencia, por su preocupación —resopló—. Pero no... —Luego sacó deliberadamente la botella del interior de su gabán y echó un buen trago—. ¡Largo! —gritó, después de secarse la boca con el dorso de la mano—. No quiero ni necesito ninguno de tus estúpidos sermones..., ni tampoco tu maldita hospitalidad. Estoy harto de que tú y ese Maverick me arruinéis la vida. ¡Por lo que a mí respecta, podéis iros al infierno!

Con un latigazo de partida, Jonathan sacudió las riendas fuertemente sobre los lomos de sus caballos de tiro. Rachel se apartó de un salto de la carreta, justo a tiempo para no ser arrollada por el vehículo que se le venía encima. Temblando ante la idea de que Jonathan la odiaba tan intensamente que no le importaba aplastarla bajo las ruedas de la carreta, regresó a la casa. Cerró los ojos y se apoyó por un instante contra la puerta, tratando de sosegarse antes de entrar. Cuando se tranquilizó, abrió la puerta.

En la cabaña, Eve estaba acomodando al resto de los niños para pasar la noche. Fremont y Slade estaban sentados junto al fuego, fumando como camaradas e intercambiando observaciones, mientras Gus perdía con Poke a las damas, jugando incluso peor de lo habitual. Era obvio que la atención del sueco se centraba no en la partida sino en el pistolero, al que miraba con tanta preocupación que Rachel comprendió que lo consideraba un posible competidor por su mano. Se ruborizó, pues hasta entonces no había pensado en cómo podían ver los demás su incómoda relación con Slade Maverick. No se le había ocurrido que alguien pudiera colocarlo en el papel de pretendiente. La idea la inquietó, pues sospechaba que si el pistolero llegaba a cortejarla, no le importaría su inteligencia..., y además se negaría a dejarse atar bajo las reglas de la propiedad. La respiración de Rachel se hizo profunda y acelerada al pensar en ello. Debía procurar no quedarse nunca a solas con él, pensó, confundida, pues a pesar de su refinada educación, Slade Maverick no era un caballero, sino sólo un poco mejor que Rye Crippen, uno de las ovejas negras locales..., de quien secretamente sospechaba que robaba su ganado. No debía permitir que su amor por los niños la cegara ante el hecho de que el tío tenía una reputación discutible y que, por lo que ella sabía, quizá incluso habían puesto precio a su cabeza.

Sin embargo, Rachel no pudo recordar esto cuando los ojos de Slade se encontraron con los suyos, pues en lo más profundo de su corazón tuvo que admitir que era el hombre más apuesto que jamás había visto.

—¿Dónde está Beecham? —preguntó, arqueando las cejas al ver que entraba sola.

—Se fue —anunció—, supongo que al pueblo.

Slade meneó la cabeza, como si hubiese esperado que así fuera.

—Me ocuparé de eso por la mañana —declaró, bastante tranquilo.

A pesar de todo, un escalofrío recorrió la espalda de Rachel y supo que no le gustaría estar en la piel de Jonathan cuando su cuñado lo encontrara. Para disimular su creciente ansiedad, Rachel cruzó la habitación, se sentó en el balancín y cogió su labor de hacer punto. Recordando sus buenos modales, se dispuso a atender a Gus, que había rehusado jugar otra partida de damas, y le dio conversación. Pero sólo cruzaron unas palabras forzadas, espaciadas por largos silencios, y descubrió, para su mortificación, que los labios de Slade se curvaban en una deliberada sonrisa porque había descubierto que las pretensiones de Gus la molestaban y que no las correspondía. Así que se sintió aliviada cuando finalmente Gus miró su reloj de bolsillo y dijo que tenía que marcharse. Ella se puso en pie y lo acompañó a la puerta, cerrándola con firmeza tras de sí. Pero poco después, mientras estaba en pie dando la mano a Gus y deseándole buenas noches —puesto que él nunca había tenido el coraje de besarla—, oyó las animadas notas de una armónica a través de las rendijas de la cabaña de maderos, y la mortificó reconocer las notas de *El señor Rana vino a cortejarla*. Como ni el abuelo ni Poke tocaban la armónica y los niños ya estaban dormidos, Rachel dedujo que era Slade el que se atrevía a cometer tan perversa acción.

«¡Le mataré! —pensó—. ¡Lo mandaré al otro mundo de un pistoletazo! ¿Cómo se atreve?»

Afortunadamente Gus el sueco no conocía la vieja canción popular escocesa. En cualquier caso, la sublevaba que su pretendiente fuese motivo de burla del pistolero. En cuanto Gus se hubo marchado, irrumpió en la casa con la intención de manifestar a Slade Maverick todo lo que pensaba de él. Pero para su consternación, los ojos del abuelo brillaban de felicidad y una enorme sonrisa cruzaba el rostro de Poke, al parecer porque el pistolero entonaba una inspiraba versión de *El ciervo ama los bosques*. Ni siquiera parecían verla. La vieja canción infantil inglesa sacó a Rachel de quicio, haciéndola estallar en una cólera silenciosa, pues conocía muy bien la letra:

«¡El ciervo ama los bosques,
el ciervo ama la colina,
el caballero ama su brillante espada,
y la dama su fuerza de voluntad!»

Advirtiendo, a la luz de estas palabras, lo estúpida que les parecería a todos si manifestaba la lectura que daba a la canción, se limitó a levantar la cabeza y girarse airadamente, haciendo que sus faldas sisearan. Ignorando groseramente la presencia de Slade y su obligación de atender a la visita, Rachel fue a la cocina hasta que el pistolero acabó por levantarse y guardar la armónica en su bolsillo. Él le agradeció la agradable velada, pero Rachel tenía la impresión de que se burlaba de ella, se limitó a dominar su fuerte impulso de abofetearlo. Más enojoso todavía fue el hecho de que Fremont, que había disfrutado sinceramente con su inesperada visita, invitara a Slade a pasar la noche en el granero, ya que la choza de Beecham era un lugar tan inhóspito.

—Bueno, le agradezco su amabilidad, señor —dijo el pistolero—. Creo que aceptaré su ofrecimiento.

—Perfecto, así me gusta —contestó Fremont, sonriendo, mientras Rachel gemía para sus adentros y reprimía las ganas de estrangular a su abuelo—. Poke le mostrará dónde puede tender sus mantas. Lo esperamos mañana para el desayuno.

«¡En esta casa se han olvidado de mí!» pensó su nieta, fuera de sus casillas.

Pero entonces tuvo una maléfica inspiración y, conteniendo su creciente alegría, tuvo casi que agradecer a su abuelo que le diera su primera oportunidad de medirse con Slade Maverick..., ¡el insolente canalla!

9

A la mañana siguiente, Rachel se levantó incluso más temprano de lo habitual, de modo que nadie pudo verla urdir la trama de su venganza. Al principio, sólo pensaba en un suave correctivo para que Slade enmendara su conducta del día anterior. Pero conforme el amanecer iluminaba el cielo, su plan se iluminaba y crecía..., hasta que incluso ella se horrorizó. Sin embargo, el recuerdo de su ostentosa sonrisa y su impertinente armónica le sirvieron de acicate e, ignorando deliberadamente sus escrúpulos, continuó los preparativos.

Primero mezcló los ingredientes para el pan, dejando aparte la porción que destinaba al pistolero. Amasó esa porción sin piedad, imaginando que estaba aplastando la insoportable sonrisa del hermoso rostro de Slade. Cuanto más pensaba en él y más repetía para sus adentros la estrofa de *El señor Rana vino a cortejarla*, más golpeaba la masa, hasta que finalmente adquirió la consistencia de un engrudo. Confeccionó con ella unos pocos panecillos lo mejor que pudo, y los metió en el horno con los demás. Luego cortó tocino y lo colocó en la sartén para freír, y tanta era su excitación que quemó tres de las lonchas por un lado. En ese momento el plan de Rachel empezó a crecer como una bola de nieve. Decidió que unas tiras de sebo serían desayuno suficiente para Slade; desde luego, conseguiría que él lo recordara como algo incomestible. Lo cocinó abominablemente y lo saló con varias cucharadas de sal, con las que tuvo el cuidado de espolvorear sólo una parte del cuenco. Hizo huevos revueltos y los sazonó con bastante pimienta para que los delatara su propio olor. Incluso echó vinagre en la leche para amargarla, por si él no tomaba el café solo, y añadió algunos granos de café para asegurarse de que quedaría un poso arenoso en su taza.

Cuando estuvo lista, Rachel colocó los platos en un extremo de la mesa para ser ella misma quien sirviera la comida y así asegurarse de que le tocarían al pistolero los alimentos adulterados. Luego llamó a todo el mundo.

Dio a Slade los buenos días de un modo tan dulce que, si él la hubiera conocido mejor, se habría dado cuenta de que tramaba algo. Pero las argucias femeninas a las que él estaba acostumbrado consistían en carmín en los labios, colorete, ligas, encajes y camas calientes. No tenía experiencia en la clase de ataques que podían venir de las sartenes, los rodillos y las cucharas de madera. De hecho, tanta era su confianza en lo que concernía a las mujeres que pensó que Rachel le estaba perdonando su imprudencia, como cualquier otra de las féminas que había conocido hasta entonces.

No sabía por qué la había molestado la noche antes, seguramente se había dejado llevar por algún demonio interior. Ella lo había tratado con tanto desdén y lo había hecho sentirse tan idiota que cuanto más había pensado en ello, más deseaba bajarle los humos. Y Beecham estaba en lo cierto respecto a una cosa: Gustave Oxenberg era imbécil...; un caballo de tiro que no debía ser uncido con un pura sangre como Rachel Wilder. Por algún motivo inexplicable, la idea de que Rachel se casara con el sueco había irritado a Slade, a pesar de que ella apenas había correspondido a las atenciones de Gus. Claro que, después de todo, no podía esperar que manifestara sus sentimientos íntimos en una habitación llena de gente... Aunque sabía de antemano que tenía un pretendiente, Slade se había sentido inexplicablemente turbado al conocer a Gus y verlo actuar la noche anterior con la confianza de una visita habitual, acomodándose junto a la chimenea de Rachel, por lo que no había resistido la tentación de empañar un poco su gloria.

A pesar de ello, Slade seguía desconcertado por su propio modo de actuar. Él no cortejaba a Rachel Wilder. Su cerebro le decía que ni su atractivo físico ni sus cualidades ocultaban el hecho de que era una potrilla rebelde que necesitaba que una mano dura le tensara las riendas y unas espuelas le castigaran los costados. No sería más que un quebradero de cabeza para su marido, y no podía imaginar por qué alguien, ni siquiera Gustave Oxenberg, habría de querer casarse con ella.

Pero Gus era un hombre corpulento, más alto incluso que Slade, y con algunos kilos más de peso. Sin duda el sueco requería una cantidad extraordinaria de comida para sustentar aquel cuerpo fornido y, por el aroma que llegaba desde la mesa de la cocina, era evidente que entre los defectos de Rachel no se contaba el ser una cocinera mediocre. A Slade se le llenó la boca de saliva al pensar que podría comer caliente después de aquellas semanas de viaje, durante las cuales se había sustentando sobre todo de alimentos en salazón.

Se sentó a la mesa, al lado de Rachel, sonriendo para sí mismo al escuchar la bendición casi irreverente de Fremont. Luego desplegó la servilleta sobre su regazo y aguardó, educado pero impaciente, a que Rachel distribuyera la comida humeante y repartiera los platos. A excepción de la propia Rachel, Slade fue el último en ser servido. Impacientándose, miró el plato con avidez mientras Rachel se levantaba para servirle el café y arrojaba disimuladamente en su taza los granos que había reservado para este propósito. Él tomó el café solo, así que ella vertió la leche adulterada en un vaso que colocó junto a su plato.

—¡Por Dios, no es necesario que me esperéis! —exclamó, al darse cuenta de que Slade y los niños Beecham, que habían observado a su tío y eran lo bastante listos para seguir su ejemplo, la miraban expectantes aunque el abuelo y Poke se hubieran lanzado ya sobre su comida—. Vamos. A comer todo el mundo.

Luego, con deliberada inocencia, llenó su propio plato sin dejar de observar a Slade por el rabillo del ojo. Los panecillos de todos los demás eran tan ligeros que se desmigajaban al partirlos por la mitad para untarlos de mantequilla. Los de Slade eran tan duros que finalmente resolvió utilizar un cuchillo. Rachel a duras penas podía contener la risa al ver la mueca de confusión en la cara de Slade, que sólo estaba empezando su desayuno. Cuando terminó de untar sus panecillos, Slade cogió un trozo de tocino y lo mordió confiadamente, sin advertir, hasta que empezó a masticar, que estaba quemado por el lado de abajo. Tenía un sabor horrible, ya que para empeorar las cosas, Rachel se había asegurado de que el tocino fuera uno de los que se habían alimentado las langostas durante la plaga y que había sido sacrificado después. Sus ojos brillaron al ver que Slade empalidecía y que, incapaz de escupir el tocino, tenía que tragarlo. Estuvo a punto de reír cuando, a continuación, él examinó los huevos con suspicacia y, al no descubrir nada extraño, se llevó un buen bocado a los labios. La pimienta de que estaban rellenos casi lo llevó al espasmo. Toda la mesa le miraba, excepto Rachel, que trataba de disimular como podía su felicidad.

—La... la comida se... se me fue por el otro lado —atinó a decir el pistolero, para arrojarla entre grandes accesos de tos, carraspeos y ronquidos, con los ojos enrojecidos y llenos de lágrimas.

Agarró su taza de café ávidamente y bebió un par de sorbos, sólo para descubrir que parecía estar lleno de arena. Fue entonces cuando la idea de que Rachel le había tendido una perversa trampa penetró en su cerebro, aunque no podía imaginar cómo lo había hecho, ya que le había servido de las mismas fuentes y cuencos que a todos los demás y era evidente que no había nada malo en el desayuno de los otros.

De hecho, pensó Slade, sombrío, sintiéndose vagamente enfermo al pensar en la sabrosa comida que se estaba perdiendo —por no mencionar el estado en que se encontraba su estómago—, los demás engullían su desayuno muy a gusto. ¿Quién había dicho aquello de «no hay peor furia que la de una mujer...»? Esa mañana estaba descubriendo la verdad que encerraba aquella frase. Hubiera deseado de todo corazón no haber provocado a Rachel con la melodía de su armónica, pues su venganza casi lo estaba matando.

De pronto, recordó asustado las acusaciones de Beecham sobre las artes maléficas de Rachel y su preparación de horribles pócimas «¡Dios santo!», pensó Slade. ¿Le habría envenenado? Después de todo, casi había matado a Beecham de un disparo. La miró inquisitivamente. No, era imposible. Sus panecillos podían ser duros como una piedra y el tocino podía estar quemado como un tizón, pero sólo era una enorme cantidad de pimienta lo que rellenaba sus huevos y un exceso de grano lo que espesaba el café. Vio que, a pesar de sus esfuerzos por disimular, los labios de Rachel se retorcían de risa. Cuando Slade se dio cuenta de que se burlaba de él, su ojos se entrecerraron de ira e indignación.

¡Maldita mujer! ¡Ya le enseñaría él! Con decisión, Slade se puso en pie, se acercó silenciosamente a la jofaina de la cocina y vertió el contenido de su taza. Luego se sirvió café él mismo, sin confiar en Rachel. Regresó a su lugar en la mesa y se obligó a comer aquel horrible desayuno que tenía ante él. Enmudeció al probar el maíz, absolutamente salado, y casi se partió un diente al morder los panecillos de plomo, el último de los cuales hubiera hecho ganar la guerra al Sur si lo hubieran utilizado como munición, pensó mordazmente. Pero de algún modo, Slade consiguió tragar la comida y terminarla toda aun cuando los demás ya habían abandonado la mesa. Incluso bebió la leche amarga, y fue esto lo que finalmente lo afectó. Sintió que sus intestinos se revolvían y supo que iba a ponerse muy enfermo. Maldiciendo a Rachel Wilder, tuvo que levantarse y salir apresuradamente afuera, donde apoyándose contra la pared de la casa, devolvió íntegramente el incomestible desayuno.

Para colmo, Slade pudo escuchar a través de las rendijas de la cabaña de madera, mientras vaciaba sus entrañas, que Rachel tarareaba alegremente *El señor Rana la vino a cortejar*.

«¡Voy a matarla! —pensó—. ¡La estrangularé con mis propias manos! Que Dios se apiade de mí... ¡voy a hacerlo!»

Con este objetivo en mente, se acercó al pozo para lavarse la cara y aclararse la garganta. El agua estaba helada, lo que lo irritó aún más. Sacudiéndose las últimas gotas, apareció en su rostro una expresión que había hecho que muchos hombres se acobardaran y se encaminó decididamente a la cabaña. Sus dedos se tensaron como si anticiparan la acción de cerrarse sobre el esbelto cuello de Rachel Wilder.

10

Desde una de las ventanas de la casa Rachel vio que regresaba. Nunca se había asustado tanto como al descubrir la expresión de Slade, que cargaba contra ella como un toro encolerizado. El corazón le latió con fuerza y sus manos se helaron. Parecía tan irritado como para partir en dos el motivo de su furia: ella. Se preguntó frenéticamente qué iba a hacer y por qué no había considerado esto antes de tramar su venganza. Quizá la insultaría y dispararía contra ella al mismo tiempo, o tal vez incluso le pegaría. Después de todo, era un pistolero, no un caballero..., y ella estaba sola, sin más que un puñado de niños para defenderla, ya que el abuelo y Poke ya habían salido a trabajar. ¡Oh, debía de haberse vuelto loca para preparar semejante desayuno a Slade Maverick!

Como un animal asustado, Rachel miró alrededor para encontrar un lugar donde esconderse, pero no había ninguno. No era una cobarde, pero en estas circunstancias sabía que la actitud más acertada era la precaución, no el enfrentamiento. Echó a correr hacia el granero para tratar de montar su yegua y salir al galope antes de que el pistolero pudiera atraparla. Ni siquiera cogió el abrigo; abrió violentamente la puerta y atravesó corriendo el corral.

—¡Vuelve aquí, mujer rencorosa! —oyó que gritaba Slade, cuando la descubrió— ¡Vuelve, maldita! ¡Voy a enseñarte a usar tus trucos de bruja conmigo!

Rachel no le prestó atención. Al contrario, el tintineo de sus espuelas y el ruido de las pisadas que la perseguían la impulsaban a correr más rápido. En un instante cerró la puerta del granero tras de sí; pero antes de que pudiera alcanzar la yegua, Slade ya estaba arremetiendo contra la puerta, con tanta fuerza que la estampó contra la pared de la construcción de madera con un gran estrépito. La mañana era de color amarillo bajo el sol primaveral y, recortándose contra el brillo del exterior, la silueta del pistolero parecía la de un demonio vengador bajo el dintel de la puerta.

Consternada, viendo que no podría sacar a *Sunflower* de su cuadra a tiempo de escapar, Rachel trepó precipitadamente por la escalera que llevaba al altillo, con el corazón batiéndole tan fuertemente en el pecho que podía notar su eco en la cabeza. Una vez arriba, se agazapó e intentó recoger la escalera, pero descubrió aterrorizada que Slade ya estaba subiendo los primeros peldaños, y era tan pesado que no pudo deshacerse de él sacudiéndola. Intentó derribarle de un empujón, pero el peso del pistolero era tan considerable que la escalera sólo se movió un poco antes de volver a apoyarse con un golpe seco en el suelo del altillo.

Abandonando sus inútiles intentos de empujar a Slade, Rachel agarró una bala de heno y, empleando todas sus fuerzas, consiguió arrojársela desde el altillo. Para su alivio, esto sorprendió al pistolero, que recibió el duro golpe de lleno en la cabeza. El impacto lo derribó y lo dejó tumbado en el suelo.

Sin esperar a comprobar si estaba herido, Rachel se apresuró a agarrar la escalera y recogerla hacia arriba. Maldiciendo, con la cabeza aturdida por el ataque que había recibido de aquella mujer que como decía Beecham era —ahora estaba absolutamente convencido— el mismo diablo, Slade se puso en pie de un salto y se precipitó sobre la escalera que desaparecía rápidamente. Su manos se cerraron con fuerza sobre el último peldaño, y empezó un ridículo tira y afloja para ver quién se apropiaba de la escalera.

—¡Espera a que te ponga las manos encima! —gruñó a Rachel entre dientes, con los ojos desorbitados y brillantes como zafiros—. ¡Vas a lamentar haber pensado en envenenarme, mujer rencorosa!

Como esto era exactamente lo que ella se temía, se puso pálida y tiró con todas sus fuerzas de la escalera. A pesar de su turbación, las amenazas del pistolero la encolerizaban, y era casi incapaz de pronunciar las ardientes palabras que asomaban a sus labios.

—¡Yo no le envenené! —exclamó desde arriba—. Si lo hubiera hecho, puede estar seguro de que se habría desplomado sobre la mesa. Todo lo que hice fue arruinar su desayuno... ¡Y no me diga que no lo merecía después de lo que tocó anoche con su armónica, desconsiderado canalla!

—Bien, perdóneme, señora —repuso sarcásticamente Slade—. Sólo trataba de ayudaros a ti y al Buey con un viejo mito. Me pareció que tu pretendiente podría necesitar ayuda y no me importa jactarme de ello, tengo una experiencia considerable en estos temas. ¡Por el contrario, debí sospechar que ésa es toda la gratitud que recibiría por amenizar la velada con mi melodía y tratar de animar un romance que sin duda es de los más aburridos que he tenido la desdicha de presenciar!

—¡O-o-oh! —gritó Rachel, fuera de sí.

Estaba tan furiosa que no se dio cuenta de que aflojaba las manos y casi cayó del altillo al suelo cuando Slade aprovechó la oportunidad y tiró de la escalera hacia abajo. En un instante, él ya estaba trepando por los peldaños. Rachel intentó de nuevo desequilibrarlo, pero aunque empujó enérgicamente no logró hacerlo; presa de pánico, empezó a lanzar las balas de heno una tras otra para derribarlo. Con un brazo sobre la cabeza para protegerse del bombardeo, Slade prosiguió el ascenso, encolerizándose cada vez más a medida que las balas caían una tras otra sobre él, impactando en su cara, el cuello y los brazos.

Rachel soltó un alarido cuando, a pesar de sus esfuerzos por detenerlo, Slade asomó la cabeza por el borde del altillo y luego saltó arriba. Ella se volvió con rapidez, pero no lo bastante como para evitar que Slade la agarrara por un tobillo.

—¡Ya te tengo! —exclamó él triunfante cuando la empujó de bruces al suelo sembrado de briznas de heno.

—¡Déjeme, estúpido! ¡Déjeme! —gritó Rachel, revolviéndose y pataleando violentamente para tratar de escapar de aquella garra de acero—. ¡Suélteme, bruto!

Lanzó zarpazos al aire, pero no atinó a dar a Slade quien, ignorando sus chillidos, cayó groseramente sobre ella. Veloz y hábil como un vaquero atando una ternera, la atrajo hacia sí con un violento tirón y se sentó a horcajadas sobre ella, aplastándola bajo su peso. Rachel se resistió como pudo, blandiendo los brazos, curvando los dedos como zarpas que lo agredían a ciegas, buscando la manera de escapar... Pero su fuerza era muy inferior a la de él. Tras una breve escaramuza, el pistolero aprisionó sus muñecas contra el suelo, sobre su cabeza.

—Ahora..., señorita Wilder —jadeó el pistolero, y su voz grave hizo que un escalofrío de miedo, mezclado con otra emoción indefinible, recorriera la espalda de Rachel—, tú y yo... tenemos un asunto pendiente.

Inicialmente, Slade se había propuesto darle una buena paliza. Pero de pronto, su ira se disipó lentamente, viéndose reemplazada por otro sentimiento... Respiró profundamente, observándola como si en realidad jamás la hubiera visto antes.

Durante la escaramuza, las horquillas se habían ido desprendiendo del moño de Rachel y su cabello se había soltado. Por primera vez, Slade vio lo largo y espeso que era, como una masa de maíz suave, brillante y sedoso. Le llegaba a las rodillas y la cubría, enmarcando su rostro felino y triangular como el marco dorado de un retrato. En ese instante, ella *era* un retrato, quieta, callada y asustada, con profundos ojos verdes y mejillas ruborizadas, labios húmedos y entreabiertos, como si un fotógrafo le hubiera tomado una instantánea por sorpresa. Sólo sus pechos se movían, cargados con la rabia de su respiración, de modo que a él le pareció ver los latidos suaves y acelerados del corazón bajo su corpiño. A pesar del frescor de la mañana, una tenue capa de sudor cubría su rostro tras la pelea, y su piel desprendía un aroma a jabón y a lilas que hizo pensar a Slade en la primavera que se acercaba. Involuntariamente se le apareció la imagen de Rachel corriendo descalza por la pradera reverdecida y colmada de flores silvestres, con la melena al viento y los labios abiertos en una franca sonrisa.

Pensó que le gustaría verla así, libre y salvaje como un ciervo, apartada de los problemas cotidianos. Las «raíces del corazón» exigían demasiado de aquella mujer. Había causado la muerte de India... La idea de que Rachel también pudiera sucumbir lo turbó profundamente, mientras sentía su cuerpo, joven y vivo, temblando bajo el suyo.

Murmuró algo que a Rachel le pareció una maldición, aunque no estaba segura, porque el pistolero había hablado en perfecto francés y ella no entendía este idioma. Sólo supo que, por un instante, una sombra oscureció el hermoso rostro que estaba mirando, como una nube el sol.

Se sintió traspasada por sus ojos, como una presa desvalida cuando el depredador se dispone a matarla. No era capaz de desviar su mirada. Un tumulto emocional la sacudió por el contacto del cuerpo masculino. Nunca había estado tan cerca de un hombre... Pudo sentir el peso del duro cuerpo que yacía sobre ella, aplastándola contra el heno; a pesar de su miedo y su rabia por haber sido atrapada y estar indefensa en sus manos, se vio obligada a reconocer que la sensación no era desagradable. De hecho, se estremeció ante el calor que su cuerpo desprendía, como si fuera una hoguera.

De pronto, se vio a sí misma acurrucada en su fría cama de la cabaña, y en algún recóndito lugar de su cerebro pensó en lo mucho menos frío que estaría su lecho si lo compartiera con el pistolero. Se ruborizó, porque se suponía que las damas no debían pensar en esas cosas..., aunque de hecho lo hicieran. Sin embargo, no pudo desprenderse de la perturbadora imagen. Sintió como si de algún modo estuviera hundiéndose en la profundidad azul de los ojos de Slade y que, de hecho, se hundiría en ellos por última vez y ya nada sería lo mismo después.

Rachel vio cosas que no había visto antes, cuando se había mostrado dispuesta a arruinarle el desayuno. En algún momento, durante la noche anterior o aquella misma mañana, él se había afeitado la barba, dejando sólo el espeso bigote negro y suave sobre la boca sensual. También se había bañado. Olía a jabón y a perfume, al heno que llenaba el altillo..., como el silencio. Sólo el sonido de su acelerada respiración rompía la quietud y proyectaba a dúo nubes blancas de humedad que se encontraban, como los labios de los amantes, en el aire helado de la mañana. A través de las hendiduras del techo se filtraba la luz de la mañana, iluminándolos bajo un halo de rayos de sol y motas de polvo circundantes, mientras que el resto del granero quedaba a oscuras y el tiempo parecía detenido excepto en el lugar donde ambos yacían, como si estuvieran solos en el mundo..., un hombre, una mujer. El aire estaba cargado con una extraña tensión, aguda y premonitoria, como si en un instante aquella atmósfera tan densa fuera a estallar perdiendo el vigor salvaje y estimulante que ya no contendría jamás. Rachel se entremeció al pensarlo, queriendo escapar de allí y esconderse, pero Slade no la soltó.

En lugar de eso, para sorpresa de ambos, preguntó repentina y presurosamente:

—¿Vas a casarte con *el Buey* Oxenberg?

—Creo que ese asunto no le concierne —respondió ella, altiva, tras recuperarse del golpe bajo que suponía la pregunta.

—Señorita Wilder, todos tus asuntos me conciernen si es que vas a cuidar de mis sobrinos —repuso él simplemente—, y no creo que ningún proyecto de boda que tengas con el sueco pueda incluir la construcción de un anexo para ocho niños sin madre dentro de su casa.

—No, no creo que ningún proyecto de boda lo incluyera..., si es que tuviese esos planes, que no es así —declaró, con la mirada hipnotizada por la suya y el corazón desbocado por la proximidad del hombre.

—¿Cuál es el problema? —preguntó él, llanamente—. Creí que el Buey te había estado cortejando durante meses. ¿Viene aquí sólo para cenar o es que no se decide a pedir tu mano? ¡Jesús! Si se trata de eso, apuesto a que ni siquiera te ha besado... ¿Lo ha hecho?

—¡Señor Maverick...! —vociferó Rachel, consiguiendo que Slade la interrumpiera groseramente con una mueca burlona.

—No lo ha hecho, ¿verdad? Bueno, ¿a qué está esperando? ¿Una invitación formal? Dios, es un gigante chiflado, como yo pensaba. Gran desgracia para un hombre. Gracias a Dios, algunos de nosotros estamos hechos de un material un poco más inteligente. ¡A mí no me verás nunca dando vueltas a tientas, esperando a que una aprovechada me pida que la bese!

—¡No lo dudo, pues no creo que mujer alguna, aprovechada o no, se lo pidiera! —observó Rachel, más espoleada por la ira que por el miedo que él le inspiraba.

—¡Lo ves...! Esto, señorita Wilder, fue una puntualización poco astuta..., especialmente para una mujer que está en tu posición —ironizó Slade, recorriendo con su intensa mirada el cuerpo cautivo de Rachel antes de clavar de nuevo la mirada en su rostro—. Hasta ahora, sólo me proponía escarmentarte por haber cometido la temeridad de envenenarme. Pero esto último ha sido una agresión directa a mi orgullo masculino, así que creo que tendré que exigir una satisfacción acorde..., con o sin su invitación.

—No, usted..., ¡no se atrevería! —tartamudeó Rachel,

con las mejillas ardientes al comprender que pretendía besarla.

—Yo no estaría tan seguro si me encontrara en tu lugar —dijo él, con los ojos brillantes de malicia.

A pesar de los inmediatos gritos de protesta y resistencia y de sus forcejeos para escapar, él le sujetó la barbilla con su mano libre y la obligó a levantar la cara hacia él.

—Incorpórate, señorita Wilder —le ordenó suavemente—. Quieras o no, vas a ser besada.

Luego, sus ojos se oscurecieron de tal modo que a Rachel se le paralizó el aliento en la garganta y hundió sus labios en los de ella. Lo hizo tan fuerte que sus dientes se aplastaron contra la tierna carne del labio inferior de Rachel, que notó el sabor agridulce a cobre y sangre de su lengua y trató de resistir su salvaje embestida. Nunca antes había sido besada por un hombre —al menos, no de este modo— y jamás había imaginado que sería una experiencia tan demoledora; el despertar a unos sentimientos cuya existencia desconocía y que no sólo la sorprendían, sino que, inexplicablemente la excitaban y la impedían pensar. No esperaba que la boca de Slade fuera tan cálida y ávida, ni su lengua tan sinuosa y seductora al recorrer el contorno de sus labios y obligarlos a abrirse. No había previsto cuán hábilmente exploraría aquella lengua su boca, tanteando incluso los lugares más secretos, haciéndole sentir alternativamente accesos de fiebre y frío glacial.

Confusa y aterrada por su reacción, siguió tratando de librarse de la lengua y los labios invasores del pistolero, pero sus esfuerzos fueron inútiles. Aunque meneaba la cabeza de un lado a otro, él la sujetaba con fuerza y sin remisión, dominándola fácilmente y cerrando sus dedos sobre la mandíbula y la garganta de ella, hasta que abandonó la resistencia y se entregó a sus brazos, confundida y agotada por el implacable asalto a sus sentidos. Slade la besó entonces tiernamente, y afloraron los deseos involuntarios de Rachel, que emanaron de su garganta cuando por fin, para su propia vergüenza y horror, descubrió que estaba devolviéndole el beso.

¡Dios, qué bien sabía!, pensó Slade. No había advertido hasta ese instante lo bien que podía saber ella..., o cuánto había anhelado tomar posesión de su boca y enseñarle un lenguaje más dulce que el que solía utilizar. Sus labios eran suaves y temblaban, vulnerables, bajo los suyos, haciendo que su espalda se tensara por un repentino y agudo deseo.

Slade supo que había estado engañándose a sí mismo sobre su nulo interés por Rachel Wilder. En realidad, la quería. Sus dedos tuvieron la tentación de arrancarle el corpiño para descubrir lo que yacía debajo. Sabía que la tomaría allí mismo, en ese instante, en el altillo..., si podía. Este pensamiento lo excitó aún más, y sus besos se hicieron más profundos y exigentes en las silenciosas pero provocativas demandas de su boca. Esta vez, ella no trató de escapar. Animado por la muda aceptación de sus avances, Slade deslizó suavemente su mano por el escote, para apresar uno de sus senos bajo la cobertura del corpiño.

Mientras la palma de la mano la acariciaba prolongadamente, Rachel sofocó un grito bajo sus labios, asustada por el contacto íntimo. Quería morir mil veces antes que consentir la humillación de que él se atreviera a acariciarla de ese modo impropio de un caballero..., aunque algo sensual y vital la sacudiera y aflorara en ella, revitalizándola, bajo su contacto, algo hasta ahora oculto en lo más profundo de su interior. De algún modo, sabía que ese sentimiento alzaba su cabeza, hermosa y amenazante, con el siseo de una serpiente venenosa lista para inyectar un veneno de otra clase, pero igualmente mortal. Y sin embargo, un lado oscuro y traicionero de sí misma deseaba sentir la punzada de esos colmillos sobre la piel, sangrándola, debilitándola. Conforme la imagen se asentaba en su cerebro, el tenue gemido de la pasión formó un eco en el granero, y reconoció vagamente que aquel sonido animal procedía de su garganta.

Bajo los dedos expertos de Slade, su pezón tembló y se endureció, presionando contra el corpiño que lo contenía y radiando ondas de placer que ella jamás había sentido. La convulsión fue tal que Rachel se retorció y debatió bajo él, asustada por lo que estaba sintiendo, asustada porque no sabía adónde podía llegar o, todavía peor, asustada porque podía no llegar. Por algún motivo, no pensaba que Slade Maverick fuera la clase de hombre que podía casarse con ella, aunque tenía la habilidad de reclamar con éxito lo que pertenecía a su futuro marido.

Este pensamiento enfrió a Rachel como un jarro de agua helada, devolviéndole el control de sí misma. Por Dios, ¿en qué pensaba para permitir que un hombre que había conocido sólo unos días antes se tomara semejantes libertades con ella? A este paso, pronto tendría las faldas recogidas hasta los muslos, ¡como si no fuera más que una ramera de las que él frecuentaba! ¿Qué diablos le estaba pasando? Debía de ser una incontrolada o una loca, para haber permitido que la besara, que la tocara, y además haber disfrutado con ello porque, ¡que Dios la perdonara!, le había gustado. Era lo bastante sincera consigo misma para admitirlo, por muy desagradable que fuera hacerlo.

Absolutamente horrorizada por su conducta, Rachel empezó una vez más a luchar desesperadamente contra él.

—No me pegues, cariño —murmuró la voz ronca de Slade contra su boca—. No me pegues. Sé que eres una potrilla salvaje, pero cuando quiero, tengo mano suave para las riendas. Deja que te lo demuestre...

Sus labios cubrieron los de ella una vez más, aquietando sus ruegos y protestas en un gorjeo gutural. Después, incapaz de idear ningún otro modo de detenerlo, Rachel le mordió tan fuerte como pudo el labio inferior. Y sintió el sabor de la sangre que manó de la herida.

Asustado y dolorido, Slade gritó y la soltó de golpe, sentándose sobre sus talones. Se llevó una mano a los labios y renegó cuando apartó los dedos y vio que estaban cubiertos de sangre.

—¡Arpía! —espetó suavemente con los ojos iluminados al contemplar su cabello revuelto y lleno de heno, su cara pálida y asustada, sus profundos ojos verdes, su boca, magullada y abultada por sus besos y los pesados senos.

Ahora no parecía en absoluto la remilgada y atildada señorita Wilder, pensó él enormemente satisfecho, sino una mujer llena de pasión y promesas. Su visión lo estimuló tanto que apenas pudo contener sus deseos de arrojarse sobre ella y violarla allí mismo —como debería haber hecho ya, pensó tímidamente, ¡y así no le habría partido el labio de un mordisco!—. ¡Debía de haber perdido el juicio para andar jugueteando con ella como había hecho!

Definitivamente, las arpías vírgenes no eran su tipo, ni la violación su modo de seducir.

—Señorita Wilder... —empezó Slade, queriendo disculparse y tendiéndole la mano para ayudarla a levantarse.

Sin embargo, antes de que pudiera terminar sus palabras o su acción, malinterpretando sus intenciones, Rachel se incorporó rápidamente y le pegó una bofetada que hizo que en sus oídos resonaran las campanas de una iglesia en domingo. Luego, mientras él estaba aún perplejo por el bofetón, lo empujó con todas sus fuerzas. Desprevenido ante el primer ataque, y aún más ante el segundo, Slade se tambaleó a un lado, tratando de agarrarse en vano a Rachel para guardar el equilibrio. El peso de ambos los hizo rodar y resbalar por el altillo, y como estaban muy cerca del borde para detener el impulso, lo dos cayeron al suelo del granero.

Por suerte, algunas de las balas de heno que Rachel había lanzado contra Slade se habían abierto al caer al suelo y amortiguaron el golpe, así que ninguno de los dos se hizo daño. Slade, que se llevó la peor parte, tensó los músculos doloridos de la pierna, mientras que Rachel, que cayó sobre el trasero, estaba segura de que no podría sentarse en una semana. Frotándose las contusiones, se levantaron de un salto, gruñéndose y gritándose uno a otro.

—¡Maldita chiflada! —bramó Slade—. ¡Es increíble que no me haya roto la crisma! ¡Jesús! ¡Apenas puedo andar!

—Bueno..., ¿y qué hay de mi... mi trasero? —estalló Rachel, indignada—. ¿Cómo cree que voy a poder montar así? Tengo que sacar adelante una granja, además de ocho niños que atender... ¿o se ha olvidado de eso, señor Maverick?

—Slade —corrigió él firmemente, aunque la comisura de sus labios empezaba a retorcerse con humor al observar la obsesión de Rachel por guardar las formas en todo momento, al margen del hecho de que poco antes él la hubiera estado aplastando indecentemente contra el heno y tomándose inapropiadas confianzas—. Mi nombre es Slade. Después de lo sucedido, considero que podemos dejarnos de formalismos, ¿no crees, Rachel?

—Bueno..., sí, yo... creo que sí —accedió, ruborizándose una vez más.

Sus ojos se sentían irresistiblemente atraídos por la boca de él y recordaba su contacto y el sabor de su sangre en su lengua.

—Yo... lamento haberte mordido y haberte golpeado —confesó, arrepentida.

—Y yo lamento haberte colocado en una posición en que te vieras obligada a hacerlo —replicó él—. No suelo... imponerme a las mujeres contra su voluntad. Supongo que... perdí la cabeza. —Se interrumpió por un momento y luego prosiguió—. Mira, Rachel, parece que hemos empezado con el pie equivocado, y creo que, aunque sólo sea por el bien de los niños, deberíamos intentar empezar de nuevo y llevarnos lo mejor posible desde ahora. ¿Qué dices? ¿Amigos...?

—De acuerdo —respondió ella lentamente. Luego añadió—: ¡Pero que quede claro que no... volverás a besarme otra vez!

—Estuvo mal, ¿eh? —Slade enarcó una ceja maliciosamente mientras una sonrisa tortuosa le curvaba los labios.

—¡Tu bigote hacc cosquillas! —le espetó ella, sin pensar.

Luego, percatándose con apuro de que sus palabras parecían indicar que de otro modo le habrían gustado sus besos, se volvió y salió del granero mientras Slade la contemplaba, rascándose pensativamente el bigote y sonriendo como un hombre que acabara de amarrar a la mejor potrilla del corral.

11

Rachel volvió a la cabaña para enfrentarse a ocho pares de ojos curiosos y centrados en ella —siete de ellos llenos de una mezcla de prevención y respeto.

Siendo niños cuyo intelecto y adaptabilidad habían sido estimulados desde edad muy temprana por la dureza de la vida, los Beecham habían comprendido inmediatamente qué clase de hombre era su tío Slade, y habían decidido que el mejor modo de sobrevivir bajo su tutela era evitar cruzarse en su camino. Así que, aun desconociendo el motivo de su enojo, al verle cruzar el corral pisando los talones a Rachel, lanzando insultos y amenazas, habían pensado que no la verían salir intacta del granero..., si es que salía.

Después de hablar entre ellos sobre qué debían hacer, habían decidido tímidamente que lo mejor sería aguardar los acontecimientos. Sin embargo, esto no había atenuado su preocupación por Rachel, y ahora, su alivio al verla reaparecer —bastante desaliñada, pero aparentemente ilesa— era enorme.

Para ellos, el que hubiera vencido a su tío Slade y que hubiera escapado indemne le confería a partir de entonces en poder insospechado, y la miraron con renovado respeto, preguntándose si sería el diablo, como decía su padre.

—Bueno, ¿qué hacéis ahí mirándome? —preguntó Rachel malhumorada, para disimular que temía que hubiesen adivinado de algún modo su vergonzosa conducta en el granero—. ¿Es que tengo monos en la cara?

—No, señora —corearon los chicos mayores, deduciendo por su tono que preguntar acerca de lo ocurrido sería lo más inapropiado.

Sólo la pequeña Naomi, que era una niña excepcionalmente curiosa y precoz para sus dos años, se atrevió a formular la pregunta que bailaba en la cabeza de sus hermanos.

—¿El tío Slade te dio unos azotes? —preguntó inocentemente—. ¿Por eso estás enfadada?

—¡Pues claro que no! Sólo la idea...

—¡Toma! —la cortó Naomi, excitada—. ¿O sea que fuiste tú quien le pegaste a él?

—¡Oh, por el amor de Dios! ¡Claro que no! —repuso Rachel, exasperada—. ¡Qué ocurrencia! Sin embargo, sí que voy a dar una azotaina a cierta señorita si no deja de hacer estas preguntas tontas.

—¿Soy *impetinente*, tía Rachel? —titubeó Naomi, ligeramente desilusionada por ser tildada de algo tan desagradable.

—Sí, lo eres.

—Oh. —Naomi calló por un minuto. Luego, astutamente, declaró—: Apuesto a que el tío Slade también es *impetinente*, y por eso estás enfadada.

Al oír esto, Rachel respiró hondo y contó en silencio hasta diez, preguntándose cuál debía de ser en Kansas la pena por estrangular a una niña de dos años.

—Naomi... —empezó.

—¿Sí, tía Rachel?

—Ni una... palabra... más.

—Sí, señora.

—Y en cuanto a los demás —Rachel miró en torno con severidad—, ¡borrad esas sonrisas de la cara inmediatamente! Vosotros, Gideon, Caleb y Philip, id afuera y preguntad a vuestro tío si tiene previsto algo para vosotros hoy. Puede que necesite vuestra ayuda para arreglar la choza. Y tú, Eve, entérate de si él y Jonathan querrán que les mandemos un cesto con la cena o si volverán aquí para comer. Susannah, tú y Naomi limpiad la mesa, y Andrew, traes un cubo de agua del pozo y lo pones a hervir al fuego para que podamos lavar los platos.

En cuanto los niños se pusieron en marcha para cumplir sus instrucciones, Rachel subió por la escalera al estrecho y menudo altillo de la casa que había sido la habitación de sus padres y que ahora servía como refugio dentro de la pequeña cabaña. Cruzó el breve espacio que, tras echar las cortinas, le daba cierta sensación de intimidad cuando lo necesitaba, y se encaminó a la cama inclinando la cabeza para no topar contra el techo bajo. Sentada sobre el colchón de plumas que cubría una alegre colcha hecha de retazos, miró la mesilla de tocador que había pertenecido a su madre y estaba encajonada bajo el alero. El taburete había desaparecido —no sobrevivió al viaje de sus padres a Kansas desde los montes Apalaches de Pennsylvania—, y el espejo estaba roto y ahumado, no obstante, aquel tocador era lo más valioso que Rachel conservaba.

Sobre él había dejado un hermoso vestido de encajes que había bordado laboriosamente, y encima sus escasas y verdaderas posesiones: el juego de tocador de su madre, con espejo de mano de plata, peine y cepillo; su propio y diminuto joyero, que contenía horquillas, un par de hermosos peines de concha, un medallón de oro con el retrato de sus padres y un mechón de cabello de cada uno de ellos, así como un sencillo aro de oro que había sido la alianza de bodas de su madre, un frasquito de perfume de color verde con esencia de lilas que había destilado la propia Rachel, una delicada barra compacta de jabón fino, que sólo usaba en ocasiones muy especiales, y los tres libros favoritos de su padre: la Biblia, la *República* de Platón y un diccionario.

Rachel estudió solemnemente su imagen en el espejo del tocador, tocándose la boca con una mano. Inconscientemente recorrió el perfil de sus labios con el dedo índice, como Slade había hecho con la lengua. Por algún motivo, esperaba verse distinta después de sus besos, pero no era así. Excepto por su cabello, que parecía un nido de ratas, y por su boca extraordinariamente roja e hinchada, nada parecía distinto a como era antes. ¿Cómo era posible?, se preguntó. Porque de algún modo sabía que no volvería a ser la misma que antes de que el pistolero la besara. Incluso ahora había un sentimiento extraño en lo más profundo de su intimidad, un anhelo indescriptible, un dolor acuciante que no había sentido previamente. ¿Qué era? No lo sabía. Sólo sabía que ahora quería algo que no había querido antes.

Lentamente, deslizó la mano por el cuello, que estaba sombreado por tenues magulladuras, como el seno que Slade había tocado. Reproduciendo inconscientemente sus caricias, Rachel posó la palma de su mano, ligera como una pluma, sobre el pezón. De inmediato, éste se agitó y endureció, y reprodujo las mismas ondas de placer que había radiado en el granero con tanta intensidad que Rachel temió que fuera a desmayarse. Con las mejillas ardientes, apartó la mano, sintiéndose culpable por aquella acción. ¿Qué extraño sentimiento la había poseído como para hacer aquello? Sin duda era ese hombre, ¡ese pistolero corrupto! ¿Es que no se había prevenido a sí misma sobre encontrarse a solas con él?

Temblando, Rachel empuñó el cepillo y empezó a pasarlo por su melena, tirando con tanta fuerza que le dolía el cuero cabelludo y las lágrimas anegaban sus ojos. En cuanto sus trenzas estuvieron desenmarañadas y limpias de heno, retorció el cabello una y otra vez, y luego lo recogió en lo alto de la cabeza. Sujetó con fuerza el moño en su lugar con una mano, abrió el joyero, sacó las horquillas y empezó a clavarlas en el cabello. Deseó que hubiera suficientes. Tendría que ir más tarde a buscar las restantes en el granero. No podía permitirse comprar más. La pérdida de algunas de ellas entre el heno era otro de los perjuicios causados por Slade Maverick.

Cuando terminó de peinarse, Rachel alisó el cuello retorcido de su vestido y sacudió la falda hasta que quedó limpia de motas y briznas de heno. Luego se pellizcó las mejillas para darles algo de color. De nuevo revisó críticamente su aspecto en el espejo del tocador. De repente, su imagen volvía a ser parecida a la habitual. Al pensarlo, asintió satisfecha con la cabeza. Luego bajó las escaleras para seguir con su trabajo, completa y firmemente decidida a olvidar el incidente del granero.

Rachel sabía que Slade había bajado al pueblo a buscar a Jonathan para traerlo a casa, a punta de pistola si era necesario, no cabía duda. Los tres chicos mayores, cuya ayuda necesitaría para construir la nueva cabaña, habían ido a pie hasta la choza, esperando que los llevaran en la carreta de su padre si es que su tío lo encontraba, de lo cual estaban seguros. Eve había ido al granero para cuidar de los animales de tiro. Susannah estaba secando el último plato, mientras Naomi, sentada en una silla, hacía lo que podía por ordenarlos. Andrew, que había hecho un segundo viaje al pozo para traer otro cubo de agua —éste para el baño matinal de Tobias—, estaba colocando el perol sobre el fuego para calentarlo.

—El tío Slade me pidió que te dijera que le gustaría que luego fueras a la choza a llevarle el cesto con la cena —anunció Susannah—, pero sólo si no escupes veneno mientras la preparas, aunque no sé qué quiere decir.

A pesar de sí misma, Rachel no pudo reprimir una amplia sonrisa al escuchar esto. ¡Sin duda, después de lo de aquella mañana, el pistolero tenía miedo de que lo envenenara! Le serviría de buen escarmiento, pensó, aunque no iba a hacerlo, por supuesto. Seeks, el indio mestizo de Wichita del que había aprendido sus conocimientos sobre las hierbas y flores silvestres de la pradera, así como sus artes de zahorí, la había prevenido específicamente contra el «mal uso» de la medicina, explicándole que si uno abría el corazón a los espíritus malignos, éstos lo poseerían. Rachel respetaba muchísimo a Seeks —pensaba que estaba todo lo apegado a la tierra que un hombre podía estar—, y sabía que se sentiría muy mal si alguna vez hacía algo que mereciera su reprobación. Así que acabó renunciando a la tentadora idea de deslizar algo extraño en la cena de Slade... Sin embargo, se sintió mejor con sólo imaginar los retortijones de estómago que hubiera tenido el pistolero durante la noche.

Murmurando algo para sí, Rachel arrojó el agua caliente de la cocina en el cuenco de baño, lavó a Tobias, le puso los pañales y un vestido limpio, y luego vertió un poco de leche tibia en el biberón que había improvisado con una botella de zumo vacía y un viejo guante de goma. Se sentó alegremente en el balancín —lo que a su trasero dolorido no le resultó tan agradable como la cama— y empezó a darle el biberón y a acunarlo.

Toby, como ella lo llamaba, era un niño guapo, con un mechón de cabello negro y ojos de color azul oscuro. Se parecía a su madre, India, y a su tío Slade, pensó Rachel contemplándolo en su regazo. Además, su carácter era dulce. Cuando ya había sido alimentado y vestido, raramente lloraba o protestaba. Pero a Rachel le preocupaba que no fuera un niño saludable. Sus brazos y piernas estaban secos como un palo; el cuerpecito era tan delgado que podían contársele las costillas y no estaba ganando peso tan rápido como ella creía que debía. A veces tenía problemas para tragar la leche y también para contenerla. Por eso ella lo acunaba lentamente y se tomaba su tiempo para darle de comer. No le importaba hacerlo así. Le gustaba tenerlo en brazos, hablarle y canturrearle. A menudo fantaseaba que era su propio hijo, y ahora que India había muerto, en cierto modo lo era. Pues Rachel era la única madre que él había conocido... o que conocería nunca, el pobrecito.

Tuvo que contener las lágrimas al pensar esto, pues recordó a su propia madre, muerta y enterrada tres años antes. Incluso ahora, a pesar de todos los esfuerzos que Rachel hacía por recuperar mentalmente la imagen de su madre, el rostro de Victoria Wilder se desdibujaba, como si lo mirara a través de un cristal ahumado. Y sin embargo, por raro que fuera, Rachel podía recordar muchas otras cosas con tanta precisión y claridad como si las hubiera visto el día anterior —especialmente las manos de su madre, su tacto suave sobre su frente febril, su habilidad para separar los largos mechones rubios de su cabello y peinar sus trenzas, su habilidad para retocar los vestidos para que le sirvieran a ella, su rapidez en socorrerla cuando llevaba la pesada cesta de la colada, la gracia con que le habían indicado el escondrijo de un roedor de la pradera o un nido de alondras—. Rachel echaba de menos esas manos amorosas, rojas y ásperas por el trabajo duro, pero siempre presentes..., hasta ese horrible verano en que desaparecieron tan rápidamente y para siempre.

Ahora, también India estaba muerta. Sólo quedaban sus hijos, y de éstos, el más pequeño ocupaba un lugar especial en el corazón de Rachel. Aunque los quería a todos, sabía que su preferido era Toby. Era tan pequeño y frágil, y sus ojos oscuros le parecían tan tristes —casi como si supieran que su verdadera madre había muerto— que a Rachel incluso le dolía alimentarlo y consolarlo. Ahora, mirándolo sobre su regazo, vio que se había dormido. Su hermosa boca, como un capullo delicadamente partido, tenía una gota de leche en la comisura. La tetina del biberón descansaba suavemente sobre su labio inferior. Respiraba tan tenuemente que a veces a ella se le paralizaba el corazón: se apresuraba a apretar la cabeza contra el cuerpecito para estar segura de que respiraba. Pero en ese momento, gracias a su barriga llena y feliz, Rachel podía distinguir con facilidad el rápido subir y bajar del pecho infantil contra el vestido. Había comido mucho mejor esa mañana, se dijo esperanzadamente, resuelta a sepultar su ansiedad por el bebé en algún rincón de su cerebro.

Sonriendo ante la imagen que le ofrecía Toby dormido, apartó con cuidado el biberón medio vacío de las delicadas manos, y lo dejó en el suelo. Luego se levantó lentamente y se detuvo un instante cuando el bebé tembló y bostezó en pleno sueño. Por último, segura de que no iba a despertarse, fue de puntillas hasta el cajón de comida que utilizaba como cuna. Por un momento siguió sosteniéndolo con la cabeza apoyada en el pecho.

Era extraño, pero la vibración que había sentido cuando Slade la había tocado allí resurgió de nuevo, sólo que de otra forma, sin la misma urgencia y calor, aunque con bastante suavidad y calidez. Por un momento, se preguntó por qué era así. Luego, dado que había crecido en una granja, donde había presenciado algunas veces la copulación de los animales y no era tan ignorante como lo habría sido de otro modo, se dio cuenta de que en cierto modo la mayoría de los niños tienen su origen en un beso. Si uno daba un beso y continuaba adelante con lo que seguía, simplemente se llegaba, a menudo y con toda naturalidad, al final.

De pronto, la idea de que el hijo de Slade se parecería mucho a Toby irrumpió en sus pensamientos. Rachel apartó esa idea de la cabeza. Ya tenía un niño, aunque éste no fuera realmente hijo suyo, y no tenía la intención de volver a retozar sobre el heno —¡especialmente con Slade Maverick!— sólo para tener otro.

Besó suavemente a Toby en la frente, oliendo el dulce aroma de la leche y el talco que desprendía su piel. ¡Cómo le gustaba el aroma limpio y fresco del niño! Era como el de la tierra después de una lluvia primaveral, o como el de los vestidos después de haber sido lavados y secados bajo el sol del verano, o como los campos recién segados en otoño, o la primera helada del invierno. Cosas como éstas le evocaba Toby. Estaba contenta de que él estuviera allí. A desgana, lo dejó tiernamente en el viejo cajón y lo cubrió con su manta.

—Que duermas bien, Toby, querido —susurró—. Que tengas felices sueños.

12

En los días que siguieron a la llegada de Slade, se establecieron rápidamente unas costumbres fijas. Esto sorprendió a Rachel, que a pesar de la tregua pensaba evitar al pistolero todo lo posible. Pero por indicación del abuelo, él había instalado en el granero su residencia permanente hasta que hubieran levantado la nueva cabaña de maderos en el terreno de los Beecham. Así que Rachel lo veía con frecuencia.

Bañado y peinado, Slade se presentaba temprano a la mesa de la cocina, saludándola afablemente, si bien se mostraba lo bastante cauto para servirse él mismo de los humeantes cuencos y fuentes, en lugar de esperar a que ella lo hiciera. Durante la comida hablaba animadamente con Fremont, Poke y los niños, como si los conociera desde siempre, y divertía a la mesa entera con sus relatos y chistes, la mayoría de ellos a expensas de Rachel, lo que la desconcertaba. Sin embargo, para ocultarle que la estaba conquistando, soportaba sus burlas estoicamente y sólo intervenía de vez en cuando con sus propias pullas, a las que el pistolero correspondía con una sonrisa y una censura imaginaria. Fremont y Poke gritaban de júbilo cuando ocurría esto, incitándole con frases como «¡un punto para el otro bando!» y observaciones acerca del «jaque mate» de Rachel.

Después del desayuno, Slade enviaba a Gideon, Caleb y Philip a la choza en la carreta que había confiscado a su padre, al que él mismo bajaba a buscar al pueblo, ya que a pesar de sus amenazas, Jonathan seguía acudiendo a Delano para emborracharse todas las noches. Rachel se preguntaba por qué el pistolero se molestaba en malgastar su tiempo con Beecham. Pero cuando le preguntó acerca de ello, él contestó que, aunque fuera un inútil, Jonathan seguía siendo el padre de los niños, y que sentía que les debía a India y a los niños el esfuerzo de intentar apartarlo del alcohol y de la mala vida... aunque ese empeño se demostrara tan inútil como lo había sido el de la propia Rachel.

—Bueno, pensaste que si cada día lo sacabas de alguna sórdida cantina y lo echabas en un abrevadero de agua para quitarle la resaca, acabaría cansándose —comentó ella secamente.

—Sí —replicó Slade—. Francamente estoy sorprendido de que no lo haya dejado y echado a correr, pero reconozco que no tiene el más mínimo sentido común. Una cosa es cierta: es el mayor cabezota que he conocido. Cada vez que pienso que India se casó con este bas... vago, me gustaría retorcerle el pescuezo.

—Ahórrate el esfuerzo. Tal y como lo tratas, probablemente caerá muerto de cansancio. Tiene un aspecto espantoso, Slade. Tiene temblores...

—Eso es de no tomar whisky en todo el día. Lo siento, sé que es un enfermo..., pero no voy a tener ni la más mínima piedad de él, Rachel. Convirtió la vida de mi pobre hermana en un infierno, y sólo Dios sabe qué habría sido de esos niños si tú no hubieras intervenido cuando lo hiciste. Sabes que es así, que los tenía materialmente abandonados después de la muerte de India.

—Lo sé. Sin embargo, eres un hombre muy duro, Slade.

—Sí. Bueno, tú también eres una mujer dura, Rachel.

—¡No, no lo soy!

—Claro que sí —insistió él, esbozando una sonrisa—. De lo contrario, ¿cómo habrías podido soportar el galanteo del Buey durante tanto tiempo? Sinceramente, Rachel, si no pretendes casarte con ese sueco, le harías un buen favor si lo echaras y lo sacaras de su miserable espera.

Frunciendo el entrecejo, Rachel meneó la cabeza airadamente.

—¿Cómo sabes que no pretendo casarme con él? —inquirió—. Quizá cambié de idea y decidí aceptarle.

Al oír esto, la expresión de Slade se congeló por un instante y su sonrisa se desvaneció. Luego soltó un bufido burlón.

—Sí —asintió, con los ojos entrecerrados para que ella no pudiera adivinar sus pensamientos—, cuando las ranas críen pelo y las gallinas tengan dientes, quizá. Sabes tan bien como yo que no se enyuga una potrilla de pura raza a un buey de tiro.

—¡Gus no es un buey de tiro! —exclamó—. Es un hombre tan correcto como cualquiera..., ¡mucho más correcto que tú! Gus es un caballero.

—Eso significa que yo no lo soy. Bueno, ¿y qué hay de malo en eso? Me gustaría saberlo. Después de todo, yo soy el que... disfrutó más besándote, ¿no? Mientras tanto, él se queda dando vueltas como un perro extraviado, aguardando una invitación. —Los ojos de Slade se deslizaron a lo largo del cuerpo de Rachel lentamente y luego regresaron a su boca. Los labios de Slade describieron una sonrisa maliciosa que levantó los pelos de su bigote—. Apuesto a que el bueno del Buey desea lo que se está perdiendo —declaró.

—¡Maldita sea! —exclamó Rachel—. ¿Cómo te atreves a recordarme aquel día horrible...? Tú..., grosero, canalla. ¡Dios, cómo me gustaría ser un hombre sólo por un segundo! ¡Te daría un buen puñetazo!

—Bueno, si es eso lo que sientes por mí —advirtió Slade irónicamente—, entonces ten la bondad de no mandarme la cesta de la cena esta noche. ¡Por algún motivo, tengo la sensación de que estaré mucho más a salvo comiendo en el establecimiento de Douglas Avenue!

Se había convertido en costumbre el que Rachel cabalgara cada noche a la granja de los Beecham para llevar la cena a los dos hombres y a los tres chicos. Con esto, y para su propia sorpresa, no sólo se procuraba un momento de descanso en sus tareas, sino que además tenía la oportunidad de ver los progresos, que eran lentos. Esto se debía en parte a que, con la llegada de la primavera, la nieve que había cubierto la pradera durante casi todo el invierno se convertía en barro con mayor rapidez a cada día que pasaba, dejando el suelo empantanado. Así pues, era difícil cavar una buena bodega, que resultaba vital para guardar los alimentos de una estación a otra y que también era necesaria para protegerlos de los tórridos días del verano, cuando era frecuente que los tornados lo arrasaran todo con su furia. Además, los tablones de madera para la cabaña, y para el granero que Salde había decidido construir, tenían que ser comprados, cortados y transportados desde uno de los aserraderos de Wichita, un proceso que llevaba su tiempo. Las grandes piedras para la chimenea tenían que traerse desde lejos, y a veces había que partirlas en pedazos para poderlas transportar antes de colocarlas en su lugar. Se necesitaba una mezcla de arena de río y limo —que se obtenía quemando conchas de mejillones y pelo de búfalo— para el mortero, a fin de rellenar con ella las hendiduras de las paredes de troncos y configurar la chimenea.

Astutamente, Slade estaba levantando la cabaña cerca del pozo —por el que habían empezado su tarea—, en lugar de levantar la casa y después andar cavando fosos en busca de agua, gruñía el pistolero.

—Bueno, no creo que a Jonathan se le ocurriera esto —observó Rachel—. Incluso antes de empezar a beber, nunca fue pragmático. Al principio tuvo muchas dificultades para sacar adelante la granja. Creo que nunca tuvo que apañárselas por su cuenta antes de venir a Kansas.

Creció en una plantación, como un príncipe en una casa llena de esclavos durante toda su vida.

—Así es —afirmó Slade—. Tal como yo lo recuerdo, sus padres siempre cuidaron muy bien de él, y de hecho lo mimaron hasta malcriarlo. Nada era bastante bueno para el único y universal herededo de Beecham's Landing... (incluida mi hermana). Pero luego llegó la guerra, el Norte venció, y finalmente no quedó mucho que heredar en el Sur. Un buen montón de jóvenes murieron por una «causa gloriosa» que no comprendían, y la mitad de los que sobrevivieron..., bueno, resultaron heridos como Beecham, o peor. Al menos él está entero, de una pieza.

—Tú... tú luchaste en la guerra, ¿verdad, Slade? —preguntó Rachel titubeante, con curiosidad pero sin deseos de rogar demasiado.

—Sí, en las C.S.A. Todavía no había salido del cascarón... Fui un lugarteniente de diecinueve años en el calvario, sobre todo porque la mayoría de los oficiales de mi tropa habían muerto y yo era el único que quedaba para el ascenso.

—¿Allí aprendiste a disparar?

—No, fue en la plantación de mi viejo, Cypress Hill, antes de que dejara mi casa y Nueva Orleáns en busca de pastos más verdes.

—Creí... creí que era porque tú... habías disparado y matado a un hombre. En un duelo, en Nueva Orleáns. Quiero decir, eso es lo que India me explicó..., que habías escapado de Cypress Hill porque podían... podían haberte colgado por asesinato.

—¿India te dijo eso? —Slade miró a Rachel con agudeza, preguntándose qué más sabría sobre su pasado.

Rachel asintió.

—Bueno, es verdad. Como hay Dios que me habrían colgado... o al menos eso creía. Desgraciadamente mis objetivos no estaban tan claros entonces como ahora y no sabía lo bastante como para asegurarme de lograr lo que me había propuesto. Era joven, estaba aterrorizado y me precipité..., quizá innecesariamente, tal como fueron las cosas. Pues unos años más tarde oí que tan sólo había herido a mi oponente y que éste había sobrevivido. Todavía no sé cuál de las dos versiones es la verdadera, puesto que nunca volví a Nueva Orleáns para comprobarlo. Supuse que estaría a salvo marchándome y, para entonces, ya no importaba. No tenía nadie ni nada por lo que volver, y de todos modos ya había entrado en las listas judiciales de F.A.T., «fugados a Texas», así que parecía mejor dejar que las cosas siguieran su curso.

Slade permaneció en silencio por un buen rato, recordando la noche en que su vida había cambiado para siempre: «La luz de la luna brilla entre los viejos olmos. Una mujer que corre. Thérèse con un vestido blanco. Un grito... Un disparo... ¿Qué fue primero? Ya no importa. Una rama de frágiles gardenias salpicadas de sangre. Mucha sangre, manando de una mancha como un clavel. El retroceso de una pistola en mi mano. Muerte..., frío, muerte eterna... Digger sonríe burlonamente, sus dientes blancos brillan mientras cae...»

Repentinamente, el pistolero volvió al presente. Entonces, como si percibiera la atención inquisitiva de Rachel, habló con frialdad.

—Bueno, tengo que volver al trabajo. Si no tengo un ojo puesto en Beecham a todas horas, saca una de sus botellas de whisky que ha escondido y se emborracha antes de que se ponga el sol. Gracias por la cena, Rachel.

Salió y, por primera vez, ella lamentó realmente verlo partir. Su breve mirada al pasado la había intrigado. El dolor que había asomado a sus ojos al recordar le había hecho darse cuenta de que él no era tan duro como pretendía..., y que se sentía muy solo con el dolor que guardaba en su corazón.

Cada día, después del crepúsculo, Slade dejaba el trabajo en la granja de Beecham y volvía con los chicos a la cabaña de maderos. Habitualmente sin Jonathan, que solía escurrir el bulto a la menor oportunidad, en cuanto el pistolero se daba media vuelta. Eso enojaba a Slade, pero aparte de atar a Beecham con una cuerda, no se le ocurría otra cosa. Necesitaba la ayuda de su cuñado para la dura tarea de cavar la bodega, transportar los tablones y colocarlos en su lugar, y también para traer e instalar las piedras en la chimenea. Atado de pies y manos, Jonathan podía ofrecer escasa ayuda, aunque tampoco es que fuera de gran utilidad de todos modos. Sin embargo, Slade pensaba que era la casa y el granero de Beecham lo que estaban construyendo y que cuanto más tiempo forzara a Jonathan a permanecer sin la bebida, más posibilidades tenía de reformarlo, si bien debía admitir que no tenía muchas esperanzas en ese sentido.

Al terminar la jornada en la granja de los Beecham, Slade regresaba a casa de Rachel, y allí se ocupaba realizando algunas tareas y trabajos difíciles que hubiera que hacer. Ésa era su modesta manera de pagar a Fremont y Rachel su hospitalidad, pues de otro modo habría tenido que instalar su manta de dormir en la sucia y húmeda choza de Jonathan o alojarse en un hotel. A Slade no le entusiasmaba ninguna de las dos posibilidades, la primera, por razones obvias; la segunda, porque no le gustaba la idea de pasar mucho tiempo en Wichita, con unos centavos en su mano de pistolero.

Cuando oscurecía tanto que ya no podía trabajar más, se lavaba y entraba en la cabaña. Allí, normalmente alargaba las sobremesas librando fieras batallas contra Fremont o Poke a las damas. Luego tocaba la armónica hasta que los niños tenían que ir a la cama, mientras Rachel cosía o canturreaba y Fremont y Poke, con los ojos brillantes, hacían cuanto estaba a su alcance para derivar las cosas hacia lo que estaban convencidos de que era la dirección adecuada.

Pero Slade no era el único que iba a sentarse junto al hogar de Rachel en las frías noches de la primavera. A menudo —demasiado a menudo, para el gusto del pistolero— «el bueno del Buey», como solía llamar al sueco, se dejaba caer por allí y compartían con él la velada. El ambiente podía cortarse entonces con un cuchillo, con Gus tratando empecinadamente de ignorar la presencia de Slade y Slade intentando empecinadamente que no lo ignoraran. Como dos perros que hubieran echado el ojo al mismo hueso, se miraban mutuamente con suspicacia, a veces incluso gruñendo o saltando cuando uno de los dos pensaba que el otro se estaba acercando demasiado a la presa.

Fremont y Poke parecían divertirse con ello. Rachel, que si hubiera sido de otro modo se hubiera sentido profundamente halagada, se incomodaba. Sabía que aquella situación resultaba muy molesta para Gus y que era fuente de diversión de Slade, quien, si bien no tenía posibilidades de ser considerado —al menos desde el punto de vista de Rachel— como un auténtico rival en su conquista, estaba aparentemente empeñado en demostrarle que podía ser más caballero que el sueco a la menor ocasión. En realidad, creía que en lo que excedía a Gus era en perversidad.

Si, tratando de complacerla, Gus empezaba a contar a Rachel alguna novedad, Slade lo interrumpía imprudentemente con otra. Si Gus se esforzaba hasta lograr decirle algún modesto pero sincero cumplido, Slade la adulaba entonces escandalosamente. Si una tarde Gus le llevaba tímidamente un ramito de flores tempranas, Slade se presentaba al día siguiente con un ramo mayor, que llamaba la atención, sonriendo ampliamente y chascando la lengua ante el hecho de que ella hubiera colocado cuidadosamente el regalo del sueco en un vaso, mientras que arrojaba el suyo a la basura.

Más humillante todavía, en opinión de Rachel, era la forma en que los dos hombres se apresuraban al unísono a acercarle la silla cuando se sentaba a la mesa para la cena, sin ceder nunca ni un centímetro, de modo que era acomodada en su sitio como una reina transportada en palanquín por dos devotos esclavos.

Hubo una noche especialmente tensa en que cada uno de ellos tiró con tanto empeño de su extremo de la silla que los finos travesaños se partieron por la mitad, haciendo que el respaldo cediera, de modo que Rachel tuvo que sentarse en el asiento, que era lo único que quedaba. Estaba tan enfadada por el espectáculo que habían hecho que rechazó las sillas que ambos le ofrecían. Todavía la encolerizó más que su abuelo no pudiera dejar de reír por lo sucedido; acabó por balancearse hacia atrás hasta perder el equilibrio, cayendo violentamente con la silla al suelo. Luego, como si todo esto no fuera bastante, Poke —al que se le saltaban las lágrimas— se levantó para ayudar a Fremont e incorporarlo en su silla, pero se equivocó y agarró la pierna de madera en lugar de la pata de la silla, y tiró hasta arrancársela, haciéndolo rodar por el suelo otra vez.

Entonces, vivamente enojada, Rachel se levantó de la mesa y salió de la cabaña, deseando cordialmente la perdición a todo hombre mayor de doce años. Unos minutos más tarde apareció Gus, con un aire tan avergonzado y arrepentido que no tuvo corazón para reprenderlo.

—Te... te traigo el chal —tartamudeó, alcanzándoselo—. Todavía refresca por las noche, *¿ja?*

—Sí, gracias, Gus —respondió ella serenamente, arropándose en la suave tela, agradecida por su calor y la sensibilidad que demostraba Gus.

Por un momento, se creó un inesperado silencio entre los dos y ninguno supo qué decir o hacer. En el cielo de la noche, la luna creciente lucía fantasmal, oscurecida por el suave velo de bruma que a veces recorría la pradera a fines del invierno y con la llegada de la primavera; y las estrellas titilaban levemente. En algún lugar, lejos, el ulular de una lechuza dejó un eco en el viento de la noche. Gus movió los pies y se aclaró la garganta, malhumorado.

—Bueno, todavía es pronto, pero mejor voy por mi camino, esto es, *¿ja?* Yo no quería causar problemas con silla. No domino mi fuerza a veces, ni tu... amigo la suya, puede ser. Yo te haré una silla mejor para ti, traeré la próxima vez que venga.

El tono de su voz hizo que Rachel lo observara instantáneamente, llorosa. ¿Cuál era su problema? Era un hombre amable, decente, trabajador, que la amaba y quería casarse con ella, aunque nunca hubiera llegado a decirlo directamente. Sin duda, pensó Rachel, eso debería ser suficiente para hacer feliz a una mujer. ¿Por qué, entonces, no era bastante para ella? No lo sabía, pero intentaría dar con la respuesta de algún modo. Apoyó una mano en el brazo del sueco y dijo suavemente:

—Gus, antes de marcharte, ¿no vas a darme un beso de buenas noches?

Al escuchar sus palabras, una mezcla de incredulidad, alegría y repentina confusión cruzó la expresión de su rostro, como si no supiera qué decir o hacer en aquel instante. Luego salió al paso con un «*ja*, *ja*» y, tras un momento de indecisión, la rodeó con un torpe abrazo y la besó.

Rachel no sabía qué es lo que había esperado de él..., campanadas o fuegos artificiales o algo así, quizá; algo que la convenciera de que podía amar a aquel hombre, pasar el resto de su vida con él. Pero para su desconcierto y decepción, no sentía en absoluto la turbulenta y ardiente emoción que había arrasado sus venas cuando Slade Maverick la había aplastado contra el heno para tomar salvaje posesión de sus labios. Los labios de Gus eran suaves y cálidos, titubeantes, como si no estuviera habituado a usarlos para besar a las mujeres; y todo ello, la falta de habilidad de Gus y su propia falta de respuesta, hicieron que el «experimento» fuera insatisfactorio; y aunque no fue desagradable, careció de la magia que Slade había conseguido de algún modo instintivo, como si la conociera tan bien como se conocía a sí mismo.

Gus la besó sólo una vez, y luego se apartó rápidamente, como si temiera que ella pudiera acusarlo de aprovecharse. Pero sus claros ojos azules destellaban tímidamente en la oscuridad, y una estúpida sonrisa de felicidad iluminaba su rostro.

—Creo que... quizá tú eres la mujer más maravillosa sobre la tierra, Rachel Wilder —sentenció, sencillamente.

Luego, como incomodado por su inesperada declaración, el sueco retrocedió y la dejó sola para ir a buscar su caballo al establo. Saltó sobre la silla y salió galopando. Rachel lo miró hasta que estuvo fuera del alcance de la vista, con una sonrisa triste en los labios cuando, poco después, sonó el eco de su alegría —como el grito vikingo tras la victoria— sobre las llanuras.

«Oh, Gus —reflexionó tristemente, mirando en la distancia hacia el lugar desde donde había sonado su exclamación—, yo no soy la mujer más maravillosa sobre la tierra. Y, lo que es peor, ni siquiera soy la mujer adecuada para ti. No soy la mujer adecuada para nadie, lo reconozco.»

Mientras permanecía de pie abandonada a sus pensamientos, perdida en sus sueños, la puerta de la cabaña crujió levemente a sus espaldas y Slade salió afuera. Sujetaba un cigarrillo entre los dientes y un hilo de humo se desprendía de su punta encendida.

—¿Es que nos atacan los indios? —preguntó con fingida inocencia—. Me pareció oír un grito de guerra.

Enojada porque agredía a su soledad y porque además no estaba de humor para sus sarcasmos, Rachel estuvo a punto de decirle que se largara. Pero cerró repentinamente la boca, decidida a no morder el anzuelo. ¿Qué sentido tenía discutir con él?, se preguntó. Era un rufián insolente y, al igual que Jonathan, no había esperanza alguna de reformarlo. Haría mejor en evitarlo tanto como pudiera. Así pues, se dispuso a meterse en la casa, pero de pronto él la agarró por la muñeca y la detuvo.

Rachel lo miró con mordacidad y silenciosa insistencia para que la soltara, pero Slade no le prestó atención.

—Por ese gruñido exultante que oímos desde la cabaña, deduzco que el sueco recibió por fin su esperada invitación —observó secamente.

—No creo que eso sea de tu incumbencia —replicó

Rachel, inflexible—. Ahora, si no te importa, hace frío. Me gustaría entrar en casa.

—Sí que me importa —repuso Sladc, en voz baja y ronca—. Me importa mucho, en realidad. Quiero decir... para mantener cierta equidad, naturalmente... Creo que yo también merezco una invitación, ¿no te parece?

—¡Por supuesto que no! —estalló Rachel, enrojeciendo sólo con pensarlo y con el corazón latiendo con fuerza en el pecho—. Gus es mi... mi pretendiente, y... ¡y tú no!

—¿No? —Slade enarcó una ceja diabólica. Sus ojos oscuros como el crepúsculo brillaron bajo la luz nublada de la luna—. ¿Y qué te hace pensar eso? —preguntó, haciéndola estremecerse y atrayéndola inexorablemente con aquellas palabras y con el tacto de su mano—. ¿Es que no he venido a verte cada noche, no te he dicho cumplidos, y no te he traído flores..., aunque tú las rechazaras en favor de las de otro?

—Bueno, sí... —admitió Rachel. Luego añadió, amargamente—: Pero lo has hecho para molestar a Gus... ¡Admítelo, Slade!

—¿En serio? ¿También puedes leer las mentes, además de practicar brujerías? Me pregunto qué harías si me arrojara a tus pies, te jurara devoción eterna y rogara que te casaras conmigo —dijo maliciosamente.

En el previsible y tenso silencio que siguió, Rachel le clavó la mirada como hipnotizada, atreviéndose apenas a respirar, con las manos sudorosas, el pulso acelerado y la boca seca. Su lengua asomó nerviosamente para humedecer los labios. Tragó con dificultad. Sin duda él no hablaba en serio. Sin duda aquel hombre odioso no estaba sino gastándole una broma pesada, se dijo, tenazmente... Así que, a pesar del hecho de que había una pequeña parte de su corazón que deseaba creerle, Rachel no se atrevía a suponer que estuviera hablando en serio, sino riéndose de su ingenuidad. Respirando hondo, respondió en un tono glacial:

—Me complacería que hicieras el gesto de arrodillarte,

Slade, y luego me reiría de que me supusieras tan crédula como para tragarme tus mentiras.

—¿Cómo sabes que serían mentiras? —preguntó él suavemente, arrojando el cigarro de repente y apresándola sin tregua entre sus brazos—. ¿Hummm? ¿Cómo sabes que serían mentiras?

—Simplemente... lo sé —insistió ella, tratando de apartar la cara, pues la boca de él estaba muy próxima a la suya, demasiado próxima—. Por favor, Slade, déjame. Es tarde y estoy cansada y... y tengo frío.

Pero esto último no era verdad, como Rachel descubrió en el acto. Sentía calor, bastante calor, arropada por su abrazo protector. También se sentía a salvo, como si él fuera lo bastante fuerte para sacudir al mundo entero y cargar sin problemas con el peso de sus responsabilidades. Por un momento, la noche fue un susurro. Sólo el siseo de la colilla de Slade al absorber la humedad de la tierra —la punta anaranjada y chisporroteante, que acabó apagándose—, quebró la paz que los rodeaba.

Luego Slade murmuró gravemente:

—Por lo que a mí respecta, puedes entrar cuando quieras, Rachel. Cuando quieras. Todo lo que tienes que hacer es concederme tu invitación antes.

—¿Y qué pasa si... si no te la doy? —jadeó, con los ojos entrecerrados, incapaz de resistir por más tiempo, abriendo lentamente los labios como si se le escapara su control.

Su respuesta fue besarla, como ella sabía que ocurriría. Tuvo que admitir que inexplicablemente era eso lo que deseaba que ocurriese. Demorándose, deleitándose, como si tratara de saborear aquellos dulces momentos, él la besó tanteando con la lengua la línea de sus labios, y arrojándose luego profundamente entre ellos para explorar los rincones oscuros y húmedos de su boca.

Ante la invasión de su lengua, Rachel gimió suavemente y sus manos, aplastadas contra el pecho de él, lo recorrieron como si tuvieran voluntad propia, rodeando el cuello de Slade para aproximarlo. Sus dedos delgados se extendieron, se enzarzaron en el espeso cabello negro que se rizaba en la nuca de Slade, mientras sentía en su más profunda intimidad el arrebato ardiente y salvaje que había experimentado en el granero, golpeando e irradiando vida furiosamente, prendiéndola de ardor.

Su corazón latía contra el de Slade, su cabeza daba vueltas, y las rodillas le temblaban de un modo que, intuía, no la habrían sostenido si él no la hubiera sujetado. Tenía la sensación de que su cuerpo se había licuado como la plata líquida, que sus huesos se disolvían en su interior y que estaba tan débil y manejable que, inconscientemente, su cuerpo joven y pequeño podía fusionarse con el de Slade. Él no era tan alto y corpulento como Gus, pero en cambio encajaba con ella como si hubieran sido hechos el uno para el otro. Se había sentido diminuta y perdida en los fornidos brazos de Gus, recordó vagamente, y él la había sostenido como si fuera demasiado frágil y delicada, como un figurilla de porcelana que pudiese romper accidentalmente. Pero Slade no se andaba con contemplaciones. Él la aplastaba contra su cuerpo enjuto y fibroso como si quisiera romperla, doblando su espalda, sujetándola con la fuerza de sus brazos.

Los dedos de Slade se hundieron en su cabello recogido, tratando de arrancar una a una las horquillas para verlo caer en una cascada de trenzas de seda que la rodearan como una cadena de oro, apresándola para él. Pero Slade sabía que ella no podía entrar en la casa como si hubieran estado retozando en el heno. Un beso bajo la luz de la luna era una cosa, pero si ocurría algo más, estaba seguro de que tendría que enfrentarse a los disparos de Fremont o Poke, que eran indulgentes aunque también protectores. No quería tener que matar a ninguno de los dos, pero tampoco se dejaría llevar a la fuerza ante un altar.

Él era un cazarrecompensas, un pistolero, no era bueno para un mujer como Rachel..., que en realidad, ni siquiera era su tipo. Sin embargo, cada día que pasaba,

Slade se sentía incomprensiblemente más y más atraído por ella, como una polilla a una llama. Cuando Gus la había seguido afuera, él hubiera querido ir tras sus pasos y darle un violento puñetazo..., a pesar de que se veía forzado a admitir que el sueco le parecía un buen tipo y que sentía respeto por él. Pero cuando comprendió que Gus acababa de besar a Rachel, había querido matarlo. Al oír el grito triunfal del sueco, se había encolerizado tanto que sus manos habían acudido a sus revólveres y casi los había desenfundado, sólo para darse cuenta, después de que no podía correr detrás de Gus y dispararle. Sólo una vez en su vida había hecho Slade algo semejante por una mujer —él, que se mostraba siempre tan frío y calculador.

Pero había amado a Thérèse —la enérgica y hermosa Thérèse—, y al final su amor la había matado. Ahora estaba enterrada bajo una losa de piedra, para siempre... y su corazón con ella. O al menos, eso era lo que había creído. Sin embargo, no podía renunciar a los sentimientos que surgían en él mientras su boca devoraba la de Rachel y se deslizaba luego sobre su mejilla, su sien, su cabello. Succionaba su oreja y la hacía temblar, y le susurraba palabras que sabía que ella no comprendía, porque estaba hablando instintivamente en francés, pues lo consideraba mucho más armonioso y bello que el inglés, mucho más adecuado para cortejar a una mujer bajo la luz de la luna.

Sus palabras se deslizaron sobre Rachel como el río sobre la arena, erosionando cualquier pequeña resistencia que ella pudiera ofrecer mientras la besaba una y otra vez, proyectando el aliento cálido sobre su piel, haciéndole cosquillas con el bigote, y con los labios de cobre fundido licuándose en su cuello hasta alcanzar el pulso que se aceleraba en su garganta. Ella notó la dura evidencia del deseo masculino comprimiéndose contra sus muslos a través del vestido, y sintió un dolor ardiente en su interior como nunca antes había advertido, algo que no podía comprender. Sólo sabía que era como si tuviera fiebre y estuviera sedienta, y que los besos de Slade, en lugar de colmar su deseo, eran como el sol ardiente sobre la piel desnuda, como sal en su boca, y que incrementaban su fiebre y su sed. En algún rincón oscuro de su mente se dio cuenta de que deseaba más de él..., mucho más.

Se asustó y sorprendió al pensarlo, y finalmente se apartó tan bruscamente de él que tropezó y casi cayó al suelo.

—No, no me toques. Por favor —susurró cuando Slade extendió una mano para atraerla—. Por favor.

Luego, alisándose la falda, Rachel se volvió y corrió al interior de la casa, deteniéndose en la puerta sólo para recomponer un poco su aspecto y recobrar el aliento antes de entrar. Slade la siguió más lentamente, dándole tiempo de recobrarse, algo que también él necesitaba, tal y como tuvo que reconocer, arrepentido, cuando advirtió que su pantalón ajustado lo delataba.

Dios, ¿qué tenía aquella mujer para atraerlo tanto? No era hermosa en el sentido clásico de la palabra, como la mayoría de las que se habían acostado con él en el pasado. De hecho, sospechaba que habría muchos hombres que sólo la considerarían relativamente bella; y desde luego, su carácter no ganaría premios de simpatía. Pero en cualquier caso, había algo extraño, una cualidad arrebatadora en ella que lo intrigaba como ninguna otra mujer lo había hecho desde Thérèse.

«Bueno, Slade —pensaba—, por el modo en que te comportas, cualquiera diría que estás enamorado de ella, ¡y apenas hace un mes que la conoces! Será mejor que lo pienses antes de seguir, ¡no vaya a ser que te echen la soga al cuello, te aten como a un perro y te casen, antes de que te des cuenta!»

Y eso era lo último que él deseaba... ¿verdad? Por un momento, al recordar el sabor dulce de la boca de Rachel, Slade no se sintió tan seguro. Meneando la cabeza, se preguntó instantáneamente qué habría dicho India sobre todo aquello. Seguramente no le había escrito para que cuidara de sus hijos con el feliz deseo de casarlo con la «tía» Rachel en el proceso. Slade sonrió irónicamente en la oscuridad.

—Por Dios, India —murmuró—, ahora que lo pienso, ¡creo que eso era exactamente lo que te impulsó a hacerlo! Sospecho que decidiste que ya había vagabundeado bastante, ¿eh? Bueno, quizá tenías razón, y quizá la tengo yo. No lo sé. Tendré que pensar en todo esto. Dios sabe que, tan cierto como que hay infierno, Rachel se echaría a perder al lado del Buey. Además, con todo lo que come, creo que lo liquidaría en un segundo si alguna vez él la hiciera enojarse a la hora de la comida. ¡Por suerte para nosotros, preparó la cena de esta noche antes de que arruinásemos su silla!

Sonriendo ampliamente al pensar en esto, Slade entró de nuevo en la casa, rogando devotamente para que Rachel no planeara vengarse de él en el desayuno otra vez.

Rachel había entrado silenciosamente en la cabaña, deseando pasar inadvertida. Pero su abuelo no se dejaba engañar. Le lanzó una mirada analítica y sus penetrantes ojos verdes captaron el rubor de sus mejillas y los mechones de cabello que escapaban de su tocado. Fremont supuso que ambas cosas podían deberse al frío y al viento de la noche, pero por algún motivo, sabía que no era así. Desvió rápidamente la mirada hacia el pistolero, que había entrado en la casa poco después que Rachel. El rostro de Slade era como una máscara, impasible, impenetrable. Sólo sus oscuros ojos azules brillaban de emoción, pero no como la del hombre que acaba de satisfacer su deseo. Después de unos momentos, aliviado porque fuera no había ocurrido nada improcedente, excepto algún beso robado bajo la luz de la luna, Fremont se recostó contra su silla dando unas alegres chupadas a la pipa.

Dios sabía lo que Rachel podía hacer sólo con un beso, se dijo para sí —ya iba camino de convertirse en una solterona, y eso era algo que a él le preocupaba—, y por algún motivo, no le parecía que Gus tuviera mucho que hacer en ese terreno. Pero Slade.., *ésa* era otra historia. De hecho, Fremont sospechaba que el pistolero tenía necesidades viriles que explayar y, sobre todo, que era la clase de individuo que conseguía la leche gratis, sin necesidad de comprar la vaca. Y esto no era lo que Fremont deseaba en absoluto. Pero durante aquellos días, había tenido oportunidad de observar a Slade Maverick de cerca y creía conocerlo. Consideraba que, pistolero o no, era el marido adecuado para Rachel.

No sólo no se asustaba de su lengua viperina, ni se acobardaba ante su cólera —lo cual, en opinión de Fremont, lo cualificaba suficientemente para el trabajo—, sino que además era inteligente y educado —a causa de su buena educación, había leído tanto o más que Rachel—, y además estaba dotado de un vivo ingenio y un gran sentido del humor. También era fuerte y compasivo. No eludía el trabajo duro, no peleaba, ni bebía, ni jugaba más de lo debido, y a Fremont no le constaba que se diera a las mujeres. De todo esto, deducía que sin duda Slade había corrido mucho mundo, y no era la clase de hombre que necesitaba constantemente una mujer. Su disgusto al comprobar que Jonathan se había entregado a constantes juergas y había maltratado a India antes de su muerte era evidente, y de ello concluía Fremont que si Slade Maverick decidía casarse y asentarse alguna vez, sería completamente fiel y protector con la mujer a la que hubiera escogido. Era un solitario, así que sería un hombre difícil de cazar. Pero Rachel lo estaba consiguiendo, pensó Fremont, y decidió que si su nieta dejaba escapar al pistolero, sería la mujer más idiota del mundo —¡y en ese caso, merecería convertirse en una vieja solterona!

Miró hacia el balancín, donde ella se había sentado, meditativa, para acunar al bebé. Debería ser su niño y no el de India el que estaba criando, pensó Fremont, aunque no le había parecido mal que adoptase a los hijos de su amiga muerta. Ahora la cabaña estaba extraordinariamente llena. Fremont suspiró al pensar en ello, echando de menos la paz y el silencio que reinaban antes. En los últimos tiempos, la atmósfera estaba cargada de charlas, risas y ruido, y apenas había espacio para caminar cuando los niños extendían las mantas en el suelo y se instalaban para pasar la noche, como en ese momento, aunque Fremont advirtió que ninguno estaba dormido todavía. Sin duda aguardaban a que Slade tocara la armónica, y él todavía estaba disputando su torneo de damas con Poke.

—¡Ajá! ¡Coróname! —exclamó jubilosamente el negro, interrumpiendo las meditaciones de Fremont y atrayendo su atención hacia el tablero de damas—. ¡Será mejor que vigiles! ¡Te tengo contra las cuerdas, Slade!

—Sí, eso es lo que tú crees, Poke. No estás jugando contra el bueno del buey, ¿recuerdas?

—¡Bah! —repuso el corpulento negro sin impresionarse—. El Buey no es tan tonto como crees. Además, ¡los dos tendréis que abandonar pronto conmigo!

Antes de que Slade pudiera contestar a Poke, la pequeña Naomi empezó a hablar y, como si bajara del cielo, con un tono angelicalmente infantil, preguntó con curiosidad:

—Tía Rachel, ¿vas a casarte con el bueno del Buey?

—No debes llamarle «el bueno del Buey», Naomi —la riñó ásperamente Rachel—, y si yo quiero casarme con él no es asunto de nadie, sino mío y suyo. Ahora, duérmete.

—Sí, bueno, pero... ¿te vas a casar con él? —insistió Naomi.

—¡No, si rompe otra de mis sillas! —declaró secamente Rachel, deseando dar fin a las preguntas de la niña antes de que realmente empezaran—. Basta ya, o vas a despertar al bebé. Acaba de dormirse. —Miró tiernamente a Toby, que descansaba sobre su pecho.

Naomi permaneció en silencio durante un minuto, profundamente pensativa a juzgar por la expresión de su cara, mientras Rachel la observaba a la luz de la lámpara preguntándose qué impulsaba a los niños a hacer cosas tan desagradables. Se daba cuenta de que la niña no había terminado aún su interrogatorio, como comprobó enseguida.

—Tía Rachel —irrumpió de nuevo su vocecita.

—Dime, Naomi —repuso, con tono indulgente.

—Si no vas a casarte con el bueno de..., quiero decir... Gus, ¿vas a casarte con el tío Slade?

«Por Dios, India, ¿por qué no le administraste cloroformo al nacer?», se preguntó Rachel, mortificada.

Deseó que la tierra se abriese y la tragara cuando descubrió que los hombros de Slade se sacudían de risa al oír que la niña la colocaba en semejante situación, y que su abuelo y Poke se carcajeaban alegremente. Ahora comprendía por qué las madres que más querían a sus hijos los sacudían a veces, algo que nunca se había explicado antes.

—Naomi, cariño —dijo entre dientes, mirando amenazante a su abuelo y a Poke, y sin atreverse a mirar a Slade para evitar saltar sobre él y estrangularlo para borrar su risa—, sólo voy a casarme con el hombre que me traiga quinientas cabezas de ganado. ¿Está claro?

—Sí, señora.

—Bien. Ahora... ¡duérmete!

—Sí, señora. —Naomi se detuvo y se mostró profundamente apenada—. Tía Rachel, perdona que fuera *impetinente* otra vez.

—¡Sí que lo fuiste! —dijo Rachel, furiosa—. ¡Y ahora, por el amor de Dios, cállate!

—Sí, señora. Ya me callo, lo prometo. —Luego, de pronto, añadió sin poder contenerse—: Pero si yo fuera tú, escogería al tío Slade. Me gusta mucho más que el bueno de... Gus. ¡El tío Slade es *impetinente*... como yo!

Haciendo caso omiso de la cólera contenida de Rachel, Slade, Fremont y Poke soltaron una risotada histérica al oírla. Después de esto, decidiendo que ya había soportado todo lo que podía, Rachel se levantó airada y dejó cuidadosamente al niño en el cajón, arropándolo con la manta. En su opinión, lo único que salvaba aquella velada era que Poke había derrotado a Slade a las damas. Sin esperar a que el pistolero se marchara, dedicó a todos un áspero «buenas noches». Luego subió a su habitación y tiró la cortina a lo ancho de la buhardilla con tanta displicencia como si hubiera dado un portazo. Tanteó a oscuras para encontrar la caja de cerillas, sacó una y prendió la vela. Luego se preparó para acostarse.

Desde abajo, con una risa cada vez más atenuada, Slade vio su silueta contra la cortina mientras se sacaba una a una las horquillas, y vio cómo caía su largo cabello rubio. Por un momento, se preguntó cómo sería entrar en la cama con ella y envolverse el cuello con sus trenzas mientras la comprimía contra el colchón y le hacía el amor.

Luego, lentamente, alzó la armónica entre sus manos ahuecadas y se la llevó a la boca. Empezó a tocar como cada noche.

13

Unos días después, Rachel se despertó a medianoche al oír el ruido del ganado, que mugía inquieto a lo lejos. Al principio, no prestó mucha atención a los mugidos, pensando, medio adormilada, que se trataba del viento. Luego, sentándose en la cama de un salto, comprendió que el viento «transportaba» el ruido que llegaba hasta sus oídos. Rápida como el rayo, saltó de la cama sin vestirse siquiera, poniéndose sólo los calcetines y las botas bajo el camisón.

Arrojó a un lado la cortina de su habitación, se precipitó escaleras abajo hasta el salón y avanzó cuidadosamente entre los niños diseminados por el suelo hasta que llegó a la puerta de la cabaña. Allí, cogió el abrigo y agarró su pistola. Luego salió afuera, hacia el granero.

Fue el crujido de la puerta del granero lo que despertó a Slade en cuanto entró, pues se acostaba en el altillo. Durante años había dormido con un ojo abierto, así que reaccionó inmediatamente. Alertado ante el posible peligro, rodó tras la silla de montar, que le servía de almohada, y cogió sus cartucheras. Las ató de inmediato a los muslos. Luego se arrastró sigilosamente sobre el estómago para alcanzar la escalera y bajar al suelo del granero, tratando de dar al intruso una desagradable sorpresa. Casi no podía ver nada en la semioscuridad, pero por encima del ruido estentóreo que hacía Poke durmiendo en su hamaca, Slade percibió el tintineo de las bridas y las nerviosas pisadas de *Sunflower*.

«¡Maldición! ¡Un maldito cuatrero quiere robar la yegua de Rachel! —pensó, enojado—. ¡Bueno, vamos a ver qué pasa!»

A hurtadillas, empuñando los revólveres, se arrastró por el granero hasta llegar a la altura del establo de *Sunflower*. Entonces pivotó sobre sus pies y se encajó en la puerta abierta del establo.

—¡Quieto ahí...! —siseó—. ¡Encomiéndate al cielo antes de que te mande allí!

Rachel gritó y saltó hacia un lado, con el corazón a punto de estallar. Él se había movido con tanto sigilo que no lo había oído acercarse y, por un momento, creyó que había sido atrapada por un extraño. Tan rápido como pudo alzó su pistola, apuntando a la silueta alta que se adivinaba entre las sombras.

—¡Apártate o disparo! —lo amenazó, escurriéndose detrás de *Sunflower* para cubrirse.

Luego, mientras Slade bajaba sus revólveres al cinto acaloradamente, ella reconoció su voz y depuso lentamente el arma, con alivio.

—¡Jesús, Rachel! —exclamó él, encolerizado y nervioso porque había estado a punto de disparar accidentalmente contra ella—. ¿Qué haces deslizándote por aquí como un maldito ladrón de caballos? ¡Estás loca! Ni se te ocurra volver a hacerlo, ¿me oyes? —gritó, agarrándola y zarandeándola rudamente—. ¡Podía haberte matado, por el amor de Dios!

—Yo... no quería despertarte —murmuró ella, temblando de miedo y excitación al darse cuenta de que estaba desnudo de cintura para arriba.

Su piel oscura era suave, y resplandecía bajo la luz brumosa de la luna que se filtraba por las hendiduras del techo. Brillaban, aquí y allá, algunas viejas cicatrices blancas. El pecho estaba poblado de pelo negro rizado, que descendía por el estómago firme y plano hasta desaparecer en el pantalón. Avergonzada porque sus ojos se habían prendido en aquel cuerpo, Rachel levantó la mirada hasta el rostro de Slade, con los labios temblorosos.

—Lo siento. Yo... Bueno, no se me ocurrió. Necesitaba mi yegua...

—¡A estas horas! ¿Para qué? —preguntó Slade, entrecerrando los ojos al advertir que ella no llevaba más que un ligero camisón bajo el abrigo—. ¡Maldita sea, Rachel! ¡Piensa un poco! ¿Adónde crees que vas vestida así? —De pronto, lo sacudió una sospecha. Respiró profundamente y luego soltó una maldición—. ¡Por todos los diablos! ¿No estarías pensando en ir a encontrate con Gus, verdad?

—¡Por supuesto que no! —repuso ella indignada, herida por el solo hecho de que él pudiera pensar algo así—. Es el ganado. Oí que mugía y me desperté. Ocurre algo y voy a ver qué es. ¡Probablemente hay un ladrón robando la mitad de mi rebaño! Es ese canalla despreciable, Rye Crippen. Estoy segura. ¡Ese falsificador de marcas! ¡Voy a sorprenderlo con las manos en la masa... y a llevarlo al *marshal* para que lo cuelgue!

—¡Dios, tienes tanto sentido común como Naomi! —dijo Slade, sorprendido y furioso porque planeara semejante cosa—. ¿Y qué vas a hacer si en lugar de eso, cuando llegues allí te encuentras a cuatro hombres armados? ¿Dispararles a todos tú sola? ¡Diablos! Te tirarían del caballo y probablemente te retorcerían el maldito pescuezo..., después de violarte, por supuesto. ¿Es que no se te ha ocurrido pensarlo, pequeña chiflada? Los ladrones de ganado son lo peor de lo peor, están al nivel de los ladrones de caballos y los asesinos. ¡Ahora, vuelve a casa antes de que te dé una buena zurra! Yo me encargo de esto.

—¡Ni siquiera sabes dónde está el rebaño! —protestó obstinadamente Rachel, sin inmutarse, temiendo más por el ganado que por él.

—¡Lo encontraré! —repuso Slade, tajante—. ¡Ahora, vete!

Empujó a Rachel fuera del establo y se aseguró de que se encaminara a la puerta del granero antes de recoger del suelo la silla de montar y el resto de su ropa. Pero cuando se estaba poniendo las botas oyó el inconfundible pedregueo de los cascos de un caballo al otro lado del granero. Salió a toda prisa justo para ver cómo desaparecía *Sunflower* a través de la puerta, con Rachel montándola a pelo. Precipitándose y pensando cómo disfrutaría retorciéndole el pescuezo cuando la atrapara, Slade se apresuró a meterse la camisa en el pantalón, ajustarse el sombrero a la cabeza y echarse el guardapolvo encima. Luego se lanzó escaleras abajo, ensilló y embridó su negro semental y salió a la velocidad del diablo.

Aunque Rachel le llevaba cierta distancia de ventaja, no era difícil distinguirla bajo la luz de la luna, gracias a que su blanco camisón contrastaba contra el color de la tierra. Slade la vio desde una colina de la pradera y galopó hacia ella con la mandíbula tensa. Aunque logró alcanzarla, le pareció admirable su forma de montar, volando como un ángel vengador sobre las llanuras, con el cabello suelto volando al viento. Por fin, pudo atraparla sólo porque su caballo, *Fortune*, era mucho más rápido y potente que su yegua. Cuando llegó a su altura, Slade se tendió sobre su silla, agarró las riendas de *Sunflower* y tiró de ellas hasta detenerla.

—¡Por Dios, voy a dejarte ese lindo trasero como un tomate! —exclamó—. ¡Te dije que volvieras a casa, que yo me encargaba de esto!

—Es verdad —repuso fríamente Rachel—. ¡Pero es mi ganado y tú no eres mi guardián, Slade!

—¡Maldita sea, Rachel! ¿Por qué tienes que ser siempre tan tozuda y más áspera que un cactus? Al menos podías haberme esperado, si estabas tan endiabladamente empeñada en hacer tu santa voluntad.

—Yo... tenía miedo de que no me dejaras venir contigo y, si no es sólo Rye Crippen el que está ahí, necesitarás mi ayuda, Slade. Soy una buena tiradora, tanto como puedas serlo tú... o más. Sólo puedo juzgarte por tu fama... y no sé si vas a poder tú solo con cuatro o cinco hombres, como yo tampoco podría.

—Bueno, quizá no sea fácil, eso es cierto —confesó—. Pero de todos modos no quiero que te hieran, Rachel. Sin embargo, no creo que pueda confiar en que seas sensata y regreses a la cabaña, ¿verdad?

—No, no puedes confiar en eso porque no lo haré... ¡Es mi última palabra!

—En fin, al menos eres sincera. Está bien. Puedes venir conmigo. Pero harás exactamente lo que te diga, ¿me oyes? No voy a cargar con la responsabilidad de sacarte de aquí con un balazo sólo porque eres demasiado terca y estúpida para seguir mis órdenes. Ahora, ¿dónde está tu rebaño?

—Detrás de esa colina —señaló Rachel.

—Vamos, pues.

Cabalgaron sin hablar, conscientes de que era importante mantenerse en silencio conforme se acercaban a la colina. Allí, desmontaron y se arrastraron por los llanos poblados de hierba alta hasta que distinguieron el ganado.

—¡*Eso* es tu rebaño! —susurró Slade, perplejo. Si no hubiera tenido que contener cualquier sonido para no alertar a los ladrones, habría soltado una fuerte carcajada—. ¡Bueno, si hay más de una docena de vacas ahí, me como el sombrero!

—¡Nunca dije que fuera un gran rebaño! —susurró Rachel, mirándolo ceñuda y furiosa—. Pero es mío, y quiero defenderlo.

—Pero Rachel, querida, ni siquiera vale la pena robarlo —señaló, lógicamente, un poco exasperado porque había sido obligado a cabalgar un buen trecho a medianoche sin una buena razón—. ¿Quién en su sano juicio se jugaría el cuello para robar un puñado del más lamentable y escuálido rebaño de ganado que he visto jamás?

—¡Yo te diré quién: Rye Crippen! ¡Ese apestoso bribón! ¡Y además no es lamentable y escuálido! Son vacas jóvenes y espigadas, o lo eran hasta que las marqué, desechadas por los vaqueros porque las terneras, y especialmente las terneras abandonadas, no pueden seguir el camino del rebaño hacia el norte. Los capataces suelen matarlas, pero a veces las dan a los granjeros que encuentran por el camino. Yo me quedo todas las que puedo, porque son gratis y no tengo dinero para comprar vacas. Las alimento con leche desnatada, las desteto y las llevo a los pastos. Todavía son jóvenes. Sólo necesitan engordar un poco, eso es todo. Un día de éstos tendré un buen rebaño, y luego no tendré que volver a preocuparme por las cosechas arruinadas o por no tener comida en la mesa o dinero de verdad en la lata de la estantería de la cocina.

El rostro de Rachel se veía tan joven y esperanzado bajo la luz de la luna que Slade no tuvo corazón para desilusionarla. A veces se olvidaba de lo dura que era su vida, que sus padres habían muerto y que no tenía a nadie en el mundo que cuidase de ella excepto su abuelo y Poke. No era extraño que adoptase a niños abandonados, a animales abandonados, a un pistolero abandonado, pensó. Tenía tan poco amor para sí que daba a montones todo el que tenía para compensar la carencia. No había dejado que la soledad y la pena la convirtieran en una ególatra... como le había ocurrido a Slade.

—Bueno, ¿quién es ese Rye Crippen? —preguntó él.

—Una auténtica oveja negra del pueblo. Sobre todo frecuenta Delano para beber y jugar. Sospecho que hace trampas con las cartas, que es un mezquino maleante y que a veces roba ganado. Una vez lo vi en las afueras con un hierro de marcar en la bota. Le dije que su manera de ostentarlo era un agravio, y me lanzó unas amenazas nauseabundas y luego se fue. Naturalmente, se lo conté al *marshal* Meagher, pero por supuesto Rye no fue tan descarado como para entrar en Wichita con una marca de ganado asomando de la bota. Mi ganado ha ido desapareciendo cabeza tras cabeza desde entonces. Creo que sólo me roba por despecho, ya que, según tú mi rebaño no es lo bastante grande como para merecer el riesgo de que alguien se moleste en robarlo.

—Bueno, creo que es un juego malditamente sucio robar el ganado de una mujer sólo por venganza. De todos modos, Rachel, si ese holgazán estaba ahí, el hecho es que ya se ha largado. No veo nada más que vacas. Pero echemos una ojeada para asegurarnos.

Montaron en sus caballos y se acercaron al ganado, que ahora dormía plácidamente o rumiaba. Rachel las contó y soltó un juramento.

—¡Lo sabía! —exclamó—. ¡Lo sabía! ¡Falta *Mantequita*!

—¿*Mantequita*? —Slade enarcó una ceja, sonriendo—. Rachel, no me digas que pones nombre a estas tristes criaturas.

—Claro que lo hago.

—¿Y puedo preguntar qué es esta pintoresca marquita que tienen en el cuarto izquierdo? No, no contestes... ¡Por Dios, tenía que ser una mujer! ¿Un corazón recostado, Rachel...? ¿Cómo reaccionaría el país, si esto fuera registrado en el libro de marcas? En serio, ¿no podías haber buscado una «R» solemne, o una «W» sinuosa?

—No —repuso tajante—. Éstas son «las raíces del corazón», y algún día, esta tierra que estás pisando será conocida como el «Rancho de las raíces del corazón»; y cuando llegue ese día, la marca del corazón recostado se hará famosa por todo lo largo y ancho del país. ¡Por eso no puedo permitir que Rye Crippen acabe con mi ganado! Es mi futuro..., lo que he soñado durante años... —Rachel pareció derrumbarse de pronto al darse cuenta de que estaba desnudando los secretos más íntimos de su corazón y su alma ante el pistolero, sueños que no había compartido ni siquiera con su abuelo o India. Al cabo de un instante, habló serenamente—. Supongo que creerás que sólo soy una chiflada, deseando todo esto como quien quiere la luna.

—No, te equivocas. Creo que eres una mujer valiente

y hermosa —dijo él y, por una vez, no había ningún tono de burla en su voz.

Rachel no supo qué responder. Nadie le había dicho que era valiente y hermosa antes, y no podía creer que el pistolero hablara en serio. Estaría burlándose de ella, pensó; aunque no sonriera como una comadreja que acabara de robar una gallina. Decidió que era mejor ignorar sus palabras.

Luego, viendo que Rye Crippen no sería atrapado esa noche, cabalgaron en silencio de vuelta a la cabaña, perdidos en sus propios pensamientos.

A la entrada del granero, Slade le dijo a Rachel que él se ocuparía de la yegua, y que fuera a dormir un poco. Pensó que debía de estar cansada. Trabajaba mucho. A pesar de todo, sabía que estaría en pie con los primeros albores de la madrugada para cumplir con sus tareas antes de empezar con el desayuno. No era una mujer perezosa.

—Rachel —preguntó, por curiosidad—, ¿desde cuándo no te tomas un día libre? Y no me refiero a los domingos, claro; bajar a ocho niños al pueblo para ir a misa no es mi idea de «día libre».

—Bueno, no lo sé. El día del funeral de India, supongo.

Slade podía imaginarlo: Rachel habría hecho lo imposible por limpiar el inhóspito refugio de los Beecham de cabo a rabo para que India no se viera avergonzada por los chismorreos porque su casa no sólo se caía en pedazos, sino que estaba sucia; habría cocinado para todas las plañideras que volvían a la choza después del funeral para comer; habría procurado que los ocho niños estuvieran lavados, peinados y vestidos, y los habría llevado a la tumba para que presenciaran el entierro de su madre con un aspecto decente; habría estrechado la mano del reverendo y se habría asegurado de que le fuera entregada su tasa por el servicio, porque Jonathan estaría demasiado borracho como para encargarse de ello; habría arrojado las sobras de los platos sucios de la comida, los habría lavado y secado después; habría alimentado al bebé y acostado al resto de los niños; habría vuelto a casa en la carreta, soportando el viento amargo, ya cerrada la noche.

Esto no era un día libre, no para Slade. De pronto, se le ocurrió algo.

—Tengo que bajar a Wichita mañana por unas provisiones. ¿Te gustaría venir conmigo? Podrías hacer algunas compras o lo que sea que hagan las mujeres cuando bajan al pueblo.

Rachel lo miró fijamente por un momento, preguntándose qué lo había impulsado a hacer semejante invitación. Nunca antes le había ofrecido bajar con él a Wichita, sino que simplemente le preguntaba, antes de partir, si necesitaba algo del pueblo. Así pues, no sabía qué contestar.

Parecía que, desde su llegada, había desestabilizado su vida, que se había estado riendo de sus valores y que, lo que aún era peor, le hacía dudar a ella misma, confundiéndola, cuando hasta entonces sus ideas habían sido extraordinariamente claras. Las inconvenientes atenciones que le había dedicado habían despertado extraños pensamientos y anhelos en su interior, como si hubiese conseguido abrir una puerta cerrada en su intimidad, desatando deseos oscuros y primitivos que nunca antes albergara. Su respuesta violenta y desenfrenada la avergonzaba y atemorizaba.

Incluso ahora, Rachel encontraba su proximidad y masculinidad extremadamente perturbadoras. Era muy consciente de la liviandad de su camisón de noche, una pobre defensa contra él; cerró más estrechamente su abrigo, como si de algún modo pudiera protegerla de Slade. Pero él no hizo ningún ademán de cogerla entre sus brazos, sino que permaneció simplemente de pie, aguardando su respuesta. Finalmente, Rachel murmuró:

—Me... me encantará bajar contigo al pueblo mañana, Slade.

Luego enrojeció y se mordió el labio, porque no era esto lo que pretendía decir. Había querido rechazar la invitación, y ahora no sabía cómo retirar sus palabras, pues le parecía que sería muy grosero y maleducado por su parte, especialmente cuando él había sido tan amable con ella esa noche, de un modo tan inusual en él.

—Estupendo. Te veré por la mañana, entonces —dijo Slade—. Buenas noches, Rachel.

—Buenas noches.

Lentamente, mientras el pistolero dejaba los caballos en el establo, Rachel anduvo hacia la cabaña preguntándose con peculiar desencanto, por qué no la había besado en lugar de desearle buenas noches. Quizá estaba cansado del juego que había estado jugando con ella. Después de todo, él era un hombre mundano y ella sólo una joven granjera de Kansas que hacía castillos en el aire. Era estúpido pensar que podía atraerle, aunque fuera sólo brevemente. Ella sólo era para él un pasatiempo, simple como un cachorrito pecoso, ignorante sobre cómo complacer a un hombre. Sin duda él se habría reído de su inexperiencia al besarla, y habría sentido conmiseración cuando ella le había abierto irreflexivamente el corazón y el alma sobre sus absurdos sueños de futuro. Esto último era lo que sin duda le había hecho ser amable: sentía piedad por ella.

Rachel se sintió herida y, lo que era aún más doloroso, desamparada ante esta idea. ¿Cómo había podido ser tan estúpida? No lo sabía. Ya no parecía comprenderse a sí misma.

Pasaron varias horas antes de que esa noche lograra dormirse.

14

Excepto en algunos lugares resguardados del sol, la nieve se había derretido del todo, y los brotes verdes de la primavera surgían de la tierra rica y oscura, ondulándose como las olas en el mar cuando el viento salvaje recorría las llanuras. Había un viejo dicho en Kansas que aseguraba que marzo llegaba como un león pero se marchaba como un borrego; y casi todos los años el tiempo le daba la razón a este proverbio. Solía decirse que el viento de Kansas volvía loco y suicida a todo el mundo en la pradera, y especialmente a las mujeres solitarias. Era constante, incesante, y rugía como si estuviera vivo, cambiando de humor. Susurraba, gemía, cantaba y aullaba. A veces soplaba tan fuerte que llegaba a derribar a las personas. Sin embargo, a Rachel le gustaba apasionadamente. La excitaba, la hacía sentirse tan viva y tan salvaje como ella era.

Sus ojos verdes brillaban. Sus mejillas se ruborizaron cuando se sentó junto a Slade en el asiento de la carreta, bien agarrada al extremo, para no caer. Ante ellos, las crines y las colas de los caballos de tiro de Jonathan se arremolinaban y flotaban; también la piel de búfalo con que ella se arropaba, sujetándola con una mano mientras con la otra evitaba que su falda volara y flameara; la ceniza del cigarrillo prendido que Slade sostenía entre los dientes volaba transportada por el viento.

Como cada uno tenía que gritar para que el otro le oyera, la conversación era casi imposible, por suerte para Rachel. Después de su impetuosa confesión de la noche anterior no quería compartir más confidencias, íntimas o no, con el pistolero. La idea de que durante las últimas semanas había parecido ridícula y patética a los ojos de Slade le resultaba demasiado humillante como para arriesgarse a mostrar nada más de sí misma. Como precaución, se había recluido en una concha de fría cortesía y quería creer —porque así habría deseado que fuera— que sólo lo acompañaba esa mañana porque no había encontrado ningún modo airoso de excusarse.

Slade había percibido aquel sutil cambio en su actitud y se preguntaba la causa. No le gustaba la remilgada y pura señorita Wilder; prefería la Rachel de la noche anterior, la que había cabalgado bravamente hacia cualquier peligro que la amenazara, y que luego había hablado con tanta lucidez y elocuencia sobre sus sueños de futuro, con su rostro triangular y pecoso, pícaro y bello bajo la luz de la luna. A Slade le había parecido cómico su pequeño rebaño de ganado, pero no sus esperanzas y proyectos de futuro.

Él se había dado cuenta, desde hacía tiempo, de que no podía estar vagando siempre; los pistoleros no llegaban a la vejez. Como no quería empezar a criar malvas antes de lo necesario, por algún tiempo había pensado mucho en su futuro, aunque sin llegar realmente a ninguna conclusión sólida.

La carta de India había decidido su futuro en muchos sentidos, al forzarlo a romper con su pasado antes de lo que pretendía; y aunque no había pensado en convertirse en un campesino, tenía que admitir que, a pesar de todo, aquella vida no le desagradaba. Incluso tenía que reconocer que la idea de ser algún día el dueño de un pequeño terreno había permanecido oculta en algún rincón de su mente desde mucho tiempo atrás. Él había crecido en una plantación, así que sabía cómo dirigir una granja, y también había aprendido mucho sobre llevar un rancho, pues algunos prestigiosos salteadores del Oeste le habían enseñado en ocasiones a defender sus posesiones.

Además había algo en Kansas que atraía a Slade. Los años que había pasado en Texas le habían enseñado a amar las grandes extensiones solitarias. Le gustaba ver paisajes de kilómetros y kilómetros de terreno. Nadie podía sentirse agobiado, atrapado en un país como aquél; sino por el contrario, libre para vagar por donde le llevaran sus pasos. Esto era importante para un hombre como Slade, y por eso Kansas, con sus imperceptibles e infinitas llanuras ondulantes, le iba como anillo al dedo. Después de aquellas inesperadas confidencias la noche anterior, él había empezado a pensar que tal vez Rachel Wilder le iba como anillo al dedo, también. Había algo tan... intrépido —sí, así era— en ella, que curiosamente, a pesar del hecho de que solía atormentarlo sin tregua, él sólo quería cuidarla y protegerla más y más.

La miró disimuladamente, de soslayo, sentada en silencio a su lado con algunos mechones sueltos de su pelo dorado volando atrás desde el atractivo rostro. Tenía los ojos avivados por alguna emoción desconocida, y una media sonrisa —como si guardase algún secreto o alegría interior— curvaba sus dulces labios.

«El rancho de las raíces del corazón...» El pistolero pronunció las palabras mentalmente. No sonaba mal después de todo, concluyó.

Wichita asomaba sobre la pradera, frente a ellos, y Rachel se sintió fascinada, como siempre, por lo rápido que había crecido el pueblo desde su fundación. Ahora se extendía a lo largo de las orillas de los ríos Big Arkansas y Little Arkansas, hacia el este, aunque Delano lo hacía hacia el oeste sobre el río grande. A la entrada de la ciudad el viento no era tan violento, porque lo cortaban los edificios, y Rachel pudo dejar de sujetarse tan fuertemente a la carreta.

Slade condujo el tiro por la ciudad, desde la avenida Douglas hasta la esquina de Main Street, donde detuvo la carreta frente al edificio Eagle Block, de dos pisos, que era la sede del periódico *Wichita Eagle*, de varias oficinas del gobierno y del foro de un Consejo Público en la planta alta, y que contenía el Wichita Savings Bank y algunas tiendas pequeñas en la planta baja. Lentamente, Slade condujo la carreta hasta estacionarla entre otros vehículos que se alineaban ante el almacén más grande del pueblo, la tienda Morris Kohn's New York, cuyas ventas anuales ya habían alcanzado los sesenta mil dólares gracias al rápido crecimiento de Wichita. Después de atascar cuidadosamente el freno, Slade saltó de la carreta al suelo y ayudó a Rachel a bajar del asiento, rodeando momentáneamente con sus fuertes brazos su cintura, antes de dejarla en el suelo. Tomándola del brazo, la llevó hasta la vereda, donde había esparcidos barriles y cajas de todos los tamaños. Pasaron bajo el techo que colgaba desde el primer piso del edificio de dos plantas, y Slade abrió la puerta para que ella pasara adentro. Allí, la dejó diciéndole que volvería en una hora más o menos.

Rachel asintió distraídamente, porque tenía la atención ya puesta en los vestidos que colgaban de los maniquíes, en la cantidad de piezas de tela y metros de cinta almacenados en las estanterías, en los sombreros, bufandas y guantes expuestos sobre los largos mostradores, y en las botas de cuero y los zapatos abotonados que se alineaban a lo largo de las paredes. Sonriendo por el evidente placer que esta visión causaba a Rachel, Slade salió, encaminándose hacia el norte —por Main Street— hasta la tienda de monumentos y lápidas de Chris Kimmerle, que vendía cal para los sepulcros y mármol para las lápidas. Necesitaba proveerse de cemento para la nueva cabaña y granero de Beecham y preguntar por la losa que había encargado algunas semanas antes para el sepulcro de India. Después de hacerlo, bajó por Fourth Street hasta la compañía Planing and Mill, donde compró una carretada de postes de madera. Luego fue a una de las tiendas locales que vendía material de ferretería y adquirió varias herramientas, clavos y grapas, y algunos rollos de alambre de espino Glidden. Rye Crippen no iba a robar más cabezas de ganado de Rachel..., ¡no si él podía evitarlo!

Mientras tanto, en la tienda Morris Kohn's New York Rachel había comprado —después de suspirar por casi todo— unos metros de seda azul pálido que sabía que le iría muy bien con su tez suave; había decidido que, pasara lo que pasase, iba a tener un bonito vestido nuevo. Al menos podría ponérselo el próximo verano, en la fiesta del Cuatro de Julio. Como tenía muy poco tiempo para dedicarle, sin duda le llevaría algunas semanas coserlo.

Abrió el monedero, contó el dinero que tenía y calculó rápidamente que había bastante como para los metros de tela y las bobinas de hilo que necesitaba, así como para algún lazo a juego para el pelo. Acercándose al mostrador, dejó que el dependiente le tomara las medidas y cortara el material. Después de cobrarle el importe en la caja registradora, el dependiente le envolvió las cosas en un papel marrón y lo ató con un cordel. Con el paquete en la mano, Rachel fue hasta la puerta de entrada de la tienda para mirar a través de la ventana y esperar a Slade.

Finalmente, llegó. Rachel esperaba que volverían a casa enseguida, pero para su sorpresa, Slade la llevó a cenar al hotel Empire House. Luego bajaron en carreta hasta el río para ver los patos que, contentos por la llegada de la primavera, bandeaban sobre el agua y tomaban el sol en la orilla. En lo alto, los patos salvajes volaban rumbo al norte hacia sus asentamientos de verano. Sus gritos estridentes cortaban el aire de la tarde, confundiéndose alegremente con el silbido de las florecientes ramas de los algodoneros que se alineaban a ambas orillas, y que se sacudían y movían con el viento. Fue un momento de profunda serenidad, compartido en amigable silencio. A pesar de que esa mañana se había prometido mantener las distancias con Slade, Rachel lamentó que el día finalizara, y él indicó, de mala gana, que tenían que volver a la cabaña.

Los domingos, cuando el tiempo lo permitía, Fremont llevaba a Rachel y a los niños al pueblo para que asistieran a la iglesia. Rachel siempre se sentía un poco culpable por ello, ya que ella pertenecía a la congregación episcopal de Saint John e India había sido baptista. Pensaba que tal vez debería llevar a los niños a la alta e imponente iglesia de ladrillo en la esquina entre las calles First y Market, en lugar de a la pequeña y modesta capilla de madera de la calle Lawrence. Pero entonces recapacitaba que India hubiera estado satisfecha de que los niños siguieran cualquier religión, ya que Jonathan se había apartado del buen camino muchos años antes, como Slade. Poke no, pero como los negros no eran todavía acogidos por ninguna de las iglesias del pueblo, se quedaba atrás durante la misa.

Saint John era la iglesia más antigua de Wichita, y su primer edificio había sido levantado en 1869. Construida en planchas de madera, parecía más un almacén que una iglesia, a pesar de las cruces en el extremo frontal y posterior del tejado. Después de dos años de uso como iglesia y primera escuela del pueblo, la congregación había sido obligada a abandonar el edificio porque era frío y húmedo, pero también porque el peso de su grueso tejado estaba haciendo que las paredes se debilitaran y parecía que su caída era inminente.

La nueva iglesia, aunque no muy grande, suponía una gran mejora respecto a la anterior. Era de líneas hermosas y graciosas, con una puerta gótica y vidrieras adorables. Estaba situada en un jardín con árboles plantados y presentaba una hermosa vista desde la calle.

Rachel disfrutó de la homilía. Pero al final deseó no haber acudido, porque fue entonces cuando se le acercaron el reverendo y una de las profesoras locales para recordarle ásperamente que ninguno de los niños Beecham

—aunque Andrew, Naomi y Tobias eran demasiado pequeños para asistir— había ido a la escuela todavía. Aunque a menudo se mostraba preocupada por su educación, Rachel no quería enviar a los niños a la escuela. Los colegios de Wichita se encontraban en un lamentable estado, eran sucios, con escasa calefacción y carecían del material más imprescindible, como los libros apropiados, pizarras y mapas —algunos incluso estaban situados en cantinas y prostíbulos—. Los profesores, molestos por las pobres condiciones en que debían impartir las clases y por un sueldo inusualmente bajo, iban y venían como las estaciones del año. A Rachel le parecía horrible. A pesar de todo, los ahorrativos hombres de negocios de Wichita seguían votando en contra de las subvenciones escolares, temiendo que cualquier exceso en los impuestos asustaría a los inversores y ahogaría el crecimiento de la ciudad.

Las iglesias locales no cosechaban más éxitos tratando de mejorar las condiciones adversas para la escolarización que intentando frenar el vicio y la corrupción en Delano. Los rumores de los que vivían al margen de la ley, los impenitentes «pecadores de Kansas», habían llegado a las congregaciones del Este, de modo que el dinero para ayudar a los hermanos del Medio Oeste no llegaba fácilmente.

Hasta entonces, Rachel se había escudado en el dolor de los niños y en el rigor del tiempo invernal para no enviarlos a la escuela. Pero ahora que habían pasado casi tres meses desde la muerte de India y que los días eran más cálidos, no sabía cómo justificar su ausencia.

—Hablaré con su tío sobre esta cuestión —prometió al reverendo y a la señorita Corbett, la profesora que, a pesar de la lucha diaria que ello suponía, estaba entregada a su trabajo y por eso era particularmente insistente.

Aquella noche, fiel a su palabra, Rachel comenzó a exponer el tema a Slade y le explicó por qué hasta entonces no había enviado a los niños a la escuela.

—India les estuvo enseñando en casa hasta el día de su muerte —refirió—. Yo también podría hacerlo..., al atardecer. Mi padre fue profesor de escuela en Pennsylvania, ¿sabes?

—Sí, lo sabía —contestó Slade—. Pero ya tienes mucho que hacer habitualmente, Rachel, y más ahora que es el tiempo de la siembra. Fremont y Poke me han contado lo duro que trabajas en los campos cada primavera. Haré cuanto pueda por ayudarte, por supuesto. Pero aún así, estarás agotada por la noche. —La miró entonces. Tobias había pasado una mala noche y ella apenas había podido dormir. Tenía ojeras de color violáceo y los hombros caídos—. Simplemente, no puedes seguir ocupándote de tantas cosas, Rachel —la reprendió amablemente.

Ella sonrió con tristeza.

—Mira quién habla —repuso—. No soy yo quien se pasa el día entero extendiendo una valla de alambre de espino. Pero te lo agradezco. No tenías por qué haberlo hecho.

—Lo sé..., pero creo que tarde o temprano le sacaré partido —bromeó, con la mirada prendida en la boca de Rachel, haciendo que ella se ruborizara y desviara la vista—. Lo tendré listo esta semana. ¡Luego veremos si ese despreciable Rye Crippen se atreve a robar más ganado!

Se quedó un momento en silencio y prosiguió.

—Me ocuparé del asunto de la escuela la próxima vez que vaya al pueblo. Puede que encuentre algún colegio que sea medianamente decente. Francamente, me preguntaba qué haría con los niños una vez que los haya trasladado a su nuevo hogar. También tengo que arar y sembrar el campo de Beecham; no me importa reconocer que la idea de vigilarle a él y a sus ocho ruidosos cachorros, especialmente cuando uno de ellos es una preciosa niña de dos años y otro un bebé, me ha tenido preocupado. A veces me pregunto cómo te las arreglas, Rachel.

Ella rió y Slade pensó que era realmente la primera vez que la escuchaba hacerlo. Descubrió que le gustaba el sonido de su risa.

—Supongo que tengo un don —dijo ella.

—Sí, supongo que sí. Bueno —se puso en pie y se desperezó, y su cuerpo musculoso le recordó a Rachel el de una pantera—, estoy cansado. Creo que me voy a acostar temprano. Buenas noches, Rachel.

—Buenas noches, Slade —respondió ella suavemente, inquieta porque el hogar de los Beecham estaría pronto terminado y el pistolero se llevaría definitivamente a los niños de su lado. Era inevitable...

Cuando llegara ese día, la vida de Rachel quedaría vacía y solitaria. Se apresuró a subir al altillo antes de que el abuelo y Poke pudieran ver las lágrimas de angustia que nublaron sus ojos.

15

Unos días más tarde, al atardecer, Gus volvió a visitar la cabaña y llevó a Rachel la nueva silla que había construido para reemplazar la que Slade y él habían roto accidentalmente. El pistolero estaba fuera, lavándose en el pozo, cuando el sueco llegó en su carreta tirada por mulas con la silla nueva cuidadosamente atada en el cajón del carromato y protegida con una manta.

—Hola, Maverick —saludó Gus al llegar, un tanto amargamente, mientras detenía la carreta, y miró al pistolero.

—Buey. —Slade movió la cabeza, secándose con una toalla de tela de saco que dejó colgando sobre su espalda desnuda. Miró con inquisitivo interés la protuberancia que se ocultaba bajo la manta en el carromato del sueco.

Al advertir el interés del pistolero, Gus suspiró, deseando de todo corazón que Slade no estuviera siempre revoloteando en torno a la casa de Rachel. Pensaba que ella se mostraba diferente desde la llegada del pistolero, es decir, aturdida y distraída, ruborizándose a menudo y prestándole nula atención cuando le hablaba. Incluso se ofendía con mayor facilidad. Gus no había querido molestarla, aunque lo hubiera hecho al partir los travesaños de su silla —algo que nunca hubiera ocurrido de no ser por el pistolero—. Sin duda todo había sido culpa de Slade. Si no hubiera agarrado la silla, con aquella mueca insolente y pendenciera en la cara, como si quisiera vencerle a toda costa, Gus no habría competido con él y la silla nunca se habría partido. El pistolero siempre le estaba incordiando, pensaba Gus, tratando de que perdiera los estribos delante de Rachel y lográndolo casi siempre, concluyó desconsolado.

«¿Por qué no se apresura en terminar de arreglar la maldita cabaña de los Beecham? —se preguntaba Gus tristemente, con crecientes sospechas—. Ya lleva mucho tiempo. Yo habría acabado hace días. No tonto como él piensa. Creo que se toma tiempo para estar aquí con Rachel, me quiere apartar como un vaquero quita un novillo del rebaño. Quiere ponerle su marca a ella. Pero no soy tonto. No voy apartarme. Pienso que quizá si él me da más problemas, yo le enseño lección de buenos modos, *¿ja?*»

Envuelto en sus pensamientos, Gus atrancó el freno de la carreta y saltó del vehículo. Ignorando deliberadamente a Slade, rodeó el carromato y bajó la portezuela posterior. Apartó la manta que envolvía la silla y empezó a desatar las cuerdas que la sujetaban.

—¿Qué tienes ahí, Buey? —preguntó el pistolero, como si casualmente se acercara a la carreta y quisiera satisfacer su curiosidad por su contenido.

—Nueva silla yo hice para Rachel —replicó fríamente Gus, sin mirarlo siquiera.

—Un poco sencilla, ¿no? —observó Slade mientras contemplaba la silla de madera, que como la mayoría de los muebles escandinavos era puramente funcional y carente de todo ornamento—. Sencilla y fea.

El pistolero se enojó al ver el regalo que el sueco llevaba a Rachel. El hecho de que Gus le hubiera dedicado mucho tiempo y trabajo no pasaría inadvertido a los ojos de Rachel, y además le recordaría el desagradable detalle de que Slade había sido el responsable directo de que su silla se rompiera en pedazos. Sus dedos sintieron el impulso de hacer añicos el regalo del sueco antes de que Rachel pudiera verlo.

—La hice de roble —explicó Gus, resistiéndose obstinadamente al menosprecio—. Silla es simple, *ja*, pero fuerte.

—Como vosotros los suecos, ¿eh? —prosiguió perversamente Slade.

—No soy tonto como quizá tú piensas —declaró tenazmente el sueco, irritándose a pesar de sus propósitos de ignorar a Slade.

—Oh, no, claro que no —ironizó Slade—. Entonces ¿por qué sigues revoloteando por aquí, donde no eres bienvenido?

—Esto Rachel lo decide, no tú, *¿ja?* Y yo pienso ella me elige, no a ti. Hombre pistolas como tú no bueno para ella, no quiere hacerla mujer honesta como yo quiero, y esto ella sabe en su cabeza, si no en su corazón, *¿ja?* Yo pienso, al final, serás tú quien no bienvenido aquí.

—¡Oh, maldito zoquete hijo de perra! —dijo Slade en voz baja—. ¿Qué te hace pensar que yo no quiero casarme con ella?

—Bien, ¿quieres?

—Puede ser. —El pistolero se interrumpió, casi sin dar crédito a su respuesta. Luego se burló—: Reconozco que eso te complica las cosas, ¿eh, Buey?

—¡Yo voy a enseñarte a complicar cosas! —gruñó Gus, profundamente irritado y asustado por la idea de que realmente podía perder a Rachel por culpa de aquel tipo arrogante y ofensivo. Arremangándose, avanzó hacia Slade amenazadoramente—. ¡Yo voy a enseñarte bien...! ¡Tú no me pones más problemas otra vez, serpiente de corazón sucio! ¡Tira esas pistolas y pelea como un hombre! —bramó—. Yo enseñarte a reír de Gustave Oxenberg, *¿ja?* ¡Tú no me lías otra vez! ¡Yo friego el suelo contigo! ¡Yo hago hamburguesa sueca contigo! Yo...

—Creo que ya lo entiendo, Buey —lo interrumpió secamente Slade, con los ojos brillantes ante la idea de dar al sueco una buena paliza y enviarlo al traste de una vez por todas.

Tiró de la toalla que colgaba a sus espaldas y la colgó a un lado, y luego desató lentamente sus cartucheras y las dejó deslizarse hasta el suelo. Con los puños alzados, empezó a dar vueltas en torno a Gus cautelosamente, resoplando con desdén al ver que el sueco parecía desconcertado.

—¡Bueno, bueno! ¿Qué te pasa ahora? —lo provocó Slade, con una sonrisa burlona en los labios—. ¡Vamos, grandullón! ¿A qué estás esperando? ¿Una invitación? ¡Jesús! Apuesto a que esperaste una incluso para besar a Rachel, ¿a que sí? Yo... no soy tan cortés, ¿sabes?

Al oír esto, Gus soltó un furioso rugido, extendió los nudillos, bajó la cabeza y cargó como un buey enloquecido contra Slade. Golpeó al pistolero directamente en la boca del estómago, y el impacto los hizo rodar a ambos por el suelo. Más rápido de reflejos que Gus, Slade fue el primero en levantarse y, mientras aquél se ponía en pie, le encajó un fuerte puñetazo en la mandíbula y le dio una patada en el trasero. Gus meneó la cabeza y se frotó la mejilla, se levantó tambaleándose hasta enderezarse y cayó de nuevo derribado por un sólido gancho de izquierda en la barbilla. En esta ocasión, después de sacudir las manos y las rodillas, Gus mantuvo la vista fija en el pistolero, y cuando éste brincaba ágilmente sobre un pie y otro preparándose para atacar, el sueco se lanzó entre sus piernas haciéndole perder el equilibrio y derribándolo.

Mientras Slade recuperaba la estabilidad, Gus lo golpeó directo en la cara. Luego le pegó en el estómago, proyectándolo con tanta fuerza contra la pared que había a sus espaldas que las vigas de la cabaña temblaron. Al oír el ruido, Poke se levantó gruñendo de su silla y abrió la puerta para descubrir la causa del estruendo.

—¡Por todos los santos! ¡Fremont! —exclamó—.

Venga aquí. Slade y el Buey se están zurrando de lo lindo en el corral, y... ¡uuuuh! ¡Se están dando una buena!

—¿Son ellos de verdad, Poke? ¡Yo quiero verlo! —exclamó la pequeña Naomi excitada, abandonando la mesa y saliendo afuera.

De inmediato, Fremont, Poke y los ocho niños, incluido el pequeño Tobias, que sostenía Eve, se amontonaron sobre la hierba para vitorear, abuchear y animar a los contendientes. Sólo Rachel, que estaba en la bodega cogiendo unas patatas para la cena, ignoraba lo que estaba pasando.

Para entonces, Slade había cogido a Gus por la pechera de la camisa y estaba propinándole unos golpes en la cara, haciéndolo sangrar por la nariz y la boca. Para protegerse, Gus agarró el brazo de Salde, luego cerró fuertemente los dedos sobre la otra muñeca del pistolero y se libró de la mano que lo sujetaba por la camisa, haciendo que saltaran algunos botones y que la tela se rasgara del cuello a la cintura. Luego el sueco apartó violentamente a Slade y lo lanzó al suelo, golpeándose la cabeza y las manos.

Sin embargo, antes de que Gus pudiera caer encima, Slade se recuperó y rodó sobre sí mismo, para patear a Gus con ambos pies cuando saltaba sobre él. Doblándose en dos con un gruñido, el sueco retrocedió mientras Slade, con el mismo impulso, se ponía en pie y arremetía contra él salvajemente. Sudando, sangrando y maldiciendo, los dos hombres rodaban y se tambaleaban, agarrándose en su violento recorrido, en una lucha sin piedad.

—¡Dale, tío Slade! —gritaban al unísono Gideon, Caleb y Philip—. ¡Dale! ¡Dale, tío Slade! ¡Dale una buena!

Los contendientes se separaron tambaleándose sobre sus pies, y Slade proyectó otro gancho sobre la mandíbula de Gus mientras los chicos gritaban. Con los brazos abiertos, Gus cayó de espaldas sobre la puerta posterior de la carreta. Al instante, el pistolero se abalanzó sobre la garganta del sueco, dominándolo y aplastando su cabeza contra el suelo del carromato.

Maldiciendo entre dientes, Gus aplicó la mano abierta contra el rostro de Slade para tratar de apartarle y, después de un forcejeo, Slade tuvo que soltarlo. Gus le dio un enérgico empujón. El pistolero retrocedió. Mientras lo hacía, el sueco, con los ojos rojos, sintiendo que la sangre fluía repentina y dolorosamente en su cabeza, tanteó inconscientemente la sólida silla de roble del carromato y sin pensarlo dos veces la estampó contra la cabeza de Slade, rompiéndola en pedazos y casi matando al pistolero.

Slade se desplomó como un novillo desnucado.

—Creo que... esta silla... no era tan... fuerte como tú... pensaste..., ¿eh, Buey? —murmuró roncamente el pistolero, esbozando una sonrisa, antes de que sus ojos se cerraran lentamente y su cuerpo cayera sobre las astillas que se amontonaban en el suelo.

—¡Slade! —gritó Rachel en medio del repentino y electrizante silencio, al salir de la entrada lateral de la casa que daba a la bodega.

Arrojando el cesto de patatas a sus pies, corrió con el rostro encendido a arrodillarse junto a Slade, se inclinó sobre él y apoyó el oído en su pecho para comprobar que todavía respirara.

—¡Oh, Dios mío! —repitió, con un sonido que era a medias un chillido y un gemido, sentándose y mirando con horror e incredulidad el cráneo partido y sangrante de Slade, su ojo morado, el labio partido y los demás cortes y cardenales que poblaban su cuerpo de cintura para arriba.

Dirigió una mirada acusadora a todos los que la rodeaban.

—¿Quién lo hizo? —preguntó ásperamente, levantando la voz—. ¿Quién hizo esto?

Sus ojos se posaron sobre Gus, que estaba casi tan contusionado como Slade.

—¿Tú, Gus? —inquirió, incrédula—. ¿Tú? ¿Por qué, Gus? ¿Por qué?

Demasiado avergonzado para explicar a Rachel que

habían peleado para decidir quién se quedaba con ella, el sueco murmuró que la disputa había ido creciendo a causa de la silla que él había fabricado para ella.

—¿Qué silla? —preguntó Rachel enojada, mirando alrededor fuera de sí—. ¿Qué silla? —Descubrió las astillas de madera dispersas en torno al cuerpo de Slade, y cuando se dio cuenta de que había sido usada para abatirlo, agarró una de las patas rotas de la silla. Avanzó lentamente hacia Gus con la pata en ristre, amenazándolo—. ¿Quieres decir esta silla, Gus? —preguntó—. ¿Esta silla?, ¿la que hiciste para mí?, ¿la que usaste para descalabrar a Slade hasta casi matarlo?

—*J-j-a* —tartamudeó él con apuro, mirándola cautelosamente, pues parecía medio loca de ira y de dolor, y estaba casi asustado por si lo agredía.

Mientras este pensamiento cruzaba su mente, Rachel empezó a gritar y a llorar, y se lanzó sobre él como una salvaje, pegándole frenéticamente en la cabeza y los hombros con la pata de la silla como si quisiera matarlo. Los demás la miraron mudos de sorpresa, perplejos y petrificados; Gus se protegió del arrebato lo mejor que pudo, con los brazos en alto. Hasta que el abuelo, interviniendo repentinamente, se acercó y la sujetó, sacudiéndola.

—¡Rachel, Rachel! —la increpó severamente—, ¡detente! ¡Detente! ¡Slade no está muerto!

—No, no, todavía no..., pero casi —respondió cuando recuperó la razón.

Sollozando, con el pecho tembloroso por los furibundos suspiros, arrojó a un lado la pata de la silla, mirándola absorta por unos segundos, como si no pudiera creer que realmente la hubiera alzado contra Gus. Se mordió el labio, avergonzada por su reacción inesperada e histérica, y dio la espalda a Slade.

—Ayudadme a llevarlo a casa —dijo—. ¡No! ¡Tú no, Gus! Tú, abuelo... y Poke.

Entre los tres llevaron el cuerpo inerte del pistolero a la cabaña de maderos. Una vez allí, se enfrentaron con una circunstancia imprevista. No había lugar para Slade, excepto en la cama de Rachel. No podían acomodarlo en el suelo, donde los niños se amontonaban cada noche para dormir. Tampoco Fremont, que podía haber cedido su lecho al pistolero, estaría cómodo allí. Aunque Rachel podía dejar su lugar al abuelo y dormir en el suelo, Fremont no podía subir la escalera que llevaba a la habitación de Rachel a causa de su invalidez.

—Yo trataré de subir a Slade allí arriba, señorita Rachel —se brindó Poke.

—No, Poke. —Meneó firmemente la cabeza para declinar la oferta del negro, pues temía que el esfuerzo fuera excesivo para él. Ya no era un hombre joven—. Creo que es demasiado pesado incluso para ti. Podrías resbalar, caer y golpearte la espalda, o romperte el cuello. ¿Qué haremos entonces? No, tienes que pedir a Gus que lo haga —decidió, de mala gana—. Es el único de nosotros lo bastante fuerte para subir a Slade allí arriba.

El negro volvió poco después con el sueco, que sin decir una palabra cargó al pistolero sobre sus espaldas y lo subió al altillo, donde, por indicación de Rachel, que lo había seguido hasta arriba, dejó a Slade sobre la cama.

—Gracias, Gus —murmuró ella, avergonzada por la actitud que había tenido previamente con él.

Sabía que el sueco no había llegado tan lejos en su pelea contra el pistolero deliberadamente, sino que lo había hecho en un momento de ofuscación, aunque no se arrepintiera sinceramente de ello.

—Agradezco tu ayuda, especialmente después de mi actitud. Fue muy inapropiado por mi parte, y te pido que me disculpes.

—Soy yo el que lo siento, *¿ja?* No quiero causar problemas otra vez. Yo no quiero pegar Slade tan fuerte, herirlo tan mal. Me hace enojar, yo pierdo estribos, olvido mi fuerza otra vez. Rompo la silla nueva para ti, también —añadió Gus, con la voz presa de remordimiento. Se interrumpió. Luego preguntó—: ¿Tú piensas... piensas se pone bien?

—Eso espero —respondió Rachel serenamente, mientras se sentaba al borde de la cama para dejar en la mesilla de noche la botella de ácido carbólico y la palangana con agua tibia y jabonosa que había traído consigo.

Hundió un trapo en la palangana, lo escurrió y empezó a lavar suavemente las heridas de Slade, apartando su cabello espeso y rizado para examinar la gravedad de sus heridas.

—Yo espero eso también —dijo Gus—. Hizo una buena pelea, pega bien. Pienso él quizá buen hombre, después de todo... si no, tú... no preocupas por él. Yo pienso quizá tú en-enamorada de Slade, Rachel, *¿ja?* Yo estoy... muy triste aquí, en corazón. Tú no... me quieres, pero yo... me preocupo por ti y no quiero causar infelicidad. Si el pistolero te hace feliz, yo intento ser feliz también, por ti. O sea. Yo... yo pienso quizá próxima vez que vengo, yo vengo sólo como amigo. Pero... quizá tú no no me quieres ni como como amigo ahora...

—¡Por supuesto que sí! —exclamó Rachel suavemente, con lágrimas en los ojos, profundamente conmovida por lo que había sido, obviamente, una declaración muy difícil para el sueco. Se levantó y puso la mano en su brazo—. Espero que siempre seas mi amigo, Gus —dijo enseguida.

Él la miró en silencio por unos segundos; su rostro reflejaba dolor. Luego sonrió con tristeza y dijo:

—Tu única persona que siempre me llama Gus.

Luego, bruscamente, como llevado por la emoción, la dejó. Rachel lo miró marchar sintiendo un nudo en la garganta. Se volvió lentamente hacia Slade para terminar de lavar la sangre que se apelmazaba en su cuero cabelludo, que tenía varios cortes. Una de las heridas era bastante profunda y Rachel dedujo que era aquélla la que lo había dejado inconsciente.

Ella sabía que nunca olvidaría la imagen de Slade tendido completamente inmóvil en el suelo. Durante una angustiosa eternidad creyó que estaba muerto, y su corazón se detuvo; su mente se vació de todo pensamiento que no fuese el de rogar a Dios que le salvara. Al descubrir que el pistolero todavía respiraba, su alivio fue arrollador. Una alegría desbordante había sacudido su ser después de aquel terrible estallido de histeria porque alguien había atentado contra él, y lo había proyectado contra Gus, el culpable. Al recordarlo, pensó en las palabras que el sueco le había dirigido: «Yo pienso quizá tú enamorada de Slade...»

¿Era verdad?, se preguntó Rachel, con el corazón un poco acelerado por la idea. ¿Se estaba enamorando de Slade Maverick?

No podía ocurrírsele nada más desastroso, porque sin duda él no correspondería a su amor..., y aún peor: no sólo lo encontraría cómico, sino también digno de piedad. Y Rachel sabía que eso era algo que ella no podría soportar. No, no lo amaba. La idea era absurda. Simplemente, Gus había llegado a una conclusión equivocada.

Sin embargo, las estilizadas manos de Rachel temblaban ligeramente mientras destapaba la botella de ácido carbólico, vertía un poco sobre un trapo limpio y lo aplicaba suavemente sobre las heridas de Slade para asegurarse de que no se infectaran. Luego sacó de su tocador unas tijeras de coser, una aguja, y una bobina de hilo fuerte; y tras cortar unos pocos mechones de cabello negro, cosió la hendidura más profunda de la cabeza de Slade, aprovechando que estaba inconsciente y no podía sentir el dolor que de otro modo le hubiera causado.

Después de esto se levantó y, al hacerlo, los mechones de cabello que le había cortado cayeron de su regazo al suelo. Instintivamente se agachó a recogerlos y los guardó en el bolsillo de su delantal. Luego recogió la ropa sucia y la palangana, bajó por la escalera y fue a la cocina, donde Eve y Susannah, que en su ausencia habían terminado de preparar la cena, estaban sirviendo la comida.

—Bueno, Rachel, ¿cómo está Slade? —preguntó Fremont desde la silla que estaba frente la chimenea, dejando la pipa que había estado limpiando.

—Salvo por una profunda herida en el cuero cabelludo, que tuve que coser, las contusiones no son graves —dijo—. Pero está bastante maltrecho, y todavía inconsciente. No puedo hacer mucho más por él, excepto tratar de que esté caliente y confortable hasta que vuelva en sí, y esperar que no le suba la fiebre.

Abrió la puerta para arrojar el agua sanguinolenta al desagüe y volvió a entrar para enjuagar y secar la palangana. Se subió a la pequeña escalera de la cocina y cogió unas hierbas secas de las que colgaban de las vigas del techo. Molió las hojas en un mortero hasta convertirlas en polvo, lo arrojó a la palangana y vertió una tetera de agua caliente que había calentado en el fogón. Luego recogió el cuenco y unos trapos limpios de la estantería y regresó al altillo.

Rachel le quitó a Slade las botas y los calcetines, lo cubrió con las mantas y le puso la mano en la frente otra vez. Estaba fría, así que dio gracias porque no tuviera fiebre. Sin embargo, humedeció un trapo en el extracto de hierbas, lo escurrió y lo aplicó a la frente y las sienes de Slade, sabiendo que eso lo aliviaría.

Mucho después de que todos los demás se hubieran retirado a dormir, Rachel permanecía aún junto al pistolero. Sólo bajó para comer lo que Eve le había guardado de la cena y para reponer el extracto de hierbas. Finalmente, después de unas largas horas, Slade abrió sus ojos hinchados, y bajo la tenue luz del candil fijó la mirada en el rostro de Rachel cuando se inclinó sobre él para reponer el trapo con que cubría su frente.

—¿Rachel? —titubeó, tras unos segundos de mareo y confusión.

—Sí —dijo ella, aliviada porque la reconocía—. ¿Cómo te sientes, Slade?

—Como si... hubiese muerto y subido... al cielo. Pensé... por un minuto, ahí... que eras un ángel. —Intentó sonreír, pero gimió al tantear con los dedos la cabeza y encontrar la hendidura que Rachel había cosido y que se había hinchado—. Jesús. Esto debe de ser un golpe... que Gus me dio. Creo que... no debí provocarle... tanto.

—No debiste —lo reprendió afectuosamente. Luego añadió—: No trates de hablar, Slade. Necesitas descansar. ¿Puedo traerte algo?

—Sólo... un vaso de agua.

Rachel llenó un vaso de la botella de la mesilla de noche y lo ayudó a tomar unos sorbos de agua. Luego Slade se recostó y cayó dormido casi al instante. Era un sueño natural, y cuando ella comprobó de nuevo la temperatura de su frente, vio satisfecha que no había subido, que sus contusiones no eran tan graves como había temido, y que probablemente se sentiría bien después de un día de descanso.

Rachel estaba exhausta. Temiendo que Slade despertara de nuevo —sediento o desorientado, a pesar de haberse mostrado en plenitud de sus facultades— y que la necesitara, no lo dejó solo. En lugar de eso, y como era habitual en la pradera cuando no había bastantes camas, puso el cojín como travesaño justo en medio de la cama, entre el pistolero y ella. Luego, completamente vestida, se tendió en su lado, asegurándose con obstinación a sí misma que lo hacía sólo porque, después de todo, no era nada inapropiado en «envolverse», que es como se llamaba a esta vieja costumbre.

Sin embargo, le parecía extraño compartir una cama con Slade, como si estuvieran casados; por un momento, no pudo evitar preguntarse cómo sería si así fuera. Enrojeció sólo de pensarlo, sabiendo que habría algo más que hacer en la cama aparte de dormir, y que Slade sería la clase de hombre que sin duda exigiría sus derechos maritales siempre que quisiera. Pues un hombre que no esperaba a recibir una invitación para besar a una chica con la que ni siquiera estaba comprometido, no encontraría freno alguno en la falta de invitación de su propia esposa. Su corazón latía rápidamente al pensar en ello. Sin quererlo, se preguntó cómo sería dejar hacer al pistolero algo más que un beso... Al imaginarlo, las emociones extrañas y violentas que había sentido previamente resurgieron sin ser provocadas, afloraron con dolor y estremecimiento.

Empezó a acosarla una imagen salvaje: Slade despertaba a medianoche, descubría que compartían la cama, apartaba el travesaño y se le arrojaba encima para hacerle apasionadamente el amor a pesar de sus protestas. Torturada por la involuntaria escena, pensó angustiada que debía de haber algo terriblemente malo en ella para imaginar semejante cosa, para desear que sucediera, pues, con horror y humillación, descubrió que una traicionera parte de sí misma deseaba efectivamente que eso ocurriera.

Todo su cuerpo empezó a acalorarse de vergüenza y alguna otra emoción oscura y primitiva que no se atrevió a enfrentar. Su respiración se aceleró y se hizo más pesada. Se acurrucó, temiendo que Slade pudiera leer de algún modo sus pensamientos y que despertara para hacer que su desdichado deseo se convirtiera en realidad.

Pero aunque si hubiese conocido sus deseos, el pistolero habría intentado complacerlos, seguía durmiendo profundamente, ignorando la presencia de Rachel al otro lado de la cama. Fue sólo al amanecer, cuando sus ojos se abrieron lentamente y fue adquiriendo una consciencia gradual de lo que le rodeaba, que Slade advirtió que ella estaba durmiendo a su lado. Olvidando la herida de su cabeza, sonrió al descubrir la almohada que ella había usado como travesaño entre los dos, ¡como si realmente pudiera protegerla de él! Se incorporó sobre el codo para contemplarla en silencio.

Tenía el sueño rápido, y su semblante parecía muy joven e inocente bajo la luz grisácea del amanecer. Unos mechones se habían desprendido de su tocado, que no había deshecho la noche anterior, y se curvaban en torno a su rostro enmarcándolo dulcemente. Los labios estaban ligeramente entreabiertos. Su pecho se movía con suavidad al respirar.

«Así es como sería despertar con ella cada mañana. —La idea se apoderó involuntariamente de su cerebro—. Te han ocurrido cosas peores, Slade.»

Miró la cortina abierta del altillo y luego abajo. No vio a Fremont por ninguna parte, pero lo oyó roncar desde la habitación contigua a la principal, donde los niños dormían diseminados por el suelo, como si no fueran a seguir remoloneando por mucho tiempo. Cuidadosamente, el pistolero pasó por encima de la almohada que los separaba, moviéndose cautelosamente para no despertar a Rachel o arrancar crujidos al somier. Se tendió sobre su cuerpo inmóvil y, sin poder evitarlo, la besó profundamente en la dulce y carnosa boca.

16

Rachel estaba durmiendo. Sabía que lo estaba. Debía de estarlo, porque Slade la besaba y ella lo besaba a su vez, abriendo los labios para él, abriendo los brazos para él, queriendo todo lo que él le ofrecía... y más.

En su sueño, él se inclinaba sobre ella, rodeándole con una pierna los muslos. Su lengua se adelantaba para trazar delicadamente la línea de los labios de su boca vulnerable y finalmente se adentraba para explorar la complaciente suavidad de su interior. En lo más profundo del oscuro y meloso pozo de su boca, la lengua de Slade se hundía, sorbía, succionaba y saboreaba su dulzor, probando con avidez cada resquicio nuevo como si temiera perderse algún sorbo delicioso.

Mientras sus labios devoraban los de ella una y otra vez, la llama apasionada del deseo abrasó salvajemente a Rachel, despertándola a la vida, como si él fuera el cálido sol de la primavera, que la despertara con su calor, y ella una flor que brotara y se debatiera desesperadamente para desplegar sus hojas, con una precocidad que aumentaba y se hacía más fuerte a cada momento de pasión, a cada beso abrasador. Él la besaba salvajemente: su aliento absorbía el de ella y lo acompasaba al suyo; a pesar de sí misma, en lo más íntimo y profundo de su ser, Rachel sabía que eso era lo que quería...

Su lengua se mezclaba irresistiblemente con la de él, se retorcía y enlazaba como la suya, la seguía remolino tras remolino... Sus dientes mordisquearon los labios de Slade, como los de él los suyos, haciéndola perder el sentido. La intensidad de la experiencia sólo pudo enaltecerse cuando, de improviso, los dientes de él hicieron sangrar su labio inferior y sorbieron su sangre, que sabía a sal y a cobre. El dolor y el placer eruptaron en ella al mismo tiempo, agudos y punzantes, aumentando su tórrido deseo cuando él la besó absorbiendo la gotita de rocío escarlata de su boca.

—Esto fue por lo del granero —murmuró Slade contra sus labios—. Y esto..., esto es por mí, porque te quiero... ¡Dios, cómo te quiero!

«Es sólo un sueño —pensó Rachel lánguidamente desde lo más profundo de su mente, mientras la boca de Slade se cerraba sobre la suya una vez más—. Es sólo un sueño, un sueño intenso y hermoso, nacido de los extraordinarios sentimientos que surgieron en mí desde su llegada. Lo deseé tan vivamente que ahora sueño que está sucediendo de verdad. Pero no es así, no es verdad. Es sólo un sueño, nada más...»

De este modo, convencida de que no necesitaba preocuparse por lo inapropiado de su conducta, lo abrazó estrechamente, con firmeza, percibiendo el tacto liso y desnudo de la espalda de Slade contra las palmas de sus manos, y el modo en que sus músculos se agitaban y retorcían bajo los dedos mientras la estrechaba y acariciaba. Por una vez, Rachel se dijo que no tenía que medir sus emociones ni evaluarlas, ni contenerse de besarlo y acariciarlo porque, en lo más íntimo de su ser, reconocía ahora que había deseado hacerlo desde el primer momento en que él la había tomado entre sus brazos.

La lengua de Slade arremetía contra su boca provocándole excitantes escalofríos en la espina dorsal, como si pareciera dispuesto a seguir besándola para siempre, alcanzando lo más profundo de su alma a través de su cuerpo para luego abandonarlo. Sus labios la azotaban como un látigo desde la mejilla a la sien, deteniéndose en su cabello. Su aliento era cálido y la hacía estremecerse de placer. La sensación que la sacudió cuando él mordisqueó el lóbulo de su oreja fue exquisita. Murmuraba al oído palabras de pasión y deseo, palabras que ella sólo oía a medias y que sólo comprendía vagamente, dado su estado de somnolencia y la marea de tempestuosas emociones que arrasaban su intimidad apoderándose inexorablemente de ella, exaltándola, removiéndola y agitándola como un ciclón.

Los dedos se internaron en su cabello, desprendieron las horquillas y las dispersaron, al igual que dispersaba sus sensaciones. Su larga melena rubia cayó liberada como una cascada entre los dos, envolviéndolos en un velo dorado que brillaba bajo la temprana luz matinal. Inhalando profundamente la esencia deliciosa que emanaba de la piel de Rachel, Slade sumergió la cabeza en la nube de su cabello y frotó una trenza contra sus labios y su garganta.

—Rachel, Rachel, cariño... —susurró.

Su boca exhalaba un aliento ígneo sobre el cuello de ella, haciéndola temblar de excitación y atemorizándola cuando su mano se cerró sobre el cuello de cisne y lo sujetó posesivamente. Luego empezó a desabrochar uno a uno los pequeños botones de su vestido. Era tanta su habilidad que Rachel era apenas consciente de sus manipulaciones. Sólo sabía que ningún hombre le había hecho sentir jamás lo mismo que Slade, salvaje y desenfrenada como el viento, como si sólo él pudiera dominarla y desatar el dolor torturante que nacía de su más profunda intimidad y que se arremolinaba como un turbulento diablo en el interior de su cuerpo, arrancando brutalmente la contención de sus deseos vetados y dejándolos en libertad.

Fue de repente, cuando el pistolero abrió el corpiño y empezó a tirar de los lazos de la camisola, que Rachel se dio cuenta, despertando del todo, de que no se trataba de un sueño sino de la realidad. Sorprendida y conmocionada, soltó un grito que habría resonado por todas partes si no hubiera sido porque Slade, sintiendo el brusco cambio operado en ella, le puso rápida y suavemente la mano en la boca, con los ojos brillantes al encontrarse con los de ella.

—Shhh —musitó, previniéndola—. No querrás despertar a toda la casa y dejar que nos vean a los dos juntos en tu cama, ¿verdad?

Asustada por la mera idea de que esto pudiera suceder, Rachel meneó la cabeza, con el corazón latiendo aceleradamente y el cuerpo abrasado por los sentimientos tumultuosos que él había prendido en su interior cuando tan sólo creía que se trataba de un sueño.

—No te muevas —susurró el pistolero, antes de apartar su mano y acallando con su boca cualquier protesta que ella hubiera podido hacer.

Rachel trató de apartar la cara, y trató de apartarlo a él a un lado, pero él era demasiado fuerte para ella. Slade hincó rudamente los dedos en su cabello desatado y sometió sus labios temblorosos a los requerimientos de los suyos, aprisionándola contra la cama, y el suave colchón de plumas.

—No te resistas, cariño —murmuró, mientras su mano se deslizaba desde el cuello de Rachel hasta el pecho para terminar de desatar uno de los lazos de la camisola—. Sabes que me quieres tanto como yo te quiero a ti.

—No, no te quiero —gimió Rachel débilmente—. No te quiero...

Pero sabía, al igual que él, que sus palabras no eran ciertas.

—Entonces, ¿por qué se te acelera el corazón? —inquirió Slade con voz baja, hundiendo de nuevo sus labios en los de ella para acallar toda réplica.

Mientras la besaba apasionadamente, Slade deslizó la mano bajo el escote de la camisola, respirando con pesadez al asir el pecho desnudo y redondo, doloroso y abultado por la pasión. En contra de su propia voluntad, la respiración de Rachel se detuvo en su garganta cuando él deslizó la mano sobre el pezón suave y turgente, excitando el furor de su anhelo, que había crecido con su presa. Caprichosamente, el dedo pulgar de Slade trazó un dibujo circular en torno a su aureola de color violácelo, y luego golpeteó la punta del pezón, haciendo que se irguiera y vibrara como si tuviera voluntad propia. Oleadas de éxtasis se expandieron por el cuerpo de Rachel, logrando incluso que se le curvaran los dedos de los pies.

Sin que ella pudiera siquiera advertir qué ocurría, sus propios dedos treparon para internarse en el espeso cabello negro de Slade. Sus brazos se cerraron en torno a su cuello mientras los labios del pistolero abandonaban su boca para abordar su cuello, que ahora se ofrecía exultante. Dispersó fugaces y ardientes besos sobre aquella esbelta columna y sobre el pulso que latía errático en su base. Luego mordisqueó la sensible zona donde la nuca se unía al hombro, provocando que un rayo de placer la atravesara. Prolongada y, sensualmente, la lengua de Slade lamió el sudor que cubría sus senos, y sus labios envolvieron el pezón enrojecido y rígido que se había tensado unos momentos antes.

Rachel sofocó un grito al sentir que él succionaba el pequeño y duro pezón, despertando en ella una ardiente y palpitante sensación en la barriga que pronto fue sobrepasada por un dolor creciente y profundo entre las piernas. Era un dolor agónico y terrible, un vacío insoportable que clamaba en silencio para ser llenado, y que sólo empeoró cuando sintió el tacto de la masculinidad de Slade apretándose contra sus muslos, dura y viril, a través de la falda. Deseaba gritar, rogarle que aliviara su tormento, pero no se atrevió, y sólo pudo mover su cabeza de un lado a otro y morderse el labio para calmar sus anhelos, mientras los dientes de Slade mordisqueaban su pezón y su lengua la apuñalaba con su calor.

Sabía que se habría entregado al pistolero por voluntad propia y con alegría, aceptando la derrota ante sus besos y caricias pausadas y excitantes. Fueron sólo los sollozos de inquietud y hambre de Tobias, que rompían la paz de la mañana, lo que la devolvió finalmente al buen sentido.

—Oh, no —susurró decepcionada al escucharlo. Y luego, con los ojos muy abiertos, repitió—: Oh, no.

Cuando sus miradas se encontraron, la realidad se desplomó sobre él, Slade murmuró una maldición y la soltó lentamente, a desgana. Todavía exaltado, rodó hacia su lado de la cama dando un manotazo que desplazó la almohada que había entre los dos y, tras un momento de aturdimiento, jadeante, Rachel se apresuró a atar los lazos de la camisola y abrocharse los botones del vestido, deseando chillar ante aquel inusual manoseo. Levantándose de la cama, agarró su cepillo y lo pasó furiosamente por su cabello enmarañado. Luego, con dedos temblorosos, lo trenzó de cualquier modo en un sencillo tocado. A continuación, sin atreverse a mirar a Slade, bajó por las escaleras hasta el piso para coger el desdichado bebé de su caja de alimentos.

—Silencio —lo amonestó—. Tranquilo... Pronto llenaremos tu barriguita.

Salió de la cabaña e izó el cubo del pozo, donde había sumergido una botella de leche de cabra la noche anterior para que se mantuviera fresca. La retiró, volvió a entrar, reavivó los rescoldos del horno y arrojó unos pedazos de bosta de búfalo de la caja de latón más próxima. Puso a calentar el agua colocando la botella en ella. Toby empezó a tragar de inmediato mientras Rachel lo acunaba.

Cuando terminó, el resto de los niños, que habían despertado con el llanto del bebé, empezaron a desperezarse y a bostezar, y desde la pequeña habitación del abuelo llegaron los sonidos de su despertar.

«¡Escapé por los pelos!», pensó Rachel, todavía jadeante y distraída, con las mejillas arreboladas y el corazón latiendo horrorizado en el pecho por la certeza de lo que habría podido suceder en el altillo si Toby no hubiese exigido su desayuno.

«¡Maldita interrupción!», pensaba Slade, en lo alto de las escaleras, bastantc molesto.

Luego sonrió tristemente para sí. Quizá aquella inconveniente interrupción había llegado justo cuando era necesario. De otro modo, sabía que en unos minutos habrían llegado a un punto mucho más molesto y embarazoso, pues él le habría recogido las faldas hasta los muslos y le habría arrebatado la virtud allí mismo, en el altillo. Pensó que la herida que tenía en la cabeza debía de haberlo afectado más de lo que creía. Si los hubieran sorprendido en esos momentos se hallaría camino de una boda apresurada, lo que en realidad tampoco le hubiese contrariado demasiado, se dijo Slade, mirando a Rachel.

Qué hermosa era, pensó, suave y dulce como un cachorrillo, a pesar de sus dientes y garras afiladas, ocultando exultantes explosiones de deseo bajo su fría superficie. Lenta pero inexorablemente, se veía atraída hacia él, estaba seguro, porque de lo contrario no le habría permitido las libertades que se había tomado aquella mañana. Así pues, era sólo cuestión de tiempo el que ella fuera suya.

«¿Y luego qué? —se preguntó Slade pausadamente—. No es una mujer fácil. Esperará casarse, tener un hogar y niños... Además, lo merece. Si la deshonro para cualquier otro hombre y no me caso con ella, arruino su vida. No soy tan desalmado ni cruel. Thérèse está muerta y enterrada. Nunca volverá a ser mía. Pero yo estoy vivo, y también lo está Rachel...»

A pesar de su lengua y carácter, Rachel sería una buena esposa para él, eso era algo que el pistolero sabía bien después de las semanas que había pasado allí viéndola a diario. Era atractiva e inteligente, avispada, y con un sentido del humor parecido al suyo. Trabajadora, cumplidora, se ocupaba de más cosas de las que le correspondían. Por otro lado, había algo ignoto y salvaje en ella, una ligazón profunda, una comunión entre ella y la tierra que lo intrigaba, como si fuera capaz de escuchar a los elementos y éstos le hablaran. En muchos aspectos, ella era como el viento salvaje que barría la pradera, amable por un instante, tempestuoso después y siempre escurridizo. Slade presentía que la sensualidad y la pasión hervían en lo más profundo de su intimidad, a pesar de sus intentos de contenerlas. Ella era, pues, una mezcla atractiva de sabiduría e inocencia, como si fuera medio niña, medio mujer, y aguardara sorprendida, expectante, a que despertara la totalidad de su potencial... algo que él deseaba despertar. Ella le interesaba, lo transformaba. Desde que había llegado a su granja, la había deseado con lujuria, había querido arrancar rudamente sus modestos vestidos y su atildada apariencia para encontrar el cuerpo voluptuoso y el poderoso desenfreno que sospechaba escondido en su interior, contenido, amordazado, porque no sabía lo que era tener un hombre.

De hecho, considerando todas estas cosas, ella tenía todo cuanto él podía desear en una esposa, algo que no había encontrado en ninguna otra mujer. Incluso la idea de casarse con ella debía de haber permanecido en lo más profundo de su mente desde hacía mucho tiempo, pues de otro modo no se habría burlado de ella ni hubiera incordiado al bueno de Gus cada vez que lo veía, con la esperanza de hartarlo de una vez por todas. Así que la idea de casarse con Rachel debería haberle complacido.

Pero en lugar de eso, cuanto más lo consideraba, más consternación le causaba el proyecto, pues se daba cuenta de que, a diferencia de Gus, él no tenía nada que ofrecer excepto a sí mismo. No poseía nada de valor excepto su caballo, su silla de montar y sus revólveres Colt Peacemarker. Cypress Hill, que debería haber sido suyo —su padre no lo había desheredado—, fue confiscado por endeudamiento fiscal, ya que no se habían podido pagar los exorbitantes impuestos que los políticos usurpadores habían fijado deliberadamente.

Y aunque Slade había trabajado duro en la granja de Beecham durante varias semanas, como si fuera su propia granja, en realidad pertenecía legalmente a Jonathan, al borracho de Jonathan, que ahora pasaba casi todos los días y las noches en Delano. Desde que Slade había terminado casi todo el trabajo pesado de la cabaña y el granero nuevos, había abandonado a su pesar el vano intento de reformar a su cuñado. Por lo que el pistolero sabía, para entonces Beecham podía haber perdido la granja en el juego o haberla hipotecado, aunque no podía creer que Jonathan fuese tan insensible como para dejar a sus ocho hijos sin techo. Aunque los hubiese virtualmente abandonado después de la muerte de India, sabía que Rachel se haría cargo de ellos, por mucho que le disgustara o que ella le detestara.

A pesar de todo, lo cierto es que la granja de Beecham no pertenecía a Slade.

¿Cómo podía, pues, pedir a Rachel que se casara con él, cuando no podía ofrecerle nada? ¿Cuando, de hecho, ella tenía más que él? En efecto, al menos ella poseía una granja y un lugar donde vivir..., y pocas necesidades, pues el abuelo y Poke bastaban, aunque Slade sabía que ella le agradecía que los ayudase.

Gus podía ofrecerle diez veces más que él, y aún así ella no quería casarse con el sueco. ¿Cómo podía prevalecer la propuesta de un mero pistolero? Visto de ese modo, simplemente no podía.

«Sólo me casaré con el hombre que me traiga quinientas cabezas de ganado.»

Slade recordaba las palabras de Rachel. También recordaba lo que ella le había contado la noche en que cabalgaron juntos para tratar de atrapar al villano de Rye Crippen, que robaba su ganado; los sueños y las esperanzas que ella había confesado tener en su rebaño y su futuro. Quizá no bromeaba la tarde en que había estado riendo de sus propuestas matrimoniales. Quizá, a pesar de su obvio sarcasmo, había dejado hablar al corazón.

Tenía que ponerse en marcha de inmediato si quería conseguir a Rachel Wilder, antes de que Gus o cualquier otro hombre lo descartara. Admitió que la quería. Estaba harto de rameras que no se preocupaban por él y por las que él no se preocupaba. Deseaba que Rachel yaciera con su cabello dorado, desnuda, junto a él en la cama, que le correspondiera con su calor, que lo aceptara en su intimidad. Si ella se convertía en su esposa, podría tomarla cada vez que quisiera. La idea sedujo a Slade. Pensó que el matrimonio era la solución a ambos problemas.

Así que, a pesar de las objeciones de Rachel, el pistolero insistió en abandonar la cama por la mañana e ir al pueblo. Aseguró que no tenía más que un vago dolor de cabeza, que ni siquiera era tan intenso como las resacas que había padecido durante sus locos años de juventud.

Aunque Rachel aún estaba extraordinariamente enojada por lo que había sucedido entre ellos en el altillo una hora antes del amanecer, e incluso se alegraba de que él no permaneciera en la cama durante todo el día, esperándola agazapado, a pesar de todo no podía evitar preocuparse por Slade. La hinchazón había bajado un poco, pero aún había un bulto del tamaño de un huevo en su cabeza. Su ojo izquierdo estaba amoratado, el labio partido y tenía otros cortes y contusiones de cintura para arriba. Su aspecto, pensó Rachel, no era el de alguien que pudiera vestirse por sí mismo y, menos aún que pudiera subir a un caballo y cabalgar.

Pero excepto atándolo a la cama, no tenía otro medio de impedir que se levantara. Así que finalmente tuvo que resignarse ante lo inevitable y desear que si se mareaba y caía del caballo camino de Wichita, alguna persona amable lo recogería y acompañaría a casa.

Cuando terminó el desayuno y se marchó, Rachel subió a su habitación para lavarse y cambiarse la ropa con que había dormido. Fue al desatarse el delantal que había llevado durante la noche y por la mañana, cuando recordó los mechones de cabello de Slade que había en su bolsillo. Los recogió con cuidado e impulsivamente se los llevó a los labios. Los mechones eran suaves y negros como el azabache, y olían levemente a la esencia viril que desprendía la piel del pistolero. Involuntariamente miró la cama, que él había hecho después de levantarse, y donde, unas horas antes, había yacido sobre ella, besándola apasionadamente y comprimiendo su cálida boca en su pecho.

Sus mejillas se cubrieron de rubor con el recuerdo. Todo su cuerpo ardía, como si tuviera fiebre. Sentándose al borde de la cama, ocultó el rostro entre las manos, ahogando los sollozos que nacían en su garganta. ¿Qué le sucedía?, se preguntaba, aturdida. No se había sentido tan confusa en toda su vida, sacudida por los vaivenes de su hasta entonces inamovible moral y los deseos que ignoraba poseer.

Rachel sabía, después de lo sucedido por la mañana, que debía ordenar al pistolero que saliera de su propiedad y jamás volviese a poner los pies en ella. Pero no podía encontrar las razones que explicaran este proceder ante su abuelo y Poke, que lo respetaban y valoraban como a un hombre con «sentido común», y que disfrutaban plenamente con su compañía al atardecer. Slade encajaba tan bien en la cabaña de maderos —a diferencia de Gus— que parecía como si aquél fuese el lugar al que hubiera pertenecido siempre. El abuelo y Poke se sentirían apenados y horrorizados si supieran que ella se había acostado junto al pistolero en la cama. Verían su honor mancillado y tratarían de obligarlo a casarse con ella, y entonces él los mataría.

Por otro lado, Rachel tenía que admitir que, sólo con pensar que él pudiera salir de su vida para no volver jamás, sentía una sensación de hundimiento en la boca del estómago. En ese momento, supo que Gus había adivinado el más íntimo secreto de su corazón, algo que sabía durante todo el tiempo pero que había rehusado enfrentar hasta entonces: se estaba enamorando de Slade Maverick.

«Y esto... esto es por mí, porque te quiero... ¡Dios, cómo te quiero!»

Con el dolor de un anhelo punzante, Rachel recordó las palabras que el pistolero le había dirigido mientras la abrazaba con fuerza aquella mañana. La quería, sí. Ella lo sabía. Era un hombre viril, con apetitos carnales, y Rachel suponía que no había estado con una mujer desde hacía mucho tiempo —al menos desde su llegada a Wichita, unas semanas atrás—. ¿Pero se trataba sólo de eso o, lo que parecía aún peor, era un mero juego o sentimiento compasivo lo que lo llevaba a tomarla entre sus brazos? En realidad, él no había hablado de matrimonio.

Con el corazón abatido por la tristeza, Rachel se puso en pie y sacó del joyero del vestidor su cofre dorado. Descorriendo su pequeño cerrojo, lo abrió y, con las lágrimas velándole los ojos, dejó tiernamente los mechones de Slade en su interior, cerca de los de sus queridos padres. Si no iba a obtener nada más del pistolero, si las esperanzas y los sueños que habían surgido en su corazón permanecían por siempre irrealizables, todavía tendría una pequeña porción de él, escondida en su cofre, apresado como una flor entre las páginas de su memoria.

Si era preciso, viviría de ese modo el resto de su vida, pensó Rachel valientemente, mientras una lágrima se deslizaba por su mejilla ante la dolorosa certeza de que quizá sería así.

LIBRO TERCERO

AD ASTRA PER ASPERA

17

Wichita, Kansas, 1875

Una vez en el pueblo, Slade pasó la mayor parte de la mañana buscando a la señorita Corbett, la maestra de escuela, hablando con ella a cierta distancia y examinando luego, diligentemente, la parte posterior de la escuela donde ella vivía y el pequeño cobertizo donde impartía las clases. La señorita Corbett se apresuró a asegurar a Slade que el edificio de madera estaba bastante deteriorado, pero no en tan mal estado como otros locales que se usaban como escuelas de pueblo y, naturalmente —insistió con terquedad—, ella había hecho todo lo posible con los limitados fondos de la escuela que administraba para conseguir que su única aula resultara acogedora.

—Estoy seguro de que así ha sido, señorita Corbett —admitió Slade, adulándola a pesar de su aspecto poco agraciado, porque presentía que su apariencia desagradable escondía un corazón compasivo y entregado—. ¿Es aquí donde los niños asisten diariamente a clase?

—Sí, señor. Y por supuesto, a la hora de comer, cuando hacemos una pequeña pausa, pueden salir al jardín posterior. La señora McGinty, la viuda que regenta la escuela, incluso ha consentido amablemente en que colguemos un columpio. Como puede ver, hay espacio para que los chicos trepen por la cuerda y jueguen a pelota. Somos afortunados, pues la mayoría de las escuelas del pueblo no tienen patio de juegos.

La señorita Corbett, según supo Slade, había sido maestra en Wichita desde su fundación. En la actualidad tenía un contrato con la ciudad que era válido para uno de los períodos escolares, que era de cuatro meses, y por el que cobraba veinticinco dólares mensuales. Su contrato finalizaba a finales de abril, después de lo cual esperaba que sería renovado sin dificultad, debido a la escasez de profesores de buen nivel disponibles en Wichita. Como el número de escuelas que había en el pueblo era pequeño en relación al número de niños en edad escolar, explicó, las aulas estaban llenas, y los niños menores de seis años tenían legalmente prohibida la asistencia a clase. No ocurría lo mismo con la participación de los estudiantes que sí debían ir a la escuela, especialmente durante la época de las cosechas y las recolectas. Pero por supuesto, ella comprendía que eso era razonable, dijo la señorita Corbett, así que no esperaba ver en clase a los estudiantes cuya presencia era desesperadamente necesaria en casa para el trabajo del campo.

—Algún tipo de educación, no importa lo básica que sea, es mejor que ninguna, señor Maverick —afirmó firmemente.

—Sí, estoy seguro de que tiene razón —convino Slade—. Bueno, ¿cuándo podría inscribir a mis sobrinos, señorita Corbett?

—Cuanto antes mejor, señor Maverick. ¡Aunque nuestras pequeñas dependencias estén atestadas, yo siempre puedo hacer sitio a los alumnos con ganas de aprender!

—Entonces le mandaré a los chicos mañana por la mañana, a las ocho en punto. Buenos días, señora. —El pistolero tocó el ala de su sombrero educadamente.

—Buenos días, señor Maverick, y gracias. —La señorita Corbett, que obviamente había sido educada en las mismas fórmulas de cortesía que Rachel, pensó Slade, tendió una mano y estrechó la suya con firmeza—. Estoy deseando enseñar a los pequeños Beecham.

Slade se dirigió al Southern Hotel para comer. Luego cabalgó hacia la granja de Gustave Oxenberg, donde, tras un embarazoso y tímido encuentro, Gus y él hicieron las paces y convinieron en ayudarse mutuamente en las cosechas y recolectas de la primavera, así como en echar a Rachel una mano con las suyas.

Después de aclarar sus diferencias, el sueco habló con satisfacción.

—Tuve carta esta mañana, desde viejo país —confió tímida pero complacientemente a Slade—. Buenos amigos de mi familia vienen Wichita, llegan pronto, tres o cuatro meses quizá. Nombre Svenson. Yo los conozco desde que era niño pequeño en Suecia. Tienen tres chicos guapos y fornidos, Erik, Peder y Harald, y una hija, Livie. —Se detuvo, recordando a sus amigos. Luego continuó—. Livie era sólo chica pecosa cuando yo dejé hogar para venir a América. Estará crecida ahora. Me pregunto si estará casada. Me pregunto si me recordará —meditó en voz alta, para retraerse con apuro ante su aparente deslealtad hacia Rachel. Cautelosamente, añadió—: Rachel y yo decidimos es mejor ser sólo buenos amigos.

Al oír esto, el pistolero sonrió.

—Creo que así es mejor, Gus —declaró, palmeando afablemente la espalda del sueco—. ¿Quién sabe? Tal vez Livie no sea la clase de mujer que exige quinientas cabezas de ganado a un hombre para que se case con ella.

—¡No puedo creerlo! —exclamó Gus—. ¿Por eso Rachel no quiere casarse conmigo, porque yo no tengo quinientas vacas en mis pastos?

—No —dijo Slade, sonriendo—, pero estoy casi seguro de que es por eso que no querrá casarse conmigo, aunque me arrodille ante ella para pedírselo.

—¿Es que vas a pedírselo? —inquirió suspicazmente el sueco, deseando tener la certeza de que las intenciones del pistolero eran efectivamente honradas.

—Cada cosa a su tiempo, Gus —repuso Slade—. Cada cosa a su tiempo. Debo solucionar ciertos asuntos. Después, te prometo que podrás ser el testigo de mi boda.

—No lo olvidaré, Slade Maverick —lo comprometió Gus, sonriente, aunque el pistolero no lo traicionaba con la mirada ni con la sinceridad del tono de voz—. Rachel es buena mujer, merece buen hombre. Tú serás buen hombre para ella, o si no próxima vez, yo te parto cráneo en dos, *¿ja?*

—No, gracias. Ya tuve bastante, créeme —repuso Slade, frotándose tristemente el chichón de la cabeza—. La trataré bien, Gus, te lo prometo. Y si no lo hago, bueno, tú sabes dónde encontrarme.

—¡*Ja*, y tú no lo olvidas!

—Después del golpe que me diste, no creo que lo haga. Pero hazme un favor, Gus —añadió Slade secamente, mientras montaba en su caballo—. ¡No nos traigas una silla como regalo de bodas! —Antes de que el sueco pudiera replicar, el pistolero había partido, demorándose sólo para gritar por encima del hombro—: ¡Que tengas mucha suerte con Livie!

La visita a Gus recordó a Slade que Rachel todavía carecía de una silla adecuada para sentarse a la mesa. Así que volvió a Wichita, donde gastó en un almacén de muebles parte de lo que le quedaba en efectivo después de haber comprado los suministros que necesitaba para la granja de los Beecham, y adquirió una silla nueva para ella. Convino en que sería enviada a la granja al atardecer. Luego se dirigió a las oficinas de Atwood and Little, abogados, de donde salió casi una hora más tarde con dos documentos legales en la mano. Después de eso, Slade cruzó decididamente al otro lado del río hasta Delano, en busca de Jonathan.

El barrio de los prostíbulos estaba incluso más sucio que la propia ciudad, la cual, a pesar de su crecimiento y progreso, ni era limpia ni estaba bien mantenida, como si se hubiera expandido demasiado rápido para que sus fundadores pudieran mantener la paz dentro de ella. Tanto en Delano como en Wichita, las calles eran una pocilga, una mezcla salvaje de surcos marcados por las carretas y de profundos baches, un mar de barro cuando llovía y una riada de agua hasta las rodillas cuando descargaba un aguacero. Montones de basura se agolpaban en las veredas de las calles, colándose en las tiendas y en las casas en forma de nubes de polvo cuando soplaba una fuerte ráfaga de viento. A causa de la inexistencia de una legislación urbana, las veredas presentaban diversos grados de deterioro. A lo largo de las aceras de madera y las fachadas falsas, había tantos rótulos y anuncios con tan numerosos ángulos y salientes que no sólo eran un agravio a la vista, sino un riesgo real de accidente para quienes pasaban cerca. Los perros y sus excrementos eran tan molestos que se exigía una penalización de entre tres y cinco dólares a quien mantuviera siquiera a un perro callejero en el pueblo; los policías locales recogían tantas colillas como criminales. A lo largo de la orilla del río había tantos corrales para el ganado y tantas pocilgas que el abastecimiento de agua de la ciudad estaba completamente contaminado —y en consecuencia, los pastores solían llamarlo «té de búfalo»—; a veces se encontraban animales muertos flotando en las oscuras olas del río.

Pero al igual que ocurría en las subvenciones para la escolarización, los avarientos hombres de negocios de Wichita temían asustar a los inversores con impuestos adicionales para la limpieza de la ciudad, y por eso se hacía tanto en contra de la suciedad como contra el vicio y la corrupción en Delano o cualquier otro punto dentro de la propia ciudad.

Al atardecer, las cantinas, las casas de juego y los salones de baile, a ambos lados de los ríos Big y Little Arkansas, abrían sus puertas de par en par, y la bebida, el juego, la prostitución y la violencia campaban a sus anchas. Había más de quince cantinas en la ciudad —sin contar las de Delano—, cada una de las cuales pagaba unas tasas de licencia de veinticinco dólares al mes para continuar con el negocio. Se rumoreaba que el caño de la cerveza que se servía en la cantina de Emil Werner era tan potente, que un policía que probó una jarra salió de allí con un tintero en la cabeza, en lugar de con su gorra.

El juego no prosperaba menos que la bebida. Incluso el oficial Wyatt Earp conseguía un sobresueldo regentando en sus horas libres una mesa de keno. Además del keno, los juegos más populares eran el faro —también conocido como «espabilar al tigre», porque había un tigre pintado en la caja de faro—, póquer, ruleta, y *chuck-a-luck*. La prostitución era ilegal, pero como los policías locales tenían la costumbre de recolectar propinas por hacer la vista gorda en todos los burdeles del pueblo —y paradójicamente, intensificaban la vigilancia en los que no tenían un importante flujo de clientes—, podía decirse que la práctica de la prostitución era, no sólo permitida en la ciudad, sino potenciada por las autoridades. De hecho, cuando algunos de los tipos de Delano empezaron a bajar de los salones de baile para nadar desnudos por el Big Arkansas, el Consejo de la ciudad sólo declaró ilegal bañarse de día en el río, sugiriendo así que la actividad debía ser realizada en horas más discretas, para no ofender a ninguno de los habitantes más estrictos de la ciudad. Cuando llegaban los rebaños de ganado y los búfalos, y los vaqueros y cuatreros imponían su vida disipada —a veces por espacio de unos días o unas horas—, los vestigios de sus actividades menos recomendables quedaban patentes durante meses en la ciudad, que no era capaz de limpiar su paso por Wichita.

Sólo en 1872, casi ochenta mil cabezas de ganado atravesaron la ciudad, ampliando sus corrales; los depósitos de los bancos locales sumaron un total de cinco millones y medio de dólares, lo que excedía en mucho a otros pueblos de Kansas tres veces más grandes que Wichita. Los dos años siguientes, sin ser tan prósperos debido al pánico financiero que asoló la nación en 1873 y a la plaga de langostas de 1874, probaron que Wichita seguía siendo la reina de los pueblos vaqueros, «la princesa incomparable de las llanuras», como se la llamaba a menudo con orgullo.

En cuanto se produjo la llegada de los búfalos, sólo en los tres primeros meses de 1875 Hayes and Brothers, que comerciaba con las pieles de los animales, facturó cientos de curtidos por una suma de cincuenta mil dólares, convirtiéndose en el mayor comercio de pieles de Kansas. Incluso los huesos de búfalo se tasaban a razón de entre cinco y diez dólares el montón en Wichita, que los enviaba principalmente a Philadelphia, donde eran pulverizados para convertirse en fertilizante. Los cuernos de búfalo también eran particularmente apreciados, ya que se pagaba por ellos el precio de treinta dólares el par. Los cuernos eran enviados desde la ciudad a otras fábricas del Este, que los convertían en abanicos para señoras, pipas para caballeros, sombrillas y cosas similares. Los pedazos de pellejo adheridos a los huesos se utilizaban para fabricar cola.

Al terrible ritmo con que se procedía a la matanza de rebaños de búfalos, pronto se habrían extinguido de la pradera. La ganadería y la agricultura eran el futuro de Wichita, y Rachel era lo bastante astuta para darse cuenta de ello, advirtió Slade. Pero la ganadería y la agricultura, en la escala en que Rachel las había previsto, precisaban de espacio, y ella no tenía bastante terreno. Slade tenía la intención de empezar a adquirir las tierras que ella precisaba para hacer que sus sueños se convirtieran en realidad. Era lo mínimo que podía hacer si quería que ella se casase con él, ya que tenía muy poco que ofrecerle.

Sin embargo, no fue hasta después del anochecer que encontró al inútil de su cuñado, ya que Jonathan no se hallaba en Delano, como el pistolero suponía, sino en Wichita. En esta ocasión, Slade sintió verdadera pena por él. Aunque los policías locales acudían al barrio prostibulario si se les requería, no tenían jurisdicción a un lado y a otro de ambos ríos, así que solían hacer la vista gorda cuando había un estallido de violencia, circunstancia con la que el pistolero ya había contado. Como en Delano no estaba prohibido llevar armas, como en los alrededores de la ciudad, Slade había hecho unos disparos con la intención de asustar a su cuñado con las Peacemakers y obligarlo a obedecer. Esperaba que sólo con unos disparos al aire fuera suficiente, o de lo contrario tendría que afrontar el riesgo de atizar a Beecham y ser detenido y encarcelado otra vez.

Jonathan estaba cómodamente instalado en la cantina de Emil Werner, The Summer Garden, un lugar tan ruidoso y grosero que incluso su dueño había confesado sin rubor que tenía que tener un policía de guardia rondando por allí a cada hora. La orquesta tocaba tan fuerte que, en agosto de aquel año, el *Wichita Eagle* se vio obligado a publicar un artículo protestando por el barullo que armaba, y las conductas obscenas y las peleas de borrachos sobrepasaban frecuentemente todos los límites.

Jonathan estaba sentado solo en la mesa del rincón, con sus ojos sanguinolentos ribeteados de rojo y una botella medio vacía de whisky frente a él. Tomó un sorbo directamente de ella, sin molestarse siquiera en servirse el licor en el vaso que habían colocado junto a él. Al ver que Slade se aproximaba, lo observó, sacudiéndose ligeramente en su silla en cuanto logró que sus ojos entumecidos se centraran. Contempló al pistolero, ceñudo y enojado.

—¡Bueno, diablos, si es mi intachable cuñado! —masculló—. ¿Qué te ha pasado? Tienes un ojo morado, el labio partido. Parece que te haya atropellado un tren de mercancías o algo así. ¿Qué pasa? ¿Rachel se hartó y te pegó... con el rodillo?

—No —dijo Slade, disgustado—. Tuve una pequeña desavenencia con Gus Oxenberg acerca de una silla, pero no es asunto tuyo. ¿Te importa que me siente, Beecham?

—Éste es un país libre, ¿no? Haz lo que quieras. ¡Pero no me digas que ya es de día! Acabo de llegar y ni siquiera... había caído el sol cuando entré. No he estado aquí... tanto tiempo, ¿verdad? ¿Viniste a echarme al abrevadero como siempre, Maverick?

—No. Por si no lo habías notado, Beecham, ya he renunciado a todo intento de reformarte. Es la primera vez que vengo a buscarte en varios días.

—Está bien. ¿Qué quieres, pues, si no... obligarme a dejarme la piel como un condenado... esclavo en esa granja pelada?

—Quiero que firmes un papel, Beecham, designándome correctamente tutor legal de mis sobrinos y sobrinas, y otorgándome la única custodia de los chicos.

—¿Te has vuelto loco? —exclamó Jonathan, irguiéndose un poco en su silla, en un vano intento de parecer más sobrio. Entrecerró los ojos con suspicacia—. ¿Por qué quieres que haga eso? —preguntó—. Yo soy su padre, ¿no? Y no estoy muerto aún..., al menos que yo sepa...

—No, pero tal como lo llevas, pronto vas a estarlo —afirmó Slade, inexorablemente—, y además no eres capaz de criarlos. ¡Te importan un comino esos pobres niños! Así que, antes de que empieces a criar malvas, quiero que dejes las cosas legalmente arregladas a mi favor. No quiero tener ningún problema con los tribunales, ni que traten de quitarme a los niños cuando estés muerto y enterrado.

—¿Cuál es el problema? ¿Te asusta el que la ley pueda pensar que un pistolero no es un tutor recomendable?

—Exacto. —Slade asintió con la cabeza, buscando en sus bolsillos uno de los documentos que le habían preparado en Atwood and Little. Llamó a una de las chicas de la cantina y le pidió que le llevara una pluma y una escribanía. Cuando ella se los hubo proporcionado, Slade se los acercó a su cuñado—. Vamos, Beecham. Fírmalo —le pidió.

—¿Qué te hace pensar que voy a hacer eso? —se burló Jonathan, riéndose como si fuera un chiste. Tomó otro largo trago de la botella de whisky y se limpió la boca con el reverso de la manga.

—El hecho de que si no lo haces, te mato, Beecham —le amenazó Slade tranquilamente, con los ojos titilantes como acero azul.

Jonathan soltó un bufido y se echó a reír.

—¡Debo de estar más borracho de lo que... pensé! —dijo, palmoteando la mesa—. ¡Porque estoy condenadamente seguro de no haber visto ninguna cartuchera sobre tus muslos, Maverick! ¿Es que quieres cortarme el cuello con una de esas ruedas de carreta mexicanas que pareces llevar como espuelas... o vas a sacudirme hasta la muerte con el sombrero? —rió alegremente ante esta última idea.

—Nada de eso. No dejes que mi apariencia de hombre desarmado te engañe, Beecham, porque llevo la pistolita más dulce y discreta del mundo escondida en mi bota derecha, una Derringer de dos disparos, para ocasiones como ésta —mintió sutilmente Slade, con su expresión inescrutable—. Y en este preciso momento estoy sujetándola por debajo de la mesa, apuntando directamente a tu barriga y, a esta distancia, sería difícil que fallara.

Los ojos de Jonathan se abrieron alarmados y su sonrisa arrogante desapareció como si hubiera sido bruscamente barrida de su cara. Miró desesperadamente hacia la barra de la cantina, como si esperara que alguien estuviera observando lo que sucedía y fuera a echarle una mano. Entonces, comprobando que la cantina estaba tan bulliciosa que probablemente nadie notaría siquiera que él se desplomaba muerto sobre la mesa, se mordisqueó nerviosamente los labios y sonrió con una expresión enfermiza.

—Es un farol, Maverick —insistió, tratando de adoptar cierto aire de bravura—. ¡Sé que te estás echando un farol, que intentas burlarte de mí, hijo de perra!

—¿Quieres apostar tu vida en ello? —inquirió Slade. Se interrumpió. Luego ordenó—: Agarra esa pluma, Beecham..., antes de que te atraviese como a un cerdo.

Por fin, después de un momento de tensión, Jonathan maldijo en voz alta, le arrebató de un manotazo la pluma y, sin molestarse en leerlo, garabateó su nombre en el documento que el pistolero le había alcanzado. No quería perder su vida por miserable que ésta fuera, especialmente por aquella camada de lo que él consideraba desagradecidos y problemáticos niños que deseaba cordialmente que nunca hubieran nacido. A pesar de ser su padre, habría preferido librarse de ellos, se dijo acaloradamente. Aquellos mocosos no se preocupaban en absoluto de él, pensó, olvidándose convenientemente de que él era el primero que podía ser culpado de falta de afecto.

—¡Ahí tienes! —Jonathan le tiró groseramente la pluma y el documento a su cuñado—. ¡Esos desagradecidos bastardos son completamente tuyos, Maverick! ¡Llévatelos, y que te zurzan! Ahora, déjame solo, ¿quieres? Déjame en paz.

—No tan rápido, Beecham. Todavía está la cuestión de las inversiones que he realizado en tu propiedad para repararla. —Una vez más, Slade buscó en su bolsillo—. Aquí están los recibos. Me gustaría que me reembolsaras este dinero ahora mismo, y en efectivo.

Cuando vio el pliego de cuentas que el pistolero sujetaba en una mano y pensó en la supuesta pistola que se ocultaba debajo de la mesa, a Jonathan se le desorbitaron los ojos. Se puso pálido.

—¡Tú... tú no puedes realmente esperar que... que te pague todas esas condenadas notas! —exclamó, enojado—. Yo... no tengo una... una cantidad de dinero... así, desde los tiempos de la guerra. ¡Además, no te autoricé a hacer ninguna clase de mejora en mi propiedad!

—Qué lástima —gruñó Slade—. Lo hice, y ahora tienes que pagar por ello. Te prevengo, Beecham: tengo el gatillo realmente inquieto esta noche, y hay tanto barullo aquí que apuesto a que nadie oirá siquiera que descargo mi Derringer. No es como mis Peacemakers. Es más silencioso, sólo emite un suave crujido... ¡Pam!

Al oír el sonido, y creyendo en su estupor alcohólico que le habían disparado, Jonathan saltó de la silla. Perdió el equilibrio y cayó pesadamente al suelo, golpeándose contra la silla en la caída. Se quedó allí gruñendo, mientras Slade, mirándolo fríamente, prendió un fósforo, encendió un cigarrillo y dio unas lentas chupadas con una sonrisa de lobo en los labios. Instantes después, dándose cuenta de que no había sido atravesado por una bala en realidad, Jonathan se incorporó sobre manos y rodillas, recuperó la silla y se desplomó sobre ella. El susto lo había humillado y encolerizado, pero también le había devuelto algo de sobriedad. Esta vez no masticó las palabras al hablar.

—¡Eso no tuvo gracia, Maverick! —estalló, loco de rabia.

—No quería que la tuviera. Ahora, ¿dónde está mi dinero, Beecham?

—Ya te dije que... no tengo nada que darte —Jonathan se interrumpió, reflexionando, porque no veía ninguna salida al problema. Luego, con una mirada astuta, sugirió maliciosamente—: ¿por qué no nos lo jugamos a las cartas? Cinco tiradas. Una mano. El ganador se lo lleva todo.

—Acabas de decir que no tienes dinero —indicó Slade, apagando su fino cigarro negro—. ¿Qué es lo que vas a aportar como apuesta?

—Mi granja —anunció Jonathan, agarrando la botella de whisky otra vez, y dejándola de nuevo, tras lo cual se sintió capaz de pensar un poco más—. Está hipotecada, pero sé que vale lo que esos malditos recibos que tienes en la mano. Si gano, simplemente los sueltas y te olvidas de cobrarlos. Si pierdo, te doy la granja en lugar de pagar las cuentas.

—Me parece bien —convino Slade, sin acabar de creer que tuviera tanta suerte como para que su cuñado le propusiera jugarse al póquer justo lo que él quería por otros medios.

Pidieron una baraja de cartas, y la chica que les había proporcionado antes la pluma y la escribanía les llevó una baraja nueva a la mesa, rompió el precinto y sacó las cartas. Barajó y cortó las cartas en dirección al pistolero, luego entregó cinco a cada uno. Lentamente, Slade y Jonathan observaron sus manos. Como las condiciones de la partida ya habían sido determinadas, no hubo apuestas adicionales por parte de ninguno.

—¿Cartas, caballeros? —preguntó lacónicamente la chica, con una mirada estúpida que brilló momentáneamente al posarse sobre el pistolero.

—Tres —pidió Beecham.

—Una —dijo Slade, sonriendo para sus adentros al coger la carta que la chica dejó ante él y ver que era la reina de corazones. Parecía un buen presagio—. Bueno, Beecham, gana o paga. ¿Qué tienes?

—Trío —se regocijó Jonathan mientras tendía sobre la mesa su mano, seguro de que había ganado—. De ases. ¡Míralo y muerde el polvo, Maverick!

—Lo siento, amigo —se burló Slade, sonriendo de un modo que hizo que la piel de su cuñado se erizara—. La primera regla del granjero, Beecham; nunca cuentes tus gallinas antes de que empollen. —Con una destreza propia de sus años de experiencia en el juego, extendió sus cartas en abanico sobre la mesa—. Póquer de reinas..., así que creo que esto supera a tu trío aquí y en el fin del mundo. Mala suerte, Beecham.

El pistolero sacó de su bolsillo el segundo documento que habían preparado Atwood and Little y se lo alcanzó a Jonathan.

—Creo que me debes una granja, Jonathan —dijo, con voz profunda y triunfante—. Sólo tienes que firmar en la línea de puntos y tendré listo el cambio de propiedad mañana por la mañana.

—¡Bastardo! —siseó furiosamente Jonathan al ver el papel—. ¡Arrogante, hipócrita hijo de perra! Planeabas robarme la granja ya antes de venir aquí, ¿verdad? ¡Querías robarme mi granja, y me perseguiste como un sabueso esta noche sólo para poder hacerlo! Si no, ¿cómo ibas a tener este papel preparado aguardándome en tu bolsillo? ¡Bastardo ladrón! Quitarme los chicos no era bastante para ti, ¿verdad? ¡Tenías que quedarte con mi granja, también! ¡Bueno, pues no firmo! ¿Me oyes? ¡No voy a firmar ese maldito papel, hijo de perra!

—¿Estás incumpliendo tu apuesta? —preguntó Slade, en un tono engañosamente sedoso—. Poco astuto. Muy poco astuto. Creo que olvidas la mortífera Derringer que estoy sosteniendo bajo la mesa. En cuanto las autoridades sepan que fuiste un maldito cobarde que se negó a pagar su deuda de juego, dudo incluso de que me hicieran pagar una multa por haberte matado. —Se interrumpió. Luego prosiguió—: Estoy esperando, Beecham, y mi gatillo está cada vez más ansioso. Piénsalo bien, y mientras lo haces, recuerda esto: ¡si tu decisión es la equivocada, será la última que tomes! Y ahora, responde, Beecham.

Jonathan anhelaba desesperadamente comprobar, si su odioso cuñado realmente escondía una pistola o si sólo se trataba de una treta, como no había dejado de sospechar. Debería haber mirado cuando se cayó de la silla, pensó, consumiéndose de espanto y disgustado por su poca capacidad de percepción. Se sentía como momentos antes de librar una batalla, como si estuviera a punto de vomitar o de mojarse los pantalones. Se le retorcía el estómago, regurgitaba, y la urgencia de vaciar los intestinos era tremenda. El sudor le cubría la frente y el labio superior, y sus manos estaban frías y temblorosas.

No vale la pena morir por esa granja apestosa y piojosa, se dijo Jonathan, y a pesar de la corazonada que le hacía sospechar que su cuñado lo engañaba al decirle que lo apuntaba al estómago con una Derringer de dos disparos por debajo de la mesa, era bastante más probable que el pistolero estuviera diciendo la verdad, admitió de mala gana. Slade Maverick era lo bastante temerario y atrevido para arriesgarse a ser detenido en Wichita con una pistola escondida, y tampoco cabía duda de que un hombre que ejercía su peligrosa profesión guardaba un buen montón de trucos sucios en la manga. Finalmente, decidiendo que no osaba tentar la suerte de que su cuñado no tuviera nada bajo la mesa más que su mano, Jonathan soltó un juramento y firmó el papel que transfería la propiedad de su granja al pistolero.

—Un acto inteligente, Beecham —afirmó Slade, relajando lentamente su cuerpo, tenso y nervioso porque en un determinado momento había creído que Jonathan lo acusaría de echarse un farol.

Recogiendo ambos documentos de la mesa, el pistolero le pidió a la chica de la cantina y a una de sus amigas, que no sabían leer ni escribir, que pusieran sus marcas como testigos del acto. Luego escribió cuidadosamente los nombres de las chicas debajo y les dio a cada una dos dólares por el favor.

—Muy agradecido, Beecham —dijo, mientras plegaba cuidadosamente los documentos y los guardaba en el bolsillo.

—¿Qué hay de los recibos? —preguntó Jonathan secamente.

La mirada de Slade se deslizó sobre las facturas de la mesa.

—Bueno, puedes quedártelos, Beecham —repuso—. Éste era el trato, y a diferencia de ti, yo soy un hombre de palabra. Cógelos. Haz lo que quieras con ellos. Rómpelos, quémalos, o úsalos en el excusado. Francamente, me importa un comino. —Retiró la silla y se puso en pie.

—Contéstame sólo otra pregunta antes de marcharte, Maverick —dijo Jonathan estúpidamente, como un hombre que sabe que ha sido destruido—. Necesito saberlo: ¿llevas una Derringer en la bota o no?

Slade dio una chupada al cigarrillo y exhaló una nube de humo. Luego, lentamente, meneó la cabeza con una sonrisita.

—No, Beecham —respondió con insolencia—. No llevo nada, salvo mi bota.

—¡Ponzoñoso bastardo! —gruñó Jonathan.

—Es divertido, Beecham. Es realmente divertido. ¿Sabes por qué? —Bruscamente, la sonrisa se borró del oscuro rostro de Slade, y sus ojos de azul crepuscular se volvieron duros como el acero—. Porque creo que eso era lo que India pensó de ti hasta el momento de su muerte.

Luego, con las espuelas tintineando, el pistolero salió del Summer Garden hacia la oscuridad, dejando atrás el ruido que se colaba por las celosías de la cantina, que amortiguaban un poco el eco de su clamor a lo largo de la calle. Slade se dio cuenta de que, en realidad, estaba tan enojado que temblaba; así que por un momento, respiró profundamente el frescor de la noche para tratar de calmar la ira que bullía en su interior.

Fue el ruido de unos disparos lo que enseguida lo volvió en sí, ya que, por un instante fugaz, pensó que Jonathan, enloquecido por la ira y el alcohol, había conseguido de algún modo un arma y había ido por él. Slade se volvió con rapidez, porque estaba dando la espalda a la entrada de la cantina, y sus manos acudieron simultáneamente en busca de las Peacemakers para descubrir que carecía de cartucheras. Soltó una maldición, sintiéndose desnudo e indefenso; pero momentos después empezó a reír bobamente, porque se dio cuenta de que el disparo provenía del lugar donde había una mula atada a un amarradero cercano.

Por curiosidad, Slade se quedó por allí para saber qué era lo que estaba sucediendo, ya que dos policías locales entraron en escena. Por lo que el pistolero pudo entender, al parecer se trataba de uno de los muchos texanos que había en el pueblo, que como no había querido depositar su pistola a cambio de una ficha metálica, había envuelto sus cartucheras y las había dejado bajo su silla de montar. Y cada vez que su mula se agitaba o coceaba, el revólver se descargaba. Tras una discusión —acalorada, pero que resultó muy entretenida a Slade— con el locuaz dueño de la mula, los policías acabaron por marcharse, cediendo de mala gana al argumento del texano, que sostenía que no existía ninguna ley en Wichita que prohibiera que las mulas dispararan dentro de los límites de la ciudad.

Riendo entre dientes, aplacada su terrible cólera contra Jonathan y gratificado su punzante deseo de vengar la muerte de India, Slade desató su caballo y salió del pueblo al galope, encaminándose a la granja donde sabía que Rachel lo estaría esperando.

18

Al fin se suavizó el viento de abril y Slade pudo terminar su trabajo en la nueva cabaña de los Beecham y llevarse a los niños a vivir allí. Aunque no tenía a los chicos constantemente a su lado, Rachel no se sentía tan destrozada como había pensado, ya que cada mañana, cuando llevaba al pueblo a los cinco niños mayores para que fueran a la escuela, el pistolero dejaba a Andrew, a Naomi y a Tobias en la granja de Rachel para que los cuidara durante la jornada. Luego, al atardecer, cuando iba a recogerlos, las dos familias cenaban juntas.

En las comidas que Rachel preparaba con la ayuda de Eve y Susannah, Slade, por su parte, contribuía diligentemente con carne de caza —búfalo, venado, antílope, conejos, pavos salvajes, gallinas de la pradera, codornices—, así como pescados, sobre todo bagres y róbalos.

Desde que había empezado a cuidar a los niños Beecham, Rachel no había tenido mucho tiempo de cazar o pescar. En consecuencia, su despensa estaba baja de existencias, como su pequeña reserva de fondos en efectivo; al menos, antes vendía las piezas de pollería que Fremont, Poke y ella no consumían en la tienda de William *Buffalo Bill* Mathewson en Douglas Avenue que, además de preparar comidas, compraba y vendía carne de caza.

Pero a Rachel le parecía que la pérdida de tiempo para cazar o pescar, así como del pequeño ingreso por piezas de pollería, era un precio muy pequeño a cambio de la tenencia de los niños, además, era más fácil para ambas familias cenar juntas, porque había comida para todos, y ni Eve ni Susannah, que ahora iban a la escuela, tenían que preocuparse por preparar la cena.

A menudo, Slade y los niños se quedaban hasta entrada la noche. Bajo el tenue resplandor de las lámparas de petróleo, los chicos mayores estudiaban sus lecciones, mientras las batallas se recrudecían sobre el tablero de damas y Rachel cortaba y cosía su nuevo vestido de seda azul que se había comprado en la tienda New York. Después, Fremont fumaba en pipa, Poke masticaba tabaco y Slade tocaba la armónica. Así que, a pesar de todos los temores de Rachel, era como si nada hubiese cambiado, excepto que Gus venía muy de vez en cuando y sólo como amigo, tal como había prometido.

Gus estaba mucho más alegre durante estos días, y hablaba animadamente sobre su viejo país, sobre lo que era crecer en Suecia y los amigos de su familia, los Svenson, que pronto llegarían a América. A menudo hablaba de Livie Svenson, y Rachel se daba cuenta, con una mezcla de satisfacción y pena, que ya había perdido su lugar en el corazón del sueco, ocupado por el de la desconocida. Como él no insistía más en su empecinado deseo de casarse con Rachel, tampoco la cortejaba.

Como no podía querer a Gus más que como a un amigo, Rachel se alegraba por él. Pero no podía evitar sentir también un poco de pena por perderlo, porque parecía como si hubiera estado allí desde siempre, baluarte contra su futuro de vieja solterona, a su lado por si decidía quererlo alguna vez. No se había portado bien con Gus, lo sabía, al retenerlo a su lado. Ahora tenía que dejarlo ir. Por primera vez desde hacía mucho tiempo, Rachel se sintió verdaderamente sola, irrevocablemente destinada a vestir santos. Pues si un hombre como Gus podía cambiar las lealtades de su corazón con semejante facilidad, ¿cómo podía esperar que alguien como Slade Maverick le entregara su corazón?

Y sin embargo, era consciente de que de algún modo él había ocupado el lugar de Gus en su vida. Incluso el propio Gus actuaba como si el pistolero la estuviera cortejando. Slade ya no trataba al sueco como a un rival. En lugar de eso, como si él y Rachel ya estuvieran comprometidos o casados, el pistolero saludaba a Gus como a un viejo amigo al que ambos daban la bienvenida en la granja.

Rachel estaba confundida por esta actitud; no lograba entender los motivos. Slade no había expresado sus intenciones, tampoco la trataba de un modo distinto a como lo hacía antes. Sin embargo, ella advertía cierto aire de propiedad en sus maneras, como si de algún modo la hubiera marcado como suya y todo el mundo lo supiera menos ella. Lo que no sabía era que, habiendo resuelto casarse con ella, Slade lo daba por hecho; y a pesar de que estaba enamorada de él, si Rachel lo hubiera sabido, se habría puesto furiosa por su arrogancia al no haberse siquiera molestado en consultarle sus sentimientos de un modo u otro. Pero esto era algo que el pistolero ignoraba. Como no sabía que ella lo amaba creía que podía rechazarlo, y estaba decidido y determinado a no aceptar un no por respuesta.

A menudo, ella lo descubría observándola durante la cena, con una mirada ardiente y hambrienta que la examinaba posesivamente y la hacía enrojecer y mirar hacia otro lado, incapaz de enfrentar sus ojos. Aún más desconcertante era el hecho de que no volviera a intentar acercarse a ella en ningún momento, aunque Rachel debía admitir que tomaba precauciones para no darle ninguna oportunidad de hacerlo. No es sólo que no pudiera confiar en él cuando estaban a solas, sino que tampoco podía confiar en sí misma. Sabía que si Slade la tomaba otra vez entre sus brazos, podía ser incapaz, o peor, podía no querer detenerlo en su deseo de conseguirla. Aún más inquietante era el hecho de que, si él no se casaba con ella después de todo, a ella le quedaría al menos el recuerdo de sus noches de amor con él —quizá incluso un hijo suyo— para soportar la idea de años de soledad e incluso anhelo que estaban por venir; para bien o para mal, en lo más profundo de su corazón, algún lado salvaje y apasionado de ella lo deseaba así.

De modo que Rachel guardaba distancias con el pistolero y trataba de proteger su corazón para que no se encendiera y latiera tanto por él, sin atreverse ni a soñar que, en su mente, ella ya le pertenecía completamente, en cuerpo y alma.

Ahora que la granja de Beecham era legalmente suya, Slade trabajaba más duro que nunca. Además de Gus, Fremont y Poke también se habían ofrecido a ayudarlo a arar y a plantar, a cambio de que hiciera lo propio labrando sus campos y ayudándolos a sembrar las cosechas; y con cuatro hombres entregados a ello, la tarea era mucho más fácil. Cuando los campos estuvieron arados, plantaron trigo de invierno, una variedad de grano con un tallo resistente que provenía de Turquía en sus orígenes y que había sido introducido en América por los menonitas rusos. Sabiendo por experiencia que en Kansas no era prudente fiarse de las cosechas, los otros tres convencieron a Slade para que también plantara maíz, centeno, cebada, avena y sorgo, y así lo hizo. Incluso decidió sembrar algodón en uno de los campos, ya que durante el último año William *Dutch Bill* Greiffenstein había abierto la Wichita Cotton Ginning and Pressing Company, y al menos se trataba de una plantación que a Slade le resultaba familiar por su juventud en Luisiana, aunque creía que era una pérdida de tiempo intentar cultivar arroz, ya que Kansas carecía de riachuelos que pudieran suministrar agua y crear los estanques que precisaba ese cultivo. Después de preparar un gran huerto, plantó en él manzanos, melocotoneros, ciruelos, perales y cerezos, como seguro añadido contra el variable tiempo de Kansas y contra las posibles pestes. En un pequeño jardín que había cerca de la casa plantó moras y verduras.

Slade no podía permitirse la pérdida de sus cosechas. Había descubierto, después de registrar el cambio de propiedad de la granja, que Jonathan no sólo la había hipotecado, sino que además llevaba dos meses de retraso en el pago de las contribuciones y el banco amenazaba con embargar la propiedad. Slade había empleado sus últimos fondos en poner la hipoteca al corriente. Así pues, a menos que volviera a ejercer de pistolero, a perseguir criminales o a jugar, su modo de vida dependía por completo de la granja.

Por tanto, con la misma determinación que lo había llevado a adquirir su destreza con las pistolas, se entregó a su nueva vida de granjero. Cada noche, después de traer a los niños de la cabaña de Rachel y de acostarlos, leía cada libro de ganadería y agricultura que podía encontrar para ampliar sus conocimientos. Con la información que obtuvo, Slade trató de mejorar su propia granja y ayudó a Fremont y a Poke, y también a Gus, a hacer lo mismo en las suyas.

Para cuando llegaron las lluvias de abril, los campos de las tres propiedades fueron arados y sembrados, y todos introdujeron un sistema innovador de irrigación. El pistolero había ideado unas cisternas de hierro de las que salían largas cañerías con agujeros cubiertos por un filtro, pensando que serían de utilidad para mantener los cultivos en condiciones durante el verano cálido y seco de Kansas, que estaba a punto de llegar.

Como no se la necesitaba en los campos, Rachel podía dedicarse, por primera vez desde la muerte de sus padres, a la limpieza de primavera, y se entregó a la esperada tarea con placer. Había armarios y estanterías que debían ser vaciados, restregados con lejía y jabón, aclarados con agua y reordenados. El horno de hierro debía quedar limpio de restos de comida y grasa. La ropa de invierno y de cama tenía que lavarse, secarse y empaquetarse cuidadosamente, con saquitos aromáticos de ramitas de cedro que la preservarían de las polillas. Los vestidos de verano y otros complementos tenían que ser desempaquetados y aireados. Rachel abrió las contraventanas de par en par, para que el sol entrara en la casa; pulió las ventanas hasta que relucieron los goznes. Había que retirar las cenizas de los hogares y barrer las chimeneas. Había que quitar el polvo de los muebles, sacar las alfombras y sacudirlas, y barrer la hierba seca y el barro que se había colado durante los meses de frío.

Afuera, debían abrir las puertas de la bodega y limpiar el interior de restos de vegetales y otros alimentos que inevitablemente se habían podrido a pesar del frío, o que habían sido atacados por los insectos, ratones y otros roedores durante el invierno. El granero tenía que limpiarse de heno viejo y estiércol, había que rastrillar la pocilga y eliminar los residuos del corral. El pequeño jardín de Rachel necesitaba el trabajo de la azada, y había que plantar los vegetales y la fruta que consumirían ella, Fremont y Poke, así como sus invitados, durante el largo verano y durante el aún más largo invierno que se avecinaba.

Andrew y Naomi ayudaban como podían en muchas de estas tareas, mientras que, desde el cajón de comida que le servía de cuna, Tobias miraba curiosamente el trajín que habían armado alrededor de él, como si un diablillo de polvo hubiera invadido la casa.

Además de la limpieza de primavera, Rachel tenía que cumplir con sus tareas habituales. Atendía al ganado, cocinaba, zurcía, cosía y lavaba la ropa, sobre todo para los laboriosos y hambrientos hombres que trabajaban en los campos y para los cinco chicos mayores, que desde que iban a la escuela no podían andar tan desastrados, insistía Rachel tenazmente. Sin embargo, no le importaba trabajar duro. Disfrutaba con la carga de los niños que permanecían con ella durante todo el día, y con los que venían en carreta y salían de allí con la canastilla de la comida hacia el campo en que estuvieran trabajando los hombres. Era una suerte poder ver a Slade, pues aunque había resuelto no ir más allá con él, Rachel sentía que el pistolero la atraía como el hierro al imán.

Disimuladamente, sus ojos seguían la figura alta y hermosa del pistolero cuando empujaba el arado o quitaba pesadas piedras de los surcos que labraban los hombres. Su piel oscura se estaba bronceando aún más bajo el suave sol primaveral, haciendo que sus ojos azules y sus dientes blancos resaltaran en el rostro. No podía evitar darse cuenta de que la camisa de chambray que usaba para el trabajo y sus pantalones de dril estaban empapados de sudor, pegándose a su cuerpo fuerte y vigoroso, perfilando los músculos que se tensaban y flexionaban en sus fuertes brazos y piernas al trabajar. A veces, si el día era extraordinariamente caluroso, se quitaba la camisa y su carne suave, desnuda, brillaba bajo el sol amarillo, lustrosa y dúctil bajo la transpiración.

Entonces Rachel recordaba su tacto cuando él se había tendido sobre ella en la cama, y cómo los músculos de su espalda se habían arqueado y temblado bajo la palma de sus manos cuando ella lo abrazaba, el fiero y ardiente dolor que había sentido entonces crecía una vez más en su interior. A veces, la sensación era tan intensa que anhelaba apretar sus muslos contra los de Slade, y lamer el sudor que le empapaba el pecho como él había hecho con el que corría por el valle que había entre sus senos, antes de que su boca húmeda le envolviera el pezón y su lengua la sacudiera con su calor. La imagen no había sido extirpada de su memoria, y el recuerdo que evocaba era tan vivo que, a veces, tenía que cerrar los ojos y morderse los labios para aplacar las tumultuosas sensaciones que la conmovían, tan fuertes que a menudo temía que la harían llorar o desmayarse.

Pero si Slade se daba cuenta de ello, o si reparaba en ella en absoluto, apenas lo demostraba, pensaba Rachel angustiosamente.

No sabía cómo esperaba él su aparición en los campos

a la hora de la comida para verla quitarse la gorrita, desprenderse las horquillas del pelo y dejar caer las largas trenzas rubias, libres y ondulantes al viento susurrante de la primavera, sobre su cuerpo menudo y joven. No sabía cómo deseaba él apretarla contra la hierba alta y verde y desabrochar los botones de su corpiño uno a uno, para contemplar sus senos redondos reluciendo desnudos y dorados bajo el sol, y sus pezones rosados irguiéndose como cerezas para ser gustados.

El resto de ella también debía de ser dorado, pensaba Slade, y sus piernas largas y graciosas como las de una potrilla. Las imaginó entrelazadas con las suyas o en torno a su espalda mientras él le hacía el amor. A veces, eso era todo lo que podía hacer para contener sus ansias de caer sobre ella allí mismo y tomarla. A menudo consideraba la posibilidad de bajar a Wichita y aliviar su lujuria en una de las rameras locales, pero nunca lo hizo. Cuando las recordaba por la calle, con las bocas pintadas y las sonrisas seductoras para atraer a los hombres que pasaban, le parecían toscas y malolientes comparadas con la gentileza y la pulcritud de Rachel.

Slade amaba su olor, la sutil fragancia de lilas y jabón que desprendía su piel, el fresco aroma a almidón que emanaba de los sencillos vestidos caseros que ella misma agraciaba con alguna cinta o lacito. Debería ir vestida de seda o satén, pensaba él, lamentando no poder comprarle algo así; en esos momentos, odiaba la nueva vida que, a causa de la carta de India, se le había impuesto, porque como pistolero tenía siempre un buen dinero en el bolsillo. Ahora no tenía nada, y hasta que lo reuniera, su orgullo no le permitiría pedirle a Rachel que se casara con él, por mucho que la quisiera.

Así, que de momento, seguía sin decirle nada acerca de su deseo de casarse, por lo que Rachel regresaba del campo con un gran dolor en el corazón.

Al atardecer, se sentaba ante el fuego que ardía en el hogar para combatir el fresco de las noches de primavera y remendaba las camisas de Slade y repasaba sus botones para que quedasen más firmes. A veces, cuando inclinaba la cabeza sobre aquella tarea de esposa, las lágrimas anegaban sus ojos porque advertía que nunca sabría qué era hacer aquel tipo de labores modestas y amorosas para él... como marido.

La tristeza aumentaba cuando tomaba a Toby en sus brazos para alimentarlo y acunarlo hasta que se durmiera, porque cada día se parecía más a su tío Slade. Quería a Toby con todo su corazón, su suave cabello negro, sus ojitos azules curiosos, su sonrisa dulce, y sus simpáticos gorjeos. Cuando miraba al bebé y lo sostenía, sus instintos maternales afloraban. Podía haber sido su hijo... y el de Slade. Ellos dos eran, después de todo, los únicos padres que había conocido.

Ella no sabía que los mismos pensamientos cruzaban por la mente del pistolero cuando la veía con el niño y observaba con cuánto amor lo arrullaba, con cuánta ternura lo acunaba. En ciertas ocasiones cuando la luz de la lámpara formaba un halo en torno a su cabello dorado, Slade se descubría pensando lo mucho que se parecía a una madonna con su niño; y los sentimientos que durante mucho tiempo había creído desaparecidos con Thérèse volvían a cobrar vida en él, y empezaban a germinar y florecer.

Durante esos días, descubrió que incluso le resultaba difícil recordar la cara de Thérèse con claridad. Estaba desvaneciéndose gradualmente, para dejar paso a la expresión de Rachel, como las pinturas antiguas que aparecen a veces por debajo de un cuadro. Parecía como si de algún modo Rachel hubiera estado siempre allí y, para su sorpresa, advirtió que ya no podía imaginar su vida sin ella.

Y así pasaban los días, uno tras otro... Los sueños y las esperanzas despuntaban silenciosamente en el corazón de Rachel y en el de Slade, y empezaban a desplegarse lenta e inexorablemente, ignorando mutuamente su existencia.

19

Abril dejó paso a mayo, y las lluvias que siguieron a la labranza y la siembra de los campos cesaron, propagando por la fértil tierra negra de la pradera la humedad y el germen de la vida. Los diversos pastos de las llanuras crecieron en sus variadas alturas y colores, que iban del verde azulado al luminoso verde oro. La hierba alta y espigada, a veces llamada «gumbo», asomó junto con la grama azul, el pasto de los búfalos, la «pluma de indio» y la hierba trigueña propia del Oeste. Las flores silvestres también florecieron. Los tallos estilizados de las blancas primaveras del atardecer, las llanuras como espuelas de madera, las vainas silvestres de color azul índigo —color amatista, en realidad—, las espinosas «escamitas de jabón», las «sombras nocturnas» venenosas y plateadas y el «cuerno de antílope» con apariencia de cuero verde se alzaban graciosamente sobre los capullitos delicados de las violetas de la pradera, las malvas redonditas de color rosa pálido, las fresas silvestres, las blancas y delicadas «patas de gato», las radiantes anémonas carolina y las ramitas de malvas escarlata. Era tal la profusión de colores que estampaba la pradera que se parecía a una gran colcha de retazos, y estaba en su clímax de belleza, pensaba Rachel, que adoraba las llanuras en tiempo de primavera, cuando despertaban a la vida.

Los gorrioncitos marrones de la pradera habían sobrevivido al invierno. Ahora, se les unían los pajaritos chillones que habían emigrado al sur en el último otoño. Los petirrojos gordos de buche colorado, los tímidos arrendajos de color blanco y azul, y los elegantes cardenales escarlata revoloteaban entre los algodoneros de hojas verdes que se alineaban en las orillas de los ríos mesados por el viento suave. Las alondras doradas de la pradera trinaban entre las hierbas más altas, y los halcones solitarios planeaban en un cielo muy azul. Las ardillas de tierra y los perros de la pradera salieron de sus madrigueras, y algunos rebaños de ciervos y antílopes corrían graciosamente por las llanuras.

Por las mañanas, las gotas de rocío se dispersaban sobre la tierra como prismas de diamante, reflejando un arco iris de colores, y la hierba arropaba hermosos racimos de setas, tan espesos y apetitosos que Rachel casi podía creer que lindas criaturitas encantadas bailaban en su interior. Desde la puerta de su cabaña veía kilómetros de paisaje en todas direcciones. La vasta y ondulada pradera parecía extenderse infinitamente por todos lados, más allá del horizonte, y por un momento ella podía imaginarse que alcanzaba hasta los últimos confines del mundo.

Respiró profundamente el aire fuerte y revitalizante de la mañana. Luego, sonriendo de alegría por el mero hecho de estar viva, continuó con sus tareas.

Era día de limpieza. Cargando con la pesada canasta de la colada sobre la cadera, anduvo hacia la cuerda de tender la ropa para empezar a colgar los vestidos limpios y dejarlos secar al sol. Cerca de ella, Andrew y Naomi examinaban con un palito un pequeño agujero abierto en la tierra donde una araña había tejido sus redes, mientras Toby, tendido sobre la manta que Rachel había extendido en la hierba, gorgojeaba y parloteaba y, con creciente curiosidad, supervisaba los alrededores.

—¡Mira, Andy! —gritó Naomi con repentina excitación, señalando el suelo—. Aquí hay otro agujero. Debe de ser la puerta de atrás de la araña. ¡Trae un poco de agua y lo llenaremos a ver si sale por el otro lado!

—Andrew —lo previno Rachel, que había visto por el rabillo del ojo que el niño cogía un balde de agua que estaba cerca del agujero recién descubierto—. Si el invento te sale mal y ahí abajo hay algo que te muerde, te vas a llevar un buen susto.

—Tendremos cuidado, tía Rachel —prometió el niño solemnemente, y empezó a verter el agua, con tanto cuidado como entusiasmo, en el pequeño túnel.

Meneando la cabeza y sonriendo tristemente, Rachel abandonó todo intento de disuadir a los chicos de emprender el experimento. Ella misma, cuando era pequeña, se había pasado más de una hora echándole agua a un insecto en su escondrijo, y no era tan mayor como para haberse olvidado de su júbilo al verlo aparecer empapado por la otra salida. Suspirando al recordarlo, volvió a la colada, preguntándose qué impulsaba a los niños a disfrutar con semejantes pasatiempos. Los bichos no la fascinaban, especialmente después de la plaga de langostas del año anterior. Los campos habían quedado sembrados de huevos de insectos en primavera, y aún ahora, las horribles langostas estaban aún saliendo de esos huevos y devorando los nuevos tallos de hierba que brotaban en la tierra. Algunos de los campos habían tenido que ser replantados ya. Rachel sólo esperaba que las bandadas de pájaros que regresaban a la pradera se comieran los nuevos saltamontes antes de que destruyeran las cosechas de nuevo.

Recogió la canasta vacía y se dirigió al lavadero para traer otro montón de ropa limpia. Luego, al reconocer la figura de un jinete en el horizonte, arrojó la canasta allí mismo y cogió a Toby en brazos para correr hacia la casa, gritándoles a Andrew y Naomi que la siguieran. Cuando estuvieron todos dentro, cerró la puerta de un portazo y pasó la tranca. Agarró su pistola y se asomó cautelosamente a la ventana. No había razón para creer que la figura que se acercaba quisiera hacerle ningún daño, pero Rachel estaba sola en la cabaña con tres niños, y no quería correr riesgos. Ocasionalmente, algunos grupos de indios atacaban aún las granjas de los pobladores aislados, y hombres blancos de mala saña —pistoleros desalmados y rudos delincuentes— cometían robos, vandalismo, violaciones y asesinatos.

Cuando el jinete estuvo cerca, vio aliviada que se trataba sólo de un hombre joven, probablemente de diecisiete o dieciocho años, calculó; no mucho más joven que ella, que acababa de cumplir diecinueve en marzo. Montaba un gran alazán, y la única arma que llevaba era una vieja carabina Sharps. Sin embargo, Rachel no salió de la cabaña, por prudencia. Incluso los hombres jóvenes podían ser peligrosos. Así ocurría con Henry McCarty, alias William Bonney, y más conocido como Billy el Niño, cuya madre, Catherine McCarty, regentaba la lavandería de North Main Street en Wichita antes de mudarse a Nuevo México, unos años atrás.

Lentamente, el joven frenó su caballo hasta detenerlo enfrente de la casa y miró con curiosidad, como si esperase a que alguien apareciera. Como nadie lo hizo, gritó:

—¡Hola! ¿Señorita Wilder? ¡Hola! ¿No hay nadie en casa?

Entonces Rachel contestó desde la ventana entreabierta, dejando bien patente que sujetaba un arma.

—¿Quién eres y qué quieres? —preguntó.

—Soy Adam Keife, señora —repuso educadamente—, y estoy buscando a la señorita Rachel Wilder. Mi familia acaba de comprar unas tierras unos kilómetros más allá. —Movió el dedo pulgar hacia el este—. Queremos poner una granja y necesitamos cavar un pozo. En el pueblo dijeron a mis padres que, aparte de un viejo mestizo indio que se llama Seeks, que no sabemos dónde vive, la señorita Wilder era la mejor zahorí de la región. ¿Vine al lugar correcto, señora? ¿Es usted la señorita Wilder?

—Sí, así es. Un segundo, ahora salgo.

Sujetando aún la pistola, aunque sin apuntar al joven, Rachel salió por la puerta de entrada. Sin impresionarse demasiado, Adam Keife ponderó la fiel pistola por un momento. Luego, silbando despreocupadamente, desmontó y ató el caballo a la barra sin hacer ningún movimiento hacia la vieja carabina Sharps que colgaba de la funda de su silla de montar. Ahuecó el aplastado sombrero de paja que llevaba y anduvo hacia Rachel con la mano extendida, obviamente dando por hecho que ella no lo rechazaría. Su cuerpo joven y fuerte, el modo en que se aproximaba y la enérgica determinación al ofrecerle su mano, le recordaron tanto a Slade que Rachel no pudo evitar sonreír.

—Qué tal, señora —la saludó, sonriendo, mientras apartaba un mechón de cabello castaño oscuro que caía sobre su rostro. Sus brillantes ojos verdes relampaguearon claramente al encontrarse con los de ella—. Estoy encantado de conocerla.

—Hola —dijo Rachel, estrechando su mano.

El apretón del joven fue firme y amistoso, y su descarado ademán comprometedor. Con la sonrisa triunfadora se le formaba un hoyuelo en el extremo izquierdo de la boca; Rachel decidió que le gustaba, y que no tenía nada que temer de él.

—Perdóneme un momento, tengo que alimentar al bebé. —Él meneó la cabeza y Rachel fue a buscar a Toby al interior de la cabaña, para reaparecer con el bebé en brazos y con Andrew y Naomi asomándose por detrás de sus faldas—. Saludad a Adam Keife —indicó a los niños.

—Hola, Adam Keife —corearon los dos.

—Bueno, hola, chicos. —El joven se agazapó para quedar a su altura—. ¿Cómo os llamáis?

—Yo Naomi —gorjeó la niña—, y este de aquí es mi hermano Andy, y éste de aquí arriba mi hermano Toby. Estábamos cazando una araña grande y gorda en su agujero hasta que tú viniste —advirtió, un poco enojada—. Andy estaba echándole agua dentro para sacarla por el otro agujero cuando tuvimos que entrar en casa porque tú eras un hombre malo. Apuesto a que se ha escapado y se arruinó el invento. —Su decepción era evidente.

Adam rió.

—Bueno, a lo mejor no —dijo, con los ojos brillantes—. A las arañas les gustan los lugares fríos y oscuros. Puede que todavía esté ahí.

—¿De verdad? ¿Sí? —inquirió Naomi, animándose. Se volvió a su hermano y lo arrastró por la manga—. ¡Vamos, Andy! ¡Vamos a ver!

Los chicos echaron a correr para proseguir sus investigaciones e inundar el túnel de la araña, y Rachel dejó al bebé en su manta mientras le alcanzaba un sonajero para que jugara. Adam se puso en pie.

—¡Qué simpáticos! —observó, mientras se sacudía las rodillas.

—Sí, son muy simpáticos —convino Rachel—. ¿Le importaría que continuase con mi trabajo mientras hablamos? —Señaló la ropa a medio tender—. Tengo que terminar de escurrir y tender esta ropa antes de la hora de comer.

—Por supuesto que no, señora. Disculpe, señorita Wilder, pero si no le importa contestarme algo... Usted parece muy joven. Quiero decir... bueno, siendo una experimentada zahorí y todo eso, yo esperaba a una persona mayor, y supongo que lo es, puesto que tiene tres niños, cuando yo pensaba... Bueno francamente, señora, no tengo ni idea de lo que va a decir mi padre cuando la vea, una muchacha tan joven y todo eso...

—¿Esperaba encontrar una vieja bruja, quizá? —preguntó Rachel, mientras sacaba una pinza del bolsillo de su delantal y sujetaba la manga de una camisa a la cuerda de tender la ropa—. Bueno, no puedo decir que lamente decepcionarlo, señor Keife. Como puede ver, ni soy bruja ni vieja..., y los niños tampoco son míos. Son de una querida amiga que murió. Los cuido mientras su tío está en el campo. Pero aunque piense que soy «una muchacha tan joven y todo eso», soy toda una mujer, y tengo experiencia en lo que hago. He estado cavando pozos desde los catorce años, y si su familia necesita un pozo; yo puedo decirles dónde deben cavar. Pero no lo hago gratis. Les cobraré diez dólares, aunque acepto permutas. Aparte de Seeks, que fue quien me enseñó, soy la mejor buscadora de agua de la región. Sin embargo, si prefiere esperarle a él, normalmente aparece a principios de junio para vender los cueros invernales en el pueblo. Entonces podrá encontrarlo.

—No, señora —repuso Adam—. Tenemos que cavar ese pozo lo antes posible. Papá dice que no tiene sentido construir la casa en cualquier lugar cuando el pozo puede hallarse a medio kilómetro de distancia.

—Su padre parece un hombre juicioso —advirtió Rachel.

—Sí, señora. Así que, ¿cuándo podrá venir a nuestras tierras, señorita Wilder? Quiero decir..., no pretendo presionarla, pero papá dijo que cuanto antes mejor.

—Entonces, ¿qué tal mañana por la tarde? —preguntó, sonriente.

—Bueno, estaría bien, muy bien.

Adam empezó a indicar a Rachel el camino hacia la parcela de su familia cuando Slade llegó galopando, con el caballo sudoroso y una expresión preocupada en el rostro. Al ver a Rachel frente a la cabaña, riendo y charlando alegremente con un joven extraño, el pistolero tensó las riendas de su caballo, frunció el entrecejo y soltó una maldición.

—¡Slade! ¿Qué pasa? —gritó Rachel, sujetándose las faldas para correr hacia él, temiendo que hubiera podido ocurrir algún accidente.

—¡No pasa nada, evidentemente! —espetó mientras se arrojaba de la silla, con un tintineo de espuelas—. ¡Maldita sea, Rachel! ¿Sabes qué hora es? ¿No ves la altura del sol en el cielo? ¡Al ver que no venías con la canasta de la comida, todos pensamos que os había ocurrido algo a ti y a los niños! Cabalgué hasta aquí como alma que lleva el diablo, ¿y qué me encuentro? ¡Te encuentro flirteando con un extraño! —Los ojos de Slade eran asesinos cuando miraron al muchacho—. ¿Quién es?

—Adam Keife..., ¡y no estaba flirteando con él! —repuso Rachel acaloradamente, herida por el reproche y conmocionada por haber olvidado la comida de los hombres.

—Bueno, ¿qué diablos está haciendo aquí? —preguntó el pistolero, examinándola inquisitiva y posesivamente con los ojos, y moviéndose luego hacia el joven que, con los dedos pulgares colgados del cinturón, le sostenía la mirada sin inmutarse—. ¡Cretino bastardo! ¡No parece de los que esperan a ser invitados, te lo aseguro, Rachel! ¡Por Dios! Si ha venido aquí para tomar el relevo de Gus..., si ha puesto una mano sobre ti (aunque sea el dedo meñique), ¡lo mato!

—¡No seas ridículo! ¡No es nada de eso! —exclamó ella—. ¿Cómo puedes pensar eso? Ni siquiera lo conozco. Lo conocí esta mañana. Vino aquí para pedirme que localizara un pozo para su familia. ¡Oh, por el amor de Dios, Slade! Es sólo un chico, apenas algo mayor que Eve!

—Pues parece que tenga dieciocho años. Es lo bastante mayor... ¡Está más cerca de tu edad que de la de Eve! —contestó el pistolero furiosamente—. Es un caradura... ¡ahí de pie, con esa miradita incitante cuando sólo acaba de conocerte!

—¡Bueno! —resopló Rachel, no sólo ofendida, sino también enojada—. ¡Según creo recordar, tú no sólo pusiste una «miradita incitante», sino que también me besaste, justo cuando acabábamos de conocernos!

Slade se quedó perplejo, pero sólo por un momento, pues se recobró magistralmente.

—¡Eso era diferente! —dijo, adelantando el músculo de la mandíbula, porque no sabía en realidad *en qué* había sido diferente. Sin dejar que Rachel tuviera tiempo de advertir tan dudosa diferencia, insistió, persuasivamente—: ¡Además, tú me provocaste y lo sabes, Rachel! Y yo era el hermano de India..., ¡no cualquier listillo de medio pelo que vete a saber de dónde viene! ¡No sabes nada de él, y no quiero que esté merodeando por aquí, especialmente si estás sola todo el día! Ahora, puesto que sé lo importantes que son para ti los buenos modos, sé amable y preséntanos correctamente. Luego manda a este joven al diablo y no lo animes a volver.

Advirtiendo que había algo erróneo en el razonamiento de Slade, aunque no sabía qué, y de todos modos torturada por si podía tener algo de razón, Rachel le presentó incómodamente a Adam. No le gustó la espesa luz que arrojaron los ojos de los hombres cuando se miraron cautelosamente, se estrecharon la mano y Adam examinó las Peacemakers del pistolero con envidia. La tranquilizó mucho que, poco después, advirtiendo la tensión del ambiente, el joven declarara que tenía que retomar su camino y montara su gran alazán. El caballo bailó un momento, antes de que Adam sujetara las riendas. Luego, deteniéndose instantes antes de espolear al caballo, tocó el ala de su sombrero y miró a Rachel con determinación.

—La veré mañana por la tarde, señorita Wilder —dijo lentamente. Luego, meneando la cabeza en dirección a Slade, echó a galopar.

—¡Maldito impertinente, hijo de perra! —estalló el pistolero, en voz baja, entrecerrando los ojos y endureciéndolos al fijarlos en la figura de Adam Keife, que se alejaba.

—Bastante parecido a ti cuando tenías esa edad, me imagino —indicó secamente Rachel—. De hecho, apuesto a que no has cambiado mucho con los años, Slade. No entiendo por qué la tomaste con ese joven. Pero claro, uno desprecia a menudo sus propios defectos cuando los reconoce en otro, ¿verdad? —lo apuntilló, con la voz dulce como la miel.

Afortunadamente, Slade estaba aún urdiendo una indignada respuesta cuando, justo en ese instante, sonó el chillido de Naomi.

—¡Tía Rachel! *Acidetalmente* saqué la araña, y ahora

Andy está furioso, quiere tirármela por el cuello del vestido!

Después de que Adam Keife se hubiera marchado, Rachel preparó una comida fría lo más rápidamente que pudo, incómoda porque advertía la ira apenas contenida de Slade durante todo el tiempo. En cuanto hubo terminado de meterlo todo dentro de la cesta de mimbre, cerró de un manotazo la tapa y le alcanzó la canasta en silencio al pistolero, pensando que volvería con ella a caballo hasta los campos. Pero para su sorpresa, insistió en meterla a ella, a los niños y a la canasta en la carreta; y atando su caballo detrás, los condujo a todos a los campos para que comieran junto con Fremont, Poke y Gus. Después, Slade llevó a Rachel y a los niños pequeños al pueblo para comprar una azada y un rastrillo nuevos, como si sospechara que si la dejaba sola en la cabaña, Adam Keife volvería para llevar más lejos sus intentos de seducirla.

Rachel no podía entenderlo. Slade estaba actuando como si estuviera celoso de un chico joven, pensaba. Luego comprendió que en efecto, estaba celoso ¿Qué otra cosa podía deducirse de su malhumor y su hosca actitud? Sus mejillas se sonrosaron y el corazón empezó a latirle rápidamente al darse cuenta de ello, porque eso sólo quería decir que se preocupaba por ella, algo que no se había atrevido a creer hasta entonces. Disimuladamente, lo observó sentado a su lado en el asiento de la carreta, y vio que su enojo no había remitido. Todavía tenía el entrecejo fruncido, y un rictus amargo en las comisuras de los labios, como si acabara de ser mordido por un placaminero. Todo lo que Rachel pudo hacer fue no reírse al descubrirlo. Muy a su pesar, la esperanza renació fuertemente en su pecho y, cerrando los ojos, sonrió levemente, como si un rayo de luz acabara de iluminar la oscuridad de su corazón.

—¿Qué es lo que te divierte tanto? —preguntó el pistolero ácidamente, mirándola con ardor al descubrir su nueva actitud.

—Nada, Slade. Nada en absoluto —respondió Rachel.

—¿Entonces por qué sonríes? —insistió, enojándose con la idea de que su buen humor procedía del recuerdo del apuesto Adam Keife, que la había cortejado aquella mañana.

—Oh —murmuró ella, sin darle importancia—. Por nada en particular. Sólo porque es un día hermoso y estoy contenta de estar viva, eso es todo.

No era nada malo azuzarle un poco los celos, pensó. Podía incluso animarlo a tomar alguna iniciativa en el sentido que a ella le interesaba, aunque no estaba segura de que la iniciativa que él tomase fuera la deseada.

Al escuchar su vaga respuesta, Slade la miró suspicazmente, pero como había bajado recatadamente sus largas y espesas pestañas, no pudo leer sus pensamientos. Jurando en silencio, Slade sacudió fuertemente las riendas sobre los lomos de los caballos que tiraban de la carreta, sin percibir la aún más amplia sonrisa que esto provocaba en los generosos labios de Rachel, como si conociera un secreto que él ignoraba.

Una cosa era cierta, determinó el pistolero: ella no iría sola a las tierras de Keife a la tarde siguiente..., ¡aunque tuviera que atarla y amordazarla para evitarlo! Cuando Slade Maverick quería una mujer, no se apartaba fácilmente para dejar paso a un rival, ¡y el joven Adam Keife iba a recibir una buena lección si tenía alguna idea brillante para andar entre las faldas de Rachel!

«¡Ese imprudente cachorro! ¡No sólo voy a echarlo a cajas destempladas, sino también con el rabo entre las piernas!», pensó Slade con vehemencia, a punto de masticar la punta encendida del fino cigarrillo negro que sostenía entre dientes.

Como cada vez parecía más enojado, Rachel se mordió el labio con tanta fuerza que se hizo sangre en su esfuerzo por contener el creciente regocijo. No era, por naturaleza, ni coqueta ni mentirosa. Pero ahora empezaba a preguntarse si no había algo positivo en los trucos con que las mujeres seducían a los hombres. No había visto a Slade tan encolerizado desde la mañana en que había arruinado deliberadamente su desayuno. Si una conversación inocente con Adam Keife había provocado una reacción tan fiera, se preguntaba qué efectos podía tener en el pistolero un flirteo intencionado con el joven. Si Slade se preocupaba realmente por ella, como ahora esperaba, eso sería como acercar un fósforo a un barril de pólvora, se dijo. Era un hombre al que era peligroso contrariar, como nadie sabía mejor que ella. Sin embargo, su curiosidad era tan grande que resolvió poner a prueba su teoría a la primera ocasión.

Ésta llegó antes de lo que Rachel había supuesto, porque al terminar el peregrinaje de Slade en busca de los cinco Beecham mayores en la escuela, y de regreso a casa, ¿a quién tuvieron la suerte de encontrar en las inmediaciones del pueblo, sino al audaz Adam Keife? Había bajado a Wichita para cumplir con algunas gestiones más para su padre, y ahora se dirigía de nuevo al terreno de su familia. Para desespero de Slade y regocijo de Rachel, el joven tomaba la misma dirección que ellos, así que era natural que los acompañase. Ignorando al pistolero, Adam puso su caballo al lado que Rachel ocupaba en la carreta y entabló una animada conversación con ella. Rachel se echó pronto a reír como una colegiala, o eso era lo que pensaba amargamente Slade.

Como viajaban juntos, Rachel presentó a Adam a los niños, a los que todavía no conocía. Fue sorprendente lo que sucedió cuando la mirada de Adam cayó sobre Eve. En ese momento se quedó perplejo como un novillo desnucado, pensó Rachel, justo antes del colapso y de la muerte. Miró a la chica con tal intensidad que Rachel se preguntó si los ojos se le caerían de la cara; si hubiese acercado más su alazán a la carreta, sin duda se habría hecho daño. A él debió ocurrírsele lo mismo, porque dándose repentinamente cuenta de ello, tiró un poco de las riendas del alazán, retrasándose con cierta naturalidad en el proceso, con lo que quedó situado entre Rachel y Eve, que se sentaba directamente detrás en el interior de la carreta. Después de esto, redoblando sus esfuerzos por agradar, Adam miró intensamente a Eve, obteniendo la enorme satisfacción de advertir que ella había reparado en él y que se mostraba tímidamente atraída por su hermoso porte y sus descaradas maneras.

«¡Pero si es sólo una niña!», pensó Rachel, asustada y consternada.

Involuntariamente, aunque un poco molesta también, se sentó de lado en el asiento de la carreta, mostrándose ostensiblemente cortés con Adam, que ahora trotaba ligeramente más atrás para poder ver mejor a Eve. Estudiando a la chica desde una nueva perspectiva, Rachel comprendió qué era lo que atraía tanto a Adam Keife: en algún momento, Eve había dejado atrás su infancia, y ahora estaba floreciendo bajo la forma de una hermosa joven que aguardaba con expectación el don de la femineidad.

Eve era como su madre, advirtió Rachel: cabello largo, sedoso, de color negro azulado, pupilas de zafiro azul que destacaban brillantes sobre el blanco de los ojos, un rostro oval, y una nariz fina y bien dibujada sobre la perfecta rosa de los labios. Su cuerpo era esbelto y gracioso como el de un cisne, como había sido el de India, con unos senos redondos e incipientes que se comprimían con inocente encanto en el apretado corpiño de su vestido demasiado pequeño. Bajo la mirada franca y ponderativa de Adam, las pestañas de Eve se mantenían modestamente bajas, aunque lo miraba con disimulo de vez en cuando. Y cuando él le sonrió comprometedoramente, sus mejillas se ruborizaron y su respiración se hizo rápida y leve, como si no respirara en absoluto, dándose cuenta de que era la primera vez que un hombre demostraba interés por ella.

«India, oh, India —lloró Rachel en silencio, mientras las lágrimas anegaban sus ojos—, ¡cómo desearía que vivieras para verla! ¡Qué adorable se ha hecho! Habrías estado tan orgullosa de ella...»

Adam acertaba al considerarla una mujer. Había llegado el momento de que Eve se recogiera el cabello y alargara sus faldas, reconoció Rachel, sorprendida y avergonzada de no haberse dado cuenta de ello antes, porque sentía que le había fallado a Eve. La chica necesitaba unos vestidos nuevos y algunos consejos maternales sobre los hombres, sobre la apariencia de las cosas. Pero Rachel no se sentía precisamente capaz de cumplir con esto último, pues ¿qué consejos podía ofrecer a Eve, si ella misma no era capaz de contener el desenfreno de sus emociones e impulsos más profundos? Hasta que había captado lo muy chiflado que se había quedado Adam por Eve, había estado pensando en flirtear ella misma con el joven, y no porque estuviera interesada en él, sino sólo porque había deseado poner celoso a Slade Maverick y acorralarlo hasta hacerle confesar que ella le importaba. Seguramente, éste no era el patrón que hubiera seguido una mujer cualificada para dar algún consejo sobre cuestiones del corazón.

Rachel suspiró desencantada al darse cuenta de ello. Realmente, no podía comprender en absoluto qué le había llevado a creer que semejante maquinación podía tener éxito. Sin duda no había nada de sensato en sus ideas; puesto que ahora estaba claro que ella le importaba un comino a Slade, y que había sacado conclusiones equivocadas al interpretar que el anterior estallido de ira procedía de un ataque de celos. Ciertamente, ahora no parecía encolerizado en absoluto por la presencia de Adam, pensó. En algún momento del trayecto, su gesto ceñudo había desaparecido, y ahora estaba charlando casi afablemente con el joven sobre los méritos e inconvenientes de varias clases de pistolas que ambos conocían.

Rachel no sabía que, interiormente, Slade estaba furioso por las apreciativas miradas y las sonrisas abiertas que Adam seguía dirigiéndole a ella, y por el modo en que ella contemplaba al joven, que según creía el pistolero, era arrebatado y soñador. Todo lo que Slade podía hacer era contenerse de sacudirla rudamente; el imperativo deseo de aplastar ruidosamente a Adam por su presunción le abrumaba. Pero el pistolero no iba a ponerse otra vez como un loco delante de Rachel, dejándole ver que la presencia del joven lo irritaba. En lugar de eso, planeaba encontrarse con Adam a solas y hacerle una explícita advertencia. Entonces, si el impertinente gallito no se largaba, Slade tomaría medidas más estrictas.

En cuanto a Rachel, que tan descaradamente había desobedecido sus órdenes previas acerca de insinuarse con el muchacho..., esta vez, el pistolero se encargaría de que comprendiera claramente su mensaje.

A pesar de que deseaba enfrentarse a Rachel de inmediato, Slade se forzó a esperar a que Adam tomara su propio camino y a llegar con la carreta a la cabaña de Rachel. Allí, detuvo a los animales enfrente de la casa y saltó del asiento para bajar a los niños de atrás. Luego, ignorando fríamente a Rachel, que estaba aguardando en su asiento a que la ayudara a descender del vehículo, Slade subió de nuevo a su lado y llevó la carreta al establo.

—¿Qué... qué crees que estás haciendo, Slade? —preguntó nerviosa, ya que él no había hecho algo así nunca antes.

—Relájate, Rachel —la tranquilizó Slade, en un tono suave y falsamente complaciente, mientras le dirigía una mirada de reojo—. Sólo quiero hablar a solas contigo un minuto, eso es todo, y no tenemos ninguna intimidad dentro de la casa.

—Ya —afirmó ella, sintiendo curiosidad por lo que él querría decirle.

Se mordió el labio inferior, haciendo cábalas. Que ella supiera, no había hecho nada desagradable, y además él no parecía furioso. No había ocurrido nada adverso en el pueblo y la actitud de Slade hacia Adam durante el camino había sido casi amigable. Lo único que se le ocurrió, fue que Slade hubiese advertido también la atención que el joven había prestado a Eve, y que hubiese comprendido tan repentinamente como ella que la chica ya no era una niña. Sin duda iba a sugerirle que se llevara a

Eve al pueblo para comprarle alguna ropa más adecuada. Rachel enrojeció con la idea, pensando que era muy poco delicado por parte de Slade mencionarle el repentino florecer de la joven, y ya se sentía bastante culpable por no haber notado que Eve vestía ropa inadecuada hasta esa misma tarde.

Descubriendo el rubor en las mejillas de Rachel, el pistolero frunció el entrecejo, preguntándose la causa de su sonrojo. Sin duda estaba recordando algún comentario sugestivo del insolente jovenzuelo, Adam Keife, pensó acaloradamente mientras desenganchaba el tiro de la carreta y dejaba cada caballo en su establo. Ató las puertas de ambos establos y luego se volvió hacia Rachel para ayudarla a bajar del vehículo. Sin embargo, en lugar de soltarla, Slade la apoyó contra la carreta y colocó sus brazos a ambos lados de ella para evitar que pudiera escapar, sin prestar atención a sus preguntas titubeantes y a su temblor, pues estaba alarmada por lo inesperado e inexorable de su acción.

—Rachel —gruñó, con el rostro de nuevo ensombrecido como una nube de lluvia, y la voz impregnada por un sutil tono de amenaza que la hacía temblar con repentino terror—, creo que esta mañana te dije que no debías frecuentar a Adam Keife, que no quería verlo merodeando por aquí alrededor de ti.

—¿Qué...? —inquirió, perpleja, porque aquello era lo último que habría esperado oír.

—Ya me has oído —declaró Slade, con los ojos brillantes al vagar momentáneamente sobre su cuerpo, para volver enseguida a su rostro—. ¡Jesús! ¡Flirteó contigo durante casi todo el camino de vuelta a casa! Y tú... tú ahí sentada junto a él mirándolo embobada, fascinada como una colegiala, ¡incitándolo desvergonzadamente como cualquier lagarta de las calles de Delano! ¡Cristo! ¡Creí que el descarado mastuerzo iba a arrojarse en tus brazos ahí mismo, en la carreta!

Rachel estaba tan sorprendida y encolerizada por tan injusta acusación que, por un instante, se quedó sin habla. Empalideció como si Slade le hubiera dado una contundente bofetada y su cuerpo temblaba incontrolablemente con la ferocidad de sus emociones. Al fin, furiosa, escupió las palabras sin pensar siquiera en lo que decía.

—¡Cómo te atreves a hablarme de ese modo! —explotó, tan enardecida que ni siquiera se molestó en tratar de explicar que Adam había estado admirando y sonriendo a Eve y no a ella—. ¡Tú... tú...! ¡Ni siquiera puedo pensar en nada lo bastante horrible para insultarle! ¿Pero quién te crees que eres... para decirme qué puedo o no puedo hacer? ¿Eh? ¡Tú no eres nadie, nadie! —declaró, gritando tanto como podía su voz—. ¡Así que déjame decirte algo, Slade Maverick: coquetearé con Adam Keife tantas veces como me dé la real gana! —exclamó perversamente, pues sabía que no lo haría—. ¿Lo oyes? Es el... joven más simpático que he visto en mucho tiempo y estás celoso porque no eres nada más que... ¡que un don nadie, un pistolero segundón! ¿De dónde sales, por qué inviertes tu poca valía donde no se te necesita? ¿Eh? ¿Qué te da derecho a hacerlo, Slade Maverick? ¿Qué te da derecho? —gritó, y luego se interrumpió para tomar aire y recobrar el aliento.

—¡Esto! susurró en el repentino silencio, apoyando significativamente una mano sobre la cartuchera para recordarle que había matado antes y podía volver a matar. Sus ojos brillaron como fragmentos de cristal azul en su rostro moreno, y parecían atravesarla al recorrer ardiente, posesivamente su cuerpo, para recalar una vez más en su cara—. Y esto... —murmuró fieramente, estrechándola implacablemente entre sus brazos y aplastando salvajemente su boca con la suya.

Sus dientes rasparon el labio inferior de Rachel, haciéndolo sangrar, pero a ella no le importó. Con el beso sintió que una amenaza terrible y salvaje, como si la tierra se hubiera hundido de pronto bajo sus pies y estuviera cayendo en el vacío, la arrasó como un viento devastador, asustándola y excitándola tanto que todo pensamiento ajeno a Slade desapareció de su mente.

Y luego, después de quedarse un momento sin respiración, le pareció que no tenía mente en absoluto, que era sólo una masa de sensaciones, vívida y vibrante y temblorosa reacción al beso brutal. La boca de Slade era dura, exigente contra la suya, le abrasaba los labios trémulos mientras su lengua los forzaba a abrirse para invadir la suavidad de su interior y los obligaba a ser amorosos con él.

Rachel intentó resistírsele, pero él era demasiado fuerte para ella, su abrazo era como una correa de acero, su boca una antorcha. Por voluntad propia, sus manos treparon hasta la nuca de Slade. Su cuerpo flexible se amoldó sinuosamente al de él. Se sentía líquida como la plata fundida, sin huesos, sin columna, cuando, animado por su aquiescencia, Slade se inclinó sobre ella sosteniéndola con sus poderosos brazos para que no cayera de rodillas por la presión que ejercía sobre ella. La sangre fluía a su cabeza, latía en sus oídos, y la hacía sentirse mareada y evanescente. Pequeños puntos de luz estallaban en su cerebro cuando, una y otra vez, su lengua se introducía en la profunda oscuridad, ardiente como un relámpago, en el húmedo abismo de su boca, enviando una descarga que le recorrió el cuerpo y la hizo temblar hasta la punta de los pies. Enseguida, sus labios se abrieron a él y le devolvieron el beso. La lengua se enlazó con la suya fervientemente, y sus dedos envolvieron el cabello oscuro de su nuca para atraerle más.

Esto era lo que ella quería de él, lo que había estado esperando, esa emoción sin nombre que la había sacudido y arrebatado. Rachel no podía seguir engañándose, aunque estuviera aterrorizada por su intensidad e intimidad. No se había sentido tan profundamente desconcertada y perdida en toda su vida; era como si estuviera atrapada en el ojo del huracán y diera vueltas ciegamente en torno a una dirección desconocida que había de succionarla hacia las más traicioneras profundidades para no devolverla al mundo jamás. El corazón le golpeaba el pecho sin cesar, y se apoyó en Slade desesperadamente, como si fuera a ser despedida si no se sujetaba fuertemente en él.

Gimiendo, él hundió la boca en la suya y la atrajo hacia él, enterró el rostro en su hombro y la besó en la sensible curva de la nuca. Presionó sus labios contra la garganta de ella, abrasándola con el fuego de sus besos. Llevó la boca a la hendidura que separaba sus senos. Enfebrecidamente, la acarició, y sus labios recorrieron los pezones a través del corpiño, haciéndolos doler de pasión y erigirse de goce. Slade quería más de ella..., mucho más. Su espalda estaba tensa de deseo y anheló poder satisfacer la urgencia de ese deseo. Pero no era el momento ni el lugar. Cualquiera podía entrar y encontrarlos, era consciente de ello. Sin embargo, no pudo evitar cubrir la boca de Rachel con la suya una vez más; y mientras saqueaba lentamente sus labios, sus caricias eran tales que gradualmente deslizó una mano por la espalda de Rachel hasta apresar una de sus redondas y firmes nalgas, forzándola a arquearse contra él.

Rachel jadeó y gritó agudamente, reconociendo ahora con precisión cómo flanqueaban su cuerpo las piernas fibrosas de él, y cómo sus muslos musculosos la apresaban estrechamente, y cómo, a través de las faldas, su potente y sensual masculinidad frotaba su feminidad como si, lenta, tentativamente, la acunara contra él. Cuando el intenso calor de Slade sacudió algún punto vital y palpitante entre sus piernas, un dolor ardiente se prendió en ese lugar, en su núcleo secreto, atormentándola hasta la agonía; y cuando la boca de él abrasó de nuevo su garganta hasta alcanzar el valle que se abría entre sus senos, y la lengua lavó sus pezones a través de la tela de su corpiño, de su garganta surgió un gemido acallado, un sonido animal de deseo y necesidad.

—Slade... Slade...

Al parecer, su modo de sollozar su nombre le devolvió repentinamente el sentido, porque el pistolero la apartó con rudeza y la soltó con tal rapidez que Rachel estuvo a punto de caer. Asustada, confundida y herida, lo miró fijamente, presionándose los labios con una mano temblorosa para contener el sollozo que escapaba de su garganta. Con la respiración pesada y jadeante, Slade la miró también. Tensó el músculo de la mandíbula mientras luchaba visiblemente por recobrar el control de sí mismo.

—¡Dime que Adam Keife puede darte esto, Rachel! —exclamó, con hosquedad—. ¡Dime que algún otro hombre puede darte esto y no volveré a tocarte otra vez, te lo juro!

Rachel trató de apartar la vista, pero sus ojos la tenían cautiva, como si fuera una mariposa atravesada en un tablón; y aunque no quería contestar, pareció que su respuesta salía impelida desde su íntima y desconocida identidad.

—No puedo, Slade —susurró, sabiendo que sus palabras eran muy significativas, pero incapaz de controlarlas—. No puedo decirte eso, porque no es verdad. Sólo tú me has hecho sentir de este modo.

—Entonces ya sabes qué es lo que me da derecho en lo que te concierne —declaró él, adelantándose lenta y enérgicamente hacia ella, como un felino al acecho de su presa y, atrayéndola una vez más, indefensa y sin resistencia, a sus brazos. Con una mano, cogió a Rachel por la barbilla y levantó su rostro hacia el de él, hundiendo los ojos en ella, como si extrajera los más íntimos secretos de su alma y de su corazón—. Te quiero, Rachel... Te he echado el guante, quieras o no..., y a su debido tiempo, te tomaré. Lo sabes, ¿verdad?

—No —jadeó ella, temblando al escuchar sus palabras, sacudida por una mezcla electrizante de rechazo y exultación que hacía latir salvajemente su pulso en el hueco de su garganta—. No...

La mano de Slade se deslizó por su cuello cerrándose brevemente, y su dedo pulgar empezó a trazar pequeños círculos en torno a su agitado pulso.

—Pues ahora ya lo sabes —susurró suavemente, quemándola con su boca como si amartillara su resolución—.

Te quiero... más de lo que he querido nunca a ninguna mujer en mi vida... Voy a tenerte, Rachel. Tenlo por seguro..., y también esto: ¡mataré a cualquier hombre que se atreva a apartarte de mi lado! Así que haz a ese joven y enardecido Adam Keife un favor, por su propio bien, ¿de acuerdo? No le des más alas. No sería... prudente.

—No, no lo entiendo —repuso ella, advirtiendo con un escalofrío que el pistolero no bromeaba en absoluto—. Porque... porque... no era a mí a quien estaba sonriendo, Slade. Era... era a Eve. Apenas podía apartar sus ojos de ella.

—¿Eve? Pero... ¡si sólo es una niña!

—No, Slade, no lo es —replicó Rachel vívidamente, con una expresión suplicante porque pensaba que Slade descargaría su ira contra la chica—. ¿La has mirado, últimamente? ¿La has mirado realmente, quiero decir? Cumplió catorce años en febrero, y en la pradera eso es ser bastante mayor. Además, ha tenido que trabajar y sufrir tanto a lo largo de su vida que ha madurado muy deprisa. Que su madre muriera tan joven también cambió las cosas en su interior. La hizo mayor de la edad que tiene. Yo lo sé mejor que nadie.

—Sí, lo sé. A veces, yo también me olvido de que tú misma no eres más que una chica, medio niña, medio mujer..., ¡y ambas mitades mías, Rachel, mías!

—¡Estás tan seguro de ello, Slade! ¡Tan seguro de mí! —protestó, enojada y asustada a pesar de su amor por él. Porque él no le había dicho que la amaba, sino sólo que la quería... más que a ninguna otra mujer en su vida, eso era cierto. Pero no había hablado de casarse con ella, sólo de tomarla. Insegura, le habló de ello—. Quizá tienes motivos para estar tan seguro de mí, puesto que yo... yo he dejado que me beses y... —le pareció tan difícil seguir que se interrumpió bruscamente, mordiéndose los labios. Luego, añadió rápidamente—: No soy una ramera, Slade. No me entregaré. ¡No lo haré!

—Nunca pensé que lo hicieras, Rachel. Ni lo quise.

Ella permaneció en silencio por un momento, tratando de digerir sus palabras y preguntándose qué era lo que él quería decir, pero resistiéndose a hacer preguntas, porque temía demasiado que la respuesta no fuera la que ella deseaba fervientemente oír. Así que, en lugar de insistir en ello, cambió de asunto.

—Sobre... Adam y Eve, Slade... —empezó titubeante. Su voz se desvaneció cuando el pistolero alzó una ceja negra y satánica y su boca se curvó con ironía.

—Sí, ¿qué hay de ellos? —replicó, secamente—. ¿No alumbraron a Caín y Abel? —Se interrumpió expectante, y chascó la lengua al ver que ella fruncía el ceño—. No es gracioso, ¿eh? ¡Bueno, apuesto a que al pobre Abel tampoco se lo pareció cuando vio a su hermano mayor, Caín, acercándose a él con la maza! Ya ves, aunque no estés de acuerdo, Rachel, cariño... No fue realmente Dios todopoderoso quien hizo iguales a los hombres, sino el todopoderoso Samuel Colt, y desafortunadamente, él no había aparecido por ese tiempo aún. Bueno, estás haciendo muecas, Rachel. ¿Cuál es el problema? ¿Te he pisado sin darme cuenta? ¿No? ¿Qué ocurre? ¿Lo adivinaré? No estabas hablando de los Adán y Eva bíblicos, ¿es eso?

—Cielos. Lo has adivinado, Slade.

—Soy muy listo. ¿Sigo...?

—Por favor —insistió Rachel.

—¿Es una invitación? —Los brazos de Slade se cerraron en torno a ella, y su mirada se prendió de su boca, haciendo que enrojeciera y que bajara los párpados.

—¡Desde luego que no! —replicó remilgadamente.

—¡Qué vergüenza, mujer impía! —la reprendió, con una sonrisita insolente en los labios—. Si hubieras leído la Biblia, sabrías que las cosas deben ir juntas y en pareja.

—Eso era en el arca de Noé, y nosotros estábamos hablando del paraíso.

—Ah, sí. Lo conozco bien. Es un lugar arrebatador. Cálido, excitante. Podría tomarte allí. Te tomaré allí —prometió, agravando la voz—. Pronto...

—¡Más bien vas a conseguir que me expulsen de allí!

¡Eres un auténtico diablo! No deberías hablarme así... tomarte semejantes... libertades conmigo. ¡Yo... yo no sé qué me pasa, por qué lo permito! Debería sacarte de mis tierras y no volver a hablarte nunca...

—¿Entonces por qué no lo haces?

—¡No lo sé! ¡No lo sé! Porque yo... ¡Oh, déjame marchar, Slade, por favor! Se está haciendo tarde. Ya casi se ha puesto el sol. El abuelo y Poke estarán pronto de vuelta a casa, y tengo que empezar a preparar la cena. Probablemente los niños están hambrientos, y además se estarán preguntando dónde estamos...

—¡Déjalos que se lo pregunten! ¡Responde a mi pregunta, maldita seas! ¿Por qué no me echas, Rachel? —preguntó, en voz baja, con el rostro repentinamente sereno y los ojos reluciendo con una extraña y ávida luz—. Confieso que me he preguntado antes por qué no lo hacías.

Ella desvió los ojos, incapaz de sostener su mirada penetrante por más tiempo.

—¿Qué... qué razón podría dar al abuelo y a Poke para hacerlo? —preguntó—. ¿La verdad? Si ellos la supieran, uno u otro sentiría que tenía que hacerte pagar por su honor mancillado y tú lo matarías. ¡Acabas de amenazar de muerte a cualquier hombre que se atreva a cortejarme! Y además te llevarías a los niños de mi lado. ¡Yo... yo no podría soportar nada de esto!

—Ya veo —dijo Slade, con los ojos entrecerrados para que ella no pudiera leer sus pensamientos—. ¿Entonces es el miedo lo que te obliga a soportarme?

—Sí.

—Eso es mentira, Rachel, hay mucho más... y ambos lo sabemos. —Su dedo índice trazó lentamente la línea de su boca, y golpeteó su labio superior, antes de interrumpir repentinamente su erótica caricia—. Sin embargo, dejaremos el asunto por ahora —declaró, pues no estaba descontento con la respuesta de Rachel. Cambió abruptamente de tema—. ¿Qué es lo que querías decirme sobre Adán y Eva?

—Sólo esto: no los separes antes de que tengan siquiera la posibilidad de conocerse, Slade. Por favor. Sé que son jóvenes, pero... enamorarse puede ser algo tan doloroso y difícil, especialmente... cuando es... la primera vez.

—Lo sé —repuso Slade amablemente, preguntándose cómo lo sabía ella. ¿Había amado a algún chico en la escuela? No lo sabía, y descubrió repentinamente que deseaba saberlo todo sobre ella, pero pensó que ya la había presionado bastante por el momento—. Yo no era mucho mayor que Adam cuando perdí el corazón por una chica de Nueva Orleáns —confesó; las palabras se le escaparon sin pensar.

—¿Qué... qué pasó?

—Ella... murió.

—Lo... lo siento —tartamudeó Rachel, estremecida—. Yo... yo no quería curiosear. No... no me di cuenta. Lo siento.

—Yo también —admitió Slade de mala gana, aunque, para su sorpresa, el dolor y la pena que normalmente sentía al recordar a Thérèse eran nimios, se desvanecían como si estuvieran casi curados, como si no fueran nada más que una cicatriz. En realidad, más dolorosa que el despertar de la vieja herida era la angustia que asomaba al rostro pecoso de Rachel—. Mira, Rachel, eso fue hace mucho tiempo y ya pasó —insistió, aunque sabía que no era así, y que nunca lo sería hasta que estuviera seguro de que Digger había muerto, de que él lo había matado... Con esfuerzo, Slade escapó de sus pensamientos agarrándose al presente—. En cuanto a Adam y Eve, Rachel... ya que lo preguntas, cariño, y puesto que no parecen tentados por ninguna fruta prohibida, yo no seré la serpiente del Jardín del Edén, te lo prometo.

—Gracias.

—Y ahora, sospecho que tenemos que entrar en casa, ¿no? —sugirió.

—Sí, creo que sí —dijo Rachel.

Slade la miró fija y analíticamente por un momento, y

con una mano le acarició la cara suavemente, maravillado, como si fuera ciego y la rozara por primera vez con los dedos. Luego, suspirando, apartó una de sus trenzas y se separó de ella a desgana.

—Lástima —dijo, sonriendo tristemente—. Tengo tantas ganas de ofrecerte una manzana.

20

A la tarde siguiente, Fremont y Poke se quedaron con los tres pequeños mientras Slade llevaba a Rachel a las tierras de la familia Keife.

Durante la mayor parte del camino, ambos guardaron silencio, cada cual atento a los movimientos del otro y a lo que había pasado entre los dos el día anterior en el granero. Había causado un cambio sutil en su relación y ambos lo advertían.

Rachel sentía a medias el temor y la incómoda conciencia de pertenecer a Slade. Por primera vez era como si, a pesar de su miedo a que él la poseyera completamente, ambos hubiesen llegado de mutuo acuerdo, como él había proclamado, al hecho de que sólo era una cuestión de tiempo que la hiciera suya. Pero no estaban comprometidos, pensó. Después de pensar en ello, no supo qué otra cosa podía hacer con aquella extraña relación. Sentía que nadie, ni siquiera Slade, podía ser tan cruel como para eliminar a todos sus rivales si no pretendía casarse con ella. Semejante acción no sólo la heriría, sino que sería horriblemente despiadada por parte de él y, por algún motivo, Rachel no podía conciliar esta imagen con la del cruel pistolero que, a pesar de su reputación, había cambiado su vida al saber que era requerido para cuidar de ocho sobrinos a los que jamás había visto, abandonando su modo de vida para hacerse cargo de ellos. Una persona de esta clase no podía ser tan cruel como para privarla de toda posibilidad de encontrar un marido, tomar su virginidad y abandonarla. Él tenía que querer casarse con ella, aunque no lo hubiera dicho.

No obstante, ¿cómo podría casarse con un hombre que no la amaba, aunque la quisiera?, se preguntó Rachel. Había deseado que Slade se preocupara por ella, y que no la deseara sólo por afán de diversión o piedad; hasta el día anterior, le parecía que sus sentimientos eran mucho más fuertes y profundos que eso. Pero una vez más, no había hablado de amor, y Rachel sentía en lo más profundo de su corazón que eso era porque no la amaba. Apenada y desesperanzada, no podía olvidar la expresión torturada de su rostro cuando le dijo que había perdido el corazón por una chica en Nueva Orleáns, una chica que murió.

«Todavía la quiere —pensó Rachel, apenada—. Todavía la quiere y no hay lugar en su corazón para otra. Sólo por eso me quiere físicamente. Si ella estuviera viva, seguro que ni siquiera me miraría. Pero está muerta; como India, y él está vivo, un hombre viril con necesidades viriles y ocho sobrinos huérfanos que cuidar. Y puesto que yo no estoy casada y él me quiere, y los chicos me conocen, soy la solución más obvia a sus problemas. Oh, todo es tan simple. ¿Por qué no me di cuenta antes?»

Quizá Slade creía que ella ya lo había visto, pensó Rachel. Quizá por eso había pasado por alto el pedirle que se casara con él. Después de todo, él sabía que no había saltado de alegría ante la posibilidad de casarse con Gus, aunque era una solterona y Gus un hombre bueno y amable que la amaba sinceramente, y que además tenía una granja propia que ofrecerle.

Pensó que Slade no sólo no la amaba, sino que, no tenía en el mundo otra posesión que su caballo, su silla de montar y sus Peacemakers. Tanto la granja de los Beecham como los chicos pertenecían legalmente a Jonathan, y aunque le parecía bastante improbable, ya que por aquellos días él parecía entregado totalmente a la bebida, suponía que en algún momento acabaría por reclamarlos. Y no es que creyera ni por un instante que Slade fuera a permitirle eso. De hecho, Rachel pensaba que si Jonathan llegaba a intentar algo tan estúpido, Slade lo mataría en cuanto lo viera. Pero el hecho era que la ley estaría del lado de Jonathan en un asunto como éste, si es que él decidía demandarlo.

¿Cómo, pues, podía esperar el pistolero que se casaría con él por el mero hecho de que quisiera acostarse con ella y porque era el remedio ideal para todo lo que le afligía, exceptuando la interferencia de Jonathan? Quizá él no lo creía, razonó Rachel, de acuerdo con las leyes de la lógica. No era idiota. Sin duda tenía que saber que su orgullo, al menos, se vería demasiado agredido por todos aquellos argumentos pragmáticos e insensibles, y que no iba a casarse con él por semejantes motivos. Así que, si era listo, emplearía su tiempo en enamorarla. Y como lo era, y lo había hecho, ella lo estaba. Sólo que Slade no sabía que ella lo amaba, advirtió Rachel. Ella no se lo había dicho. Gracias a Dios, no lo había hecho. Sin duda él usaría esa información contra ella, del mismo modo que usaba su incontrolado deseo hacia él en su perjuicio, y ella no podía soportarlo.

Entonces ¿qué más podía hacer? La había apartado de Gus —sí, lo había hecho; Rachel se daba cuenta ahora, pues si el pistolero no hubiese interferido en su relación, Gus aún sería suyo— y con la repentina aparición de Adam Keife en su vida, al que también había amenazado, había hecho patente que la apartaría de cualquier hombre que se cruzara en su camino. Aunque ella deseara eso, no había modo de que Rachel pudiera detenerlo. Su amor por su abuelo, por Poke y por los niños la dejaba efectivamente impotente para emprender cualquier tipo de acción contra Slade, como él sabía muy bien, y con lo que obviamente contaba. Ahora, él sólo tenía que esperar al momento adecuado para cazarla, ya que preferiría casarse con él que convertirse en una vieja solterona, y mientras tanto, le daba muestras de lo que no iba a faltarle si se convertía en su esposa.

En ese momento, Rachel casi le odiaba. Aunque no negaba el hecho de que se sentía casi atrapada, y que, a pesar de su ira por la arrogancia y la audacia del pistolero, su corazón clamaba por estar con él a cualquier precio, ya que tenerlo en los términos que él fijara era mejor que no tenerlo en absoluto.

Ella no sabía que Slade no había pretendido colocarla en una posición tan insostenible e incómoda; y no lo habría creído así de haberlo sabido. Sin embargo, era verdad. Él sólo había intentado cortejarla del mismo modo en que cualquier otro hombre lo habría hecho. Pero la visión de su sonrisa y su sonrojo de colegiala enamorada ante la admirativa expresión de Adam Keife le había provocado tal irritación y ansiedad que, simplemente, había estallado, actuando con precipitación en lugar de meditar sobre el asunto. Ahora, sin embargo, el pistolero creía que el resultado no había sido tan malo después de todo, ya que él le había aclarado inadvertidamente las cosas, y de ese modo ella tendría que casarse con él quisiera o no.

Slade era un hombre de palabra, y si después de haber expuesto sus intenciones, ya fuera de un modo caballeroso o no, ella intentaba frustrar sus propósitos, se aseguraría de que permaneciera soltera por el resto de sus días... Como no podía imaginar que ninguna mujer prefiriera quedarse soltera a convertirse en su esposa, presumía que podía dar el caso por cerrado.

Desde luego, el quisquilloso orgullo de Rachel y su temperamento inflexible, se resistirían durante un tiempo; eso era algo que ya esperaba. Pero sería sólo para comprobar que él hablaba realmente en serio acerca de espantar a cualquier posible pretendiente. Al final, cuando ella hubiese comprendido quién era él, se vería forzada a entregarse. El pistolero consideraba que así era mejor para todos. Al fin y al cabo, no era como si él no la quisiera, o como si no tuviera nada que ofrecerle, ahora que la granja de Beecham le pertenecía y que se había convertido en el tutor legal de sus sobrinos.

Más aún: no podía ver qué objeciones habría de tener Rachel para oponerse a su proyecto de convertirse en su marido. Entre sus pistolas y su granja, era capaz de cuidar de ella en todos los sentidos. No le pegaría ni abusaría de ella, como muchos hombres hacían con sus mujeres. Tampoco fumaba, bebía o jugaba en exceso; y por supuesto, en cuanto se hubieran comprometido, dejaría absolutamente de frecuentar burdeles, ya que durante años había comprobado que eso causaba problemas innecesarios en el matrimonio.

Todo lo que Rachel tenía que hacer a cambio, como esposa, era cocinar, limpiar, cuidar de los niños y ser complaciente con él en la cama siempre que la deseara. Puesto que ya cumplía con tres de estas condiciones y no se oponía a sus besos aunque fingiera lo contrario, no le sería demasiado difícil resignarse al último requerimiento y mudarse a su casa y a su cama, concluyó Slade impetuosamente.

De hecho, cuanto más profundizaba en el asunto, más pensaba que Rachel debía considerarse afortunada por llegar a tan buen acuerdo. Después de todo, aunque a él le parecía físicamente atractiva, muchos hombres debían haberla considerado del montón, y seguramente poco razonable, puesto que ni su lengua ni su temperamento eran precisamente dulces cuando estallaba. Además, hasta que Slade había llegado, el bueno del Buey era todo a cuanto ella podía aspirar, y aunque al pistolero le gustaba el sueco y lo respetaba, no podía creer que Gus fuera más deseable que él. ¡Realmente, ahora que había contemplado todo el asunto a cierta distancia, estaba convencido de que en definitiva era Rachel la que tenía que arrodillarse y pedir su mano!

Si hubiese sabido lo que estaba pensando el pistolero, Rachel se habría enojado tanto por su vanidad y su descaro que le habría dado un buen puñetazo. Pero como no lo sabía, permanecía sentada en silencio junto a él en el asiento de la carreta, atenta al muslo fuerte y musculoso que se apretaba contra su falda, pensando en lo que él esperaría de ella si realmente quería hacerla su esposa, algo que aparentemente, a juzgar por su actitud, el presuntuoso canalla ya daba por hecho. Parecía tan satisfecho de sí mismo que Rachel apenas se permitía mirarlo, y cuando lo hizo, sus ojos la contemplaron tan enardecida y ávidamente que era obvio que ya la estaba mirando como a tal. ¿Es que no se lo había dicho así, el día anterior? Sus mejillas se ruborizaron al recordarlo. Entonces, ¿por qué habría de pensar otra cosa?, se dijo Rachel. Nadie, ni hombre ni mujer, quería envejecer solo, y si Slade continuaba apartándola de cualquier otro pretendiente que no fuera él, obviamente ella se vería obligada a casarse con él.

Entonces él sería libre de hacer con ella exactamente lo que quisiera, y Rachel sabía que no se conformaría con un simple beso. El pistolero le exigiría sus derechos maritales dónde y cuándo quisiera, y no le serviría de nada negarse. La idea la asustó y excitó. Ella se entregaría a él anhelante y voluntariamente, admitió, si él la amaba. Pero él no la amaba, y esta certeza rompía el círculo completo de sus reflexiones. ¿Cómo podía casarse con él entonces?

¡Oh, si ella hubiera tenido un montón de pretendientes donde escoger! Ojalá Slade no fuera un pistolero infame, tan seguro de su capacidad para derrotar a cualquier otro hombre que pudiera quererla. Ojalá no lo amara. Ojalá él la amase...

Podía negarse a casarse con él, pensó Rachel. Cuando se lo pidiera, podía rehusarlo. Pero en lo más profundo de su corazón, ella no sabía si tendría el coraje de negar su amor por él y afrontar los años de dura soledad que se sucederían en su ausencia.

Y por eso permanecía sentada a su lado en el asiento de la carreta, y se sentía pillada en una trampa, y no sabía si gritar o reír o llorar.

A falta de casa, la familia Keife había tendido dos grandes lonas en su terreno y vivían bajo su cobijo: Adam, sus dos hermanos menores y su padre en una, y las tres hermanas más jóvenes y la madre en otra. Estaban terminando de comer cuando advirtieron la llegada de la carreta. Se levantaron lentamente del suelo, donde habían extendido una manta a la sombra de una de las lonas, y se adelantaron todos a la vez para recibir a Rachel y a Slade. Frenando el vehículo hasta su total detención poco antes de alcanzar las tiendas, el pistolero echó el freno, saltó al suelo y se volvió para ayudar a descender a Rachel, asegurándose, casual pero deliberadamente, de que Adam, que se había adelantado hacia la carreta, no tuviera posibilidad de hacerlo. Luego conocieron a la familia de Adam, que el propio joven les presentó.

—Papá, mamá, ésta es la señorita Rachel Wilder, la zahorí, y éste el señor Slade Maverick, un amigo de la familia de la señorita Wilder.

—En realidad, más que un simple amigo —corrigió suspicazmente el pistolero, mientras estrechaba la mano el viejo señor Keife—. Soy el prometido de la señorita Wilder —anunció, sin bajar la vista y mirando fríamente a Adam, que parecía sorprendido.

Rachel estaba segura de que su expresión era igual de estupefacta. ¿Cómo se atrevía Slade a fingir semejante cosa y a afirmarla públicamente sin molestarse siquiera en preguntar por sus sentimientos en uno u otro sentido? ¡Maldito pistolero! ¡Realmente era una sanguijuela! Hubiera querido alzar su indignada protesta. Pero antes de que pudiera dar con las palabras adecuadas, Slade le dirigió una mirada amenazante y deslizó una mano posesiva en torno a su cintura, haciendo de su abrazo un precinto de acero y casi cortándole la respiración. Rachel supo entonces que no había forma de predecir su próximo movimiento y, advirtiendo que cualquier objeción podía no sólo empeorar las cosas, sino hacerla pasar por loca, cerró la boca y le dirigió una sonrisa forzada, como si él fuera efectivamente su querido prometido. Después de esto, saludaron a los dos traviesos hermanos de Adam y a sus tres tímidas hermanitas, que reían con disimulo y rehusaron la cortés invitación de los Keife para compartir su comida, puesto que ya habían almorzado antes de dejar la cabaña. Luego, finalizadas las presentaciones, el pistolero fue directamente al asunto que les llevaba allí.

—Rachel, cariño —musitó, mirándola bajo sus pesados párpados y sonriendo con cierta imprudencia cuando los ojos verdes se fijaron en él—, ¿por qué no sacas tu vara mágica de la carreta, para que esta simpática gente pueda empezar a cavar su pozo? Voy a desenganchar el tiro y a dejarlo pastar un poco hasta que estemos listos para marcharnos.

—Claro, Slade —asintió Rachel, con una voz tan dulce que él, que ahora ya la conocía bien, no dudó de que aquella noche debía irse a cenar a uno de los restaurantes de Wichita, y no arriesgarse a compartir su mesa.

Rachel fue a buscar la vara que, de acuerdo con la tradición, era una pequeña horca de madera de avellano, de un diámetro poco mayor que su dedo pulgar. Podían usarse otros tipos de madera, como el serbal o el fresno, y algunos zahoríes las empleaban con un cable grueso de níquel o bronce enrollado en los ángulos, o bien utilizaban un cordel de seda con un péndulo en un extremo. Pero ella prefería su ramita de avellano, porque el viejo mestizo indio Seeks le había enseñado a usarla en sus artes de zahorí, y lo más importante era que el ejecutante se sintiera cómodo con su herramienta.

Había advertido que el padre de Adam desconfiaba de sus habilidades, aunque no había expresado sus dudas, que los comentarios de Adam, el día anterior, habían dejado al descubierto. Pensó que la discreción del viejo señor Keife se apoyaba, tal vez, en el hecho de que había calado la catadura de Slade, y había decidido que no era prudente expresar sus objeciones. Concluyó que, al fin y al cabo, había algo positivo en tener al pistolero de su lado.

Sin embargo, Rachel estaba muy acostumbrada a las críticas y a la suspicacia que causaban su sexo y su juventud, a pesar de que mucha gente, careciendo de otros medios para encontrar agua, requería sus servicios. Así que no prestó atención al gesto incrédulo del señor Keife mientras sujetaba su vara por los dos extremos e iniciaba a prepararse para el ritual.

Tomó aire, cerró fuertemente los ojos y los oídos para aislarse del entorno, y apeló a su fuerza interna para invocar el poder. Esto era algo diferente a todo lo que ella había conocido, una fuerza extraña que recorría su cuerpo entero, como la intensa reverberación que se siente al golpear enérgicamente con un palo a algún objeto inmóvil. Rachel vació deliberadamente su cerebro de cualquier pensamiento que no fuera el de hallar el agua, y se concentró en él con todo su ser. Imaginó con todo lujo de detalles y color una fuente que manara de la superficie de la tierra, anhelando liberarse de sus profundidades y salir disparada hacia el cielo; y finalmente empezó a andar con lentitud, a ciegas, con los ojos cerrados porque ya no necesitaba la vista. Se había fundido con la tierra: el sol iluminaba el sendero oculto en su cabeza, y el viento le susurraba al oído la dirección que debía tomar.

Slade la observaba hipnotizado. Aquélla era una Rachel que él aún no había visto, aunque, en lo más profundo de su corazón, había presentido sus cualidades, sus pasiones telúricas, su fusión espiritual con la tierra, y se había sentido instintivamente atraído por ellas. Un hombre no vivía del modo en que él lo había hecho y permanecía intacto, sin desarrollar una cierta intuición, un conocimiento atávico de las sombras que el sol proyecta, de los aromas de prevención que lleva el viento y del rastro que marca la tierra para definir el camino, si uno sabe cómo ver y escuchar.

En este sentido, Rachel tenía una experiencia desproporcionada a sus años, pensó el pistolero, al igual que él; y se sintió más próximo a ella que nunca, como si fueran parecidos, aunque diferentes, dos caras de una misma moneda que encajaban íntimamente para construir un todo perfecto. Casi podía ver a través de los ojos de ella, oír a través de sus oídos, oler con su nariz, sentir con sus manos los elementos que la guiaban en su búsqueda mientras se desplazaba por un radio imaginario a través de la hierba. El sol de la primavera enmarcaba con un halo su cabello rubio y tenía el rostro arrebatado, como en trance, como un ser indescriptible, iluminado por una luz que no era de esta tierra sino de algún lugar primigenio donde los ángeles dejaban sus huellas y visionaban la forma de las cosas de los mortales.

Slade descubrió entonces por qué algunos murmuraban que era una bruja; en el pasado, a él también lo habían llamado diablo quienes temían todo lo que no podían entender. Pero de pronto, Rachel le parecía un soplo de vida, vital, necesaria como la comida o la bebida, como si Dios la hubiera creado para él desde el principio de los tiempos, y a él para ella. En ese momento, una puerta escondida en algún rincón oscuro del corazón del pistolero se abrió, con un crujir de bisagras de par en par, y el fantasma de Thérèse apareció bajo el umbral, como si hubiese estado aguardando el momento en que sería liberado de las paredes en que estaba confinado para poder huir al mundo de sombras al que pertenecía.

En ese instante, también la rama de avellano empezó a moverse en las manos de Rachel, y luego a sacudirse con violencia, tan incontrolablemente que parecía que iba a golpearla en el rostro o a escapar por completo de su asidero. Una sonrisa estalló en su rostro contenido, con tanta alegría, tan exultante, que Slade sintió que la emoción que la desataba era casi sexual por su naturaleza e intensidad, y supo instintivamente que aquél sería el modo en que ella se vería, si alguna vez le hacía el amor, en el momento del clímax, como una diosa pagana, dorada y gloriosa. Su espalda se tensó al imaginarlo, mientras el grito de júbilo de Rachel le atravesaba los oídos como un grito de entrega y éxtasis. Luego, como si descendiera de la cima de alguna esplendorosa altitud, abrió lentamente los ojos para encontrarse con los suyos.

La mirada de Slade se fundió con la de ella y Rachel reconoció en sus ojos el hambre y la necesidad, y algo más que no podía definir —aunque en otra persona, lo habría llamado amor—. Bajó los párpados, sus mejillas se ruborizaron y el corazón empezó a latirle rápidamente con la repentina esperanza que anidaba en su pecho. Instantes después se volvió hacia los otros, ya recobrada, y proclamó triunfalmente:

—Aquí está su agua, señor Keife. —Señaló un punto en el suelo—. Saque la pala y cave para comprobarlo.

Por un instante, los Keife permanecieron inmóviles, como presos de un temor reverencial, aterrorizados por el precioso don que ella había exhibido, si bien eran ellos mismos quienes le habían pedido que lo utilizara. Luego, recobrando el sentido, el señor Keife y sus hijos fueron por sus palas y empezaron a cavar con entusiasmo. Contagiado, Slade se quitó la camisa y la cartuchera y se unió a ellos. Pronto, también él estaría arrodillado en medio de la arcilla húmeda, de color rojo oscuro, que yacía bajo el rico subsuelo de la pradera, mientras Rachel lo miraba disimuladamente y, en contra de su voluntad, se preguntaba cómo se sentiría si él la cubría íntima y completamente con su cuerpo fuerte y desnudo, y tomaba lo que deseaba de ella, algo que, en lo más íntimo de su ser, anhelaba fervientemente darle.

Transcurrió la tarde y los hombres siguieron cavando, construyendo una estructura de madera para colgar una cuerda con un cubo para sacar la suciedad mientras cavaban más profundamente en la tierra. Mientras trabajaban, la señora Keife sirvió unos platos de pollo frío y ensalada de patatas, que habían quedado de la comida, para que recuperasen sus fuerzas, y distribuyó limonada para calmar su sed. Rachel se sentó junto a la manta extendida y observó su trabajo, tan fascinada como las tres chicas de los Keife, que saltaban de impaciencia y avidez y que se acercaban constantemente a observar los progresos que hacía el agujero y la forma que adquirían sus paredes de arcilla húmeda y compacta.

Los hombres tuvieron suerte de no dar con ninguna roca, como ocurría a veces en las llanuras, y no hubo que cavar mucho más. Poco después de que se pusiera el sol, bajo la luz gris plata que presagiaba la llegada del verano, Rachel oyó el grito jubiloso de Adam y supo que los temores del viejo señor Keife habían quedado desahuciados.

—¡Papá! —exclamó Adam por debajo del nivel de la tierra—. ¡El agua me llega a los tobillos! ¿Lo oyes, papá? ¡La señorita Wilder tenía razón! ¡Hay agua, muchísima..., y tan dulce como la mañana de Navidad!

Previniéndolos con un grito, el joven arrojó su pala arriba desde el fondo del pozo. Luego agarró la soga y trepó por ella con el rostro convulsionado y las emociones revueltas. Al ver a Rachel, fue impulsivamente hacia ella y la cogió por las manos para levantarla de la manta, riendo y bailando locamente por un momento. Ella enrojeció, incómoda. Pero también rió, sin poderse controlar, y sus faldas volaron como las de una colegiala, mostrando por un instante sus delgados tobillos contra el crepúsculo mientras Adam le daba vueltas y más vueltas hasta marearla.

Aunque sintió la punzada de los celos al verlos, Slade, que subía más lentamente del pozo que habían cavado, recogió su camisa, se limpió el barro de la cara y se alegró al contemplar la desprevenida felicidad de Rachel. Tenía tan pocas ocasiones de júbilo en su vida, pensó Slade, que no podía arruinarle aquel instante. Permaneció de pie, mirando en silencio hasta que Adam se dio cuenta de lo inapropiado de su conducta y soltó a Rachel, excusándose humildemente ante ella y ante Slade por su entusiasmo.

—Lo siento. Yo... creo que me sobrepasé un poco, con el agua justo allí donde había dicho la señorita Wilder y todo... Tenía mis propias dudas, lo reconozco, como papá. Yo no... quería hacer ningún daño ni ofender a nadie.

—No lo has hecho —repuso lacónicamente el pistolero, consciente de los jadeos de Rachel, del color que encendía sus mejillas y del modo en que sus ojos lo rehuían. Se detuvo. Luego añadió—: Bueno, se está haciendo tarde. Será mejor que nos vayamos, para que esta gente pueda descansar. Supongo que querrán levantarse bien pronto, por la mañana, para terminar de cavar el pozo. Rachel, cariño, ¿por qué no te arreglas con el señor Keife mientras voy amarrando el tiro a la carreta?

—Sí, Slade —dijo ella.

Rachel cobró del señor Keife cinco dólares en metálico, y aceptó la suma restante en alimentos puesto que como acababa de llegar del Este, la familia tenía abundantes provisiones en comparación con lo que era habitual entre las gentes de la pradera. Le interesó especialmente un bote de gelatina de uva, que le entregaron. Se le hacía la boca agua pensando en su sabor dulce y delicioso sobre el pan caliente recién sacado del horno. Rachel recogió cuidadosamente, como si estuviera llena de oro, la cesta de provisiones que le preparó la señora Keife, se despidió de la familia y miró alrededor en busca de Slade. Estaba sentado en la carreta, hablando con Adam, que estaba en pie muy cerca. El corazón se le sobresaltó un poco al verlos juntos, porque ambos hablaban en voz tan baja que no pudo oír lo que estaban diciendo, y esperaba que el pistolero no estuviera amenazando de algún modo al joven. El rostro de Adam parecía muy grave y atento en la oscuridad.

—Señor Maverick —le dijo a Slade—, espero que no esté enfadado porque bailé con la señorita Wilder..., y no porque usted tenga una notable reputación como pistolero y cazarrecompensas, aunque como verá, no lo ignoro.

—¿En serio? —Slade enarcó una ceja maliciosamente.

—Sí, señor. Me gustan las pistolas —explicó Adam—, así que intento relacionarme con quienes saben usarlas. Es por eso que sé que usted es uno de los mejores y por lo que no me gustaría ofenderlo. Pero hay algo más... Sabe, yo... también sé que usted es el tío de la señorita

Eve, y... bueno, me gustaría tener su permiso para... para verla, señor, si usted está de acuerdo.

—Así que era Eve quien atrajo tu interés, ¿eh? —insistió Slade, disfrutando con la confesión del impetuoso joven. El pistolero tuvo que admitir que Adam tenía coraje. No muchos hombres, jóvenes o viejos, se habrían atrevido a bailar con la prometida de un hombre sin su consentimiento... y tener luego el valor de pedir una cita con su sobrina—. Qué divertido. Hubiese jurado que se trataba de Rachel.

—¿La señorita Wilder? Bueno, ella es simpática y agradable, y me gusta, pero es mayor que yo. Aunque no me di cuenta hasta hoy de que usted era su prometido, ayer me quedó muy claro en qué dirección soplaba el viento. Espero que no piense que estoy tan loco como para pisarle el terreno, señor Maverick. Soy muchas cosas, pero no estúpido. No, fue la señorita Eve la que captó mi atención, y me gustaría conocerla mejor.

—Sólo tiene catorce años —repuso Slade bruscamente.

—La edad de mamá cuando papá empezó a cortejarla —insistió Adam—. Es lo bastante mayor... y usted lo sabe, señor.

—Sí —concedió el pistolero, dejando que asomara una sutil nota de prevención en el tono de su voz—, pero te conozco, Adam Keife... Sé cómo piensas, qué es lo que quieres de la vida..., tan bien como si fueras yo mismo, y yo soy mayor y tengo mucha más experiencia que tú. Yo ya he pasado por lo que tú estás pasando y he ido hacia donde tú vas. Así que nada de ideas brillantes, porque de cualquier modo, estaré vigilándote... ¡No lo olvides! Dicho esto, puedes ver a Eve si quieres. Pero más vale que la trates correctamente, o antes de que sepas lo que te está ocurriendo, te encontrarás ante el altar jurándole matrimonio te guste o no, con su mano en la tuya y mis pistolas en tu espalda, si es necesario. ¿He sido lo bastante claro?

—Sí, señor. Bastante claro.

—Bien. Sólo una cosa más, y con esto acaba nuestra conversación: manténte apartado de Rachel, Adam Keife. No quiero que la ronde nadie..., ni tú ni ninguno. ¡Así que si quieres cortejar a Eve, asegúrate de que es a ella a quien estás cortejando! ¿Lo has entendido?

—Por supuesto, señor Maverick.

—Entonces espero que nos llevemos bien. Buenas noches, Adam Keife.

—Buenas noches, señor.

Slade sacudió las riendas sobre los lomos de los caballos de tiro y la carreta avanzó con un crujir de ruedas. Dio la vuelta para acercarse lentamente adonde estaba Rachel, y el señor Keife la ayudó a subir. Cuando el pistolero estuvo seguro de que ella estaba perfectamente acomodada junto a él en el asiento del vehículo, tocó cortésmente el ala de su sombrero para saludar a la señora Keife y a las tres chicas, y luego se dirigió hacia la creciente oscuridad.

En el horizonte brillaban las primeras estrellas de la noche, y su luz titilaba sobre el cielo gris plata que iba oscureciéndose poco a poco; justo enfrente, como si una mano enorme e invisible la hubiera colgado allí, la luna se recortaba como una hoz en su nadir, dispuesta a cortar la hierba alta de las llanuras. Soplaba una tenue brisa, y la pradera murmuraba, arremolinándose fantasiosamente como un mar inmóvil, y la carreta, como un barco, cruzaba con sus ruedas las misteriosas olas. Los caballos dirigían sus cabezas contra el viento, como si fuera la proa. Al margen de estos sonidos, el aire era un murmullo tranquilo, pues las criaturas de la noche no habían salido aún y las del día ya se habían retirado a sus nidos y madrigueras, como el ratón cuando aparece la lechuza.

Sólo Rachel se mostraba agitada, pillada en falso por los acontecimientos del día, sacudida por la casual manifestación de Slade acerca de su noviazgo oficial, asustada y confundida por la mirada espiritual que había descubierto en sus ojos cuando la vara de zahorí había temblado en sus manos. Sin embargo, no fue hasta que ella y el pistolero estuvieron lejos de la familia Keife que Rachel se decidió a hablar, enfrentándose directamente con lo que la había hecho permanecer silenciosa durante toda la tarde y que, en consecuencia, hacía ahora hervir su mente.

—Slade Maverick —empezó, atacándola repentina y fieramente, resquebrajando el silencio—: ¿por qué diablos les dijiste a los Keife que eres mi prometido cuando sabes de sobra que no es así?

—Porque, Rachel querida, sí lo soy —repuso simple y llanamente, provocando un leve temblor de miedo y alguna otra emoción en la espina dorsal de Rachel. Advirtiendo su escalofrío, él le sonrió insolente en la oscuridad que ahora los arropaba, y sus dientes lanzaron destellos blancos por debajo de su bigote—. No sé por qué estás tan exaltada, cariño. No corres el riesgo de sufrir tardíos ataques a tus escrúpulos virginales, ni nada por el estilo, ¿verdad? Después de todo, hablamos de ello anoche en el granero y no alzaste ninguna protesta ingenua. Así que, obviamente, daba el caso por cerrado.

—Pero tú... tú nunca dijiste una palabra acerca de... ¡acerca de casarte conmigo! —explotó Rachel, acaloradamente.

—Quizá no. Pero Rachel, cariño, ¿qué otra cosa podía planear? —Los ojos de Slade vagaron deliberada e impúdicamente sobre ella, con un propósito evidente. Ella bajó los ojos y sus mejillas ardieron. Él rió suavemente al verlo—. ¿Proposiciones deshonestas? —La acusó, con voz grave y burlona. Sacudió la cabeza y chascó la lengua—. ¡Qué vergüenza, Rachel... toda una señorita! Cariño, si todo lo que quisiera fuese acostarme contigo, y realmente lo deseo, ya lo habría hecho hace tiempo. Es más, sospecho que, en lo más íntimo de tu ser, sabes que es así. No me preocuparía por cuántos pretendientes pudieras tener, en tanto que yo fuera el primero para ti, y te aseguro que no me molestaría en espantarlos a punta de pistola.

—¿Entonces por qué no lo... dijiste anoche? ¿Por qué no me preguntaste si quería casarme contigo? —preguntó.

—Porque habrías dicho que no, como estás intentando hacer ahora, y no quiero oírlo, ya que no lo aceptaré como respuesta. Así que imaginé que te estaba dando algún tiempo para pensar la respuesta, para considerar todas... las ramificaciones de tu decisión, antes de que dictaras tu veredicto.

—Bueno, ya lo he pensado —repuso Rachel, con la boca seca, la palma de las manos sudorosas y el corazón acelerado—, y la decisión está tomada.

—¿Y?

—Y mi respuesta sigue siendo no, Slade.

Ahí estaba. Lo había dicho... de algún modo, de alguna manera. Pero para consternación de Rachel, el pistolero no parecía lo más mínimamente impresionado por su rechazo, aunque, sin que ella lo advirtiera, sus manos tensaron repentinamente las riendas y su mandíbula se endureció.

—Bueno, afortunadamente, no puedo decir que me sorprenda —afirmó, en un tono deliberadamente superficial—. Es decir, después de todo, tú dijiste que sólo te casarías con el hombre que aportara quinientas cabezas de ganado a tu rebaño... ¡y tan cierto como hay infierno que yo no tengo quinientas cabezas de ganado! ¿Pero qué ocurriría si las tuviese, Rachel? —inquirió hábilmente, entrecerrando los ojos para que ella no pudiera leer sus pensamientos—. ¿Qué ocurriría entonces?

—¡Bah! —exclamó ella desdeñosamente, aunque su corazón palpitaba tan fuerte ahora, y tan alto, que pensó que él debía oírlo—. ¡Aunque fuera así... yo no me casaría contigo, Slade Maverick! —mintió.

—Oh, sí que lo harías, cariño —observó fríamente el pistolero, herido ahora por su reiterativo rechazo—. Lo harías. Como te dije anoche en el granero, es sólo cuestión de tiempo. Serás mía. —Le dirigió una húmeda y significativa sonrisa al pensarlo, y sus ojos la recorrieron de nuevo lenta y obstinadamente, para demorarse en su boca.

—¡Maldita sea...! ¡Engreído, presuntuoso, insufrible canalla! —chilló Rachel, humillada, con el cuerpo tembloroso por la violencia de las emociones que la sacudían, consciente de su amor por él y de la aparente falta de amor de él hacia ella—. ¿Qué te hace estar tan seguro de ello? Oh, sí, tú puedes espantar a todos mis pretendientes, convertirme en una solterona, amenazarme cuanto quieras, o incluso pegarme, lo reconozco, si es eso lo que quieres, ya que eres más grande y fuerte que yo. ¡Lo sé! Pero nada cambiará: ¡hagas lo que hagas, no puedes obligarme a casarme contigo, Slade! ¡Y no lo haré! No lo haré, ¿lo oyes? Tú sólo me quieres porque... porque te gustaría... bueno, ya lo sabes, y porque necesitas a alguien que cocine y lave y cuide de los niños permanentemente. Supongo que piensas que yo encajo perfectamente en ese papel, y quizá lo haría. Pero nunca te importé lo suficiente como para que te preocupara si a mí me gustaría hacerlo, ¿verdad? Bueno, pues no, y no me casaré contigo bajo esas condiciones, ¿lo oyes? ¡No lo haré! ¡Y es más, tú no puedes obligarme, Slade Maverick! —afirmó de nuevo angustiada.

—Oh, pero sí que puedo, Rachel, cariño —la rebatió suave y amenazadoramente el pistolero, encolerizado ahora por sus insultos y su terminante negativa; ya que lo era, aunque a sus ojos no valía nada, absolutamente nada.

Acorralado ahora, atemorizado porque podía perderla antes incluso de que fuera suya, tiró bruscamente de las riendas hasta detener la carreta, con los ojos ardientes al amenazarla, y el oscuro rostro satánico bajo la luz de la luna, pensó ella mordiéndose los labios. No la tocó, pero de todos modos Rachel se encogió de miedo, asustada al pensar que había ido demasiado lejos. Esperaba que él no se dejara llevar por la rabia sino por sus sentimientos hacia ella.

—¡Yo puedo hacer que te cases conmigo, Rachel! —gritó salvajemente otra vez—. ¡Podría hacerlo ahora mismo, si quiero! ¡Podría arrojarte dentro de la carreta y subirte las faldas y violarte brutalmente, y tú no podrías detenerme! Oh, no, no podrías, Rachel, porque como indicaste correctamente antes, soy más grande y más fuerte que tú, y estamos solos los dos, a kilómetros de cualquier lugar civilizado, y ni siquiera hay nadie lo bastante cerca para oírte si gritas. —Se interrumpió para que ella pudiera digerir el contenido de sus palabras. Luego se burló—: Pero entonces no gritarías mucho, ¿verdad, cariño? Porque al final, me querrías... Yo haría que me quisieras, ¡ambos lo sabemos! Y luego, maldita sea, tú tendrías que casarte conmigo, ¿no? ¡Porque estarías deshonrada, quizá incluso encinta! Apuesto a que entonces estarías encantada de casarte conmigo. ¿No es verdad, Rachel? ¿No lo estarías? —preguntó, propinándole una pequeña y brusca sacudida.

—Sí —susurró temblorosa, aterrorizada—. Sí.

—Entonces no te sientes ahí a decirme lo que puedo o no puedo hacer... ¡porque no tienes ni idea de lo que un hombre como yo es capaz de hacer! —añadió hoscamente, luchando por controlar sus emociones. Soltó un juramento—. ¡Por el amor de Dios, Rachel! ¿Crees que mi reputación se basa en estúpidas mentiras? ¡Bueno, pues no! Hasta que llegué aquí, yo era un pistolero y un cazarrecompensas..., uno de los mejores. ¡He matado hombres, Rachel! Ése era mi medio de vida. El hecho de que esos hombres fueran animales que merecían morir es un punto al margen. Yo los mataba, y me pagaban condenadamente bien por hacerlo. —Permaneció en silencio por un momento, recordando. Luego, ya un poco disipada su cólera, prosiguió más apaciblemente—. Ahora soy sólo un granjero y no lo lamento, te lo aseguro, porque la granja es mía, Rachel, ya no pertenece a Beecham. Se la gané a las cartas y le obligué a firmarme la custodia legal de los niños. No lo sabías, ¿verdad? Bueno, pues así es. Por lo tanto, sí, quiero que cocines y limpies y cuides de los niños para siempre, y que hagas esas otras cosas que hace una buena esposa. Y sí, te quiero del modo en que un hombre quiere a una mujer..., desnuda en mi cama por la noche, cálida y complaciente conmigo. Puedes condenarme por eso, ¿verdad? ¡Por ser un hombre que te encuentra extraordinariamente deseable y que no se molesta en ocultarlo! —Se le agitaron las aletas de la nariz. Luego prosiguió—: Pero sea lo que sea lo que te hace creer lo contrario, yo no estaba pensando en tomarte sin nada a cambio, Rachel. —Su voz se hizo amable ahora—. Porque a cambio de todo lo que espero de ti como esposa, yo te trataré bien como marido, ¡lo juro! Y ocurra lo que ocurra, yo te cuidaré siempre, porque soy listo, fuerte, y no me da miedo romperme la espalda haciendo el trabajo más duro, y además tengo la mano como un relámpago para las pistolas. ¡Esto es más de lo que tu querido amigo Gus o ese mequetrefe de Adam Keife o ningún otro podrá ofrecerte nunca! Por tanto, ¿qué más quieres, Rachel? ¿Eh? ¡Jesús! —Slade se enojó porque ella no respondía, y le dio otra sacudida—. ¡Responde, maldita sea! ¿Qué más quieres?

—¡Bueno, si no lo sabes, loco arrogante, entonces no tiene ningún sentido que te lo diga! —gritó Rachel.

Luego, sin más rompió a llorar.

Conmocionado como si lo comprendiera todo de repente y demasiado tarde, Slade la abrazó acunándola contra su amplio pecho. Le acarició suavemente el cabello y le besó la cabeza. Se sentía muy mal, atravesado de vergüenza y culpabilidad. Nunca la había visto llorar, y sus sollozos lo estaban destrozando, tan frágiles, irritados y conmovedores como los de un niño.

—¡Shhh! —la consoló—. ¡Shhh!... Oh, diablos, ¡Rachel, cariño, no llores! ¡No llores! Por favor, querida. No llores más. Lo siento. No quería herir tus sentimientos. Lo lamento, maldita sea... —Se vino abajo repentinamente. Al cabo de un momento, declaró rudamente—: Tenías razón, sabes. ¡Dios, qué razón tenías! ¡Soy un loco arrogante! Reconozco que he frecuentado rameras durante tanto tiempo que he olvidado lo que espera una mujer como tú. Debería haber sabido que quieres más que lo que te he ofrecido. Debería haber sabido qué era. Tú quieres que te coja la mano y te mire profundamente a los ojos, que te lleve a dar largos paseos y te murmure dulzuras al oído, ¿no es verdad? Quieres flores y bombones, versos malos y besos tiernos bajo la luna. —Rachel no contestó, pero como sollozó más fuerte y sus hombros empezaron a sacudirse, Slade supuso que había acertado—. ¡Oh, Rachel, cariño! Sé cien frases bonitas y usadas y trucos infalibles para que te enamores de mí, y para hacerte creer que te amo. ¿No lo sabías? Pero... pero... —El pistolero se interrumpió otra vez, buscando palabras para explicarse bien—. Pero un hombre como yo no dice esas cosas de verdad, cuando las dice. Son como el whisky a granel: lo compras porque es barato y lo tragas sin apenas saborearlo, porque aunque es horrible y basto, es todo lo que tienes, y como es como fuego en tu garganta y te deja la barriga ardiente, te parece que te sienta igual que la botella cara de coñac francés que, con ojos codiciosos, observas en la estantería de cristal que hay sobre la barra, tentándote porque no puedes pagarla y burlándose de ti porque te dices a ti mismo que no te importa en absoluto. Pero un día, cuando menos lo esperas, entras en una cantina de algún pueblo, para pedir el mismo whisky a granel de siempre. Y antes de que las palabras salgan de tu boca, ves claramente, ahora que estás más sobrio que una piedra, esa cara botella de refinado coñac francés fuera de tu alcance, en la estantería de encima de la barra, tentándote, riéndose de ti, como siempre; y la quieres tan desesperadamente que ya casi puedes saborearla. Y en este momento, en este justo y preciso momento en tu vida, por algún motivo, de alguna manera, tienes bastante dinero en el bolsillo para comprarla. Así que el cantinero te sirve un vaso de coñac y lo pruebas, y te das cuenta de que, fuera lo que fuese lo que te hubieras estado diciendo a ti mismo antes, no es lo mismo en absoluto. Es un licor maduro y dulce y se desliza tan suave como el terciopelo por tu garganta, así que quieres saborearlo sorbo a sorbo y conservarlo para siempre en la lengua en lugar de tragártelo. Y el calor que te provoca en el estómago es tan lento y sensual que configura absolutamente otro modo de beber, una forma mejor de beber, que nunca habías conocido antes... ¿Entiendes lo que quiero decir, Rachel? —preguntó suavemente el pistolero mientras ella yacía contra su pecho quieta y silenciosa ahora, sin aliento—. Tú eres como la botella cara de añejo coñac francés. No estás hecha para tragarte, sino para sorberte y saborearte. Y las palabras y las hazañas de la clase que le gustarían a una mujer como tú, le resultan muy difíciles a un hombre como yo. Un hombre no se mantiene con vida en una profesión como la mía durante tanto tiempo como yo si se deja llevar por los sentimientos, así que aprende a guardárselos dentro, y después de algún tiempo, ocurre que ya no sabe cómo exteriorizarlos. A veces, están encerrados tan profundamente que ni siquiera sabe dónde se encuentran. ¿Entiendes lo que estoy tratando de decirte, Rachel?

—Sí, sí, creo que sí, Slade —jadeó, mientras las lágrimas humedecían sus ojos otra vez—. Tú estás... tratando de decirme que yo soy... diferente a las otras mujeres que has conocido, y que... aunque me quieres lo bastante para... casarte conmigo, no sabes si me amas, o si me amarás alguna vez, y que no quieres fingir otra cosa, porque yo... yo merezco algo mejor que una mentira. ¿Es... es eso, Slade?

—Sí. Sí, es eso. ¿Es eso bastante para ti, Rachel? —preguntó, con la voz grave y ronca al levantar la cara de Rachel hacia él, y buscando sus ojos con los suyos para limpiarle las lágrimas con los dedos pulgares—. Porque si no lo es, tendré que vivir con ello, no sé cómo. No quiero dejarte. Ni ahora, ni nunca. Te quiero demasiado para hacerlo.

Entonces su boca se cerró posesivamente sobre la de ella y su beso pronunció las palabras que él no había sido capaz de encontrar.

21

El viejo mestizo indio Seeks llegó a la granja en un caluroso día de junio. En un cielo azul pálido, el dorado globo solar casi abrasaba todo color con su brillo y su intensidad, pues con la retirada de la primavera ardía en lo más alto del firmamento, batiendo inexorablemente las vastas y peladas llanuras como si quisiera eliminar la vida de la pradera, o al menos acabar con aquellos que no podían sobrevivir. El reino del corazón, a pesar de su nombre, no era un lugar agradable en verano, y sólo los más fuertes podían soportar la temperatura que, en los peores días, cuando hacía un calor de perros, ascendía hasta alcanzar los 46 grados a la sombra... donde no se veía a nadie. Era suficiente como para hacer que cualquiera anhelase las ventiscas del invierno.

Rachel transpiraba copiosamente al doblarse sobre su azada, cortando con determinación las abundantes malas hierbas que amenazaban con arruinar su pequeña huerta. Una sensación de aturdimiento y náusea la atacaba mientras hacía ese trabajo, y sentía el estómago mareado. Le dolían los hombros y la espalda, y aunque usaba guantes, se le estaban haciendo nuevas ampollas sobre las callosidades de las palmas de las manos por el roce con el mango de madera de la herramienta. Finalmente, dándose un respiro, se incorporó, apoyó la azada sobre el hombro y retiró los mechones sueltos de su pelo con el dorso de una mano. Se enjugó el sudor de la frente y el labio superior. Luego, cerrando el puño, se frotó la espalda cansinamente, alisando bultos y arrugas. Llevó la palma de la mano al ceño para dar sombra a sus ojos contra el brillo del sol, y miró hacia la casa.

Andrew y Naomi estaban sentados cerca de la cabaña de maderos, junto a la que se formaba una sombra exigua que daba cierta impresión de frescor. Jugaban sin demasiado entusiasmo a las canicas, y de vez en cuando le espantaban las moscas a Tobias, que yacía desnudo sobre la manta, lánguido y protestón por el calor que le había provocado una fea irritación en el trasero y los muslos. Por ese motivo Rachel le había quitado el pañal y lo había empolvado con talco de maíz, aunque no había servido de mucho, pensó al verlo.

Suspirando, anduvo hacia el pozo, sacó un cubo de agua y tomó el cucharón que colgaba al lado de la cubeta. Sorbió lentamente, porque sabía que los que se atragantaban de agua en el calor del verano, la vomitaban o sufrían diarreas inmediatamente. El fiero sol podía deshidratar a una persona bastante rápido sin necesidad de llegar a eso. Viendo que andaba por allí cerca, Andrew y Naomi abandonaron sus canicas en el suelo polvoriento y corrieron hacia ella ávidos de agua. Rachel llenó también la botella del bebé.

Después, sólo se detuvo un momento, apoyada contra la pared de piedra que rodeaba el pozo, demasiado acalorada y exhausta para dar un paso más. Miró a lo lejos, hacia las llanuras de hierba azulada, grama, pasto de búfalo, hierba india y espigas trigueñas del Oeste, con su atractivo verdor primaveral desvaneciéndose, aquí y allá, teñido por el primer dorado pajizo que en agosto, si no antes, cubriría la pradera entera. Las flores silvestres de abril y mayo ya estaban marchitas, y yacían secas sobre la hierba. Ahora, la picante milenrama del Oeste, el bálsamo aromático rosa de hojas mentoladas de las abejas, el cardo espinoso de espinas amarillas y hojas onduladas, el gracioso trébol morado de la pradera, la semilla dura como nuez de mármol y el verticilo gris blanquecino de leche venenosa se entremezclaban con las calabazas de búfalo y los arbustos de rosas silvestres de Arkansas, grupos de acederas fibrosas de color violeta, plantas de hierro de flor amarilla, copetudas malas hierbas y cactus punzantes. Una mata rara y retorcida de color marrón yacía, marchita, en la decadente pradera, arrancada por el viento de la primavera.

El calor se alzaba en visibles oleadas de vapor desde el suelo, desdibujando el horizonte lejano, donde Rachel distinguía ahora la figura solitaria de un jinete al frente de dos mulas cargadas, aproximándose hacia ella sin prisa. La cabeza marrón y blanca de la montura y la de las dos mulas cargadas colgaban abatidas, pero el anciano que montaba el caballo se mantenía solemnemente erguido sobre la manta que cubría el lomo del animal. Llevaba en una mano un gran parasol de paja para protegerse del sol, y de la parte posterior de su cabeza asomaban dos largas plumas, tan rígidas como los cuernos de un antílope. Rachel lo reconoció enseguida.

—¡Seeks! —exclamó, echándose a correr para darle la bienvenida al tiempo que él se acercaba—. ¡Seeks!

No sabía qué edad tenía el indio —ya era viejo cuando ella era pequeña—, pero pensó que se desplazaba con la rigidez propia de sus años, y con la fatiga acumulada tras el paso del último invierno. Desprendía una dignidad arrolladora sólo con el modo solemne en que sujetaba el parasol y de apaciguar la inquietud de su montura. Al principio no dijo nada, sino que se detuvo para contemplar a Rachel en silencio, y los serenos ojos marrones se fijaron y profundizaron en su corazón y en su mente y en su alma al analizar el rostro.

Ella suponía que muchos lo habrían visto como una figura cómica, allí parado, envuelto en su elocuente silencio y con su manta hecha jirones. Pero nadie que conociera a Seeks habría dicho eso, pues a pesar de su aspecto rudo y desaseado, y la extraña e incongruente mezcla de sus vestimentas de indio y hombre blanco, su fiereza y solemnidad naturales desafiaban a la risa.

Ataba alrededor de la cabeza una banda de color rojo brillante, en cuyo nudo se sujetaban las plumas mellizas del águila de su juventud. Tenía el cabello largo, de color gris oscuro veteado de blanco, con dos trenzas muy delgadas al frente. Estaban entrelazadas con bandas de cuero y piel, y ornamentadas con cuentas y plumitas. Su piel de cobre estaba curtida por su vida a la intemperie. El rostro orgulloso, de nariz aguileña y pómulos altos, tenía los repliegues y las líneas de un mapa físico. No era ni alto ni bajo, sino de constitución media, y su cuerpo delgado y fibroso exhibía la fortaleza de su vida primitiva y ruda. Vestía una camisa de chambray blanca, de manga larga, parecida a una camiseta y abotonada hasta el cuello. Usaba un alegre pañuelo de parches de colores, con las puntas remachadas de metal, muchas cuerdas de colores que entrelazaban con las correas de cuero, y una vieja pieza de cuero con dos suaves y enmarañadas colas de ardilla. Ataba alrededor de las piernas unas correas de ante, con flecos, y calzaba mocasines desgastados. Simplemente, tenía el aspecto de siempre, recordó Rachel; pues sólo las estaciones cambiaban, no él.

Tenía trece años la primera vez que lo encontró, durante uno de los duros y amargos inviernos de la pradera, abandonado por un grupo de traficantes borrachos y sin escrúpulos que le habían robado, golpeado y dado por muerto. Pero de algún modo, Seeks había conseguido luchar por su vida en las llanuras, bajo la luz que brillaba como un faro a través de la pequeña ventana del oscuro y húmedo cubículo adonde lo habían arrojado; y cuando ella acudió en busca de un poco de nieve para derretir en el hogar, ya que el agua del pozo se había helado completamente, lo había hallado en el frío suelo, casi congelado. Fremont, Poke y su padre, Ulysses, lo habían llevado a la casa para arrimarlo al fuego, mientras su madre, Victoria, le había preparado té con brandy, una sopa caliente y nutritiva, y unas mantas suaves y espesas, para que se calentara.

Paulatinamente, con el paso de los días, Seeks se fue recobrando y, al saber que había sido Rachel la que lo había encontrado, consideró que le debía la vida a ella. Como recompensa, le enseñó, a lo largo de los años, toda la ciencia que él sabía, la de los indios y la de los hombres blancos, hallando en ella una alumna despierta y voluntariosa.

Rachel le quería tanto como a su abuelo o a Poke, con todo su corazón y con un profundo respeto. Compartía con Seeks una relación especial, nacida de su común identificación con la tierra. Estaba contenta de que volviera, porque con su llegada siempre le parecía que las cargas que sobrellevaba se deslizaran fuera de sus hombros gracias al sabio consejo de Seeks. Sentía que podía confiar en él incluso más que en su abuelo o en Poke, que eran más dados a gastar bromas y a juzgarla. Seeks no juzgaba ni a los hombres ni a las mujeres, ni bien ni mal. Él sólo escuchaba y reflexionaba larga y profundamente antes de pronunciar sus consejos. Al mirarlo, Rachel anheló más que nada en el mundo darle un abrazo, y abrirle el alma y el corazón acerca de lo ocurrido con Slade. Pero se contuvo, porque ése no era el modo de actuar de Seeks, y la habría rechazado amable pero firmemente.

Sin embargo, como si presintiera su necesidad, él tendió lentamente una mano y la apoyó con suavidad, maravillado, en la cabeza de Rachel. Aunque la amaba como si fuera su propia nieta, éste fue el único contacto físico que se permitió. Su cabello rubio lo fascinaba. Era como seda del color del maíz, y le gustaba sentir su suavidad y textura, como si de este modo pudiera descubrir el secreto de su color dorado. Ahora se había aclarado mucho, quemado por el sol del verano, que también había bronceado la piel de Rachel hasta conferirle el tono de la miel y multiplicado el número de sus pecas sobre la nariz y los pómulos. Al sentir el contacto, Rachel cerró los ojos, sintiendo que la paz interior y el amor que él sentía por ella pasaban a su cuerpo como si se tratara de la bendición de un sacerdote. Después de un momento, él dejó caer la mano a un lado y habló.

—Tú estás bien, Flor Silvestre —susurró con voz lenta, profunda y grave, usando el nombre indio con que la apelaba desde su juventud—. Pero en tus ojos hay sombras que no había antes, hace unos meses, y tu corazón canta y llora al mismo tiempo.

—Sí —dijo Rachel, porque ésa era la verdad—. Han ocurrido muchas cosas desde que te fuiste, Seeks, y te lo contaré todo punto por punto. Lo peor, lo que más me entristeció, fue la muerte en invierno de mi querida amiga India, a la que llamabas Mujer Mirlo.

—Lamento oír tan malas noticias, Flor Silvestre, y mi corazón se apena por lo sucedido. Es duro perder a un amigo. Ella era una mujer de gran entereza, una verdadera y leal hermana para ti, y sé que debes echarla de menos.

—Sí, fue una terrible pérdida para mí, Seeks, aunque sus ocho hijos, a los que he estado cuidando desde entonces, me han reconfortado mucho. Juntos hemos salido adelante; y el hermano de India, que llegó poco después de su muerte, ha sido de gran ayuda. —Rachel se interrumpió, recordando a su amiga. Entonces, apartando voluntariosamente las penas del corazón, lo apremió—: Pero cuéntame, Seeks. Háblame de ti y de tus viajes. Tienes buen aspecto, y tuviste una buena caza de invierno por lo que veo, como siempre —señaló las dos mulas cargadas.

El indio asintió con la cabeza.

—Sí, las lunas de invierno fueron frías pero generosas —asintió—, como el último brillo del sol moribundo antes de que las nieves cubrieran la tierra, aunque yo sólo tomé lo que necesitaba, no más... y lamento incluso esto. Desde la llegada de los ojos blancos, los poderosos búfalos están cayendo, y ahora, ya pronto, creo que no volverán a levantarse. Sus blancos huesos se esparcen como el viento por las llanuras, y cuentan su historia. Pero los ojos blancos disparan contra sus ojos y sus oídos, y no ven ni escuchan. En mi corazón, hay una terrible pesadumbre por ello, Flor Silvestre, porque cuando el último búfalo se haya ido, también la antigua vida lo habrá hecho.

Seeks soltó un profundo suspiro y miró a lo lejos, como si viera los vientos de cambio que soplaban sobre el horizonte. Luego, volviendo al presente, prosiguió.

—Pero ese tiempo llegará después de mi marcha, y mi corazón se alegra de ello. Vamos, Flor Silvestre. Debes elegir una piel para ti, como siempre. También tengo unos abalorios para los pequeños.

Volviéndose hacia las mulas cargadas, Seeks desató una gran carga de pieles que sujetaba sobre los lomos de cada animal y las extendió en el suelo. Rachel vio que era tal como le había dicho: había cazado pocos búfalos, aunque le pagaban muy bien por ellos en el pueblo. Consciente de esto, eligió una piel de zorro negra con la idea de confeccionar a Slade un chaleco o unos guantes para el invierno. Agradeció gravemente a Seeks el regalo y luego lo invitó a pasar a la cabaña.

Al oír que iban a entrar, Andrew, que había estado aguardando educadamente, aunque bastante impaciente, a un lado, echó a correr hacia el indio con gran excitación. En cambio, Naomi, que era demasiado pequeña para recordar su última visita, se retiró cautelosamente, con algo de temor y un poco asustada. Pero Seeks se ganó enseguida su confianza, y después de guardar en el establo el caballo y las mulas, siguió a los niños a la casa, donde Rachel trataba de calmar al bebé.

Al comprobar sus dificultades para tranquilizarlo, Seeks estudió cuidadosamente al niño, evaluando con sus ojos penetrantes todos los síntomas de Toby. Entonces el indio se acercó a él y, metiendo su dedo índice en la boca del bebé, recorrió hábilmente las encías de Toby. Una amplia sonrisa se dibujó en el rostro de Seeks.

—Al pequeño le está saliendo el primer diente, Flor Silvestre —declaró con satisfacción—. Necesita regaliz.

¡Ninguna mujer necesita ser experta en medicina para ver esto!

Cuando Rachel comprendió lo que le sucedía a Toby, sonrió avergonzada ante la amable reprimenda de Seeks, dándose cuenta de que debía haber advertido antes cuál era el problema. Fue corriendo a la cocina, donde guardaba una gran cesta de hierbas frescas y flores silvestres que había recogido precisamente esa mañana. El regaliz brotaba precisamente en esa época. Cogió una de las ramas de color amarillo rojizo, la peló rápidamente y limpió sus raíces dulces. Toby se puso a mordisquear el tubérculo muy satisfecho, aliviando el dolor de sus encías.

La tarde pasó rápidamente, y al atardecer, Slade, Fremont, Poke y los niños regresaron a la cabaña. Hicieron los honores a Seeks, y «El hombre que camina por las ramas de los árboles» y «El hombre-búfalo», que eran los nombres con que Seeks llamaba a Fremont y a Poke desde hacía años, le dieron la bienvenida. El indio se volvió hacia Slade y, después de observarlo durante largo rato en silencio, anunció:

—Y a ti te llamaré «Soldado Bravo», porque siento que eres un bravo luchador que ha dado muchos golpes de gracia.

Esa noche, y en las muchas que siguieron a aquélla, el pistolero y los niños se quedaron hasta muy tarde, entusiasmados con los relatos que Seeks les contaba mientras fumaba su larga pipa de madera con las piernas cruzadas, sentado en el suelo de la cabaña. Durante el día cabalgaba hasta el pueblo, recogía hierbas y flores silvestres para abastecer sus reservas, o meditaba en el interior de la tienda india que había erigido junto a la casa, así que Rachel tenía pocas oportunidades de hablar con él a solas.

Pero finalmente, llegó una noche en que Seeks se detuvo ante la puerta de la cabaña, adonde ella lo había acompañado, y habló de lo que a ella le preocupaba, con voz baja y vibrante que despertaba el eco húmedo del viento del atardecer. Las palabras que manaron de sus labios y de la fuente universal de sabiduría de la edad, las palabras que él depositó como joyas preciosas sobre su regazo en la quietud de aquella noche de verano, las conservaría Rachel como un tesoro durante el resto de su vida.

—A pesar de tu silencio, Flor Silvestre —empezó lentamente el indio—, he oído las palabras que yacen en tu lengua como la nieve que se derrite en los picos de las lejanas montañas, anhelando precipitarse en un riachuelo cantarín. Pero como el riachuelo, el cauce que debes seguir es escarpado y rocoso, y por eso estás tan asustada, insegura del camino, y has dudado en hablarme de lo que está en tus ojos y en tu corazón. Pero yo te digo que no hay necesidad de palabras entre nosotros dos, Flor Silvestre. Soy un hombre viejo, que conoce los caminos del mundo. He visto cómo miras a Soldado Bravo al atardecer, cuando piensas que nadie te está mirando, y he visto el corazón en tus ojos. De este modo, tú me has hablado ya, y yo he escuchado tus pensamientos y meditado. Ahora, yo hablaré, y tú debes guardar silencio y escuchar y aprender. Escucha mi consejo, y luego obra en consecuencia.

Seeks se interrumpió por un momento, como si midiera y sopesara cuidadosamente sus palabras, decidiendo cuánto tenía que expresar y cuánto debía guardar para sí. Luego prosiguió:

—Aunque ya eres una mujer madura, Flor Silvestre, te has comportado como una niña egoísta en este asunto, pensando sólo en ti misma, en tus propias lágrimas, en tu propio dolor. Así que yo te pregunto: ¿qué ocurre con las lágrimas de Soldado Bravo, Flor Salvaje? ¿Qué ocurre con su dolor? ¿Piensas que es fácil para un hombre como él buscar en lo más profundo y oscuro de su corazón y abrir las puertas que han estado cerradas durante mucho tiempo, sin saber lo que encontrará en el interior? Yo te digo que no lo es. Pero como una niña terca, te has negado a ver esto, Flor Salvaje. Tú has creído que para una mujer que ama a un hombre, basta con tener el corazón en los ojos. Pero yo te digo esta noche que no lo es. Porque una mujer que ama a un hombre también tendrá ojos en su corazón. Abre los tuyos ahora y mira esto: cada cosa tiene su momento y lugar, y así como el viento salvaje recorre la tierra, así recorre el amor el corazón..., a su propio tiempo y por su propia voluntad, algo que cada hombre debe aprender por sí mismo. ¿Pondrías arneses al viento? No, no lo harías, porque su poder no debe ser refrenado; pues si lo domesticaras, su verdadera esencia se perdería para siempre. Aún menos debes tratar de dominar el amor, Flor Silvestre, porque él es también un espíritu que debe vagar libremente... o morir. Y yo creo que tú lo sabes, en tu corazón; tú, que eres una más entre los elementos, en la tierra. Por eso te digo: presta atención a la voz de tu corazón, Flor Silvestre. Sé paciente, porque todos los que son sabios son pacientes, y llora si tienes que hacerlo..., porque una copa llena de lágrimas derramadas por amor es más dulce que el vino más delicado; y entiende que todo llega a aquellos que saben esperar, y la espera sólo los hace más fuertes. Pues la verdad es omnipotente y, al igual que la hierba más alta no danza si no es bajo el viento más salvaje, el corazón no canta si no está tocado por el amor, como descubre a su debido tiempo aquel que escucha a su propio corazón.

Seeks calló, se volvió y entró silenciosamente en su tienda. Perdida en sus propios sueños, Rachel apenas se dio cuenta de su partida mientras se dejaba caer en el escalón de la entrada, donde permaneció sentada mucho tiempo, dándole vueltas al sabio consejo del anciano indio. Había sido tan egoísta y terca como una niña malcriada, ahora se daba cuenta, sorprendida. ¡Sí, lo había sido! Ahora lo veía claramente y lo lamentaba.

Se había sentido siempre tan segura del amor de aquellos que la rodeaban —Fremont, Poke, Seeks, y antes de que murieran, sus padres e India— que había esperado que Slade también la amara, sólo porque ella lo amaba a él y, lo que era peor, a pesar de que ella nunca le había dicho que lo amaba. En su soledad, había estado llorando bajo la luna, y no se le había ocurrido que tal vez la luna lloraba también porque ella estaba igualmente sola, mucho más sola de lo que ella había estado nunca.

Slade no tenía a nadie.

La revelación sacudió a Rachel como un estallido interior, y llevó lágrimas ardientes a sus ojos. Él había sido expulsado de su hogar, sin un céntimo, por su autoritario padre; incluso su nombre había sido tachado de la Biblia familiar, como si nunca hubiera existido. Su madre había muerto joven...

«Que tu madre muera durante tu juventud hace que algo cambie en tu interior... Te hace madurar antes. Lo sé mejor que nadie.»

Las lágrimas de angustia de Rachel se deslizaron ahora por sus mejillas al recordar aquellas palabras que había pronunciado ante él. «Sí, lo sé», había replicado él, porque así era, sólo que ella no se había dado cuenta, había pasado torpemente por alto su reconocimiento, demasiado pendiente de sus propios sentimientos para prestarle atención a él. Y obcecada en su propio y profundo dolor por la muerte de India, ¿no había ignorado, también, la pena y el tormento de Slade? India era su hermanastra, después de todo, y él la amaba mucho, como Rachel. Ahora, era demasiado tarde. India estaba muerta, como todos aquellos a quienes Slade había amado, como la chica de Nueva Orleáns... ¡Qué cruel y despiadada había sido al no considerar todo esto antes!

¿Cómo podría hablar de amor Slade? Había tenido tan poco amor en su vida, y el que había conocido había sido tan fugaz, tan brutalmente arrancado... ¿Acaso le asustaba tanto amarla, o si en realidad lo hacía, le asustaba tanto expresarlo en palabras, porque temía que también ella desapareciera? ¿Acaso no enterraba sus sentimientos en lo más profundo de su intimidad para evitar volver a encontrarlos jamás? El corazón de Rachel se quebró al comprenderlo. Pero ¿no había tratado el propio Slade de decírselo? ¡Sí, sí, había tratado de hacerlo! A su propio modo, porque él se preocupaba por ella, de algún modo íntimo, lo había intentado, aunque las palabras no brotaban con facilidad de sus labios.

Ahora que ella no miraba con el corazón en los ojos, sino con los ojos del corazón, ¿no podía ver, detrás de su dura, arrogante y burlona apariencia exterior, al chico perdido y solitario que había dentro de él, al chico que lloraba, del único modo en que él sabía hacerlo, para que alguien lo escuchara?

«¿Qué ocurre con las lágrimas de Soldado Bravo, Flor Salvaje? ¿Qué ocurre con su dolor?»

Rachel ocultó la cara entre las manos y lloró, profundamente avergonzada. Ella creía que amaba mucho a Slade. Ahora se daba cuenta de que lo amaba muy poco. Su corazón cantaba, sí, pero era un sonido penetrante; y cegada por las lágrimas, no podía ver la danza de las hierbas más altas bajo el sofocante viento de la noche.

22

La luna llena brillaba muy baja sobre el cielo entintado de la noche, una circunstancia que Rye Crippen consideraba como un mal presagio para un hombre de su dudosa profesión. Prefería robar ganado cuando había luna nueva, o al menos cuando era sólo un hilo de plata el que alumbraba el firmamento.

Pero había bebido bastante aquella noche en el Silver Slipper, y también había ganado un poco de dinero jugando al keno; y ahora, a horcajadas sobre su inquieto podenco ante el campo de pasto de Rachel Wilder, se sentía envalentonado por los poderosos latigazos de alcohol que había ingerido y por su inesperada suerte en los juegos de mesa, que consideraba un buen presagio. ¿Qué podía salirle mal ahora? Se sacudió con determinación todo escrúpulo sobre la luna llena y sus posibles augurios.

La lamentable imagen de Jonathan Beecham sentado al viejo piano del Silver Slipper despuntó entre los pensamientos de Rye, amontonados en torno a Rachel Wilder, una deslenguada, endiablada bruja donde las hubiera. ¡No hacía falta más que ver al pobre Beecham hecho un cretino gimoteante! Él era el mejor ejemplo de cómo la lengua envenenada de una mujer podía destruir la disposición de un hombre.

Tiempo atrás, Beecham había regentado una granja medio decente en las afueras del pueblo. Ahora, gracias a Rachel Wilder, remedaba la figura de un pianista abominable ante un piano desvencijado al que nadie habría podido arrancar una nota... y todo a cambio de míseras propinas, un par de botellas de aguardiente de barril, y quince minutos por noche con la gorda, ordinaria y grotesca Emmalou. ¡Patético!

Pero Rye no quería acabar de ese modo, aunque podría haberlo hecho si hubiese seguido escuchando un día tras otro a su chillona y amargada esposa Prudence. Aunque le rogaba fervientemente a Dios cada noche que le diera una varita mágica para hacerla callar, Dios no había respondido a sus súplicas, y Crippen no había caído aún tan bajo como para cometer asesinato, ¡aunque hubiese deseado tener el valor de estrangular a la vieja bruja! Ella nunca le dejaba olvidar que era el dinero trabajosamente ahorrado por su padre, que tenía una tienda de comestibles, lo que les permitía vivir; y nunca estaba dispuesta a permitirle a Rye que gastara un céntimo de esos ahorros. A menudo sentía la necesidad de forzar con una palanca el cierre del bolso de su esposa para conseguir algo.

Prudence no podía comprender lo duro que le resultaba conservar un trabajo, y lo torturaba por ello con mil minuciosos procedimientos. ¿Acaso era tan reprensible, le había preguntado Rye incontables veces, que un hombre bebiera un poco de whisky y revoloteara en torno a las mesas de juego de vez en cuando? Después de todo, todos los hombres lo hacían. ¿Era culpa suya que, si alguna vez era un poco indulgente consigo mismo, a la mañana siguiente apenas pudiera levantarse de la cama y por ello faltara a menudo al trabajo? De todos modos eran siempre trabajos menores... no adecuados para un hombre de su categoría y su cultura.

Crippen había deseado durante toda su vida ser un artista, pero tal como proclamaba su santa madre indignadamente, la gente estaba demasiado aburguesada y era demasiado estúpida para apreciar a un genio de su calibre y su talento. Era por eso que ninguno de los dibujos de carbón que él había hecho se había vendido nunca. Pero él no podía ser descalificado por eso, ¿verdad? Después de todo, no era culpa suya si la gente era ignorante y no tenía buen gusto.

Al final, sin embargo, Rye se había visto obligado a abandonar el dibujo y había puesto el corazón en la profesión de abogado. ¿Pero podía culpársele si suspendía los exámenes? Su abnegada madre pensaba que no. Ella sabía lo mucho que él había puesto de su parte, y lo mucho que sus profesores, resentidos y celosos, lo habían odiado, asignándole tantos libros que leer y tantos papeles que escribir que incluso sus sobresalientes dotes intelectuales se habían visto desbordadas, arruinando casi su salud por añadidura.

Rye era de constitución delicada, o eso era lo que madre había dicho siempre; y al volver a casa después de su paso por la escuela donde había probado su dificultad y su ineptitud, ella había tratado de protegerlo de las cosas desagradables de la vida, la mayoría, relativas a su necesidad forzosa de ganarse la vida trabajando con sus propias manos. Pero Prudence lo miraba desdeñosamente cuando le contaba esto, insistiendo en que él era como cualquier otro hombre y que un poco de trabajo honesto y duro le habría incluso «sacado un poco esos músculos escuálidos».

Simplemente, no era correcto que ella le hablara así. Si su adorada madre hubiera estado viva, habría estado de acuerdo en que no era correcto. Crippen lo sabía. Madre habría determinado que Prudence tenía que salir a buscar un trabajo ella misma, como él le había dicho cientos de veces. ¡Pero no, ella era demasiado distinguida para hacerlo, esa zorra elitista! ¿Pues por qué iba a ser él diferente a ella?, se preguntaba Rye, resentido. Así que él se lo montaba lo mejor que podía, añorando a su madre y pensando en lo muy distintas que habrían sido las cosas si ella hubiera vivido, porque habría metido a Prudence en cintura; y bebía y jugaba un poco más cada mes para combatir su depresión.

Una tarde en que sus compinches Harlow Filbert y Dooley Tuttle se habían dejado caer por el Silver Slipper para jugar a «espabilar al tigre», la vida de Rye había cambiado para mejor. Los tres se habían alcoholizado de lo lindo; y al caer la noche, uno de ellos —más tarde habían deducido que debió ser Dooley, quien, en opinión de todos, no tenía entre orejas más que su absurdo gorro rojo y su rostro triste y pecoso— había empezado a darle vueltas a la idea de robar un poco de ganado sólo para pasarlo bien. Después de discutir el plan durante unas rondas más de bebida, habían llegado finalmente a una espléndida determinación; y entonces se apresuraron a montar sus caballos y fueron hasta la finca de Old Man Jessup, donde después de lamentables tanteos acabaron por llevarse una vaca lechera y sus dos terneros de ojos tristes.

Aquello parecía un deporte extraordinariamente divertido hasta que uno de los terneros se asustó tanto que empezó a mugir hasta sacar las tripas, lo que hizo que Old Man saliera corriendo de la casa con su escopeta de dos cañones lista para disparar. Soltó una maldición, gritó y disparó contra ellos como un loco, alcanzándoles la espalda con sus perdigonadas, mientras ellos se precipitaban al galope tan rápido como podían, llevándose al aterrorizado ganado por delante.

Lo que ellos consideraban como un encuentro de cerca con la muerte les había devuelto rápidamente la sobriedad. Entonces se hallaron en las afueras de la solitaria pradera con tres vacas llorosas en sus manos y ningún medio para deshacerse de esas estúpidas criaturas, a menos que Old Man Jessup se hubiera vuelto a la cama, lo que no parecía probable. Los tres estaban tan enojados con él por haber osado dispararles, que de todos modos no querían devolver el ganado. Dooley había propuesto que simplemente se marcharan y lo abandonaran, pero

Rye y Harlow habían votado en contra no sólo porque esto era cobarde sino porque era una completa locura. Después de todo, se habían metido en muchos problemas para conseguir aquel ganado, aunque tanto Rye como Harlow empezaban a preguntarse qué habían pretendido hacer con él desde el principio.

Cuando ya se encontraban con las malditas vacas en su poder, los tres hombres se dieron cuenta de que estaban perdidos, pues el robo de ganado era un delito castigado con la horca, y la idea de la soga se instaló incómodamente en su cabeza por un buen rato. Así que Rye —que, de común acuerdo, era el que tenía más cerebro de los tres— se rascó la coronilla y masticó unas hierbas mientras pensaba en hallar una salida para el apuro en que se encontraban. Finalmente llegó a la conclusión de que ya era demasiado tarde para reparar el mal que habían hecho. Siendo así, le parecía evidente que tenían que cambiar las marcas de las orejas y las de los hierros con que habían marcado a las vacas, y enviarlas a las tres deprisa y corriendo a algún estúpido cretino que no las mirase con lupa ni hiciera demasiadas preguntas. De ese modo, al menos obtendrían algo que valiera la pena por lo que habían hecho, y Old Man Jessup tendría su merecido por haber tenido las narices de pegarles una perdigonada cuando sólo estaban de juerga.

Sentado el acuerdo, Dooley prendió una hoguera mientras Rye y Harlow echaban el lazo y ataban al ganado. Luego, Rye con su agudo cortaplumas de Arkansas, y Harlow con su puñal curvo de Green River, profundizaron las marcas que cada vaca tenía en las orejas, sesgándolas. Después, cuando el fuego empezó a arder con llamas altas, Rye se arremangó la pernera derecha de los pantalones para sacar la palanca que siempre llevaba escondida en la bota, como protección, ya que era ilegal tener armas en el pueblo. Calentó uno de los extremos de la palanca hasta que se puso rojo y después empleó todo el talento que había demostrado en sus dibujos a carbón transformando la «J» de Old Man Jessup en una sinuosa

«W». Las marcas quedaron tan bien que nadie sospechó jamás que habían sido alteradas.

El éxito satisfizo tanto a Crippen que lo consideró como un signo providencial para que siguiera con la misma línea de trabajo, en el cual no sólo podía emplear su considerable habilidad artística sino también burlarse de la ley, que tiempo atrás lo había rechazado como aspirante poco cualificado para ejercer su práctica. Después de esto, el paso siguiente fue conseguir un hierro de marcar propio, con el cual pudo inmediatamente imaginarse cómo transformar, emborronar o mutilar marcas procedentes de todo Kansas.

Sólo fue cosa de su habitual mala suerte que, estando un buen día en la pradera, aquella zorra de Rachel Wilder lo sorprendiera accidentalmente sacándose la bota y descubriera la rudimentaria herramienta de su oficio providencial, y que no sólo empezara a hablar pestes de él y a amenazarlo, sino que además cumplió con el deber de ir a contar lo que había visto al *marshal* Mike Meagher. Aunque Rye se había asegurado de no dejar ninguna evidencia de sus malas artes, la inoportuna interferencia de Rachel en sus asuntos le obligó a interrumpir su actividad nocturna durante largas semanas, mientras el *marshal* lo mantenía bajo una estricta observación.

Desde aquel día, Crippen había guardado un profundo rencor contra Rachel, y presintiendo, como un astuto coyote, lo mucho que la pérdida de su ganado significaba para Rachel, había estado robándole una vaca tras otra desde entonces. No valían ni el riesgo ni la molestia que se tomaba, pero al fin y al cabo lo importante eran los principios de uno. Tenía que tragarse las reprimendas que su esposa Prudence le soltaba; ¡pero por todos los diablos!, no tenía que aguantar sermones a Rachel Wilder. Cada vez que le robaba una de sus míseras vacas, Rye sentía que ganaba un punto para los hombres de todo el mundo contra la tiranía de todas las vituperables y reivindicativas féminas.

Así que, esa noche, preparado y dispuesto, palmeó repentinamente su sombrero y saltó de la mesa del Silver Slipper. Sacudiendo la cabeza ante la lamentable imagen de Jonathan Beecham derrumbado por el sopor alcohólico sobre el desafinado piano de la cantina, Crippen cabalgó derecho hacia la granja de Rachel, donde, a pesar de la luna llena, pretendía robar otra de sus vacas y darle su merecida lección.

Fue en esa misma noche de finales de junio que Seeks entró en la cabaña de maderos para anunciar sobriamente que alguien estaba molestando al ganado de Rachel.

—Oí pisadas rápidas de caballo, una montura, un jinete —determinó firmemente—. A eso le siguió el ruido de las vacas, Flor Silvestre. Alguien trata de robarlas, un hombre blanco, no un indio, que no estaría tan loco como para armar semejante alboroto.

Rachel pensó de inmediato en Rye Crippen, y también Slade; y los dos, junto con Adam Keife, que estaba allí para visitar a Eve, sacaron rápidamente los caballos de los establos y se arrojaron al galope a través de los pastos que el pistolero había vallado recientemente para proteger el preciado rebaño de Rachel.

Fue esa valla, de hecho, la que impidió que Rye se les escapara, porque no estaba allí la última vez que había invadido las tierras de Rachel con intenciones de robo, y lo retuvo considerablemente. En un principio, como él se preciaba de ser un hombre que cambiaba con el signo de los tiempos, no se mostró excesivamente desconcertado al encontrar el alambre de espino alrededor de los pastos. Era una molestia insignificante, que él podía controlar. Pero soltó una maldición cuando tuvo que desmontar del caballo para acercarse a la barrera, pues cortarla llevaba su tiempo, y el ganado ya estaba nervioso. Sin embargo, era más fácil forzar la valla que buscar la puerta, que podía estar a cierta distancia; animado aún por la considerable cantidad de whisky que había tomado antes, así como por la buena suerte en la partida de keno de la tarde,

Crippen buscó en el bolsillo posterior las tenazas para el alambre que siempre llevaba consigo.

Contento porque la luz de la luna le permitía ver el minucioso trabajo que debía realizar, empezó por el alambre más alto de la valla. Momentos después, se partía en dos y salía disparado hacia los lados, por lo que Rye se apartó un poco para que las espinas de metal no lo arañaran. Cogiendo un extremo, lo enrolló al poste de madera más cercano, e hizo lo propio con el otro extremo cortado. Luego procedió a cortar el alambre del medio, y finalmente el inferior. Estaba tan entregado a esta tarea, y el ganado se agitaba y corría y mugía tan ansiosamente que él no advirtió el ruido de los jinetes que se acercaban.

Cuando ya tuvo la valla cortada, Crippen montó de nuevo en su caballo y espoleó al animal para atravesar el espacio ahora abierto entre dos postes de madera. Luego intentó separar una de las vacas del rebaño, soltando maldiciones porque todas echaban a correr y se dispersaban en todas direcciones. No era extraño que corrieran de ese modo, como Rye sabía por experiencia, pues el ganado de Rachel estaba habituado a campar libremente. Aquellas vacas raras veces eran supervisadas y mantenidas en rebaño. «Como debía ser», pensaba Crippen irritado. ¡No había duda de que esa loca tenía que hacer lo opuesto a lo que debe ser! ¡Los capataces de Texas que habían cedido alegremente a Rachel Wilder los terneros que ellos no querían debían estar locos, si pensaban que una mujer sabía lo más mínimo sobre el ganado! Para exasperación de Rye, los estúpidos animales corrían de un lado a otro, siempre en torno al resto de la manada, rehuyendo los golpes; y había una con el cuerno retorcido que era tan perversa como parecía, y hasta sabía embestir. Atacó a Crippen varias veces e intentó deliberadamente clavarle sus cuernos torcidos. Pero imperturbable, él persistió en su empeño, y finalmente, justo cuando estaba a punto de abandonar la tarea y volver a casa, consiguió apartar a un ternero desgarbado.

—¡Bueno, ya era hora! —exclamó, hablando solo, con fastidio.

Estaba en pleno proceso de conducir la triste vaca hacia la valla cortada cuando Rachel, Slade y Adam llegaron al campo con los caballos sudorosos y relinchantes para ver la elocuente escena.

—¡Es *Guisantito Negro*! —gritó Rachel, angustiada, señalando su ternero y haciendo que la cabeza de Rye se volviera repentinamente hacia ella, como la de un muñeco—. ¡Está tratando de llevarse a *Guisantino Negro*! ¡Rye Crippen, culebra venenosa, asqueroso reptil! ¡Te he reconocido! ¡Te reconocería en cualquier parte, con tu sombrero negro, viejo y grasiento bajo la luz de la luna, como un charco de grasa! ¿Es que nunca te lavas el cabello? ¡Apártate de mi vaca! ¡Apártate de mi vaca, apestoso ladrón emborronador de marcas, antes de que te llegue a disparar!

Rye no tuvo que oírlo dos veces, Rachel no lo asustaba, pero el hombre alto, oscuro y amenazante que cabalgaba a su izquierda sí; pues como todo el mundo en el pueblo, también él sabía que el famoso pistolero Slade Maverick había llegado a Wichita, y que no sólo había contraído la responsabilidad de cuidar a sus sobrinos, los Beecham, sino que estaba cortejando a la miserable Rachel Wilder con serias intenciones de casarse. Los ojos de carnero de Rye se salieron de sus órbitas, como su prominente nuez, al encontrarse con el rostro bronceado y asesino del pistolero bajo la luz de la luna, mirándolo con determinación satánica desde su vigoroso semental negro. Con un escalofrío de espanto, Crippen azuzó a su escuálida yegua y, golpeándola y espoleándola desesperadamente, se lanzó en carrera salvaje a través de los pastos, esquivando con dificultad el ganado que mugía y salía en estampida a su paso, entorpeciendo su carrera.

Slade estaba tan encolerizado porque aquella patética comadreja intentara robar el ternero de Rachel que su primera idea fue, simplemente, tirarlo de la silla de un disparo. Pero luego tuvo una idea mejor. Sonriendo maliciosamente para sí, el pistolero cogió la soga que llevaba enrollada en el poyo de su propia silla de montar. Preparó rápidamente el lazo, y después de darle algunas vueltas en el aire para que tomara vuelo y calcular la fuerza que precisaría para el lanzamiento, lo soltó cortando poderosamente el aire. Con un agudo siseo, el lazo se deslizó con precisión por la cabeza de Rye y rodeó sus hombros.

Inmediatamente, Slade ató la soga al poyo de la silla, una técnica peligrosa, ya que su pulgar podía quebrarse en el proceso; pero la alternativa era perder a Crippen. Cuando el lazo quedó fijado a su silla de montar, Slade tiró de las riendas de su semental para que la soga se tensara. Rye salió violentamente despedido hacia atrás, como un proyectil propulsado de un cañón. Con un estruendo, su cuerpo golpeó contra la tierra seca del verano y rodó como una canica hasta detenerse.

Mareado, contusionado y jadeante, se puso en pie, temeroso y a la defensiva. Tambaleándose sin sentido, corrió a través del campo. No llegó muy lejos, porque la soga le apretaba fuertemente el torso y los brazos, sujetándolo como una correa y tirándolo sin compasión hacia atrás. Crippen logró de alguna manera liberar sus brazos, pero antes de que pudiera sacarse la soga de la cintura, como si se tratara de un pescado que intentara escapar del anzuelo, Slade llegó adonde estaba él.

—Bueno, bueno... —el pistolero habló con desagrado cuando finalmente encontró a Rye gimiendo y lloriqueando ante él, con su rostro delgado y pastoso encendido y aterrorizado bajo la luz de la luna—, ¿qué tenemos aquí? ¡Parece un retaco refugiado en el interior de un traje grasiento... o algo viscoso que sale arrastrándose de debajo de una piedra!

—¡Es Rye Crippen! —exclamó Rachel cuando llegó a donde estaba Slade, mientras Adam recuperaba el caballo de Crippen—. ¡Te dije que era él! ¡Asqueroso, apestoso canalla! —le gritó a Rye—. ¿Qué es lo que hacías arrastrándote por aquí, intentando robarme el ganado?

¡Maldición! ¡Yo sabía que no llevabas un hierro en la bota para limpiarte los dientes! Y ahora que te he cogido con las manos en la masa, voy a llevarte personalmente al pueblo y a denunciarte por robo de ganado al *marshal* Meagher. ¡Y después de que te juzguen, voy a ir ante la horca para ver cómo te cuelgan!

—Pero, Rachel, cariño, me sorprende que sugieras algo semejante —la interrumpió burlonamente Slade, con una sonrisa irónica en los labios, mientras miraba fijamente a Crippen—. No hay motivo alguno para malgastar el valioso tiempo del *marshal*, ni el del tribunal, con un veredicto tan evidente. Diablos. Simplemente, lo colgamos nosotros y le ahorramos a la ley y a los ciudadanos que pagan sus impuestos todo el trabajo. Adam —se volvió hacia el joven, que acababa de llegar con la yegua marcada por Rye—, baja del caballo y sube el lazo que esa escoria lleva en la cintura hasta su garganta. Acaba de ofrecerse voluntariamente como invitado de honor en una íntima y espontánea fiesta de sociedad que voy a dar esta noche, y necesita corbata.

—Cielos, Slade —repuso Adam, echándose el sombrero atrás y uniéndose a la mortificación de la víctima. Sonrió ampliamente hacia el pistolero—, sin duda me gustaría complacerte, ya que estoy cortejando a tu sobrina y todo eso. Pero no hay ni un solo árbol a la vista, ni siquiera un arbusto un poco alto, y no sé cómo piensas colgar la soga sin un árbol.

—Estás en lo cierto, Adam —observó Slade. Meneando pensativamente la cabeza, siguió contemplando con desdén a Crippen, como si considerara seriamente la cuestión de la falta de árboles y meditara cómo solucionar el asunto—. Estás en lo cierto, es indiscutible. Sin embargo, sería vergonzoso que tuviéramos que suspender nuestra pequeña fiesta por ello. Estaba realmente deseoso por celebrarla.

—Pero aparte de que no tenemos un árbol para colgarlo, no es muy correcto ahorcar a alguien delante de una dama —insistió Adam, con los ojos verdes diabólicamente brillantes al mirar a Crippen—. Algunos se ponen azules y otros blancos y, como sabes, el que se vuelve azul cae muerto, pero el que se vuelve blanco se desploma sólo moribundo, es desagradable.

—Reconozco que estás en lo cierto —concedió Slade, secamente—. Así que te diré lo que haremos: vuelve a casa al galope, Adam, lo más rápido que puedas, y tráenos un poco de brea y plumas, mientras yo voy enseñando a este piojoso cuatrero cómo tragar el polvo.

—¡No! ¡Por favor, no! —suplicó Rye horrorizado, aunque nadie sabía cuál de los dos proyectos lo asustaba más. Al ver que ni Adam ni Slade se dejaron conmover por sus ruegos, miró desesperadamente a Rachel—: ¡Por favor, señorita Wilder, sálveme! Lamento haber robado su ganado. No volveré a tocar otra vaca mientras viva, ayúdeme, por Dios, se lo juro! ¡Por favor, sálveme! Yo no quería hacer nada malo. Tengo esposa y no valgo para nada. Es muy duro para mí conservar un trabajo, y tenía que hacer algo. Yo... yo... —Se derrumbó repentinamente, con los ojos desorbitados y la nuez del cuello agitándosele compulsivamente hasta que emitió un ruido profundo y gutural.

Por un momento, Rachel pensó que iba a desvanecerse, porque se tambaleó brevemente sobre sus pies como si las rodillas dejaran de sostenerlo, y el sudor empapó su pálido y canallesco rostro. Pero de pronto trató de liberarse de la soga que lo aprisionaba, y echó a correr. Slade tiró violenta e inexorablemente de él, y Crippen trastabilló y cayó al suelo, donde se arrastró y balbuceó pidiendo piedad.

—Llévalo al pueblo, Slade —le dijo Rachel al pistolero, pues no tenía estómago para seguir adelante con aquella escena patética y desagradable.

—¿De verdad quieres que su pobre y desafortunada esposa se convierta en viuda, Rachel? —sugirió Slade—. Admitiré que con eso le haríamos un auténtico favor. Pero si lo llevamos al *marshal*, realmente lo colgarán. —Esperó a que ella asimilara esto. Luego añadió suavemente—: No, querida, no creo que quieras hacerte responsable de ello. Así que permítenos a Adam y a mí que usemos nuestros propios procedimientos, ¿de acuerdo? Ve y busca unas bostas secas de vaca para prender una hoguera, Rachel. ¡Vamos a asar una gallina! Adam, ¿a qué estás esperando? ¡Mueve el trasero! ¡Ve a la cabaña y trae el material que necesitamos! ¡Deprisa!

—¡Sí, señor!

Gritando y voceando con entusiasmo, el joven salió disparado. Luego, antes de que Rachel se diera cuenta de lo que Slade se proponía, soltó lo que ella supuso que era el famoso grito de los rebeldes, hincó las espuelas en los costados de su semental y arrancó a galopar, llevándose al desdichado Rye con él. A Rachel le costó sentir compasión por Crippen, porque sabía que era un criminal y que los dos hombres podrían haberlo linchado impunemente. Gritaba como un cerdo destazado mientras lo revolcaban por el áspero suelo. Agarraba con ambas manos la soga tensa, tratando de esconder la cara entre los brazos para que la hierba alta no le golpeara tanto el rostro. A pesar de todo, pronto tuvo arañazos y heridas en la cara y en todo el cuerpo, y Rachel pensó que la palma de sus manos debían de estar en carne viva. Además, vio que se había soltado de la cuerda y botaba y rodaba como el sombrero de un chiquillo que se llevara el viento.

Para cuando el pistolero consideró que Crippen ya había tragado bastante polvo como castigo por sus delitos, y lo había devuelto lentamente adonde Rachel aguardaba, Adam estaba de regreso con un bote de brea y una vieja almohada de plumas. Su rostro hermoso y jovial brillaba tan demoníacamente triunfante por haber obtenido este botín, que ella supo en ese instante hasta qué punto estaba cortado por el mismo patrón que Slade.

Cuando el pistolero llevó su caballo hasta donde estaba ella y lo detuvo, se enojó al ver que ella no había movido un dedo para empezar a prender la hoguera que él le había pedido. Frunciendo el entrecejo porque estaba allí repantigada, Slade desmontó. Inmediatamente,

Adam y él recogieron algunas bostas secas de vaca, las amontonaron y las prendieron. Luego pusieron el bote de brea encima para que se calentara.

—Supongo que no iréis a... emplumar a Rye, ¿verdad? —preguntó a los dos hombres, horrorizada, mientras Crippen, a unos metros de distancia, yacía en el suelo gimoteando y quejándose y deseando no haber pensado jamás en robar su ganado...

—Te equivocas por completo. ¡Vamos a hacerlo! —gruñó Slade—. ¡Tienes suerte de que no hagamos nada peor! ¡Porque cuando un cuatrero roba el ganado de un hombre, o mujer, no sólo les está robando sus vacas, sino su medio de vida, y quizá incluso sus sueños de futuro! —El pistolero la miró tan fijamente que Rachel supo entonces que lo había juzgado mal, que él nunca se había reído de ella cuando le había hablado de sus sueños. Luego, más tranquilo aunque con igual fiereza, Slade añadió—: Y nadie va a destruir tu duro trabajo, Rachel, cariño... ¡nunca, si yo puedo impedirlo!

Ella sintió un escalofrío al escuchar estas palabras y, en ese momento, anheló ser rodeada por sus fuertes y protectores brazos, en los que se sentiría segura y a salvo; pues ¿no le había prometido él eso? Al ver la expresión de su rostro, los ojos de Slade titilaron con la llama cálida y anhelante que ella ya conocía bien, y supo que si hubieran estado solos, él la habría presionado contra las altas hierbas de la pradera y ampliado su educación sexual. Pero como a menudo les ocurría, aquél no era el momento ni el lugar; y finalmente, él se volvió de mala gana para proseguir con el asunto que tenían entre manos.

Con la soga que habían usado para capturar y arrastrar a Crippen, Slade y Adam ataron al cuatrero como a un pavo de Navidad, sujetándole las manos fuertemente a la espalda mientras él les gritaba y deploraba su mala suerte. Luego, a pesar de sus gemidos y de sus ruegos para que desistieran, lo impregnaron de pies a cabeza con la brea recalentada y gomosa, después de lo cual abrieron cuidadosamente la almohada de plumas y volcaron su contenido sobre él. Levantándolo, lo llevaron en volandas hasta su silla de montar, afirmaron sus pies en los estribos y le ataron su hierro de emborronar marcas al cuello, de modo que cuantos lo vieran tuvieran una clara estampa del oficio del individuo y del porqué se hallaba en tan deplorable estado. Luego, para azuzar a la escuálida yegua de Rye durante un buen trecho, Slade y Adam embutieron un buen puñado de ortigas gordas y espinosas bajo la silla de montar y ataron a la cola del animal una cuerda con varias latas ensartadas, algo que Adam había tenido la inspiración de preparar previamente, cuando había ido al granero de Rachel a por el bote de brea. Después de esto, con grandes vítores y agitando los sombreros, hicieron que la montura de Crippen se desbocara en dirección al pueblo, produciendo un golpeteo estridente de latas por el camino. Rye, del que sólo se reconocían los ojos y la nariz a través de la brea, hizo lo que pudo por mantenerse ahí arriba, estornudando y dejando una nube de blancas plumas de ganso flotando tras él.

—¡Y si alguna vez vuelves, te mato, maldito bastardo! —exclamó Slade a la figura ignominiosa de Crippen, que se alejaba, aunque el pistolero no creía que la amenaza fuera realmente necesaria.

Estaba seguro de que Rye había captado su mensaje, y que no volvería a perturbar la paz del pequeño rebaño de Rachel. Sus sueños estaban intactos y, como para Slade era importante que así fuera, sonrió de satisfacción cuando, con la moral bien alta, los tres regresaron en sus caballos a la cabaña de maderos bajo la luna llena, que iluminaba su camino.

23

Cuando Eve Beecham se volvió lentamente para verse en el espejo del vestidor de la «tía» Rachel, su corazón dio un pequeño brinco y cerró los ojos fuertemente para abrirlos otra vez y comprobar que realmente era su propia imagen la que tenía enfrente, sonriéndole maravillada y satisfecha.

—¡Oh, tía Rachel! —jadeó, con las mejillas manchadas de rubor—. ¿Soy yo...? ¿De verdad lo soy?

—Sólo tú, Eve, nadie más —respondió Rachel, sonriendo amablemente ante la obvia satisfacción de la chica y la entrañable imagen que presentaba en los umbrales de la feminidad y el amor.

Desde que Adam la cortejaba, Eve había florecido y estaba radiante como una flor después de las lluvias de abril. Ahora se veía tan bonita en el prístino vestido de algodón blanco que habían cosido entre Rachel y ella, que Rachel se quedó momentáneamente sin habla, y las lágrimas anegaron sus ojos. Era como ver a India viva otra vez, joven y vibrante, tal y como Slade debía haberla conocido antes de que el trabajo y las penas la envejecieran y mataran.

El cabello largo, espeso y brillante de Eve tenía un

tono negro azulado parecido al del cielo de medianoche sobre la pradera, y su suave y pálida tez era tan blanca como las flores de la primavera salpicadas por el encendido rubor del crepúsculo en lo alto de los pómulos. Sus cejas se arqueaban como alas de cuervo sobre sus grandes ojos de color azul oscuro con pintas doradas en el centro, parecidos a zafiros. Bajo su nariz recta, clásica, su perfecta boca de cupido —un breve labio superior, abundante el inferior— era roja y sensual.

Aquel Cuatro de Julio por la mañana, la graciosa curva de la nuca de Eve resaltaba coquetamente con el peinado parcialmente recogido, del que colgaban algunos bucles intercalados con lazos blancos. El corpiño estrecho y acanalado de su vestido resaltaba sus senos redondos y su estrecha cintura; y por primera vez en su vida, el doblez llegaba hasta el suelo y lo barría al bailar por la habitación.

Las faldas largas se balanceaban y flotaban alrededor de ella revelando instantáneas imágenes de sus estrechos tobillos. Se reía, pero cuando se miró una vez más en el espejo, se puso repentinamente seria y sus ojos se ensombrecieron de pena al hablar.

—¡Oh, tía Rachel! ¡Me gustaría tanto que mamá estuviera aquí para verme! —exclamó, dolorida—. ¿Tú crees... crees que habría estado orgullosa de mí?

—¡Sí, oh, sí, Eve! ¿Cómo puedes dudarlo siquiera? —Rachel contuvo las lágrimas que amenazaban con asomarse a sus ojos al oír la punzante pregunta de la chica—. Eve, cariño, tu madre era mi mejor amiga, más próxima que una hermana para mí; y sé que si hubiera estado de pie ahí mismo en este momento, mirándote, se habría sentido tan orgullosa que habría pensado que verte así la compensaba por todas las desdichas que había sufrido durante su vida.

—¿De verdad... de verdad crees eso, tía Rachel? ¿Estás segura?

—Lo sé bien. De hecho, probablemente está ahora mismo viéndote desde algún lugar del cielo, sonriéndote o deseando más que ninguna otra cosa poder decirte lo mucho que te quiere.

—¡Oh, tía Rachel —las lágrimas se prendieron de las pestañas de Eve ahora, y una sonrisa triste tembló en sus labios—, creo que es lo más bonito que nadie me ha dicho desde... desde que mamá murió! Gracias. Gracias por ser tan amable conmigo y con los demás. ¡Yo... yo no sé qué habríamos hecho sin ti y sin el tío Slade!

—Y yo no sé lo que habría hecho sin vosotros, tampoco —dijo Rachel, serenamente, a la chica—. Nos hemos ayudado unos a otros, y así es como la vida debe ser. Ahora, apresúrate, para que yo pueda terminar de vestirme también... ¡Y no se te ocurra despeinarte hasta que Adam te haya visto! ¡Estoy segura de que se quedará tan patidifuso que no sabrá que dos y dos son cuatro!

Titubeando y enrojeciendo de felicidad con anticipación, Eve bajó por la escalera que llevaba al altillo mientras Rachel, dejándose llevar por el recuerdo de India, se movía lentamente completando su aseo. Después de unos momentos, se decidió a expulsar los pensamientos tristes, tan nerviosa y excitada por la festividad como la propia Eve. Iban a ir todos juntos al pueblo para celebrar la barbacoa de búfalo del Cuatro de Julio, que tenía lugar cada año en la orilla este del río Big Arkansas, y Rachel apenas podía aguardar al momento en que empezara la fiesta.

Cuando miró críticamente su reflejo sobre el espejo del vestidor, no pudo sino sentirse complacida con su propia apariencia. Se había peinado con raya en medio, y había trenzado cada mitad de su melena con cintas de satén de color azul pálido. Luego había sujetado ambas trenzas alrededor de la cabeza para formar una corona y había sacado algunos mechones de cada lado para adornar graciosamente el rostro. El cabello rubio aclarado por el sol contrastaba con la tez morena y destacaba el verde de sus ojos brillantes, y sus mejillas y sus labios aportaban una delicada mota de rosa al conjunto.

Pero de lo que Rachel estaba más orgullosa era de su vestido de seda de color azul pálido. Había trabajado mucho en él, ajustándolo con los alfileres sobre el figurín del vestidor para asegurarse de que le caería perfecto, y luego lo había cosido perfectamente con puntadas pequeñas. Las mangas ahuecadas estaban fruncidas con lazos de color marfil, y unidas a las hombreras con graciosos lazos que contrastaban con el liso y pronunciado escote del corpiño, cortado delicadamente bajo para revelar sólo un poco de sus abundantes y redondos senos. El escote de la espalda era un poco más atrevido, y caía formando una larga uve desde los hombros hasta casi rozar la esbelta cintura, que el vestido resaltaba con toda perfección. Desde allí, la falda caía como una campana hasta barrer el suelo al menor movimiento. El extremo estaba bordado de flores, y por debajo asomaban las puntas de sus zapatos abotonados.

Rachel había tenido bastante excedente de tela y cinta como para poder hacerse un chal orlado y un bolsito a juego. Puso el chal alrededor de sus hombros para cubrir la espalda hasta el atardecer, cuando estaría permitido mostrarlo, y ató los extremos procurando que cubriera el final del escote. Con una horquilla sujetó firmemente el sombrero de paja trenzada al pelo, y ató bajo la barbilla las cintas azules formando un lazo. Cogió el parasol, el bolsito, los guantes de cabritilla blanca y el abanico de plumas de pavo real. Luego bajó por la escalera desde su habitación hasta el piso de la cabaña, donde se unió a Eve en los últimos preparativos para la fiesta.

Poco después, Slade entró en la casa. Rachel respiró profundamente al verlo, porque nunca lo había visto tan guapo como entonces. Se había quitado la camisa habitual de trabajo y los pantalones de montar y vestía un impresionante traje de velarte negro. El buen corte de su chaqueta hacía que ésta se ajustara perfectamente a sus anchos hombros y a sus brazos musculosos. Su camisa era de batista blanca, con la pechera y los puños rizados de encaje. Usaba una corbata de satén negro sujetada por una aguja de perla. Sobre el estómago liso y firme llevaba un chaleco de cachemir en negro y gris perla, que abrochaba con botones de plata, cruzado por la cadena de plata de su reloj de bolsillo. Sus ajustados pantalones revelaban los muslos y pantorrillas musculosas del pistolero. Las únicas prendas usuales que vestía eran su sombrero negro, las botas, las espuelas de plata y la cartuchera con sus pistolas.

El pistolero echó un vistazo a las dos mujeres que estaban en la cocina y se quedó perplejo. Su rostro curtido empalideció momentáneamente.

—India —jadeó, con los ojos alarmados e incrédulos, para exclamar enseguida, con alegría—: ¡India! —Luego, después de unos instantes, comprendió que era a Eve a quien estaba mirando, y meneó la cabeza como si tratara de aclarar la mente. Sonrió, lamentando el malentendido—. ¡Eve, cariño, lo siento...! —dijo—. Nunca te había visto tan arreglada, y por un momento creí que era tu madre quien estaba ahí de pie. No me había dado cuenta hasta ahora de lo mucho que te pareces a ella.

—¿De verdad, tío Slade? —preguntó la chica, radiante.

—¡Claro, eres como su hermana gemela, igual de bonita! ¡Será mejor que Adam tenga cuidado o caerá desmayado a tus pies!

Complacida pero avergonzada, Eve se ruborizó tímidamente, mientras Rachel le dirigía a Slade una cálida sonrisa de bienvenida, agradecida por el amor que le demostraba a Eve y porque había vencido sus iniciales prejuicios contra Adam. Sobre todo, Rachel apreciaba lo comprensivo que Slade había sido con el triste y doloroso período que había atravesado, en su orfandad, la vida de Eve... especialmente porque debía ser difícil para él, ya que le recordaba vivamente a su querida hermanastra.

—Abuelo —lo llamó Rachel en voz alta, tratando de evitar que Slade cavara en sus dolorosos recuerdos, como ella misma hubiese deseado hacer—. ¿Estás listo? ¡Todo el mundo te está esperando!

—Ya voy, ya voy —murmuró Fremont desde su habitación—. ¡No hace falta que te pongas nerviosa, Rachel! Frena tu lengua, y estaré listo en un minuto.

Apareció poco después, tan atildado en su traje de visitas de los domingos, con las barbas perfectamente desenredadas y un agradable olor a ron, que Rachel sintió una oleada de orgullo y afecto cuando lo vio, sonriéndole tímidamente. Su abuelo le devolvió un rostro ceñudo y fiero, mascullando alguna observación sobre «esas hembras obstinadas, con ideas tontas como hacer que un pobre viejo se emperifolle sin una buena razón». Luego se interrumpió abruptamente al ver a Slade, y empezó a chascar la lengua.

—¡Por todos los diablos! —exclamó Fremont, con ojos penetrantes que parpadearon de alegría—. Slade, dime que no parecemos dos patanes recién llegados del Este.

—¡No, nada de eso! —replicó Rachel antes de que el pistolero pudiera responder—. Estás muy guapo..., los dos —añadió tímidamente.

Slade sonrió.

—Bueno, gracias, Rachel —dijo—. Por mi parte, puedo decir que no recuerdo haberte visto nunca tan bonita. —Su mirada francamente admirativa provocó su rubor e hizo que desviara los ojos, con el corazón acelerado. Caballerosamente, le ofreció el brazo—. Si está lista, señora, el carruaje espera.

Rachel recogió la cesta del picnic de la mesa que Eve y ella habían preparado antes por si los niños tenían hambre al atardecer. Alcanzándole la cesta a Slade para que la llevara, apoyó su mano en el brazo doblado, sintiéndose como un águila dorada cuando salieron afuera y caminaron bajo el sol de la mañana. Poke había llevado la carreta hasta la entrada de la casa, y estaba acomodando a los niños Beecham para que no estuvieran demasiado amontonados en el interior del vehículo. Además, los Keife, que iban a acompañarlos a la fiesta, acababan de llegar. Con una galantería que rivalizaba con la de Slade, Adam saltó de la carreta de su familia para ayudar a Eve a subir, tan perplejo por su apariencia que su hermano Hosea le preguntó burlonamente si una de sus mulas de tiro le había coceado la cabeza. Adam dio una sonora bofetada a su hermano y, entre risas y parloteos, la pequeña caravana empezó a rodar lentamente rumbo a Wichita.

La ligera neblina gris que se había desprendido de los ríos para cubrir la ciudad se había disipado bajo la embestida del brillante y abrasador sol de julio. Ahora, ambos ríos, demasiado fangosos como para reflejar el azul del cielo, relucían como topacios bajo la luz de la mañana cuando su curso atravesaba la pradera. Los patos y los gansos daban bandazos sobre el agua, la brisa rizaba la superficie de los ríos y los grupos de algodoneros que crecían en las orillas se estremecían evanescentes, como manchas de pintura verde desparramada descuidadamente por un artista sobre el lienzo del horizonte. Por encima de la pacífica escena, el aire reverberaba con el ruido de las fiestas del Cuatro de Julio, que ya estaban bastante avanzadas. Al oír el sonido de la celebración, Rachel se apoyó ansiosamente en el asiento de la carreta mientras Slade guiaba el vehículo atravesando la Douglas Avenue hasta el corazón de la ciudad.

Allí, numerosas bandas de viento tocaban música estrepitosa, y una pista de baile, que ya estaban utilizando varias parejas, había sido dispuesta al aire libre. No muy lejos de ello se encontraba otra plataforma, desde donde se hinchaban globos que ascendían por el aire. A lo largo de la calle principal y de las paralelas, las bandas de música llamaban la atención para atraer a la gente a las cantinas y las salas de juego, o para participar en los espectáculos callejeros. Buhoneros y comerciantes vendían sus productos en la calle; algunos vendedores llevaban carteles de cartón sobre el pecho y la espalda, de pie ante sus establecimientos, para anunciar sus servicios y tasas. «¡El mejor afeitado del pueblo! Baños fríos o calientes, cincuenta centavos», rezaba uno de los tableros. «¡Vendemos el genuino tabaco Bull Durham! También puros habanos (a cinco centavos)», proclamaba otro.

La gente del pueblo recorría las calles, muy transitadas, donde se habían levantado casetas y puestos de alegres colores que invadían calzadas y veredas desde el extremo oeste de la Douglas Avenue hasta la orilla este del río Big Arkansas. Los vaqueros de Texas, ansiosos por gastar sus sueldos de treinta dólares mensuales, atestaban las cantinas y las salas de juego, mientras que los negociantes y los granjeros acompañaban a sus mujeres e hijos a los puestos donde se servía limonada y pastel de manzana, entre otras tentaciones.

Desde el río llegaba el apetitoso aroma del búfalo, que se asaba sobre los profundos hoyos donde las fogatas habían estado ardiendo desde la noche anterior, y que ahora eran grandes lechos de brasas ardientes. La salsa picante de la barbacoa, que se mezclaba con las ricas grasas y los jugos dulces del búfalo que daba vueltas sobre el fuego, se derramaba con un siseo hasta las brasas de carbón, despidiendo pequeñas nubes de humo picante y ácido que ascendían hasta el cielo de aguamarina. La carne de venado asado, de pavo salvaje, codorniz y gallina de la pradera, los bagres y róbalos se freían en planchas de hierro y despedían sus propios olores.

Había una gran abundancia de juegos, desde el tiro al fósforo hasta las carreras de trotones, pasando por un grupo de jóvenes que se reían intentando pasar unas pelotas de cricket por debajo de los aros que habían dispuesto entre las hierbas altas de la pradera. Una compañía de teatro ambulante estaba representando un melodrama en el escenario de un carromato. El público silbaba y abucheaba al malvado, y lo bombardeaba con cacahuetes cada vez que aparecía. En el teatro de marionetas los niños gritaban alegremente y los curanderos que anunciaban desde sus carretas milagrosas píldoras para el hígado, remedios para el corazón y los riñones, pociones de aceite de serpiente y tónicos revitalizadores estaban haciendo un buen negocio con los ancianos del lugar.

Al fin, Poke, Slade y el señor Keife lograron encontrar un lugar donde dejar sus carretas en medio de los demás vehículos que se alineaban en las calles y las orillas del este de los ríos, y todos saltaron para unirse a las fiestas. En contra de su voluntad, Rachel se sentía tan ansiosa como los niños que, con ojos muy abiertos, abandonaban renuentes cada puesto para acercarse al siguiente, embobándose con las rarezas y mirando con anhelo todas aquellas tentaciones. Había tantas cosas excitantes para ver y hacer que el día parecía volar en medio de una viva ráfaga de actividad.

Todos comieron tanto en la barbacoa que los niños se empacharon, y Slade tuvo que comprar barritas de menta para apaciguar los estómagos revueltos. Chupando lentamente los caramelos para hacerlos durar, pues no era cosa de todos los días, los niños insistieron en que su tío participara en el tiro al fósforo. Fue entonces cuando Rachel tuvo oportunidad de comprobar que la habilidad y técnica del pistolero eran, desde luego, considerables. Aunque algunos participantes compitieron contra él, Slade ganó en el tiro a cien botellas, sin ningún fallo, y recogió el primer premio de quince dólares con la envidia y admiración de Adam, que también había participado en el concurso pero que había sido eliminado en la tercera ronda de tiro —debido, sobre todo, a su desafortunada propensión a exhibir pomposamente el viejo revólver Navy Colt que le había prestado su padre.

—Adam, seguro que has leído demasiadas novelas baratas —lo reprendió Slade al salir. Luego meneó con disgusto la cabeza al pensar en el modo temerario en que el chico cogía la pistola—. Ésa no es manera de disparar. Apretar el gatillo y amartillar el revólver con la mano libre te parecerá de mucho estilo, pero sólo si estás sordo, y no lo estás, diría yo... Además, una técnica como ésa sólo es buena a corta distancia. Ven a casa alguna tarde y te enseñaré a disparar como Dios manda.

—¡Cielos, Slade! ¿En serio? ¡Gracias! —repuso

Adam, tan complacido por la oferta que le resultó fácil tragarse la crítica.

Ya era casi el atardecer cuando el pistolero consiguió finalmente llevarse a Rachel aparte para estar juntos y a solas. Ignorando sus poco convincentes protestas porque la apartaba de los otros, la sacó en volandas para llevarla a cenar al famoso Hotel Occidental, entre las calles Segunda y Main Street, quizá el edificio más hermoso de Wichita y sin duda el hotel más grande y lujoso de Kansas. Había sido construido en 1873, con un coste de 29.985 dólares, por la compañía Millis and Stern, que había realizado un magnífico trabajo de arquitectura. Sólo el local de la compañía Hartell and Longbottom había empleado 600.000 ladrillos en el edificio, aparte de los 1.200 metros de piedra y los 42.000 de madera utilizados en su construcción. Pintado de blanco, el hotel tenía tres pisos de altura, contenía setenta y seis suites y habitaciones, y cinco tiendas en el *hall*. El comedor público era tan elegante que cuando Rachel lo vio se le cortó el aliento. Sin duda Slade no pretendía cenar allí. Temió que el precio de la cena fuera más de lo que ellos podían permitirse, incluido el dinero que él acababa de obtener en el concurso de tiro. Pero cuando expresó sus temores, Slade restó importancia al asunto y la obligó a atravesar la puerta.

—Éste es mi regalo, Rachel —insistió firmemente—, y no vas a estropearlo con tontas objeciones. Después de todas las comidas que has cocinado para mí, mereces una especial a cambio. ¡Ahora, guarda esa impertinente lengua y muévete!

Las grandes mesas ovales del comedor público estaban cubiertas con manteles de lino de un color blanco inmaculado, y preparadas con una vajilla de cerámica china y plata. Los platos para la cena, como era costumbre en aquellos tiempos, aguardaban boca abajo, con los cubiertos de plata cruzados y en equilibrio y las servilletas de lino blanco almidonado parecían enrolladas en el interior de las copas de vino de cristal. La aceitera y la vinagrera, en una bandeja de servicio, y otra bandeja que contenía botellas de condimentos, estaban en el centro de la mesa, alineadas con la azucarera y la jarrita de crema, y la mantequillera que contenía rizos de mantequilla reposaba sobre hielo picado procedente de la nevera del local.

Cuando Slade separó una de las sillas de madera Windsor para ella, Rachel se sentó y acomodó cuidadosamente la falda alrededor, temiendo hacer algún movimiento inapropiado. Allí era donde comía la élite de Wichita, y Rachel jamás había esperado hallarse entre ella. El camarero le tendió el menú y, sorprendida, estudió la lista de suntuosas sopas, carnes, vegetales, platos fríos, tartas, dulces, puddings, cremas y helados. Se servían dieciséis platos calientes distintos para la cena. Como no conocía casi nada de lo que se ofrecía, y no tenía ni idea de lo que significaban aquellos nombres llamativos ni del precio de la comida, permitió a Slade que escogiera por ella.

Luego, después de terminar con lo que sin duda fue la cena más maravillosa que habían comido jamás, bailaron un vals que tocaba la orquesta. Mientras Slade le daba vueltas al bailar, Rachel era intensamente consciente de la mano enguantada que él presionaba sobre su espalda desnuda —pues un caballero no debía tocar con la mano desnuda la espalda de una dama al bailar—, y que la sujetaba más estrechamente de lo que era estrictamente adecuado. Pero a ella no le importaba. Era joven, y estaba enamorada, y él bailaba el vals con la seguridad de un profesional. Animada por el champán que habían bebido durante la cena, sintió que podía seguir bailando para siempre, llevada por sus brazos.

Pero al fin, acalorados y sin aliento, abandonaron el Hotel Continental y caminaron hacia el oeste bajo la fría brisa del atardecer, que soplaba desde los ríos. Allí, bajo el lento caer del crepúsculo, Rachel y Slade descubrieron junto a la orilla una caseta a rayas, iluminada, en la que no habían estado antes, durante el día. Mirándola con curiosidad, pues estaba tan concurrida que temblaba hasta los deshilachados bordes, decidieron entrar. Fue por eso que presenciaron el estruendoso espectáculo del predicador Proffitt.

Al ver que no era más que una prédica religiosa, Slade se habría marchado. Pero la caseta estaba tan llena que cuando él y Rachel trataron de alcanzar la salida se vieron obligados a abandonar sus intentos. Slade meneó la cabeza, sonrió irónicamente a Rachel y gruñó:

—Decididamente, esto no es lo que yo había pensado como broche de oro de una noche contigo —dijo, decepcionado—, pero creo que no vamos a poder movernos. ¡Sólo espero que esto no dure toda la noche!

—No sé si durará o no. Nunca asistí a una prédica religiosa antes. No sé nada sobre ellas —confesó Rachel.

—¡Shhh! ¡Shhh! —La gente que estaba alrededor de ellos empezó a chistar para que interrumpieran la conversación—. ¡Silencio! ¡Silencio! ¡Queremos oír lo que está diciendo el predicador Proffitt!

Sonriendo, y lamentando tener que pasar el resto de la noche de un modo semejante cuando ambos tenían en mente un paseo a lo largo del río, al amparo de la luna, y unos besos prolongados bajo la noche de cielo estrellado, Rachel y Slade se callaron educadamente y se obligaron a fijar la mirada en el estrado, donde, como una locomotora, el predicador Proffitt marchaba con su sermón y despedía una lenta estela de humo.

Phineas F. Proffitt no era un predicador corriente. Era el hijo bastardo de un bala perdida, el «doctor» Proffitt; y hasta que Phineas inició su providencial carrera, su conocimiento de la Biblia se limitaba a las deformadas admoniciones que su padre le transmitía, como «el amor al dinero lo es todo» y «es más digno recibir que dar».

Desde el principio, el joven Phineas había aprendido ya en las rodillas de su padre los trucos con que el doctor Proffitt se ganaba la vida: cómo machacar la harina de trigo o maíz con sorgo para fabricar pastillas —puede que las píldoras no hagan ningún bien, pero tampoco van a hacer ningún mal a la gente, señalaba su padre—; cómo mezclar brandy y láudano con melaza para producir un jarabe suave para conciliar el sueño —si esto no entona a un cuerpo para dormir, no sé qué lo haría, declaraba el doctor Proffitt—; la mezcla de jugos de frutas silvestres con puro grano de alcohol era un remedio para la salud que vendía como buhonero —al menos, el potente brebaje haría creer a la gente que se sentía mejor, aunque no fuera así en realidad, le explicaba su padre—; y la elaboración de otras pastillas fraudulentas, polvos y pociones, tenía sólo un sentido: separar a ignorantes e ingenuos de sus carteras y su dinero, de los que, en su excesiva estupidez, no eran merecedores.

Al final, su padre había sido detenido y linchado por un grupo de hombres decentes encolerizados, uno de los cuales había perdido a su esposa días antes. Había resultado envenenada al tomar, para calmar un dolor de muelas, un par de cucharadas del Prodigioso Calmante Antidolor del doctor Proffitt, que teóricamente debía aliviar el dolor tonificando el cuerpo, pero que desafortunadamente lo hacía mediante una pequeña pero significativa cantidad de veneno de serpiente de cascabel. Afortunadamente para Phineas, sin embargo, después de una acalorada discusión entre los asesinos, él fue declarado demasiado joven para ser colgado y lo dejaron marchar con la severa advertencia de no volver a acercarse por aquellas tierras nunca más. Así fue como heredó el dudoso título de medicina de su padre y su carromato.

A pesar del mal final del doctor Proffitt, Phineas había continuado con las prácticas de su padre hasta el día en que apenas salió vivo de un puñado de hombres enfurecidos, total o parcialmente calvos, cuyas escasas pelambreras habían quedado reducidas a pelusa roja después de la aplicación del Fabuloso Tónico para el Cabello del doctor Proffitt.

Después de este incidente, Phineas pensó que tal vez era más prudente iniciar una nueva línea de trabajo. Como era un agudo observador de la naturaleza humana, había advertido a lo largo de sus viajes que mucha gente se movilizaba cuando el nombre de Dios era invocado; así que intentó aprovechar temerariamente este factor convirtiéndose en pastor evangelista. Estaba hecho para ello, porque amaba al público, y además era un orador enérgico e impresionante, lo que formaba parte de su talento como «doctor», talento que ahora ejercía con igual éxito que el de «predicador».

Como ayudantes para esta nueva empresa, Phineas trató de recuperar, volviendo a casa, a la sucia mujer con la que recordaba vagamente haberse casado durante una borrachera algunos años antes, y a las dos desaliñadas hijas que reclamaban su paternidad. Luego, con los beneficios que había obtenido vendiendo sus insípidos remedios, compró pintura de colores discretos para aliviar los tonos de su carromato de curandero, una gran carpa de circo que podía ser plegada y transportada en lo alto del carromato, y algunos trajes que serían más adecuados para el sobrio papel que él y su familia iban a desempeñar. Después de esto, frotó despiadadamente a su mujer y a sus hijas en la bañera, las peinó y vistió, y aplicó hábilmente un poco de maquillaje y carmín en sus rostros para destacar la belleza natural que había descubierto fortuitamente debajo de sus pintarrajeos y suciedad habituales. Luego salió a convocar su primera prédica religiosa.

Alimentado por su propio entusiasmo retórico y por la encendida respuesta de su improvisada congregación, Phineas relampagueaba, amenazaba; exhortaba y extorsionaba; castigaba y recolectaba. De hecho, recogió tanto dinero que, para cuando el vibrante servicio de redención terminó, había escuchado la palabra... y la palabra era dinero. Desde ese día en adelante, Phineas fue un devoto creyente no sólo del todopoderoso dólar, sino también de la todopoderosa religión que había provocado la alegre y generosa entrega de monedas en su colección de platas.

Ahora, mientras miraba fijamente a la multitud que se congregaba en su carpa en la orilla este del río Big Arkansas, se dejaba transportar por su propia efervescencia de orador. Su cabeza, con el cabello largo, lanudo y blanco, embestía como la de un búfalo al ataque mientras proyectaba palabras sobre el libertinaje desde su púlpito de madera, con penetrantes ojos azules, vidriosos y ensagrentados. Sudaba tan copiosamente en aquel sofocante barracón que los largos y rizados extremos de su bigote blanco encerado caían desmayados; y su rostro estaba tan colorado y brillante que Rachel, mirándolo con recelo, se preguntó angustiosamente si no tendría demasiado apretado el cuello de la camisa. No había visto en toda su vida a nadie tan sobreexcitado; y si el predicador Proffitt no hubiera sido un religioso, habría sospechado que bebía. Se tambaleaba sobre sus pies como si estuviera a punto de sufrir un colapso, y mascullaba sus impresionantes palabras sin modularlas, comiéndose las sílabas de un modo que hubiera envidiado cualquier tejano. Una vena azul palpitaba tan vigorosamente en su frente mientras recorría el estrado como un loco de parte a parte, a grandes zancadas, que Rachel temió que sufriera una repentina apoplejía. Pero cuando miró disimuladamente alrededor, descubrió que ella era la única persona que parecía albergar tan turbadoras ideas acerca de la apariencia apopléctica del predicador Proffitt. Todos los demás estaban mirándolo fijamente, como hipnotizados, alcanzados por cada una de sus palabras, vitoreándolo y aplaudiéndolo tan vivamente que la mitad de ellos parecían enloquecidos también.

De vez en cuando, como traspuesto por la emoción, el predicador Proffitt se interrumpía y se volvía de espaldas a la concurrencia, haciendo ostensibles gestos como si se secara el sudor de la frente y el labio superior, aunque en realidad tomaba un rápido sorbito del frasco que camuflaba en su pañuelo exageradamente grande, que sacaba hábilmente del bolsillo del pecho, ya que también había aprendido de su padre, siendo un chiquillo, el valor de la prestidigitación. Reconfortándose de este modo, el predicador pivotaba bruscamente sobre sus pies para enfrentarse al público y proseguir con su ardoroso sermón.

—Hermanos y hermanas —rugió, salpicando saliva, mientras cogía la Biblia y la señalaba vehementemente—, yo os digo que el Libro Sagrado no miente cuando dice en los Gálatas que un hombre que busca el favor de los otros hombres no es siervo de Cristo. Por lo tanto, no busco vuestro favor esta noche. Sólo quiero extender la palabra de Cristo, que me ha llamado para que sea Su siervo en la verdad y en la fe para salvar a los pobres pecadores del mundo. ¡Así pues, escuchadme! Vosotros, que sois perezosos y pecadores, que crecéis como las lilas del campo, sin fatiga y sin esfuerzo, o peor aún, vosotros que caéis en el vicio de la bebida, de las mujeres, incluso del diablo, estáis advertidos: ¡no hay nada que pueda ganarse con la holgazanería y la perversidad! No hay duda acerca de esto, cada uno de vosotros cosechará lo que ha sembrado. Así que no os canséis nunca de hacer el bien, pues si no cejáis en vuestros esfuerzos, vendrá el tiempo en que cosecharéis el fruto de vuestro duro trabajo, ¡como yo también cosecharé el mío! —Se calló, y señaló a su esposa y a sus dos hijas, que estaban sentadas cerca de él sobre el estrado—. La hermana Jemima y la hermana Oralie pasarán ahora las bandejas —anunció—, mientras la hermana Tansy Mae nos dirige para que entonemos un alegre canto al Señor. Os pido que nos unamos a ella, hermanos y hermanas, para cantar *Qué amigo tenemos en Jesús*, ¡porque, efectivamente, nosotros tenemos un amigo en Él! —señaló teatralmente al cielo mientras pronunciaba estas palabras.

Tansy Mae —quien se consideraba erróneamente poseedora de una voz de ruiseñor— empezó a cantar, y los ocupantes de la carpa la corearon enseguida, mientras el predicador Proffitt gritaba para ser oído por encima del estrépito, trabucando admoniciones sobre el presente para morder más en sus bolsillos y diezmos, indistintamente. Evidentemente, había llegado al corazón del público con su catastrofismo, pues Rachel oyó el intenso tintineo de las monedas que eran arrojadas en las dos bandejas de hojalata dorada de las colectas.

Aunque pensaba que Proffitt no era en absoluto la clase de hombre que debía difundir la palabra de Dios, se sintió obligada a buscar en su propio bolso una ofrenda. Slade le retuvo la mano.

—Guarda tu dinero, cariño —le susurró al oído—. Tú lo necesitas mucho más que ese viejo borracho e hipócrita. ¡Si entrega la décima parte de lo que está recogiendo esta noche a una iglesia, misión, orfanato o lo que sea, me como el sombrero!

—¿Insinúas que es un farsante? —exclamó Rachel en voz baja, horrorizada.

—Oh, no, yo no lo llamaría precisamente así. Después de todo, predica la palabra de Dios bastante bien, si es eso lo que estás preguntando, Rachel. Sin embargo, deberían azotarle por convencer a toda esta gente honesta y trabajadora de que los donativos que tanto les ha costado ahorrar irán a parar a una causa justa, porque apostaría hasta mi último dólar a que el predicador Proffitt sólo se hace caridad a sí mismo y a esas tres mujeres. ¡Si esas mejillas sanas y sonrosadas no proceden de un bote de colorete, me como las botas, también!

Sorprendida, Rachel miró con atención a las hermanas Jemima y Oralie mientras pasaban las bandejas entre las filas formadas por la congregación. Ahora que las observaba, verdaderamente le pareció que debían su saludable hermosura a algo más que a la madre naturaleza; y además, Rachel observó que los corpiños de los trajes grises de muñequitas de las hermanas habían sido hábilmente cortados para que se abrieran justo cuando se inclinaban suavemente hacia adelante, para que exhibieran inocentemente, en el preciso momento en que extendían la bandeja para recoger el donativo de un hombre, un profundo escote sobre su generoso pecho. Un granjero viejo así obsequiado por la hermana Oralie prolongó la vista buscando lenta y sucesivamente en su bolsillo tres limosnas.

Cuando terminó el himno, el predicador Proffitt examinó a hurtadillas la suma obtenida con los donativos. Entonces redobló sus esfuerzos al explicar el texto elegido, lanzando tan sutil mezcla de versos bíblicos y frases propias que incluso Rachel, que solía leer la Biblia, dudó de dónde empezaban unos y terminaban otras. Sin embargo, la concurrencia no parecía notar estos pequeños pero perturbadores matices. De hecho, la gente estuvo durante todo el tiempo aplaudiendo furiosamente, pataleando el suelo y silbando cada vez que el predicador daba pie para ello.

—Hermanos y hermanas —gritaba, señalando acusadoramente las bandejas medio llenas—, ¿acaso esta mísera limosna es la mejor contribución que podéis dar? ¡Qué vergüenza! ¡Qué vergüenza! ¡Veo que no he llegado a vuestra lejana ciudad demasiado pronto! ¡Los rumores son ciertos: éste es un pueblo donde el vicio y la corrupción no tienen nada que envidiar a Sodoma y Gomorra! Pero ¿qué recompensa tiene un hombre por su trabajo, su esfuerzo y su fatiga bajo el sol?, podéis preguntarme, tal como se pregunta en el Eclesiastés. ¿Acaso no es bueno comer, beber y ser feliz? Yo os digo que no, porque ¿qué provecho hay en ello? El dinero resuelve todos los problemas, y gastarlo alocadamente es defraudar al Señor, pues ¿no os dijo Él, a través de su siervo Malaquías, que lo habíais defraudado en Sus diezmos y donativos? ¿Y acaso no os dijo Él que una maldición caía sobre todos vosotros, sobre vuestra nación entera, porque lo habíais defraudado? ¿Y no os pidió Él que entregarais los diezmos a la colecta, íntegramente...? ¡Así tenemos que hacerlo ahora! ¡Hermanas Jemima y Oralie, pasad de nuevo las bandejas, mientras la hermana Tansy Mae nos conduce en el canto *Entrega el fajo* mientras nos alegramos de que la maldición de Dios sobre los miserables y despreciables pecadores pueda ser retirada gracias a su benevolencia y generosidad!

Fue durante la segunda colecta que Rachel advirtió que en el exterior se producía el ruido estrepitoso de un relámpago. Al principio, se preocupó pensando que acababa de estallar una tormenta, pero enseguida se dio cuenta de que el ruido se debía, en realidad, a las explosiones de los fuegos artificiales con que tradicionalmente se daba fin al Cuatro de Julio. Ahora que las estrellas brillaban sobre el cielo nocturno, los juerguistas que estaban fuera de la carpa prendían sus cohetes, ruedas catalinas, bengalas y petardos. Rachel deseaba con todas sus fuerzas ver los fuegos artificiales, pero la caseta estaba tan atestada con todos los que habían ido a escuchar la plática del predicador Proffitt que incluso el espacio para moverse era escaso, así que mucho menos aún la posibilidad de escapar de la multitud.

No fue ella la única que se agitó con inquietud. Algunas personas de la congregación, sofocadas por el calor y la humedad, empezaron a toser y a patalear cuando la hermana Tansy Mae arrancó con otro estribillo de *Entrega el fajo*. Una joven incluso fue tan lejos como para empujar impacientemente la bandeja de la colecta que llevaba la hermana Jemima, soltándole alguna indicación, obviamente grosera, dedujo Rachel cuando la terca hermana contestó con una mirada de desdén. Cuando la hermana Jemima siguió adelante malhumorada, Rachel pudo ver por completo a la desconsiderada muchacha, y comprobó con cierta sorpresa que estaba colgada del brazo de Gustave Oxenberg.

«Vaya, debe de ser Livie Svenson, la chica sueca con la que Gus está pensando en casarse», pensó Rachel, y se inclinó ligeramente, mirándola a hurtadillas entre las hileras de gente para examinar cuidadosamente a la joven, que no era en absoluto como ella se había imaginado.

Rachel esperaba que fuera una vikinga alta y rubia. En cambio, Livie Svenson —puesto que tenía que ser ella— era baja, rolliza, con el cabello castaño recogido en un abultado moño sobre la nuca y uno de esos rostros mofletudos de media luna que suelen ser graciosos en los niños, pero que a menudo dan apariencia de obesidad en un adulto, una cierta cara de duende. Tenía los ojos marrones y redondos como un aro, rodeados de pestañas negras que abanicaba coquetamente hacia Gus cada vez que lo miraba; mejillas prominentes, rojas como dos manzanas; y un excesivo número de pecas marrones a lo largo de su nariz chata y respingona que le daban una apariencia tan bulliciosa, tan similar a un cachorrito moteado, que a Rachel no le habría sorprendido verla enderezarse y jadear, con una lengua sonrosada colgando de su boca pequeña y carnosa, que de todos modos le parecía más apropiada para hacer pucheros que para ser pintada de carmín. En ese momento, Livie tenía una mirada piadosa fija en el predicador Proffitt, y mostraba una sonrisa benigna y santurrona. Pero a pesar de su aire aniñado, la joven sueca tenía los ojos duros y fríos, pensó Rachel, y había un rictus decididamente terco en su barbilla. Rachel sintió que nadie podía envidiar a Gus aquel premio. Tuvo la corazonada de que Gus tendría una mujer muy difícil de dominar si acababa casándose con Livie Svenson, como sin duda lo haría.

—¡Hermanos y hermanas! —bramó el predicador roncamente, interrupiendo las meditaciones de Rachel y devolviéndola al presente—, me siento exultante de alegría al ver que habéis escuchado la palabra y habéis visto la luz, como vuestras amables ofrendas me demuestran ahora claramente! Cuando el terrible pero inevitable Día del Juicio llegue, aquellos de vosotros que hayan aportado generosas limosnas esta noche cruzarán sin duda el ancho río Jordán para hallar un lugar en la mansión celestial del Señor. ¡Cada uno de nosotros tendrá su propia recompensa!

Esta aseveración fue acogida con algunos entusiásticos gritos de «¡Amén, predicador!», cuya fervorosa excitación había alcanzado ahora un clímax de delirio. Rachel se preguntó, inquieta, si la gente empezaría pronto a retorcerse por el suelo y a hablar distintas lenguas. Aquella prédica religiosa no se parecía a nada que hubiese visto antes en su propia iglesia, cuyos ritos eran silenciosos, solemnes y dignos. Incluso las celebraciones de los negros que había presenciado en Pennsylvania, aun siendo jubilosas y exuberantes, mantenían el orden y el respeto. Pero aquella estridencia desenfrenada se parecía más al fiero e incontrolable furor de una multitud amotinada, y era tan peligrosa, pensó, como un barril de pólvora con la mecha expuesta a una llama repentina. Sin embargo, el predicador Proffitt no hacía nada para calmarlos. De hecho, los azuzaba para que alcanzaran incluso un mayor frenesí. De pie al fondo del pabellón, sin que Rachel lo supiera, se hallaba Jonathan Beecham, inestable, sostenido por la gente que se apelotonaba alrededor de él. Estaba tan cautivado y violentamente estimulado como los demás.

Bastante reconfortado por algunas rondas en el Silver Slipper, Beecham no sabía cómo había ido a parar a la orilla del río, y mucho menos a una prédica religiosa. Pero en ese momento, y bajo su sopor alcohólico, le parecía como si el Señor hubiera dirigido sus pasos; pues sin duda Dios hablaba por la boca del predicador Proffitt, y la hermana Tansy Mae era un ángel venido del cielo, con su pelo rojo y sus ojos verdes de endrina, la boca escarlata y la tez blanca como la leche. Su voz sonaba como el arpa de un serafín, y sus orondos senos eran más ligeros que las nubes, fantaseaba Jonathan en su aturdida mente, anhelando enterrar el rostro y las plegarias entre los globos celestiales que sobresalían del corpiño a cada respiración, besarlos con veneración y acariciarlos con reverencia.

La hermana Tansy Mae lo salvaría, a un pecador perdido como él. ¡Tenía que hacerlo! Él no echaría a correr como aquel pobre idiota bastardo de Rye Crippen, embreado y emplumado, hecho un hazmerreír ante los ojos de todo el pueblo cuando su linda y vieja jaca entró una noche dando bandazos en Delano, gimoteando estridentemente, con una ristra de latas atada a la cola. La conmoción había hecho que todo el mundo saliera de las cantinas y salas de juego a la calle para ver lo que pasaba, y allí estaba Rye, con cara de tonto, cortesía de Slade Maverick y Rachel Wilder. Si aquellos dos podían hacerle semejante cosa a Rye Crippen, que sólo había tratado de llevarse una de las escuálidas vacas de Rachel —y sólo por hacerle una broma, insistía Rye—, Jonathan no podía imaginar qué habrían planeado para él, que nunca había sido santo de su devoción. Sólo sabía que no quería saber nada de todo eso. Todo lo que él debía hacer era encontrar un modo de salvarse de ellos... ¡antes de que fuera demasiado tarde!

—¡Hermanos y hermanas! Hermanos y hermanas, a pesar de vuestra limosna —declaró el predicador—, me temo que todavía hay pecadores entre vosotros, y a éstos, yo les increpo con todo mi corazón: ¡Arrepentíos! ¡Arrepentíos! ¡Arrepentíos ahora, os digo, y salvaos! ¡Salvaos antes de que sea demasiado tarde! ¿Acaso ese viejo demonio del whisky os tiene entre sus garras? —preguntó, mientras tomaba un trago largo del frasco escondido en el bolsillo de su chaqueta blanca—. ¡Yo os digo: dad la espalda a ese diablo! ¡No tengáis ningún trato con él o sus sirvientas, esas rameras de Babilonia! Pues si lo hacéis, sin duda alguna os condenará. Arderéis para toda la eternidad y las llamas os consumirán por dentro...

Fue en ese momento cuando, por una casualidad del destino, un cohete fue prendido afuera por uno de los groseros juerguistas, y atravesó el aire como una bala de cañón para explotar sin más directamente sobre la carpa. Los fragmentos del cohete salieron despedidos y empezaron a arder también sobre el picudo techo del pabellón de lona, quemándolo. Al principio, todos los que estaban adentro se limitaron a ponerse en pie, sorprendidos y conmocionados, sin saber qué hacer, momentáneamente paralizados por el horrible estallido. Luego, cuando las lenguas de fuego empezaron a lamer las rayas de la lona, alguien señaló las llamas y gritó: «¡Señor, sálvanos! ¡Es el fuego de Satán! ¡El Juicio de Dios ha caído sobre nosotros!»

Después de esto, se desató el pánico entre la asamblea y todo el mundo gritó y se volvió instintivamente, en masa, hacia las aberturas posteriores de la carpa, empujándose y atropellándose unos a otros en el camino de huida. Al ver que la salida estaba ahora bloqueada por los grupos de gente que se agolpaba en ella, otros se arrojaron sobre el estrado, donde estaban parados el predicador Proffitt, su mujer y sus hijas petrificados, con los rostros enardecidos como si temieran que el propio Dios hubiera descargado su ira sobre ellos. Algunas personas cayeron al suelo y otras fueron aplastadas contra las paredes de lona, haciendo que el pabellón se moviera y tambaleara peligrosamente, como si fuera a derrumbarse, mientras otros, gritando, caían de rodillas y rezaban como si fueran inmunes al fuego, o como si sus plegarias fueran a salvarles. Llovían brasas encendidas, y tiras de lona ardiendo, y la hierba seca del verano se prendía. Un humo ácido invadió el espacio, dejándolos a todos a ciegas y sin respiración.

Inmediatamente, Slade sacó el pañuelo de su bolsillo y lo presionó contra el rostro de Rachel. Luego, la sujetó firmemente colocando un fuerte brazo alrededor de sus hombros, la protegió del fuego y la empujó duramente entre la multitud enloquecida, abriéndose camino mientras la obligaba a tener la cabeza baja y trataba de no respirar humo. Estaba aterrorizado por si no podía sacarla viva de allí, y era como una bestia salvaje que presionaba a todo el mundo, pues había perdido los estribos; bramaba y le gritaba a la gente que mantuviera la calma, y casi le dislocó un brazo a una anciana cuando la agarró para evitar que se cayera tras resbalar en el suelo mojado. Luego el impetu de la corriente irracional que los arrastraba hacia adelante se llevó a la anciana, y sólo pudo desearle que escapara con vida.

Aunque nunca había estado tan asustada en toda su vida, Rachel no se dejaba llevar por el pánico, como los demás, pues en lo más profundo de su corazón confiaba en que Slade la sacaría de allí si era humanamente posible; él no la dejaría morir en aquel infierno. Creía esto con todo su corazón, y se lo repetía a sí misma como una letanía mientras daban tumbos, tosiendo y asfixiándose por el humo.

Segundos más tarde, Rachel vio a Gus trasportando a Livie Svenson a través de la fanática multitud. Ella lloraba y sollozaba histéricamente:

—¡Rápido, Gustave, Buey! ¡Sácame de aquí! ¡Rápido, Gustave! —Y entonces, gruñendo por el esfuerzo, él la levantó sobre sus hombros y se abrió camino brutalmente atravesando la lona, que rompió por un costado, haciendo que se soltaran algunas sogas que estaban clavadas con estacas en el suelo. Al instante, el viento que soplaba desde el río hinchó la carpa con un gran rugido, como si fuera una extraña cometa que se elevó por los aires, tensándose y finalmente desgarrándose; su enclave se desplazó y sus amarres se soltaron rápidamente. La lona flameó al viento, despidiendo humo y fuego en la noche, confundiéndose con los fuegos artificiales que aún estallaban alrededor. Luego, lentamente, la enorme carpa empezó a descender otra vez. Un puñado de gente quedó aplastada bajo su peso, y el pabellón entero se colapsó inevitablemente, como un balón pinchado, engullido por las llamas crepitantes.

Slade consiguió sacar a Rachel justo a tiempo. Pero antes de que pudiera suspirar de alivio, advirtió con profundo horror que el borde de su vestido estaba ardiendo, y que las llamas trepaban por su espalda. Rachel ni siquiera se había dado cuenta hasta que, como enloquecido, el pistolero la agarró y la hizo rodar sobre el suelo, golpeándole las faldas salvajemente hasta que estuvo seguro de que se había extinguido. Entonces, murmuró embravecido:

—¡Oh, mi amor, mi amor! —Y la ayudó a ponerse en pie, la rodeó estrechamente entre sus brazos, asiéndola como si no fuera a soltarla nunca más. Ella temblaba contra él, conmocionada por lo cerca que había estado de la muerte al comprender que su vestido había estado ardiendo y que Slade le había salvado la vida.

La carpa ardía como una antorcha, y los estridentes

gritos de los que estaban aún atrapados dentro resonaban terriblemente en los oídos de los que habían conseguido ponerse a salvo y que ahora permanecían en pie a cierta distancia, mirando hacia lo que podría haber sido su pira funeraria. Rachel se preguntó horrorizada si Jonathan Beecham se hallaba entre los que proferían gemidos mortuorios, lamentos que se desvanecían lentamente para, finalmente, morir a un tiempo cuando el pabellón fue consumido por las llamas.

La catástrofe ocurrió con tal rapidez que, al principio, los que la habían presenciado habían confundido el fuego de la carpa con el de algún castillo de fuegos. Pero ahora que lo habían comprendido, hombres, mujeres y hasta niños llegaban de todas partes corriendo hasta la orilla para ayudar con cubos para el agua. Wichita tenía un departamento de bomberos tan pequeño que, sin esperar gran ayuda de él, los ciudadanos se organizaron en cadena desde el río grande hasta la carpa para cortar el fuego antes de que se propagara. No había una sola persona en todo el pueblo que no conociera el daño que podía causar el fuego en la pradera, una de las amenazas más temibles de las llanuras. Rachel y Slade se alinearon con el resto para ayudar a cortar las llamas, y pronto todo lo que quedó de la prédica religiosa del predicador Proffitt fue un montón de lonas empapadas y unos cuerpos calcinados.

Algunos periodistas y policías locales llegaron al lugar del siniestro. La mayoría de ellos había visto antes las consecuencias de una catástrofe y estaban habituados al horror que se extendía entre los demás. Así que dos periodistas y un policía emplearon algún tiempo en obtener alguna información de la multitud paralizada por la aciaga visión de las cenizas humeantes que ahora eran todo lo que quedaba del incendio. ¿Cómo había empezado la terrible tragedia?, ¿había atentado contra la carpa algún malvado?, preguntaban los periodistas, excitados por su afán de sensacionalismo, ávidos de noticias trágicas como aves carroñeras. Un reportero, al descubrir el vestido quemado de Rachel, le rogó desvergonzada e insistentemente, y a pesar de su palidez y de las lágrimas que brotaban en sus ojos, que le permitiera sacarle una fotografía para que un artista pudiera componer una imagen del desastre para el periódico. Slade se enojó tanto por ello que no sólo agarró al hombre de las solapas y le dio un puntapié en el trasero, para sacarlo de allí, sino que además rompió su cámara como garantía de que no volvería a molestar a Rachel.

La policía era más amable, pero no menos incisiva en sus preguntas. ¿Quién estaba en el pabellón cuando se prendió el fuego y, lo que era peor, quién había desaparecido?, preguntaban los oficiales. De este modo, el horrible relato fue reconstruyéndose entre los supervivientes, y se procedió a la identificación de los cuerpos. El predicador Proffitt y su familia se hallaban entre los muertos, y Jonathan Beecham también.

Este último descubrimiento fue el cruel broche de oro de la celebración del Cuatro de Julio. Sofocados por el humo y el hollín, Rachel y Slade caminaron en silencio hacia su carreta y la de los Keife, preguntándose acongojados cómo podrían transmitir a los niños la noticia de que su padre había muerto.

Al día siguiente, todos los periódicos de la ciudad distribuían ediciones extra encabezadas con letras grandes que se referían a «la segunda venida de Cristo» y que reducían el terrible desastre a sórdidas y pintorescas sentencias como «FUEGO INFERNAL ABRASA CARPA PREDICACIÓN» y «PECADORES QUEMADOS VIVOS EN INCENDIO DEMONÍACO». A cinco centavos el ejemplar, todos los periódicos de Wichita fueron vendidos antes de que terminara la mañana. La policía local devolvió los cuerpos calcinados a las familias de los muertos y la actividad del pueblo fue regresando paulatinamente a sus cauces habituales. Nunca fue desvelada la identidad de quien prendió el cohete errante que provocó el terrible incendio y mató a tanta gente.

24

Debido al calor del verano, enterraron el cuerpo de Jonathan lo más pronto posible, al día siguiente, después de que la policía les permitiera llevarse el cadáver. Lo depositaron en un sepulcro al lado de India, que no estaba muy lejos de las tumbas de los padres de Rachel. Mientras ella permanecía en pie silenciosamente, con el rostro solemne y los ojos secos, Slade, Fremont, Poke, Seeks y Gus arrojaron la tierra al hoyo de metro ochenta de profundidad donde ahora reposaban para siempre los restos de Jonathan. Mirando los cuatro sepulcros que se alineaban en la franja de tierra que separaba su tierra de la de Slade, Rachel pensó tristemente que, algún día, su abuelo y Poke yacerían también allí, y también Seeks, si él lo deseaba, e incluso ella misma, aunque no quería pensar en todas aquellas muertes —o en morirse ella— en el calor de aquel día de verano, bajo el sol amarillo brillante, con la caricia de una brisa ligera y el zumbido de las abejas y las moscas azules entre las flores silvestres que se dispersaban por la pradera. Sin embargo, era un lugar tranquilo, un buen lugar donde ser enterrado, pensó Rachel. Al pie de las extensas llanuras, junto a la colina, bajo el árbol que había plantado cuando sus padres murieron, y que ahora acariciaba el viento. Eso era todo, desde que Slade había construido su propia cabaña de maderos a cierta distancia tras echar abajo la vieja choza y el granero de India, que había estado a la vista desde los sepulcros.

«Pobre Jonathan», se dijo Rachel, suspirando, cuando el funeral estaba a punto de terminar. Su vida había sido inútil y desperdiciada, un innecesario desorden. Sólo tenía treinta y seis años. Era un lugar áspero, «el reino del corazón». Era una vida dura. Los mansos heredaban la tierra, pero no los sucios de corazón, y sólo los fuertes sobrevivían.

Miró a los niños. Estaban llorando, como se esperaba que hicieran. No habían endurecido totalmente el corazón contra su padre, y su muerte había desatado sin duda tristes recuerdos sobre la muerte de la madre que tanto habían amado. Lentamente, Rachel los condujo de nuevo a la casa mientras Slade le agradecía al reverendo que hubiera acudido, le estrechaba la mano y le pagaba sus honorarios. Rachel no pudo evitar recordar que se había encargado de todo ello durante el funeral de India, porque Jonathan estaba demasiado borracho para hacerlo.

Rachel advertía que muchas de sus responsabilidades anteriores descansaban ahora en los anchos y fuertes hombros del pistolero. Pero hasta el día anterior no se había dado cuenta de lo mucho que ahora necesitaba de él. Era Slade quien había reconocido los restos de Jonathan, él había recogido el féretro de Jonathan aquella mañana y había organizado los preparativos para el entierro. Era Slade quien había enviado a Adam a participar a los vecinos la muerte de Jonathan, para que los chicos no se sintieran dolidos o decepcionados porque no acudía nadie al funeral de su padre. Él se había ocupado de que los niños fueran adecuadamente vestidos y se mantuvieran juntos junto a la tumba, y también quien había dado las gracias a las plañideras y aceptado las condolencias con que se unían a la aflicción familiar.

Todo lo que Rachel hizo fue cocinar la comida que

iba a ser servida ahora que el funeral había terminado. A pesar de que su casa alojaba a ocho niños, el pistolero la mantenía inmaculada. Rachel ni siquiera había tenido que limpiar; y no pudo evitar recordar lo duro que, sólo siete meses antes, había tenido que trabajar para hacer que la oscura y húmeda choza de India estuviera presentable para las plañideras. Ojalá India le hubiera escrito a Slade un poco antes para contarle la verdadera situación en que se encontraba su matrimonio y su vida; podría haber estado viva ahora.

«No pensaré en ello ahora —se dijo Rachel severamente—. Nunca más volveré a pensar en ello. Ella está muerta y no hay nada que yo pueda hacer para que vuelva, o que hubiera podido cambiar para hacer su vida más fácil de lo que fue. De un modo mejor o peor, todos acabamos muriendo. Papá y mamá están muertos, y ahora, Jonathan está muerto también; y el abuelo, Poke y Seeks no vivirán para siempre. Entonces sólo quedarán los niños y Slade... y yo, si le quiero. Y yo le quiero. Lo amo. Lo amo con todo mi corazón, y aunque él no me ame, al fin y al cabo se preocupa por mí. ¡Sé que lo hace! Un hombre no haría todo lo que él hace por mí si yo no le importara... al menos un poquito. ¿Acaso no es bastante para mí?»

Sí, advirtió, sí lo era. No había sido así antes. Pero ahora lo era. La vida era demasiado preciosa, demasiado breve para malgastarla, tal como Jonathan la había malgastado. No importaba lo joven que uno fuera: la muerte llegaba en cualquier momento, tal como había llegado para sus padres, para India y Jonathan... y como había llegado para llevársela a ella, también, si Slade no hubiera golpeado furiosamente las llamas prendidas en su espalda para salvarle la vida. Su hermoso vestido de color azul pálido estaba arruinado, y nunca volvería a ponérselo, aunque había conservado pedacitos de seda y lazos de satén para recordar cómo habían bailado Slade y ella en el Hotel Occidental antes de que ocurriera la tragedia. Había sido la noche más maravillosa de su vida hasta entonces. No, no quería morir sin haber disfrutado al máximo de todo el tiempo que pudieran pasar juntos. Si sólo podía tener una parte del pistolero, eso significaría para ella mucho más que tener a cualquier otro hombre en el mundo; Rachel lo sabía ahora con toda certeza. No lo había descubierto demasiado tarde.

A la primera ocasión que tuvo, intentó decir a Slade que lo amaba y que se casaría con él si todavía la quería como esposa.

Unos días después del entierro de Jonathan, el bebé, Tobias, enfermó.

El primer indicio que Rachel tuvo de que algo iba mal fue que Slade no llevó a los niños a la cabaña por la mañana. Luego Gideon, Caleb y Philip llegaron en su carreta para decirle que Tobias estaba enfermo y que la necesitaban en la casa. Recogió su cesta de mimbre llena de toda clase de hierbas y flores silvestres y, subiendo a la carreta con los tres chicos, se dirigió a la cabaña de Slade rezando para que no fuera nada grave lo que le pasaba a Toby, que ocupaba un lugar muy especial en su corazón.

Para el alivio de Rachel, Toby sólo parecía haber contraído un resfriado en el pueblo, o quizá durante el funeral de su padre. No tenía fiebre, y sólo estornudaba y tosía un poco. Después de examinarlo cuidadosamente, le administró una infusión de regaliz para aclarar la inflamación de la nariz y la garganta, así como el probable dolor de oídos; y también le dio una cucharada de melaza con unas gotas de brandy para ayudarlo a dormir. Luego, como no tenía ninguna en la cesta, buscó algunas raíces de malva roja, que florecía en esa época, y le indicó a Slade que debía quemarlas en la chimenea, donde también debía poner a hervir un bote de agua, para que Toby inhalara a un tiempo el humo y el vapor medicinal que desprendían.

El pistolero siguió religiosamente estas instrucciones, y unas horas más tarde, el bebé parecía haber mejorado.

Pero a la mañana siguiente, temprano, Toby estaba peor, y Slade mandó a llamar ansiosamente a Rachel. Esta vez, vio que tenía fiebre y no le gustó en absoluto el pequeño ronquido que sonaba en su pecho. Ahora temía que fuera algo peor que un resfriado, y que la infección estuviera alcanzando a sus pequeños pulmones. Permaneció durante todo el día en la casa del pistolero, tratando a Toby no sólo con la infusión de regaliz y la mezcla de melaza y brandy, sino también con una densa tisana de hojas sejas y bálsamo de menta. Continuó quemando las raíces de malva roja en la chimenea, y puso un bote de agua a hervir para que produjera vapor, y además preparó un emplasto caliente que le aplicó a Toby en el pecho.

Hacia el final de la tarde ya respiraba con mayor facilidad, y su frente le parecía un poco más fría a Rachel, así que regresó a casa para prepararles la cena al abuelo y a Poke. Después de esto, fue a ver a Seeks a su tienda india para explicarle los síntomas del bebé y pedirle consejo.

—No temas. Has hecho lo que debías, Flor Silvestre —le aseguró el indio—. Ahora, si el pequeño empeora por la noche, dale mullein bueno. Quema unas cañas en el hogar para que den buen humo, y haz un té de hojas caliente. Si no mejora después de esto, tienes que usar medicina más fuerte con leche de manteca. Mañana por la mañana, yo mismo iré a ver qué le ocurre al pequeño. Esto no es una ofensa para ti, Flor Silvestre, pues tú has aprendido bien lo que yo te he enseñado, y eres una buena mujer médica. Pero yo he visto muchos inviernos y veranos, y a menudo los ojos ancianos ven con más claridad que los más astutos de entre los jóvenes. Tu amor por el más pequeño puede haberte cegado para ver sus necesidades. Mañana, yo iré. Lo veremos juntos.

Esa noche, antes de volver a la cabaña de Slade, Rachel se aseguró de que tenía en la cesta suficiente cantidad de mullein seco, la planta que Seeks llamaba «mullein bueno» porque se empleaba para tratar muchas dolencias distintas. Luego, ya en la casa del pistolero, al ver que la fiebre de Toby aumentaba y que su respiración se hacía más estentórea y cargada, hizo lo que el indio le había indicado y reemplazó las raíces de malva roja por cañas de mullein en la hoguera. Después de esto, preparó un té caliente de hojas de mullein y, cuando el líquido se hubo enfriado ligeramente, se lo hizo tomar a Toby a cucharadas. Luego le dio más infusión de regaliz y más mezcla de melaza y brandy, y cambió la cataplasma de su pecho por otra nueva.

Entrada la noche, Rachel permanecía sentada junto a la cuna del niño, arrojaba más cañas de mullein en la chimenea y preparaba más té caliente. Había abierto todas las ventanas de la cabaña de par en par, pero a pesar de ello la casa estaba sofocada por el calor de la hoguera en pleno mes de julio. Rachel estaba sudando copiosamente, pero aunque Toby sudaba también, su fiebre no remitía, y finalmente, y a pesar de sus protestas, Slade le ordenó que se fuera a la cama, diciéndole que él vigilaría al niño y que la llamaría si la necesitaba.

—No le harás ningún bien a Toby si caes enferma, cariño —le dijo—. Vete. Descansa. No dejaré que le pase nada, te lo prometo.

Advirtiendo la sensatez de sus palabras, Rachel se fue, arrastrando los pies y con los ojos casi cerrados, a la cama vacía de Slade para dormir. Sin embargo, su sueño fue muy inquieto, pues tenía el oído atento a cualquier sonido que pudiera proferir la pesada respiración de Toby y a sus inquietantes gemidos. Algunas veces oyó que Slade le hablaba suavemente al niño y que caminaba con él en brazos, y estuvo contenta de que Toby se hallara en las manos fuertes y seguras del pistolero. Por raro que pareciera, esto la reconfortó. Era extraño que las manos de Slade, tan rápidas y mortales con una pistola, pudieran ser tan suaves y tiernas con un bebé.

Se equivocaba tanto al pensar que no había sido el tutor ideal para los niños, pensaba Rachel amodorrada, entre sueños; había sido para ellos un padre mucho mejor que Jonathan. Ahora le parecía difícil creer que tiempo atrás no hubiera querido que Slade se hiciera cargo de los niños, porque lo había considerado totalmente incapaz de ello. Se había equivocado; había estado muy equivocada. Ahora lo sabía. Mientras Rachel se deslizaba hacia el sueño, Slade tocaba con la armónica una vieja canción de cuna francesa y estudiaba su rostro —tan agobiado por las preocupaciones pero tan hermoso para él a la luz de la hoguera—, y acunaba al niño para que se durmiera.

Por la mañana llegó Seeks, y tras desmontar rígidamente de su caballo los llamó, como era la costumbre india, para entrar luego a examinar a Toby. Para entonces, Rachel no necesitaba que Seeks le dijera que el niño estaba tan gravemente enfermo que quizá no pudiera recobrarse. A pesar de todo lo que ella y Slade habían hecho por él durante la noche, Toby había empeorado. Parecía como si sólo hubiesen logrado aplazar los inevitables y mortales efectos de la enfermedad.

Sus grandes ojos azules estaban húmedos y bordeados de rojo, con dos profundas ojeras de color violáceo por debajo, como si alguien le hubiese dado sendos puñetazos. Su nariz desprendía constantemente espesas mucosidades, y cada vez que tosía —con un ruido ronco y cortante— expulsaba unos esputos densos y verdeamarillos. Se ahogaba literalmente, incapaz de llenar sus pequeños pulmones de aire, y sus costados se hundían tan profundamente con sus esfuerzos por respirar que se le marcaban todas las costillas. Ardía de fiebre, y el ronquido que despedía su pecho era ahora un golpeteo tan potente que Rachel ya no tenía que apoyar la cabeza sobre su cuerpecito para oírlo. Sus gemidos de dolor eran meros gruñidos. Estaba aterrorizada, paralizada de miedo.

Durante el día, y a pesar del calor, ella, Slade y Seeks mantuvieron la hoguera ardiendo, y la alimentaron con largas cañas de mullein seco para crear humo medicinal mientras rellenaban una y otra vez el bote de agua para producir vapor. Elaboraron una tetera tras otra de té de mullein caliente, y obligaron a Toby a tomárselas con las tisanas de leche de manteca, atragantando su áspera garganta para obligarlo a tragar cuando intentaba rehusar los amargos remedios. Pero nada de todo esto resultó útil, y finalmente, Rachel y Seeks se quedaron sin recursos que intentar. Habían empleado todos sus conocimientos. En su desesperación, Rachel le dijo a Slade que debía cabalgar hasta Wichita en busca de un doctor.

—No todos son farsantes. Hay algunos buenos en el pueblo —insistió—. Ve a la consulta del doctor Andrew Fabrique, Slade, y pídele que venga. Si no lo encuentras, trae al doctor Henry Owens o a E.B. Allen.

No mencionó que este último había sido uno de los primeros jueces de instrucción del condado. No quería enfrentarse al hecho de que Toby podía morir.

Montado en su semental negro, Slade salió al galope. No había nada más que hacer, excepto tratar de que Toby se sintiera bien y esperar y rezar para que el pistolero regresara con uno de los médicos locales.

Al final, fue el doctor Fabrique el que acudió. Como había asistido al parto de la mayor parte de los niños de Wichita, estaba familiarizado con las enfermedades infantiles. Examinó a Toby concienzudamente, auscultó con atención su pecho y su corazón, que estaba muy débil. Después de esto, el médico suspiró profundamente y meneó con gravedad la cabeza, anunciando que Toby tenía bronquitis. El doctor Fabrique hizo todo cuanto estaba en sus manos por la salud del niño. Pero informó a Slade y a Rachel de que, a pesar de eso, no podía alimentar muchas esperanzas acerca de la supervivencia de Toby.

—El bebé está muy enfermo y débil; no tiene ni la altura ni el peso que debería para sus siete meses de edad —explicó el médico—. Por eso su bronquitis es tan aguda. Simplemente, no es un niño lo bastante fuerte para luchar contra ella. Por favor, no se culpen. Han hecho todo lo que han podido, como yo. El resto está en manos de Dios. Lo siento. Si el niño vive... —Se interrumpió bruscamente. Luego dijo—: Volveré mañana si me necesitan.

El doctor se marchó poco después del atardecer, declinando la invitación de cenar. Cuando se hubo ido, llevándose su maletín negro y las esperanzas de Rachel con él, ella se sentó junto a la cuna de Toby y empezó a acunarlo suavemente y a contener las lágrimas mientras rogaba y pactaba con Dios para que dejara con vida al niño. El corazón se le convulsionaba en el pecho con cada dolorosa respiración de Toby, y una terrible irritación y agonía la colmaba porque no tenía el poder de salvarlo. Eso era lo peor de todo... su impotencia, cuando lo amaba tanto, cuando lo necesitaba tan desesperadamente.

Con el transcurrir de la noche, la boca y las uñas del bebé empezaron a adquirir un color azul pálido. Luego, de pronto, justo a la medianoche, Toby profirió un jadeo entrecortado, como si sofocara su respiración, y murió.

El brusco silencio indicó a Rachel que el niño había muerto, pero se negó a aceptar el hecho y siguió rezando. Finalmente, se arrodilló junto a la cuna, apoyó lentamente la cabeza en el pecho del niño y advirtió que ya no respiraba.

—¡Toby! —exclamó suavemente, aún incrédula a pesar de las evidencias—. ¡Toby! —Su mente ofuscada pensó que debía haberse equivocado al creer que él ya no respiraba. Puso desesperadamente la palma de su mano sobre la boca del niño. No exhalaba aliento. Luego, en su exaltación, lo sacudió rudamente, como si pudiera de algún modo despertarlo. Pero Toby seguía sin reaccionar—. ¡No! ¡Oh, por favor, Dios, no! —gimió, volviéndose y cubriéndose los labios con una mano temblorosa para contener los sollozos—. ¡No!

Se sentó en cuclillas y hundió la cara entre las manos, llorando con el corazón roto. Sintió frío en el cuerpo. Pensó, aturdida, que debía estar helándosele lentamente, de algún modo, la médula de los huesos. Le pesaba el estómago como si la tierra hubiera desaparecido repentinamente bajo sus pies, haciéndola sentirse tan mareada y enferma que temió que fuera a desmayarse. La mente le quedó en blanco, y el delirio la invadió por completo, como si no fuera a pensar racionalmente nunca más.

«¡No! ¡No! ¡No está muerto! ¡No lo está! —pensaba angustiada—. ¡No puede ser, no puede ser! ¡Oh, Toby! ¡Toby!»

Aquél era su bebé, su niño. En su corazón, él había sido suyo, y ahora estaba muerto, y nada podría nunca devolvérselo. Simplemente, parecía imposible que hubiera estado allí sólo un minuto antes, y que un minuto después estuviera muerto. Recordaba haberlo cogido en brazos, haberlo alimentado, haberlo acunado, maravillándose de sus manitas, de sus dedos pequeños, haber jugado a «Cinco cerditos van al mercado» con los dedos de sus pies, y recordó que él se arrullaba, gorjeaba y reía cuando hacía eso. Recordaba sus ojos vivos mirando con curiosidad alrededor, su dulce aroma a leche, su diminuto puño, que le agarraba fuertemente el dedo, su primera sonrisa, la primera vez que se sostuvo en pie, y su primer diente. Ahora todo esto había desaparecido, tan rápidamente, tan pronto, y para siempre... se había marchado igual que su madre. Rachel había sido huérfana, y ahora era una madre sin hijo, también. No debería haber sucedido. Toby debería haber vivido. Ella debería haber podido verle crecer, hacerse un hombre y tener sus propios hijos. Ahora, nada de esto ocurriría ya, y se sentía vacía y vieja por dentro... y sola, muy sola.

No, no sola, advirtió lentamente, pues después de un momento, notó un par de manos sobre los hombros, no las manos amorosas de su madre que una vez la habían consolado de su penas, sino las de Slade. Él estaba allí para Rachel, como había estado siempre desde que había llegado. Serenamente, la levantó del suelo y la llevó fuera de la cabaña para que no despertara a los hermanos dormidos del pobre bebé. Ellos ya habían sufrido bastante, como para enfrentarse a otra muerte tan inmediata a la de su padre. Todos ellos habían resistido bastante, pensó Slade, aunque en su interior crecía un profundo, asesino sentimiento de ira hacia Dios por dejar que Toby muriera.

Slade llevó a Rachel al granero, donde podía llorar en privado por la pérdida y tratar de recuperar su coraje...

aunque estuviera atravesada por el tormento y la tristeza hasta lo más profundo de su corazón. Se repondría de algún modo, algún día, pensó él. Sabía que ella no quería que los demás niños la vieran en aquel estado. Querría ser fuerte para ellos, porque aquélla era la clase de mujer altruista que ella era.

Desde las sombras donde estaba sentado, detrás de la casa, Seeks pudo verlos a ambos cruzando el jardín, y vio cómo el pistolero rodeaba con un brazo los agitados hombros de Rachel, que apoyaba la cabeza en su pecho. Comprendió que el niño había muerto, se levantó lentamente y caminó entre las sombras. Un poco más allá, en la pradera, alzó la palma de las manos hacia el cielo estrellado de la noche y empezó a cantar melodiosamente su plegaria india por el muerto.

Dentro del granero, Rachel lloraba contra el pecho de Slade, mientras él la abrazaba estrechamente y le acariciaba el pelo con suavidad, sin saber cómo consolarla.

—¿Por qué, Slade? ¿Por qué? —le preguntó, como si, herida y desconcertada, pensara que él sabía la respuesta a esta pregunta. Pero él no la sabía—. ¿Por qué tenía que morir Toby? ¿Por qué?

—No lo sé, Rachel. No sé por qué ocurren estas cosas. ¡No sé por qué Dios permite que sucedan! Desearía saberlo, pero no lo sé. No está bien, no es correcto. Pero así es la vida, cariño, y no hay nada que podamos hacer para cambiarla. Sólo tenemos que vivir del mejor modo que sepamos.

—¡Pero Toby... Toby era sólo... un niño! ¡Ni siquiera tuvo la oportunidad de vivir! ¡No tuvo una oportunidad! Y ahora, está... muerto, y era tan... pequeño... ¡tan pequeño para morir!

—Todos morimos constantemente, Rachel —dijo Slade con suavidad—. Desde el día en que nacemos, todos nos estamos muriendo. Algunos simplemente mueren antes que otros, eso es todo. Quizá Toby fue uno de los más afortunados. No lo sé. La vida es dura, Rachel, y al final, ninguno de nosotros sale vivo. Simplemente, el fuerte lucha más duro para postergar el momento, eso es todo.

—¿Y qué sentido tiene, Slade? —preguntó amargamente, enjugándose las lágrimas—. Si todo esto no sirve de nada, ¿qué sentido tiene nacer?

—No lo sé, cariño. Sólo Dios tiene la respuesta.

Se quedaron en silencio, solos con sus pensamientos. Como el sonido del canto indio desde las llanuras llegó hasta ellos, mil recuerdos brotaron inadvertidamente para inundar a Slade: recuerdos de los negros en domingo, cantando sus canciones espirituales en los cuarteles de esclavos de la plantación de su padre, Cypress Hill, y de Baptiste Robillard, su madre, bailando en el gran salón de baile cuyas puertas francesas se abrían sobre el río Misisipí; de Thérèse Duvalier corriendo con un vestido blanco sobre la hierba iluminada por la luna, con gardenias en el cabello; y de su querida hermanastra, India, con los ojos azules risueños y el cabello negro volando al viento... Todos ellos estaban muertos, excepto la mujer a la que sujetaba entre sus brazos... Rachel, rápida y cálida, un mundo de fortaleza en un cuerpo joven y aparentemente frágil, un tesoro de coraje en el gallardo corazón. Pero incluso ella estaba abatida ahora por la muerte de Toby.

—Era nuestro, Slade —susurró furiosamente, levantando su rostro lleno de lágrimas hacia él, y él supo que se refería al niño muerto—. ¡Él era nuestro! Oh, sé que no éramos sus padres reales, pero él nunca conoció a India o a Jonathan. ¡Toby era nuestro! Es tan cierto como si lo hubiéramos engendrado tú y yo... ¡Oh, Slade, hazme el amor! —Las palabras brotaron de ella repentina y fervorosamente—. ¡Hazme el amor! Aquí. Ahora. No quiero pensar más en la muerte. ¡Me volveré loca si lo hago! Sé que lo haré. ¡Hazme el amor! Tómame, enséñame. Por favor, te quiero. Yo...

Rodeó con los brazos el cuello de Slade, su cuerpo se apretó más contra el suyo, y estampó varios besos calientes y apresurados sobre su rostro y su boca. Slade tendría que haber sido un monje para no enardecerse... y no lo era. Inflamado por su inesperado asalto, la aplastó contra él, deseándola profundamente mientras la excitación estallaba violentamente entre los dos. Los labios de él capturaron los de ella y su lengua se entrelazó ardientemente con la suya. La besó furiosamente, y su boca era fuerte y exigente contra la de ella, como si, con su ataque a los sentidos, ella hubiera liberado alguna cosa oscura y salvaje en el interior de él. Pero Rachel no lo temía, porque se unía a la ardiente y brutal pasión que se encendía y explotaba en su propio interior. Le devolvió salvajemente el beso, como si ella fuera un aguamanil vacío con vehemente deseo de ser llenado y los besos de él un jarro de dulce vino del estío que ella deseara contener. La lengua de ella buscó la suya, se entrelazó con ella, revolviéndose, retorciéndose, saboreándola con rápidos lengüetazos y lamidos que hicieron que la espalda de Slade se tensara de deseo. La húmeda boca de Rachel tragó su aliento con avidez. Sus dientes toparon con los labios de él. Sus manos tensas se desplazaron por el musculoso cuerpo del pistolero desesperadamente, clavándose como garras en su camisa. Rasgó su pecho desnudo con las uñas, haciéndolo sangrar en su frenesí.

Fue esto lo que devolvió repentinamente el sentido a Slade. Enseguida la apartó con brusquedad y sus dedos aprisionaron tan fuertemente los brazos de Rachel que ella supo que por la mañana tendría cardenales. Él era un pistolero, así que sabía lo que ella estaba sintiendo: el impulso, la necesidad instintiva de crear vida en su interior para compensar la muerte. Él había sentido lo mismo cien veces en el pasado. Ella quería que llenase su vacío, que le hiciera olvidar que la vida era dura y que Toby estaba muerto, que se llevara su dolor y aliviara su corazón roto. Y Slade quería hacer todo eso por ella. Quería hacerlo con todas sus fuerzas, porque la quería a ella. Pero aquél no era el momento ni el lugar. Rachel no era la clase de mujer que se entregaba de ese modo, en un instante, sin lamentarlo y culparse después; y él no era la clase de hombre que se aprovecharía de ella en un momento de debilidad y pena. No podía hacerle eso a ella. No se lo haría. Debía estar loco para haber permitido que las cosas hubieran llegado tan lejos.

—No. ¡No! —La rechazó terminante, con voz ronca y una respiración cada vez más profunda—. ¡No lo haremos! ¡Te lo aseguro, no lo haremos! Te quiero, Rachel. Sabes que te quiero. ¡Pero no ahora! ¡No así! ¡Escúchame! Más tarde te odiarías por haber hecho el amor conmigo, con el niño muerto en la casa..., y me odiarías a mí también. Y no podría soportarlo. Yo... —Un músculo tembló en su mejilla. Luego, con ternura, dijo—: Vuelve a casa, Rachel, cariño. Por favor. Tenemos un niño que debe ser enterrado, y lo que hay entre nosotros debe esperar, y será más dulce cuando llegue, te lo prometo.

Conmocionada, horrorizada por haber perdido el sentido y haberse arrojado sobre él tan vergonzosamente en su dolor, Rachel se volvió y salió a ciegas del granero, pensando que debía de haberse vuelto loca. Se detuvo en la puerta de la cabaña, sollozando, para recuperar el aliento y endurecerse frente a lo que le esperaba allí dentro.

Luego, lentamente se relajó, entró y fue hacia el bebé que yacía inmóvil y silencioso en su cuna.

25

La vida siguió como antes, pero ahora no había bebé en la casa, y se contaban cinco tumbas bajo el árbol solitario que Rachel había plantado en la colina de la pradera, en lugar de cuatro.

A veces Rachel iba allí, en las tempranas mañanas de verano o en los largos atardeceres crepusculares, para pensar en silencio y dispersar unas flores silvestres sobre los montículos de tierra que había al pie de las anchas y verdes llanuras. Cuidaba del sepulcro de Jonathan con tanto cuidado como los demás, perdonándole en la muerte lo que no le había perdonado en vida.

Seeks se había marchado —había permanecido entre ellos más de lo habitual—, y Rachel, tristemente, se preguntaba si volvería a verlo otra vez. De pronto se había dado cuenta de que, aunque su pensamiento no cambiaba, era un hombre viejo, con el corazón cargado por la evidencia de que no había un lugar para él o para los suyos en el futuro.

Su modo de vida, tan armónico con la naturaleza, estaba extinguiéndose con los rebaños de búfalos, tal como le había dicho a ella. La muerte andaba pisándole los talones, y cada invierno lo seguía más de cerca, y ahora

Rachel sabía que en su corazón él le daba la bienvenida.

Estaba arrodillada junto a los sepulcros de la pradera, y el sol de la mañana teñía su pelo de oro, cuando él acudió a despedirse. Lentamente, montado en su caballo al frente de sus dos mulas de carga, se acercó a ella; y aún antes de detenerse, y con la rigidez de la edad, se deslizó del lomo desnudo de su caballo para quedar en pie junto a ella, que se alzó respetuosamente del suelo. Rachel sabía que se marchaba. Su corazón sufría ante la idea, ante la dolorosa perspectiva de que también debería soportar su pérdida; y se preguntaba cómo era posible que Dios nunca encomendara una carga demasiado pesada a aquel a quien había elegido para llevarla.

Por un momento, Seeks permaneció en silencio, mirando el árbol solitario que se erigía al pie de la colina y que a pesar de los largos y calurosos veranos, de los fríos y amargos inviernos, y del constante soplar del viento salvaje, levantaba sus valientes ramas al cielo, como una plegaria... o como si quisiera alcanzar el cielo, las estrellas.

Entonces dijo:

—Es un buen lugar para ser enterrado, Flor Silvestre.

—Sí —convino ella serenamente, consciente de que Seeks, que no tenía más familia que ella, deseaba también yacer allí cuando llegara el momento.

—Tú lo dispondrás así —determinó.

—Sí.

Él meneó la cabeza porque no esperaba menos de ella. Como si sus ojos oscuros analizaran y memorizaran su rostro, tendió una mano y, con su afectuoso y característico gesto, la depositó suavemente sobre su cabello.

—Es como la luz del sol, siempre lo pienso —dijo.

—¡Oh, Seeks! ¡Seeks! —sollozó Rachel.

Conteniendo las lágrimas, tendió impulsivamente los brazos hacia su amigo y lo abrazó estrechamente. Por un largo rato, él la sujetó, y sus viejos y nudosos dedos acariciaron el pelo de Rachel amorosamente. Luego, moviendo la cabeza y desaprobando la escena, la apartó cariñosa pero firmemente, volviéndose para que ella no viera la emoción que expresaba su rostro. Después de un momento, con deliberada austeridad, retiró su viejo y desgastado parasol de paja de una de las alforjas de sus mulas y subió a su caballo. Luego miró de nuevo a Rachel, que aguardaba en silencio, mirándolo y llorando ahora sin contención.

—El próximo verano, volveré —le prometió, fingiendo no ver sus lágrimas—, y espero tener sobre las rodillas al hijo de Soldado Bravo y Flor Silvestre. Soldado Bravo es un hombre sabio, como Seeks, y aunque el hombre sabio nunca busca el amor, siempre escucha a su corazón cuando el amor llega.

Finalmente el indio abrió el parasol y partió como una figura orgullosa e incongruente sobre el horizonte. Rachel lo miró hasta que quedó fuera del alcance de su vista, y las lágrimas rodaban sobre sus mejillas tocadas por el sol. Tenía el corazón anegado de emociones. Porque a su manera, Seeks acababa de decirle que la amaba y que Slade también la amaba.

Julio pasó y agosto estalló sobre las llanuras enriquecidas por el aroma de las cosechas. Los hombres trabajaban desde antes de la salida del sol hasta después del crepúsculo, recolectando lo que habían sembrado en primavera. Para la cosecha se requería toda la ayuda posible, así que todos los chicos, incluido Andrew, ayudaron, mientras que todas las niñas, incluida la pequeña Naomi, ayudaban a Rachel en la cocina y cocinaban para los hombres hambrientos. Los hombres de todas las tierras de los alrededores iban de granja en granja para colaborar en el trabajo de la cosecha, y las mujeres colaboraban entre sí para alimentarlos. En la granja de Gus se celebraba una doble fiesta, pues con un espíritu práctico muy propio del Oeste, aprovechó la presencia de los que acudían a la cosecha para celebrar su boda con Livie Svenson y dar la recepción.

Rachel deseaba toda la felicidad del mundo a la pareja. Pero ahora sabía que no se había equivocado con Livie, después de todo, ya que como el dios pagano Jano, tenía dos caras. Aparentemente, era cariñosa, burbujeante y amistosa, pero esto era una simple fachada de la amarga y desagradable persona que encerraba en su interior. Livie estaba extraordinariamente celosa porque Gus había sido pretendiente de Rachel, aunque Rachel no le hubiera querido; y en más de una ocasión, cuando creía que Rachel no estaba mirando, le lanzaba miradas tan punzantes que Rachel regresaba a casa sintiéndose como un acerico, desconcertada por el odio y la hostilidad de la chica sueca. Sin embargo, Livie era muy astuta y sabía cómo esconder su fea naturaleza íntima, y había convencido a todo el mundo durante la recepción, excepto a Rachel, de que era una mujer dulce y amorosa y de que sería una maravillosa esposa para Gus.

Y probablemente lo sería, reflexionó Rachel. Sin duda Livie trabajaría duro para hacer que cada vecino en diez kilómetros a la redonda envidiara sus cualidades de esposa de granjero... sin contar con que, además, todos estaban tan ocupados con la prosperidad de sus propias granjas que el éxito o el fracaso de Livie en ese papel no tenía ninguna importancia para ellos. Aunque a Rachel no le gustaba la chica sueca, le daba pena por ella, porque no creía que fuera a conocer nunca la felicidad, sino que se vería obligada a aceptar sólo sus adornos más superficiales... y, lo que era más triste aún, ni siquiera conocería nunca la diferencia. Rachel aún sentía más pena por Gus, porque se había metido en ello. Pero quizá su amor pudiera hacer que Livie, con el tiempo, fuera menos insegura, y más amable y cariñosa. Quizá él nunca llegara a ver a la mujer venenosa que Rachel había descubierto en Livie. No lo sabía.

Ella tenía sus propios problemas y como, para bien o para mal, la naturaleza humana es tal que el dolor de un dedo propio es más importante que la pérdida de la mano del vecino, Rachel no pensó más en la boda de Livie y

Gus. Es más, los olvidó por completo la noche en que Adam llegó con un mensaje que en adelante consideraría fatídico para Slade.

Rachel lo recordaría durante toda su vida, porque nunca antes había visto, ni vería jamás otra vez, una expresión semejante en su rostro. Su aspecto fue terrorífico cuando Adam le entregó la aparentemente inocente carta de la baraja que, a pesar de su amor por él, Rachel se estremeció hasta la médula de los huesos y pensó aterrorizada e intuitivamente: «Algo ha ocurrido, algo tan terrible que todo ha cambiado entre nosotros y quizá nunca vuelva a ser como antes.»

—Fui a jugar al faro a un salón de Delano esta noche —refirió Adam, para explicar cómo había caído el naipe en sus manos. Se ruborizó al admitirlo, y no se atrevió a mirar a Eve, que había respirado airadamente al escuchar esta noticia y que ahora lo miraba con una callada acusación en los ojos—. Pero eso no tiene nada que ver —prosiguió presurosamente—. Lo importante fue el tipo de la mesa... No era la clase de individuo que se suele ver en Delano, sino un caballero ricamente vestido. Primero pensé que sólo era un novato presuntuoso que acababa de llegar del Este, un franchute emperifollado..., sin ofender, Slade. Pero no era así. Bebió bastante y de buena calidad, pero encajaba el alcohol tan bien como tú, Slade, aunque tenía que estar borracho; pues si no, no sé cómo se explica su actitud. Cuando cayó el atardecer, empezó a sospechar que el croupier de faro estaba haciéndole trampas, y quizá fuera verdad, no lo sé. No sé cómo podría hacerlo, pero todo es posible, supongo. En cualquier caso, empezaron a pelearse, y el croupier se sacó un cuchillo de la manga y antes de que ninguno de los de la mesa supiéramos qué era lo que estaba pasando, el franchute desenfundó una Derringer que llevaba en el bolsillo y, tan fríamente como puedas imaginarlo, le dio al croupier justo entre los ojos. Yo nunca había visto algo así, Slade, la sangre se dispersó por todos lados... —Adam se interrumpió rápidamente cuando vio empalidecer a

Eve. Luego continuó—: El caso es que, después de todo esto, cuando ya se habían llevado al croupier y el franchute había amenazado al camarero para que no llamase al *marshal*, creo que debe de ser un forajido. Se sentó tan tranquilo en la mesa como si nada hubiera pasado. Bueno, tú sabes que yo estoy loco por las pistolas y todo esto, Slade, así que me puse a hablar con él, y en el transcurso de nuestra conversación yo le mencioné con toda naturalidad que teníamos un pistolero en Wichita. Y el franchute dijo: «Oh, ¿y quién es?», y yo le dije: «Slade Maverick.» Y entonces una expresión extraña se instaló en su rostro, y estuvo un minuto en silencio, como si le hubieran dado un golpe en la cabeza o algo así. Entonces cogió la baraja del croupier y, como si se hubiera vuelto loco, empezó a pasar todas las cartas hasta que salió la que ahora tienes. Después la miró un buen rato, como si significara algo especial para él. Me la tendió lentamente, y me preguntó si sería tan amable de traértela, porque yo te conocía y todo eso: y me dijo que te preguntara si todavía te acordabas de cómo «espabilar al tigre». ¿Qué significa eso, Slade? —preguntó Adam curiosamente—. ¿Sabes lo que significa?

El pistolero guardó silencio durante tanto rato que Rachel pensó que ya no iba a contestar a la pregunta del joven. Finalmente, gruñó:

—Sí, lo sé.

Se levantó de golpe y salió de la cabaña, dejándolos a todos tan a dos velas como estaban antes. Nadie dijo una palabra hasta que, finalmente, Rachel se levantó y dijo que era mejor ir a ver si Slade se encontraba bien. Abrió silenciosamente la puerta y se deslizó en la noche, y sus ojos lo buscaron en la oscuridad. Estaba de pie bajo la luz de la luna, un poco más allá, en la pradera. Lentamente, sin saber qué le esperaba, Rachel anduvo hacia él con el corazón en la garganta.

El pistolero no advirtió que se aproximaba, porque miraba fijamente, casi perplejo, el naipe que tenía en la mano. Era el tres de corazones, la última carta que apostó

Digger Thibeaux en la mesa de faro la noche en que Slade se había llevado a su amante, Thérèse Duvalier, lejos de él. El tres de corazones, la carta que representaba el triángulo mortal de la pasión y los celos que había entre ellos más de diez años atrás. El tres de corazones, la carta en que Digger había garabateado el insultante desafío que los había llevado a los tres a los infamantes olmos donde se oficiaban los duelos en Nueva Orleáns. El tres de corazones. Thérèse murió, y Digger aún estaba vivo.

—¡Todavía vivo! —mascululló Slade, y luchó por no perder sus lazos con la realidad.

Estaba tan inmerso en los recuerdos después de haber visto el naipe que no oyó el ruido que hacía Rachel al cruzar la hierba seca de la pradera hasta que estuvo muy cerca de él. Sus instintos de pistolero se excitaron, dio vuelta sobre sus pies, arrojó la carta y desenfundó sus pistolas.

—¡Cielos, Rachel! —exclamó cuando la vio, y luego devolvió las armas a sus cartucheras—. ¡No vuelvas a deslizarte tras de mí de ese modo!

—No estaba deslizándome. —Se inclinó para recoger el naipe del suelo—. ¿Qué significa, Slade? —preguntó, sujetándolo frente a él con dedos pálidos y temblorosos—. ¿Qué significa?

—No hagas preguntas, Rachel —le ordenó, tajante—. Porque no querrás saberlo.

—Sí, sí quiero —insistió—. ¡Tengo el derecho de saberlo, Slade!

—No, no lo tienes.

—¡Sí, lo tengo! Tú me diste ese derecho, Slade, apartando a Gus y diciendo a los Keife que estábamos prometidos. No deberías haber hecho esas cosas si no querías que yo tuviera interés por ti, si no pretendías hacerme formar parte de tu vida. Así que ahora te pregunto: ¿qué significa esta carta?

—De acuerdo, entonces —accedió, después de un instante—. Te lo diré. Pero no te gustará. Así que no digas que no te lo advertí, porque lo hice... y aún así, preguntas por ello. —Se interrumpió. Luego añadió, frunciendo el entrecejo—: Es una broma de mal gusto, un insulto deliberado, un desafío que no puedo ignorar. Significa que si tengo algo de orgullo y de coraje... y de ambos me sobra, Rachel, tengo que bajar al pueblo a matar a alguien.

Desde que Adam le había entregado la carta, Rachel había temido algo así, pero empalideció como si él la hubiera golpeado.

—Pero... ¿por qué? ¿Por qué?

La respuesta de Slade tardó en llegar. Luego, finalmente, abriendo las puertas a las palabras largo tiempo selladas en lo más profundo de su oscuro pasado, habló, y le reveló la historia de su juventud, su escandaloso duelo en Nueva Orleáns y la chica desconocida a la que había amado. Rachel escuchó en silencio, sin atreverse a interrumpirlo, sintiendo que le estaba diciendo cosas que no había contado a nadie en toda su vida.

—¿Recuerdas aquella chica de la que te hablé, a la que yo había amado en Nueva Orleáns, la que... murió? —preguntó. Rachel asintió con la cabeza, y él prosiguió—. Bueno, su nombre era Thérèse Duvalier, y era croupier de faro en un casino del barrio francés. También era una mantenida y una ramera, porque en aquellos tiempos, ser lo uno llevaba a ser lo otro, si se quería conseguir algo en la vida. —Se interrumpió, recordando cómo habían sido las cosas para una mujer como Thérèse Duvalier. Luego continuó, porque las palabras brotaban ahora de él como si hubieran estado demasiado tiempo embotelladas en su interior—. Oh, Rachel, cariño, era tan indecente como decente eres tú, tenía el pelo largo y negro y la tez tan pálida que era casi blanca. Era tan hermosa, y yo la amaba tanto —confesó, y sus palabras se clavaron lentamente, como un puñal, en el corazón de Rachel—. Yo la amaba, aunque sabía que nunca podría casarme con ella. Habría sido el broche de oro para mi padre. Lo habría matado, pero aunque lo despreciaba, no quería ser la causa de su muerte.

»Yo tenía un amigo, al menos, lo era al principio, Digger Thibeaux, y él también amaba a Thérèse. En un primer momento, ella lo prefirió a él. Era cinco años mayor que yo, y más experimentado y sofisticado, supongo... y desde luego tenía más dinero, puesto que mi padre me había expulsado de Cypress Hill dejándome sin un centavo. Pero Digger estaba loco, Rachel, más aún que yo; y además todos los Thibeaux tenían una veta de crueldad. Se habían casado tanto entre primos que la familia entera estaba medio loca, y Digger era uno de los peores. A pesar de ello, él era el favorito entre todos nosotros, los hijos de las plantaciones.

»Digger no era su nombre real, claro. Era Dominique. Lo llamábamos Digger por su repugnante costumbre de andar mandando a sus rivales de duelo a la tumba. El apodo era una broma macabra, porque en Nueva Orleáns no se entierra a los muertos, sino que sus tumbas están por encima de la tierra. De lo contrario, los cadáveres se desenterrarían y flotarían con las inundaciones que hay con las crecidas de los ríos. Todos solíamos emborracharnos y decir que las víctimas de Digger se ponían tan nerviosas al verlo que flotarían en su propia sangre cuando "crecían" sus temblores. Como decía, una broma macabra.

»De todos modos, abusó terriblemente de Thérèse, la azotaba como a sus esclavos antes de la guerra, y la hacía sufrir de mil maneras demasiado crueles para ser referidas. Traté de persuadirla varias veces de que lo dejara, pero la tenía aterrorizada con lo que podía llegar a hacerle, aunque para entonces ya nos habíamos enamorado y nos encontrábamos en secreto a cada ocasión. Le dije que yo la protegería, pero de todos modos estaba asustada.

»Entonces, una noche en que estábamos jugando al faro en el casino donde trabajaba Thérèse, Digger la acusó de estar trucando de algún modo las cartas que expandía a mi favor, haciendo que él perdiera y yo ganara. Se levantó de la mesa, la sacudió y la abofeteó brutalmente; y entonces fue cuando Thérèse reaccionó. Empezó a gritarle, y soltó todo lo que tenía contra él: le dijo que le odiaba, que éramos amantes a sus espaldas, que se iba a escapar conmigo y que no quería verlo nunca más. Estaba histérica, así que me la llevé a casa, y cuando estábamos allí llegó un mensaje de Digger. Me retaba en el dorso del tres de corazones, la última carta sobre la que había apostado aquella noche, jugando al faro. Había estado bebiendo, y no quería esperar para celebrar el duelo de un modo correcto. Quería que nos encontráramos enseguida; y como yo había estado bebiendo también, y era demasiado orgulloso y estaba demasiado irritado para rehusar, acordé reunirme con él.

»A pesar de mis objeciones, Thérèse insistió en acompañarme. Esperaba en el carruaje, detrás de los olmos, mientras Digger y yo juntábamos nuestras espaldas y empezábamos a contar los pasos con las pistolas de duelo de Digger en las manos. No sé qué fue lo que pensó Thérèse entonces. Pero en el último momento, cuando ambos nos volvíamos para hacer fuego, saltó del carruaje y corrió hacia mí desde los árboles. Quizá Digger había hecho trampa y se había vuelto antes y ella trataba de advertirme. O quizá él jugaba limpio, después de todo, y ella simplemente tuvo miedo de que yo no pudiera con él, puesto que había matado a tantos otros, y tuvo alguna idea peregrina sobre salvarme la vida. Como dije, no lo sé; y ya no lo sabré nunca, porque en lugar de hacer fuego contra mí, el maldito bastardo de Digger disparó contra Thérèse. Le disparó a sangre fría. Él la mató, Rachel, delante de mis propios ojos, sabiendo lo mucho que yo la amaba. A veces... creo que no voy a quitármelo nunca de la cabeza... —Slade se vino abajo repentinamente, y tensó el músculo de la mandíbula tratando de recuperar el control de sus emociones.

Luego prosiguió, con serenidad.

—Nunca olvidaré cómo permanecía de pie, riéndose como un demente, después de hacerlo; ni que seguía riéndose después de que yo le disparara y él cayera al suelo. No esperé a ver si estaba muerto. Levanté a Thérèse en brazos y la llevé al carruaje, y conduje como un endemoniado para llevarla al doctor más cercano. Pero era demasiado tarde. Estaba muerta para cuando llegué ahí. —El pistolero se detuvo otra vez, recordando. Añadió, tontamente—: He estado recorriendo el camino del infierno, como Digger Thibeaux, desde entonces... y ahora que sé que está vivo, tengo que terminar lo que empecé aquella noche en Nueva Orleáns. Se lo debo a Thérèse. Me lo debo a mí mismo.

Las lágrimas pincelaron las mejillas de Rachel al escuchar su relato, lágrimas como pequeños prismas bajo la luz de la luna. Empezó a hablar, a protestar... amándolo y temiendo perderlo, como Thérèse Duvalier. Pero con una mano en alto, Slade la detuvo.

—No, no digas una palabra más, Rachel. Perderías el tiempo intentando disuadirme de ir allí, porque no puedo dejar de hacerlo. Conozco muchas buenas razones por las que no debería encontrarme con Digger otra vez, y sólo hay una convincente para hacerlo, pero con ésta basta. Priva sobre todas las demás. Así que, por favor, vuelve a la casa. Por favor, Rachel. Necesito estar solo un rato para pensar a fondo en todo ello, y aclarar las cosas en mi cabeza.

Con una mano sobre la boca para intentar reprimir en vano los sollozos, Rachel se dio media vuelta y corrió hacia la cabaña. Slade la vio marchar con la garganta presa de la emoción que amenazaba con sobrepasarlo. Después de un rato, se dirigió decididamente hacia el establo para enganchar el tiro a la carreta y llevarse a los niños a casa.

Fue allí donde se encontró con Poke. El pistolero lo miró en silencio bajo la luz titilante de la antorcha, y empezó a atar los arneses de los caballos de tiro. Al verlo, Poke suspiró, porque sabía que la tarea que lo esperaba no iba a resultar nada fácil. Pero de todos modos lo intentó.

—Slade, quiero hablar contigo un minuto —anunció.

—¿También tú quieres meter las narices en mis asuntos, Poke? ¡Maldita sea! ¿Es que un hombre no puede tener un poco de paz o intimidad en este lugar? —bramó el pistolero, dejando clara su incomodidad. Luego inquirió, astutamente—: ¿Te mandó Rachel?

—No, señor, no lo hizo... ¡y quiero avisarte de que cuides tu lengua y tu cabeza cuando hables conmigo, Slade Maverick! La guerra terminó, y soy una persona libre, de color —le recordó Poke—, ¡no uno de los esclavos negros de tu padre! ¡Y harías bien en recordarlo porque soy tan viejo que podría despellejarte si me lo propusiera! ¡Alguien tiene que hablar por la señorita Rachel, y ahora mismo, Fremont está tan malditamente loco porque te vas a cazar a ese tipo que está pensando en hacerte probar su escopeta! —Poke dejó que Slade se hiciera a la idea. Luego añadió suavemente—: Tú sabes que la señorita Rachel te ama, Slade.

El negro tuvo la profunda satisfacción de ver que el pistolero se ponía enfermo... Luego, después de un momento, Slade se obligó a proseguir con su tarea.

—Estás soñando, Poke —gruñó.

—No señor, no sueño. Porque el día que el viejo Buey te partió la cabeza con esa silla, yo pensé que la niña se moría cuando te vio tendido ahí tan quieto en el suelo, como si te hubieras ido a encontrarte con el Creador. ¡Estaba tan enojada que cogió una de las patas rotas de la silla del viejo Buey y parecía que iba a matarlo con ella! Le pegó en la cabeza y los hombros. Sí señor, yo conozco a la señorita Rachel desde el día en que nació, y estoy aquí para decirte que yo no le había visto un berrinche así como cuando pensó que estabas muerto. ¡Ya sé, tú quieres coger y marcharte a ver a ese franchute en el campo o cualquier otro lugar y quizá dejarte matar si hace falta!

—¿Rachel te dijo eso? —preguntó Slade astutamente.

—No señor. Yo no necesito que nadie me diga eso, porque si alguna vez he visto a un hombre mirando a un fantasma, eras tú mirando esa carta, ese tres, esta noche. Yo crecí en el Sur. Sé de duelos por amor y esas cosas. Y oyendo la historia de Adam y sabiendo que eras un pistolero cuando llegaste, sólo hay que atar cabos para saber que ese franchute es alguien de tu pasado y estoy aquí para decirte que los tiempos de los duelos pasaron y que el pasado está muerto y enterrado, Slade; y no puedes cambiarlo... ni ahora, ni nunca. Y nadie puede hacer eso, ¡así de claro!

—Puede ser, pero un hombre con algo de honor y coraje simplemente no huye de un desafío —insistió Slade.

—Yo también pensaba eso antes —admitió Poke—, hace mucho tiempo, pero Ulysses me enseñó que era diferente. Tú no conociste a Ulysses, el papá de la señorita Rachel. Pero él y la señora Victoria, la mamá de la señorita Rachel, eran buenas personas, de las mejores. Me tomaron hace tiempo, antes de que llegara la guerra, antes de que naciera la señorita Rachel. Yo era un esclavo fugitivo del Sur profundo, y me las arreglé para tomar el camino del Norte como fuese. Robaba comida y dormía en los callejones, aterrorizado porque los cazadores de esclavos iban a venir y a cogerme, cuando Ulysses me encontró y me llevó a casa. Yo tenía vergüenza de haber huido. Me sentía como un cobarde. Pero Ulysses me dijo que a veces se necesitan más agallas para salir corriendo de algo que para quedarse a pelear.

»No tenía familia. Mis hijos estaban todos vendidos al otro lado del río; y mi mujer... bueno, el hombre blanco, si es que se le puede llamar hombre, que era nuestro amo, se emborrachó una noche y le pegó y la violó, porque no quería complacerlo a él y a algunos amigos. Entonces todos la tomaron, por turnos. Estaba muerta cuando terminaron. Yo lo maté después. Por eso tuve que escapar y por eso estaba tan asustado por si los cazadores de esclavos me encontraban. Yo sabía que ellos no abandonarían la busca, que me colgarían por eso, porque era un negro que había matado a un hombre blanco. Pero Fremont, Ulysses y la señora Victoria, ellos me escondieron y protegieron, y luego fueron mi familia.

»Por eso vine a hablar contigo, Slade, porque no soporto ver sufrir a la hija de Ulysses y la señora Victoria, y yo sé que ese tipo ahí ha venido a romperle el corazón si te pasa algo y no vuelves. Ahora, ¿son tus intenciones hacia esa niña honradas o no? Quiero decir... al ver cómo la rondas desde hace meses, actuando como si fueras parte de esta familia, bueno, creo que tú y la señorita Rachel habéis llegado a un acuerdo entre vosotros y que piensas casarte con ella. ¿Me equivoco?

—No —respondió Slade con acritud.

—Entonces, ¿por qué quieres arriesgarte a hacer a la señorita Rachel viuda antes de que sea tu mujer? A mí no me parece bien, estropeando su relación con el viejo Buey como hiciste y estropeándola ahora contigo, al correr hacia ese tipo a lo que sea. A ella no le importaba el bueno del Buey. Pero te ama, Slade, y la señorita Rachel no es de esa clase de mujeres que le da todo su corazón a una persona. Te estoy diciendo aquí y ahora que si algo te pasa, esa niña nunca lo superará, en toda su vida. ¡Me parece a mí que un hombre que ama a una mujer no la arriesgaría de ese modo!

—No, Poke, no lo haría —admitió Slade, mientras subía al asiento de la carreta—. Pero amándola o no, un hombre tiene que hacer lo que tiene que hacer. No te preocupes por mí... ni por Rachel, ¿me oyes? Es una mujer fuerte, y si me ama, como dices, el corazón le dirá que tengo que dejar el pasado atrás y limpiarlo si queremos tener juntos la clase de vida que ella quiere... y que yo también quiero, lo reconozco. De otro modo, yo no estaría tan desgarrado por lo que todo esto puede significar para ella. Pero no temas en absoluto. Puedo cuidar de mí mismo, y volveré. Puedes estar seguro de ello.

26

Mucho después de que Slade, Adam y los niños se hubieran marchado aquella noche, y de que Fremont y Poke se hubieran retirado, Rachel se sentó a la entrada de la cabaña a pensar y a rezar. Sabía que no podía impedir que Slade se encontrara con Digger Thibeaux; que el pistolero se sentiría menos que un hombre si rehuía el reto. Y por extraño que pareciera, ella no quería detener el duelo que iba a producirse. La inesperada reaparición de Thibeaux en la vida de Slade había abierto de nuevo sus viejas heridas, y despertado sus viejos sentimientos por Thérèse Duvalier. Antes, heridas y sentimientos eran sólo recuerdos moribundos, pensó Rachel, casi olvidados. Pero ahora, era como si Digger hubiera insuflado nueva vida en ellos, imbuyéndoles todo el dolor y la pasión que habían tenido diez años antes. En su corazón, Rachel sabía que si Slade iba a ser ahora libre para amarla y para construir una nueva vida con ella, podría de algún modo escribir «saldado» sobre sus pasados y cerrar el libro de pagos.

Trataba de calmar su miedo recordándose que Slade era un profesional, que era bueno en lo que hacía, que tenía que serlo, porque de otro modo no habría sobrevivido durante tanto tiempo como lo había hecho. Pero racionalizar no servía de mucho. Había algo en la historia que le había contado aquella noche que la llenaba de terror, aunque no podía señalar con un dedo lo que era. Sólo sabía que era algo más que el hecho de que Digger Thibeaux fuera un asesino a sangre fría. Una y otra vez, Rachel repasaba el trágico relato de Slade en su mente. Pero el motivo de su terror la eludía. Sólo sabía que Slade podía morir y que ella ni siquiera le había dicho nunca que lo amaba. Entre su profundo dolor por la muerte de Toby y las largas y duras jornadas que Slade y ella habían pasado trabajando durante la cosecha, nunca había encontrado el momento adecuado.

¿Lo había dejado para demasiado tarde, después de todo? Rachel no podría vivir con esta idea. Se reconcomía tanto pensando en ello que casi estuvo a punto de ensillar su yegua para cabalgar hasta la granja de Slade. Entonces pensó que él estaría probablemente dormido, y que los niños lo estaban ya sin duda, y ella no quería despertar a todo el mundo y tener público cuando le dijera al pistolero que lo llevaba en el corazón. Decidió que se lo diría por la mañana, a primera hora. Dios le debía esta posibilidad, ¿no? Sin duda. Dios no podía ser tan cruel como para llevarse a Toby y luego a Slade, también, antes de que le hubiera dicho siquiera que lo amaba. No, no podía creerlo. No lo aceptaría. Encontraría un modo de hacerlo, como fuera.

A mucha distancia, un relámpago brilló por un instante como una maravillosa cascada de fuegos artificiales en medio de la noche. Pero no sonó ningún relámpago ni descargó lluvia. Rachel sintió un escalofrío al advertirlo. Algo ominoso estaba gestándose en la atmósfera, pensó. Todos sus miedos regresaron, y se metió en la casa para acostarse. Todavía transcurrió mucho tiempo hasta que cayó dormida, y cuando finalmente lo hizo, sus sueños fueron agitados. Vio la figura de Slade de pie en la pradera bajo un cielo negro y estrellado, y a una figura que reía en la sombra y disparaba su revólver.

Por la mañana, el cielo estaba cargado con una masa lenta y oscura en el horizonte, como si fueran nubes de lluvia. El aire era denso y húmedo, el viento perezoso y opresivo, casi quieto, con una calma inusual que presagiaba tormenta de verano. Desde su caballo, *Sunflower*, Rachel observó el horizonte ansiosamente, temiendo que cayera un tremendo chaparrón, o algo peor. De todos modos, siguió adelante, decididamente, con su misión. No iba a ser la primera vez que una tormenta la empapaba. Y sin duda no sería la última.

Eve le dijo a Rachel que Slade había salido muy temprano, al amanecer, aunque no hacia el pueblo, sino hacia los campos lejanos. Se había llevado dos grandes sacos de botellas y de latas de conserva con él. Eve pensaba que había estado haciendo algunas prácticas de tiro como precalentamiento antes de encontrarse con Digger Thibeaux. Así fue como Rachel dio con el pistolero. Estaba disparando contra las botellas y las latas que había alineado sobre un peñasco del campo.

La miró de un modo glacial cuando se acercó y desmontó. Luego, con el rostro imperturbable, ilegible, estudió cuidadosamente la pistola que tenía en la mano y empezó deliberadamente a tirar sus cartuchos y a recargar la recámara.

—Pierdes el tiempo viniendo aquí, Rachel —le dijo, cortante—. No vas a disuadirme de mis propósitos.

—Lo sé.

Al oír esto, él permaneció en silencio por un momento. Luego dio hábilmente la vuelta al cilindro del revólver y, satisfecho, devolvió el arma a su cartuchera. Con los brazos cruzados, se volvió hacia ella.

—Entonces, ¿para qué has venido? —preguntó, mirándola con frialdad.

Rachel no había visto su lado más duro desde hacía mucho tiempo, y eso la hizo sentirse incómoda y molesta. Ante aquel rostro implacable y distante no podía simplemente expresar su amor. No sabía qué decir, qué hacer. Casi deseó no haber ido allí. Sin embargo no podía dar media vuelta, montar su yegua y huir. Tragó saliva. Luego habló.

—Yo... yo vine... para decirte adiós, en caso... en caso... —Rachel se desmoronó, se mordió los labios y las lágrimas asomaron a sus ojos. Luego, con voz trémula, gritó—: ¡Oh, Slade! Por qué tienes que ser tan duro ahora, cuando tienes que saber que yo... yo... ¡yo no merezco esto! Sé que no...

—No, no lo mereces —murmuró él, acercándose suavemente para arroparla entre sus brazos, apoyar la cabeza de Rachel en su pecho y besarle el cabello—. Lo siento, cariño. Lo siento. Si soy duro es porque me temo que, de otro modo, me vendría abajo, no sería lo bastante fuerte para salir cabalgando de aquí y dejarte, y yo debo... Rachel, tú entiendes que yo tengo que ir, ¿verdad? ¿Y entiendes por qué?

—Sí. Sí. Lo entiendo, y detesto hacerlo, porque no quiero que vayas... Oh, Slade, estoy tan asustada. Tan asustada... Tendrás cuidado, ¿verdad?

—Sí, tendré cuidado, te lo prometo.

Permaneció un rato en silencio, abrazando el cuerpo tembloroso de Rachel contra el suyo fuertemente, como si no pudiera soportar apartarse de ella. Tenía el rostro hundido en su cabello, los ojos cerrados, y su mano asía suavemente las trenzas de Rachel. Luego, por fin, los movimientos nerviosos del semental captaron su atención, y levantó la vista. Soltó un juramente en voz baja, pasmado por la increíble, terrible visión que había ante sus ojos.

—Jesucristo —jadeó—. ¿Qué diablos es esto?

Rachel se volvió, empalideció, y sintió el corazón latiéndole en la garganta al ver la escena que estaba a sus espaldas. Hasta donde podía ver, el cielo parecía un gigantesco cardenal. Se había vuelto pálido, de un verde enfermizo, con venas de color gris amarillento; y en el horizonte crecía una negritud increíble, espesa y colosal como un tirano que rebosaba, sudaba, se extendía, se deslizaba y lo teñía todo en el interminable firmamento. El viento apático que lo había precedido sobre las llanuras se había extinguido, y ahora hacía frío, pues la pradera nunca estaba tranquila. Sin embargo, ahora sobrecogía la absoluta ausencia de sonido y movimiento. Las llanuras habían cobrado la calma de un silencio aterrador, porque era como si la tierra misma, en su totalidad, se hubiera repentinamente asfixiado.

Perplejos, Rachel y Slade miraban fijamente a aquel cielo monstruoso y sanguinario, con un temor reverencial, absolutamente impotentes ante la implacable magnitud y poder con que se desplegaba hacia ellos engullendo el firmamento como una densa niebla que se desplegara desde el mar. Y sin embargo no había terribles truenos que prologaran la rasgadura de aquella masa y el vacío de sus contenidos. Ni erráticos relámpagos que cruzaran aquella nube colosal. Tampoco el eco de un rumor ni el pedragueo de la tormenta. Aquella masa titánica parecía acercarse de puntillas, arrastrándose con la rapidez y la sutileza de un puma que acechara a su presa. Slade no había visto nada así en toda su vida. Pero Rachel sí.

—Es un tornado —dijo, con el rostro ceñudo y los oídos tapados por la repentina presión de la atmósfera—. Tenemos que volver a la casa y bajar a las bodegas, allí estaremos a salvo.

Corrieron a la vez hacia sus caballos, que ahora tenían los ojos vidriosos y aterrorizados por un miedo instintivo, y que se agitaban tan nerviosamente que tanto Rachel como Slade tuvieron dificultades para montarlos y controlarlos. *Fortune* reculó, y *Sunflower* se alborotó; ambos salieron disparados y atravesaron la pradera. A pesar de ello, mirando por encima del hombro recelosamente, Rachel supo que era demasiado tarde. La masa informe estaba ya sobre ellos, rodando y vibrando en espasmos y succiones para mostrarles su verdadera naturaleza... una arremolinada, endiablada garra de poder demoníaco y furia infernal, como un gigantesco platillo que hilara sobre el cielo, sacudiéndose y retorciéndose como un derviche, expandiéndose, estirándose, alargándose en un embudo que succionaba por debajo todo lo que había sobre la tierra.

Y entonces llegó el sonido.

Era el zumbido de innumerables langostas, el moscardeo de diez veces todas las abejas y abejorros que existen. Aunque imposible, creció aún más hasta convertirse en el clamor de mil vientos de la pradera que gimoteaban y gruñían al unísono, un coro terrible y ronco, un tremendo, horrible lamento de incontables voces diabólicas que se alzaban en un chillido furioso y superpoderoso que estalló por las llanuras como si la tierra y el cielo estuvieran diabólica y sobrenaturalmente conectados.

Inmediatamente, el aullido voraz del infierno celebró su banquete, sorbiendo con su gola hueca todo lo que encontraba en el camino, devorando la suciedad y los escombros, engordando su cuerpo fantasmal hasta que se oscureció y materializó en la gigantesca y enroscada serpiente del ciclón, deslizando y ondulando su lengua diabólica para sacudir atropelladamente cuanto hallaba a su capricho mientras se arrastraba y giraba a través de las llanuras, adelgazándose y engrosándose al girar.

—¡Corre, Rachel, corre! —exclamó Slade azotando su caballo bajo aquel gruñido siseante, mirando atrás para ver el horrible fenómeno natural que había descendido del cielo a la tierra y que ahora los perseguía sin tregua—. ¡Corre, por tu vida!

—¡No! ¡No! ¡No podemos huir, Slade! —gritó ella; las palabras fueron arrancadas de su boca por el silbido inhumano—. ¡Esto fue lo que mató a mis padres! ¡Trataron de correr más que el tornado! ¡Esperaron hasta que fue demasiado tarde para encontrar cobijo! ¡Baja de tu caballo! ¡Baja, Slade!

Mientras hablaba, Rachel tiró de las riendas de la yegua hasta detenerla, las ató en el poyo de la silla y desmontó. Sus pies apenas rozaban el suelo cuando *Sunflower* salió despavorida, dejándola atrás. Slade soltó una maldición, pensando que estaba loca, que había perdido la sensatez, y que ahora *Fortune* tendría que llevarlos a los dos. Dio media vuelta al caballo y galopó en dirección contrario para recogerla. Pero ella se negó a subir al semental.

—¡Baja, Slade! —gritó otra vez—. ¡Baja, o morirás!

El pistolero sabía que no podía abandonarla para salvarse él solo, y finalmente, pensando que al menos morirían juntos, saltó de la silla, sujetó las riendas en torno al poyo y abandonó a *Fortune* a su suerte. El largo cabello de Rachel se había desprendido de sus horquillas a causa del viento y ahora flameaba y se arremolinaba en torno a ella salvajemente, haciéndola parecer la loca que Slade pensaba que era. Daba la espalda al tornado, y sus faldas se inflaban por detrás de ella como una bandera agitada por el viento. Se tambaleó al frente descontroladamente, luchando por permanecer de pie, y con ambas manos empujó el pelo alborotado hacia atrás, entrecerrando los ojos contra el polvo que se levantaba entre ellos, casi cegándolos, golpeando sus cuerpos como los perdigones expelidos por una escopeta.

—¡Allí! —gritó, señalando—. En la ciénaga del búfalo.

Obligada a encogerse, se dirigió hacia allí con los brazos de Slade en torno a ella, ayudándola, tratando de protegerla del polvo y del viento. Pero ni siquiera él era lo bastante fuerte contra la fuerza monumental que al final los hizo caer sobre sus rodillas. Vencieron a gatas los últimos metros que los separaban de la depresión cenagosa, y luego se aplastaron en lo más profundo de ella, el cuerpo de Slade cubriendo parcialmente el de Rachel.

El ciclón era ahora tan oscuro como el cielo de la noche, a causa de la rica tierra negra que había succionado su enorme boca abierta desde las llanuras, así que, a pesar del polvo, Rachel y Slade podían ver claramente que se dirigía directo hacia ellos. No podían hacer nada más que esperar y rezar. Estaban impotentes, como todo el mundo lo está ante el poder y la ira de Dios; y pensaron que estaban irremisiblemente condenados mientras aguardaban a que el huracán se los llevara. Sus corazones latían como uno solo contra el del otro, acelerados por el miedo, y con una extraña, salvaje e inquietante excitación también, como si para que ellos murieran se necesitara algo tan poderoso como un tornado.

Iba a caer sobre ellos rápidamente, lo sabían. El ruido era mortal ahora, como si una locomotora fuera a atropellarlos, haciendo sonar su silbato estridente, y el suelo temblara bajo cientos de ruedas que aplastaban el camino a su paso. Y entonces, repentinamente, cayó sobre ellos, un enorme monstruo negro rodando sobre la superficie del barrizal de los búfalos. Los aplastó una presión tan potente que sus tímpanos estuvieron a punto de estallar, y el aliento fue expelido de sus cuerpos cuando fueron comprimidos contra la tierra. La arena los cegó y los acribilló sin piedad, y se abrazaron uno a otro con fuerza, tratando inútilmente de protegerse. En ese momento sólo sentían un aterrorizado respeto por el inconcebible poder de aquella entidad ingobernable bajo la que quedaban reducidos a una absoluta insignificancia. Esperaban morir, ser golpeados y llevados hacia la infinita inconsciencia por aquella fuerza que los asaltaba. En aquella pasajera eternidad, se sumergieron en los recuerdos dulces de los dos. A cada uno le dolía su amor por el otro, y lamentaron amargamente no haber hablado de sus sentimientos. Ahora era demasiado tarde.

Pero entonces, erigiéndose por encima de esta revelación, llegó el conocimiento de que la muerte no los había elegido, y que iban a ser perdonados después de todo; porque en lugar de proseguir su camino desde el pie de la colina hasta lo más profundo del barrizal de los búfalos, el ciclón cambió arbitrariamente de sentido para dirigirse hacia el otro lado. Se detuvo allí por un momento, como si supervisara los alrededores. Luego, sin más, viró bruscamente y encauzó hacia otro lado su destrucción. Aún recorrería muchos kilómetros antes de perder al fin su forma y, desgarrándose libremente entre cielo y tierra, se diluiría hasta que sus revoluciones se harían más y más lentas para finalmente desvanecerse en la nada.

Cayó un suspiro, como si la tierra respirase ahora de nuevo, aunque sin fuerza. El firmamento oscuro se iluminó cuando el sol asomó tímidamente entre las pocas nubes que quedaban, atravesando el tenue velo de polvo que flotaba en el aire.

Largo rato después de que el tornado hubiera cruzado la pradera Rachel y Slade permanecían todavía quietos y en silencio, sin acabarse de creer que hubiera pasado de largo y que hubiesen sobrevivido a su tumultuosa y desenfrenada furia. Para su sorpresa, Rachel todavía podía oír los latidos de su corazón, y los de Slade, y sentir su aliento cálido contra la piel, así que supuso que estaban vivos después de todo.

Una corriente de emociones como nunca había experimentado antes la sacudió, tan fiera y vigorosa como el propio tornado. Se sentía casi como una diosa por haber sobrevivido... ¡Estaba ilesa! La sangre rugió en sus oídos al advertirlo, y recorrió su cuerpo con vitalidad como si lo invistiera de un poder magnífico, místico; y cuando se volvió lentamente para mirar los ojos centelleantes de Slade, supo que él lo sentía también, y comprendió... El debía de haber sentido tantas veces como pistolero estar ante el rostro de la muerte y triunfar sobre ella. Pero para Rachel era una experiencia excitante por primera vez, y quería compartirla con él. Con todo su corazón y su alma, ella lo quería.

El ciclón le había traído de nuevo la conciencia de lo rápida y despiadada que podía ser la llegada de la muerte... la suya, la de aquéllos a los que amaba. Ahora, Rachel sabía sin duda alguna que si Slade era asesinado en el duelo que iba a tener con Digger Thibeaux, ella quería el recuerdo de su cuerpo contra el suyo sobre la dulce hierba del verano, haciéndole el amor. Quería que ese recuerdo anidara en su mente para siempre. Quería saber que, aunque sólo fuera por un momento, él había sido suyo, sólo suyo... como fuera.

—Te quiero, Slade —jadeó—. Tómame. Hazme el amor. Por favor.

Por un interminable momento él la observó, escrutando su apariencia exultante, sus cabellos desmelenados, largos y dorados en torno a ella como mazorcas de trigo maduro, tentándolo con el anhelo de enterrar el rostro en él, entrelazar los dedos con sus mechones y envolverse el cuello con él. Podía sumergirse en las trémulas profundidades verdes de sus ojos, pensó Slade. Las fosas nasales de su nariz fina y respingona latían con la excitación de la supervivencia, y ahora, también, del deseo, como si algo más estuviera despertándose lentamente en su interior, algo que aceleraba su respiración y que provocaba los rápidos latidos de su corazón...

Deseo... Era como Rachel había dicho. Lo quería. Slade pudo sentirlo por el modo en que ella temblaba debajo de él. Ella formaba parte de esa tierra que vibraba tanto de vida que amenazaba con estallar desde ella, explotar desde ella como un torrente; y ella buscaba instintivamente alivio. El pistolero lo comprendió tan bien como había comprendido su reacción la noche en que Toby murió. Pero en su conducta no había ahora dolor, ni debilidad, ni vergüenza. Aquella era expresión de pasión, y ella no lo lamentaría más tarde.

Sus ojos se oscurecieron, y en ese momento Rachel supo que él no la rechazaría. Un terror atávico y salvaje la atravesó al darse cuenta. Sus labios se abrieron con expectación mientras, con un profundo gruñido, Slade caía sobre ella a ciegas y su boca reclamaba salvaje posesión de la suya. Enfrentó y disfrutó del asalto con cada fibra de su ser, abriéndose a él, recibiéndolo con labios ansiosos y brazos abiertos al amoldar su cuerpo al de él, pensando en lo bien que encajaban, como si estuvieran hechos el uno para el otro.

Besándose, abrazándose, rodaron y cayeron, rompiendo frenéticamente cada uno los vestidos del otro hasta que ambos yacieron desnudos y sin vergüenza sobre la pradera. El aliento se paralizó en la garganta de Slade al ver a Rachel, porque era rubia como las llanuras, más bonita aún de lo que había imaginado. Se apresuró a abrazarla, y con la misma urgencia ella se entregó a sus brazos, sin saber dónde terminaba ella y empezaba Slade. Carne contra carne, se mezclaron... tocándose, tomándose, dándose.

La violencia de su anhelo, de su pasión, de su necesidad superaba a Rachel. Ella no sabía que iba a ser así, que la fiereza y la locura la consumirían, sobrepasando sus defensas, dejándola vulnerable e inerme... y confiada. Su corazón latía frenéticamente en su pecho; su pulso se aceleraba con locura, martilleando sus oídos y su garganta, haciéndola sentirse mareada, aturdida como si hubiera corrido una gran distancia y no pudiera recuperar el aliento. Fervientemente, se comprimía contra la ardiente boca de Slade, y contra sus manos, buscando más.

Los dedos de él se internaron en el cabello desatado de Rachel, y le levantó la cara hacia él. Fuerte, su lengua jugó con sus labios, resiguió su forma, burlándose de sus comisuras antes de obligarla a abrirse para explorar la suavidad temblorosa y tierna que había bajo sus labios exigentes. La lengua de Slade penetraba y salía de su boca haciendo estragos en la oscura y húmeda caverna hasta que Rachel gimió levemente y lo besó con fervor, luchando contra su lengua hasta que a ambos les faltó el aliento.

Sensualmente, sus labios succionaron los de ella, y su bigote le hizo cosquillas. Sus dientes mordisquearon la boca de Rachel como si quisiera devorarla, como quizá deseaba en algún recóndito rincón de su mente, pues su hambre de ella era una necesidad imperiosa que durante largo tiempo había querido saciar. La besó una y otra vez, deleitándose con su sabor a miel cuando su lengua ahondaba entre sus suaves labios plegados de un modo insistente, rudo, que la mareaba, arrancando de su interior todas aquellas exquisitas emociones y anhelos que sólo él sabía evocar.

Los dedos de Rachel treparon para enzarzarse en los rizos negros de su nuca, y lo presionó más hacia ella mientras la boca de Slade sellaba el camino entre su mejilla y la sien. Él enterró la cara en su pelo, e inhaló profundamente el perfume a lilas que se mezclaba con el sudor que brotaba de su piel bajo el aire bochornoso.

—Rachel, cariño —murmuró roncamente Slade en su oído, y su aliento cálido la hizo estremecerse—. *Ma chérie, mon amoureuse!*

Él gemía y murmuraba en francés, como si el inglés no pudiera expresar sus emociones. Ella no entendía sus palabras. No le importaba. Su sonido dulce y tintineante era como música para sus oídos cuando él la besaba y la acariciaba, incrementando su deseo por momentos.

Sus labios encendieron una estela de fuego sobre su garganta, donde el pulso latía como una polilla en su agujero. El calor de la lengua de Slade la abrasó ahí, mientras sus manos recorrían a tientas su cuerpo, deslizándose sobre sus senos. Ella respiró profundamente cuando el viento sopló sobre su cuerpo desnudo, acariciando sus pezones como Slade los acariciaba con las palmas de sus manos, suave, ligeramente, antes de apresar con firmeza los senos y de pulsar con sus pulgares los pequeños botones. Su boca ardiente viajó hasta el valle que había entre sus pechos y subió una de las crestas rosadas. La tomó entre los labios, atrapándola con los dientes para sumergirla en la cálida y húmeda cavidad de su boca. Su lengua trazó un lánguido círculo en torno a la areola antes de abrasar el centro y hacer que Rachel se inflamara. Su cuerpo irradió oleadas de fiero placer. Podía sentir cómo se le endurecía el pezón, cómo le crecía como una ciruela dulce a punto de estallar mientras él lo lamía una y otra vez, lavándolo con la lengua hasta que ella no pudo resistir más y se retorció contra él desenfrenadamente, mesándole el cabello con los dedos. Como un reguero de pólvora, los labios de Slade abrasaron el camino a través del pecho para envolver el otro pezón, encendiéndolo como había hecho con su mellizo. La abrazó estrechamente.

El vello negro que poblaba su pecho era como seda bajo la palma de las manos de ella, contra las puntas sensibles de sus senos, mientras lo recorría hasta alcanzar la espalda desnuda. Rachel pudo notar los músculos que se tensaban y vibraban bajo sus dedos, y arañó ligeramente su espalda con las uñas, lloriqueando cuando Slade hundió los dientes en la curva sensible que unía la nuca con el hombro. El mordisco se convirtió en beso mientras le acariciaba el cuello. Luego le capturó la boca otra vez, perforándole los labios con la lengua, avanzando otra vez las manos hacia sus senos. Los dedos de Slade acariciaron los rígidos picos seductoramente. Cuando las uñas de sus pulgares los rozaron, los pezones se contrajeron de placer, y la espalda de Slade se tensó de pasión. Sus manos acariciaron los pechos de Rachel codiciosamente, tiraron de ellos, los acomodaron a su boca, que se inclinaba para succionar ávidamente los pezones una vez más.

Pasó el tiempo. Ella apenas sabía cuánto, sólo yacía entre sus brazos y le dejaba hacer todo lo que deseara con ella. No conocía nada excepto las sensaciones que la habían recorrido cuando él la había tocado. Él era como un buen vino añejo que la emborrachaba. Estaba sin aliento bajo su dirección, descubriéndolo como él la descubría a ella. Era como la hierba de la pradera que cedía al viento, con el largo cabello húmedo y cubierto de flores silvestres, tendiéndole trampas, llevándolo hacia ella, y ambos se envolvían en un delicado capullo. Los labios y la lengua y las manos de Rachel revoloteaban como alas de mariposas en torno al cuerpo de Slade, saboreándolo y tocándolo por todo lo que alcanzaba, la piel suave como cuero fino en unas partes, dura como el cuerpo de un búfalo en otras donde las viejas cicatrices se veían blancas sobre su piel oscura, testimonio de su supervivencia. Ella estaba maravillada por la fuerza y el poder de él, y por cómo lo había domesticado, aunque sólo fuera por un momento, como él la había domesticado a ella.

Aún y así, había en su acoplamiento la fiereza del viento, la violencia de las llanuras. Ambos se habían negado durante demasiado tiempo, y ahora, como el tornado, se tomaron furiosamente, hambrientos, desnudos para la entrega. Nunca habían sentido aquello antes, sabiendo lo que ya sabían cada uno del otro. Más grande que ellos dos, la pasión los consumió profundamente mientras se envolvían, se retorcían, se enmarañaban sin dejar un llano, un ángulo o una curva del otro sin conocer, sin palpar.

—Dios, cómo te quiero, Rachel, cariño —murmuró Slade, con voz grave—. Tócame, cariño. ¿Ves cómo te deseo? ¡Ah, sí, Rachel, sí!

En lo más profundo y secreto de su corazón, el ardiente deseo de Rachel se prendió y ardió en llamas. Como si sintiera su desesperada necesidad, él cubrió su cuerpo con el suyo. Separó con una rodilla los muslos de ella, abriéndola para la embestida de sus dedos, mientras buscaba entre los repliegues que había tras los rizos de terciopelo que anidaban entre sus piernas. Dulcemente, asió su feminidad, la quemó con la palma de la mano. Un gemido leve y primitivo surgió de la garganta de Rachel con esta invasión íntima, antes de que Slade la silenciara con su propia boca y empezara a introducirse en ella tierna y rítmicamente, rodeando con el pulgar la pequeña yema que constituía la llave de su placer. Incapaz de preverlo, Rachel se agitó y se onduló debajo de él, sacudiendo la cabeza a un lado y a otro mientras él la atormentaba dulcemente.

Luego, finalmente, su lengua penetró los labios de Rachel mientras, simultáneamente, la investigaba más profundamente, y la encontraba caliente y húmeda de deseo. Rachel jadeó cuando él repitió con sus dedos usurpadores los movimientos de su lengua, retorciendo, aleteando, preparándola para recibirlo. Y durante todo el tiempo, su dedo pulgar pulsaba el pequeño botón que agudizaba su deseo de él, llevándolo al límite.

Llevó la mano libre al cabello de Rachel, y la besó, abrasándola con su lengua. Con la rodilla separó aún más sus muslos. El pulgar seguía jugando con su punto sensible, y los dedos la hicieron palpitar y excitarse con insoportable intensidad. Siguió jugueteando con ella hasta que Rachel ya no pudo pensar más, sino sólo sentir, engullida por la tórrida emoción que ahora la arrastraba inexorablemente en su despertar como si una vez más fuera sacudida por el tornado. Se sentía arder; las brasas saltaban de su interior, y las ascuas del deseo, que se hacía más y más caliente, prendieron alguna mecha en ella que la hizo sentir que pronto estallaría.

Gritó para entregarse, y con un primitivo instinto masculino, Slade supo que estaba cerca del éxtasis. Temblando de pasión y del esfuerzo que había necesitado para controlarse hasta la llegada del momento, equilibró su cuerpo sobre el de ella. El extremo de su masculinidad la encontró, la penetró tan repentina y violentamente que Rachel sintió como si fuera atravesada por él, y luego hecha pedazos. Pero no le importaba. El aliento se paralizó en su garganta, y una ardiente mezcla de dolor y placer estalló en su interior. Se agitó incontrolablemente contra él, ayudando involuntariamente a la penetración. Rápidamente, él se retiró, y luego entró dura y profundamente en ella otra vez.

—Ya está, Rachel, cariño —susurró triunfalmente Slade contra su garganta—, ya eres mía, sólo mía, para siempre mía.

Todavía permaneció un rato sobre Rachel, para acostumbrarla a sentirlo dentro de ella, mientras con su boca saqueaba la suya, le acariciaba la nuca y los pechos y succionaba sus pezones, hasta que ella se sintió como una masa sin huesos, fluida como plata líquida, vibrante, y su cuerpo pidió alivio. Poco después, empezó a empujar una y otra vez enérgicamente, y los músculos sinuosos de su espalda y de sus brazos se flexionaron al compás. Intuitivamente, ella arqueó sus caderas hacia él, buscando y encontrando el ritmo con que él la balanceaba, hundiéndose en ella una y otra vez, más y más rápido, hasta que el mundo estalló y Rachel alcanzó ciegamente aquella sensación sin nombre a la que debía llegar o morir. Luego, repentinamente, se puso rígida debajo de él, y mil fuegos esplendorosos abrasaron la oscuridad de su seno, y le quitaron el aliento.

Le pareció que, desde algún lugar lejano de la pradera, los dedos de Slade se cerraban dolorosamente sobre ella, quemándola, magnificando el fervor de lo que compartían. Gemía, y un incontrolable temblor recorrió su cuerpo de arriba abajo cuando se vertió en ella, hasta que recobró la quietud.

Había terminado. Debajo de él, Rachel yacía consumida y exhausta, y el corazón aún se le agitaba erráticamente en el pecho, como su pulso acelerado. Podía sentir el pecho de Slade bombeando contra el suyo hasta que se retiró lentamente de ella y la atrajo hacia su abrazo protector, apoyando la cabeza de Rachel en su hombro. Los brazos de Rachel se cerraron en torno a él, como si no quisiera dejarlo partir nunca. Pues pronto, demasiado pronto, la realidad se impuso y Rachel pensó que iba a perder a Slade en ese momento, después de lo que habían compartido, y maldijo su pasado y su orgullo, aunque fueran los que lo habían convertido en el hombre que ella amaba.

—Te amo, Slade —murmuró intensamente—. ¡Te amo, y no quiero perderte!

—Oh, Rachel, cariño —dijo el pistolero—. Hasta hoy, lo habría dado todo para oírte decir esas palabras. Pero no ahora. Quisiera que en este momento me odiaras, porque no quiero causarte dolor si muero...

—¡No, no digas eso! ¡No lo digas! ¡No te matará! ¡No! ¡Tú me dijiste que tu mano era como un relámpago engrasado para las pistolas, Slade! ¡Y yo te vi el Cuatro de Julio en el pueblo! ¡Batiste tu propia marca cada vez, y eras el más rápido!

—Sí, de acuerdo, soy rápido —accedió, reticente, y un músculo se tensó en su mandíbula—. Pero Digger fue siempre más rápido.

Ahora, repentinamente, Rachel supo qué era lo que la había aterrorizado en el relato de Slade. Si Slade hubiera disparado primero, Thibeaux no habría vivido para matar a Thérèse Duvalier. Digger había sido más rápido que Slade.

—Pero..., pero cuando te enfrentaste a Digger la primera vez, Slade, utilizaste pistolas de duelo, ¿verdad? No sacaste desde la pistolera, ¿no es cierto?

Slade la miró, sonriendo, y besó la punta de su nariz.

—Corazón, eres la mujer más lista que conozco. Estás totalmente en lo cierto, y cuento con ello para que... para que Digger no pueda conmigo.

Pero entre ellos flotaba la pregunta tácita: ¿y si... podía?

El corazón de Rachel se agitó en su pecho al pensarlo. En su mente estaba la imagen de Slade cayendo al suelo, derramando sangre en derredor, mientras Digger Thibeaux se reía y su revólver hacía fuego. Un sueño. Una pesadilla. Ahora, Rachel sabía, sin la sombra de una duda, lo que Thérèse Duvalier había sentido aquella noche bajo los olmos de Nueva Orleáns: miedo de que Slade, el hombre al que amaba, fuera asesinado, arrebatado de su lado para siempre. Al final, no podía ya pensar. No podía razonar. Sólo había actuado —a ciegas, impulsada por el miedo— y había muerto en su lugar, asesinada por Digger Thibeaux. Rachel sintió un escalofrío, como si un ángel hubiera pasado sobre sus cabezas, y los brazos de Slade la apretaron más fuerte.

La besó profundamente. Luego, sin una palabra, la tomó más dulcemente; y esta vez no hubo dolor, sólo el patetismo agridulce de que podía tratarse de la última vez que la besaba, que la abrazaba, que la apretaba contra la hierba del verano, y que la llevaba hasta las estrellas para volver a bajar. Cuando terminó, se levantaron y se vistieron, y él dijo, serenamente:

—Rachel, nunca te lo dije antes, porque por algún motivo nunca pude encontrar las palabras. Pero ahora quiero que sepas que te amo. Te he amado desde hace mucho, y simplemente no quería dejar partir a Thérèse porque sentía que se lo debía. Pero hoy, de un modo u otro, mi deuda será saldada.

Se interrumpió por un instante. Luego prosiguió:

—Es divertido, porque durante bastante tiempo sentí

que estaba en mi corazón, tratando de decirme algo, y ahora comprendo qué era lo que estaba diciéndome: que ella está muerta y que yo no puedo devolverle la vida, haga lo que haga, y que por eso debería olvidar el pasado y construir una nueva vida con alguna otra persona. Porque si amas a alguien, quieres que sea feliz, y no quieres que pase el resto de su vida sintiendo pena por ti. ¿Entiendes lo que estoy tratando de decirte, Rachel? Si no vuelvo, recuérdame, sí. Pero no te apartes de otros hombres. No hagas de mí un santuario. Encuentra a alguien con quien construir una vida. Sé feliz. ¿Me lo prometes, cariño?

—¡Oh, Slade, no! ¿Cómo podría?

—Puedes. Podrás. Porque eres fuerte, y yo te amo, y eso es lo que quiero que hagas si no vuelvo. Así que prométemelo. Por favor.

—De acuerdo, Slade —dijo Rachel, con un nudo en la garganta—. Te lo prometo.

Él sonrió tiernamente, con los ojos colmados de un profundo, perdurable amor por ella. Enjugó con un beso dulce las lágrimas que corrían por sus mejillas.

—A Thérèse le habrías gustado, Rachel —observó, con la voz ronca de emoción—. Incluso le habrías gustado mucho.

Luego, conmocionado, Slade se volvió y partió rápidamente, dejándola de pie, llorando, en la pradera.

Era lo más duro que había hecho nunca.

27

Digger Thibeaux no había cambiado, pero se había hecho más viejo y libertino. De joven había sido guapo, alto, ancho de hombros, estrecho de caderas, con el cabello y los ojos negros y la tez pálida. Pero aunque no había tenido una vida dura, por su apariencia parecía que lo hubiera sido. Cualquiera que lo viera podía calcularle cuarenta y cinco años de edad, no los treinta y cinco que tenía realmente.

Los maliciosos ojos negros estaban rodeados de abanicos de arrugas, inyectados en sangre y bordeados de rojo, con grandes ojeras a causa de las muchas noches de juerga. Tenía el rostro acartonado, y los dos grandes pliegues que flanqueaban su boca le daban una expresión severa. Además, Digger raramente sonreía, a menos que estuviera pensando en aprovecharse de alguien. Entonces, su mueca era fría. Su aspecto físico aún era elegante. Quemaba demasiada energía en sus vicios como para engordar. Pero tenía un aire fantasmal, como el de muñeco de cera; parecía, como alguien había dicho, un cadáver viviente.

Aunque estuviera echando a perder su físico, la locura que había heredado iba en aumento, y retorcía su cerebro en convulsiones de odio. Era el producto del espíritu altivo de su familia, que quería mantener la pureza de sus lazos de sangre casándose sólo con sus primos, los Lamartin. Aunque pareciera increíble, él estaba más cuerdo que la mayoría de sus parientes, los más lunáticos de los cuales estaban ya muertos o encerrados en prisiones o asilos, adonde pertenecía por naturaleza. Digger, sin embargo, poseía una cierta perspicacia, un astuto ingenio que lo hacía pasar por meramente excéntrico. Esto lo había librado de correr la suerte de sus parientes, aunque había cometido bastantes crímenes por los que podía ser encarcelado o colgado en cuanto lo detuvieran, y sin duda debería haber ingresado en un manicomio.

Se había convencido a sí mismo de que el gran amor de su vida había sido Thérèse Duvalier; y era cierto que la noche en que ella murió, algún lazo vital entre su cerebro y la realidad se había roto, dejándolo aún más trastornado de lo que había estado nunca. En sus momentos de lucidez, Digger se daba cuenta de que él la había matado, de que había disparado contra ella a sangre fría, y esta certeza lo sumía en una profunda depresión durante la que pasaba días recordándola. El resto del tiempo, atribuía su muerte, en última instancia, a Slade Maverick; y fue en uno de estos cada vez más frecuentes períodos de autoengaño que había recurrido a Adam Keife en la mesa de faro local para hacerle llegar su desafío a Slade.

Incluso en sus peores días, Digger nunca olvidaba lo que el tres de corazones significaba para él, porque esa carta había impulsado el primer desafío y, como consecuencia, Slade había disparado la bala que destrozó una buena parte de su cadera derecha. A partir de entonces, Digger sólo pudo andar con la ayuda de un bastón, y aunque le parecía divertido poder mandar al otro mundo a algunos locos con la cuchilla que escondía en el bastón, nunca olvidó que el tres de corazones era la causa de que ahora tuviera tres piernas.

Aquella herida profunda y ulcerada lo había impelido a retar a Slade por segunda vez. Pero ahora, en la tarde de un día de fines de agosto, mientras permanecía de pie en la pradera preparándose para enfrentarse al pistolero, tuvo la ligera sospecha de que tal vez debería haberlo dejado todo como estaba. Slade no parecía en absoluto el impulsivo y acalorado joven que había sido y, al mirarlo, Digger se sorprendió al sentir que un débil e inusual escalofrío le recorría la espina dorsal.

Ambos se colocaron de modo que el sol no diera sobre sus ojos, y aguardaron de pie, con las piernas separadas. Ahí terminaban todas las similitudes entre ellos. Slade era frío, implacable, tenía los dedos pulgares colgados del cinturón y esperaba a que Digger iniciara la cuenta. Thibeaux se movía y agitaba como un fumador de opio ansioso por su pipa. Nadie que lo viera podía pensar que estuviera lo bastante tenso para disparar con puntería. Pero como Slade conocía a Digger desde la infancia, no se dejaba engañar por su apariencia, un grave error que había enviado a algunos a la tumba. Simplemente, la energía nerviosa de Digger le impedía permanecer quieto.

Era lógico que Adam hubiera calificado a Thibeaux de petimetre al principio, pensó Slade, sus gustos en el vestuario no habían cambiado —incluso usaba un sombrero de seda—. Pero no había nada de divertido en el revólver americano Smith & Wesson que enfundaba sobre su barriga, ladeado hacia la izquierda, con el extremo asomando de la cartuchera. Era un modo poco corriente de llevar un arma, pero Slade había visto aquella técnica antes y sabía que el hombre que la empleaba podía ser peligroso. No apartó sus ojos de Digger ni por un instante.

El sol brillante de agosto que había aparecido tras el tornado brillaba esplendoroso sobre las llanuras, perlando la tez de los dos hombres de sudor. El calor se levantaba en oleadas desde el suelo, emborronando las imágenes de los que iban a batirse en duelo sobre la pradera. La figura de los dos hombres oscilaba en sus ojos y, en ese momento, los años se evaporaron en sus mentes, como si la imparable rueda del tiempo hubiera invertido de algún modo su sentido, viajando diez años atrás.

La luz de la luna se colaba entre las ramas de los olmos, moteando la infame hierba del prado con fragmentos de plata: briznas de musgo hispano flotaban en el viento. Dos hombres se detuvieron bajo el claro. Una mujer vestida de blanco aguardaba en un carruaje detrás de los árboles. Todo permanecía quieto, excepto el movimiento de las olas y el suave golpear del río Misisipí contra alguna orilla lejana. El aire estaba cargado de tensión. De repente, la mujer no pudo soportar más. Gritó y bajó del carruaje para cruzar corriendo el claro. Una pistola de duelo hizo fuego. La mujer se tambaleó y cayó, y la sangre manchó su vestido blanco de claveles, fluyó hasta teñir de escarlata el tocado de gardenias de su larga cabellera negra. ¡Thérèse! ¡Thérèse! ¡Thérèse! El hombre que había disparado la pistola reía, y sus dientes lanzaban destellos blancos bajo la luz de la luna, un sonido horrible y burlón que cruzó el prado…

La risa de maníaco se repitió con eco sobre la pradera, resonando en los oídos de Slade como un toque de difuntos cuando Digger se mofó de él y empezó a insultarlo para ponerlo nervioso. Thibeaux vociferó palabras terribles, la mayoría denigrando a Thérèse Duvalier, otras jactándose de crímenes atroces que describía con sangrientos y horripilantes detalles. A Slade se le revolvió el estómago, lo hizo sentirse tan mal como si hubiera estado aquella noche bajo los olmos.

Sus manos temblaron, la barriga se le contrajo, las rodillas le fallaban. Ojalá no hubiera bebido tanto en el casino. Se sentía como si fuera a vomitar. El rostro oscuro de Digger se le desdibujó ante los ojos, luego se aclaró al enjugarse el sudor que lo cegaba. Atrás, entre las sombras, el rostro de Thérèse estaba encendido de miedo por él. Ella creía que él estaba a punto de morir, que Digger lo mataría. El estómago se le hacía más pesado ante esta idea. Había visto morir muchos hombres durante la guerra abatidos por las balas, y había visto su sangre roja correr sobre el suelo. Él era joven. Estaba asustado. No quería morir. Esperaba a que Digger disparara...

Thibeaux seguía riendo, infligiéndole ofensas como un demente. Digger estaba bastante loco, advirtió Slade, y apenas era responsable de sus actos, aunque eso no lo hacía menos peligroso, sino todo lo contrario. Se le buscaba, vivo o muerto, por asesinato, robo a mano armada y algunos otros crímenes en al menos cinco estados y territorios. Habían puesto sobre su cabeza un precio de cien dólares, según indicaba el cartel colgado en la oficina del *marshal* Meagher. Con cien dólares se podía comprar mucho ganado, pensó Slade, y en seguida se odió por pensarlo. Digger estaba desequilibrado. Debía ser encerrado en un manicomio y recibir tratamiento médico. Slade debía apiadarse de él y tratar de que se le dieran los cuidados que necesitaba. Habían sido amigos... Pero ¿qué estaba recordando Digger mientras una sonrisa sarcástica se apoderaba de su rostro?

Mataría a Thérèse. Lo decidió de repente, al verla correr a través del claro de luna, con el vestido blanco flotando como las alas de una polilla que se acerca demasiado a la llama. Merecía morir, y Slade, que había sido su amigo, merecía vivir y sufrir su pérdida, al igual que él la había sufrido. Alzó su pistola de duelo, la amartilló y disparó. Thérèse cayó en un charco de sangre. La sangre manaba de ella como un río mientras su vida se extinguía. Pronto yacería en un sepulcro. Bueno, ¿no era por eso que lo llamaban «Digger»? Una broma macabra... Rió.

Sin parar de reír, Thibeaux abrió la boca y se mofó:

—Oí que tienes una nueva *petite chérie*, Slade. ¿Por qué no hacemos como en los viejos tiempos, *mon ami*, y la tomamos por turnos...? Sólo que esta vez, yo te la arrebataré a ti. Es una buena idea, ¿no te parece? Sé que estás de acuerdo, porque sería una vergüenza que tu nueva señorita terminara como Thérèse, ¿verdad?

Thérèse cayendo en un charco rojo viscoso, las gardenias goteando, él arrodillándose, inclinándose sobre ella, sólo para ver que su rostro era el rostro de Rachel... Slade retrocedió horrorizado ante la imagen. Un miedo y una furia desconocidas lo consumieron al recordar las últimas palabras de Thérèse: «Es demasiado peligroso que viva, mi amor. Demasiado peligroso...»

—Nunca supiste tener la boca cerrada, Digger —dijo Slade en voz baja, y sacó los revólveres.

En la cabaña, Rachel esperaba a Slade, acercándose a la puerta abierta de par en par cada dos o tres minutos para echar un vistazo. Aún no había ningún jinete a la vista, y la ansiedad hacía presa en ella, lanzándola contra las cuerdas de la histeria. Habían pasado horas, una horrible eternidad en la que imaginaba a Slade vivo pero gravemente herido o tendido muerto en el suelo. Ahora sabía por qué Thérèse había insistido en acompañarlo en aquella noche del duelo fatal bajo los olmos. Cualquier cosa era mejor que la espera sin fin.

Viendo cómo se torturaba, Fremont suspiró y meneó la cabeza. Luego golpeó la pipa, se levantó de la silla y cruzó la habitación para apoyar sus manos en los hombros de Rachel, reconfortándola.

—Volverá, Rachel —le aseguró malhumorado, sufriendo por ella—. Dale tiempo. Volverá.

Ella contuvo las lágrimas.

—¿Y qué pasa si no lo hace, abuelo?

—Entonces tendrás que enfrentarte a su pérdida y aceptarla..., tal como Slade te ha pedido.

—¡Pero yo le amo, abuelo! Le amo tanto...

—Lo sé, Rachel. Lo sé.

No hablaron más, sino que permanecieron de pie en silencio, mirando hacia la pradera, en cuyo horizonte lejano se arremolinaba ahora una nube de polvo. Cuando ella protegió sus ojos del reflejo del sol, tratando de discernir la causa de aquella polvareda, su corazón saltó de alegría por un instante, aunque luego se hundió al darse cuenta de que la nube era demasiado larga para ser levantada por un jinete solitario. Amargamente decepcionada, se volvió y regresó a la cocina para ocuparse de sus tareas en un inútil intento de concentrarse en algo que no fuera Slade.

De repente, hubo una terrible conmoción. Un espantoso golpe de martillo sonó ante la casa, como si alguien tratara de derribar la pared. Y entonces Rachel oyó los gritos de los hombres y los balidos del ganado. Sonaba como si todos los corrales de Wichita acabaran de entrar en su jardín. Se apresuró hacia la puerta de la casa y abrió la boca de sorpresa al ver de qué se trataba.

Todo el jardín estaba lleno de vaqueros que silbaban y voceaban, de ganado que se apiñaba y balaba..., comiendo y pisoteando lo que quedaba de su huerta. La perplejidad de Rachel se convirtió en ira, y salió disparada hacia afuera. ¡Quienquiera que estuviera a cargo de aquel rebaño iba a vérselas con ella!

Sin embargo, antes de que pudiera pronunciar una sola palabra, el martilleo empezó otra vez. Dos hombres clavaban en la entrada de la casa un gran cartel pintado que rezaba: «Rancho de las raíces del corazón.» Entonces lo comprendió. Volviéndose, con el corazón remontando en el pecho, buscó a través de la polvareda y la confusión al hombre que era responsable de todo aquello.

—¡Slade! —exclamó, con los ojos relumbrantes de alegría al verlo tranquilamente montado en su caballo, con aquella querida, familiar y realmente insolente sonrisa en el rostro hermoso—. ¡Slade!

Trató frenéticamente de llegar a él, pero el ganado del jardín no se movía. Por fin, Slade lo dispersó con su caballo y la recogió, y ella se colgó de él sin pudor, pronunciando su nombre entre sollozos una y otra vez mientras lágrimas de felicidad se deslizaban por sus mejillas. Incluso los ojos de Slade estaban húmedos al abrazarla. Los vaqueros los vitorearon, y Fremont, Poke y los niños, que habían salido afuera, aplaudieron.

Al cabo de un rato, Rachel consiguió hablar.

—¡Slade Maverick! Pero ¿qué es esto, si puede saberse? —preguntó ácidamente, consiguiendo apenas reprimir una sonrisa.

—Bueno, Rachel Wilder —gruñó él, empujando su sombrero hacia atrás, con una mirada impúdica, posesiva—, ¿qué diablos te parece que es? Son quinientas cabezas de ganado, ni más ni menos. ¡Y reconozco que eso me convierte en «el único hombre con el que te vas a casar»!

—Está bien —aceptó Rachel, con alegría—, pero creo que es la proposición más estúpida que he oído en mi vida...

—¿Eso significa sí, cariño? —preguntó Slade, burlándose.

—Supongo..., quizá... ¡Pues claro, sabes que así es!

—Entonces cállate y prepárate, Rachel. ¡Vas a ser besada!

Y en ese instante, mientras la besaba, supo que en las raíces del corazón todos los sueños se hacían realidad.

EPÍLOGO

LAS RAÍCES DEL CORAZÓN

28

La pradera, Kansas, 1915

Desde la ventana abierta de la habitación del piso altillo, en la vieja granja blanca donde había vivido durante los últimos treinta y cinco años, Rachel Wilder Maverick miraba abajo, al jardín. Emocionada y complacida, sonreía para sí misma ante una visión a la que sus ojos daban la bienvenida. Sobre la hierba soleada, se arracimaba su gran familia... Todos gritaban, hablaban y reían ruidosamente, preparaban la barbacoa de ternera, instalaban las mesas y bancos de picnic y jugaban. Estaban juntos por una vez, a pesar de que había estallado la Gran Guerra en Europa y muchos hombres jóvenes se unían a los aliados y cruzaban el Atlántico.

«Es maravilloso tener a toda la familia reunida hoy aquí, ayudando a Slade en la preparación de nuestro cuarenta aniversario —pensó Rachel, con el corazón repleto de felicidad—. Qué hermoso es que todos hayan venido, todos y cada uno de ellos.»

Podía ver a Adam y a Eve, que se habían casado treinta años atrás, con sus tres hijos, ya mayores —¡gracias a Dios no los habían llamado Caín, Abel y Seth!—, las esposas de los chicos y su descendencia. Estaban los otros seis Beecham, cada uno con su esposa e hijos, y sus propios cinco hijos —tres varones y dos mujeres—, cada cual con su pareja y sus hijos también. Rachel y Slade tenían treinta y ocho nietos ahora, y además catorce bisnietos. Sacudió la cabeza lentamente, con incredulidad, porque le parecía imposible.

¿Adónde había ido a parar el tiempo?, se preguntaba. Los años simplemente habían volado de algún modo, cada cual más rápido que el anterior... como si se hubiese mirado en el espejo y hubiese visto a una chica fresca como la primavera, y luego, instantes después, se hubiese vuelto para mirarse otra vez y hubiera visto a una mujer en el otoño de su vida. A pesar de ello, le resultaba duro contener cincuenta y nueve años de vida. ¡Cincuenta y nueve! Aunque tenía que admitir que estaba empezando a sentir lentamente el peso de la edad, en lo más profundo de su corazón era como si todavía tuviera sólo diecinueve, así de joven, y fuera la chica primaveral a la que Slade Maverick había prometido amar para siempre mucho tiempo atrás, en 1875.

Corrió la cortina victoriana que había apartado un poco para mirar por la ventana, y fue ante el gran espejo de pie de roble que había en el rincón de la habitación que había compartido con Slade durante muchos años. Su largo pelo rubio, recogido en un moño sobre la cabeza, estaba veteado por más de un mechón blanco como la cera, y había finas arrugas en torno a sus ojos verde menta. Sus trenzas de color oro viejo eran ahora más pardas que doradas. Pero había envejecido bien, pensaba. Tenía la suerte de tener los pómulos altos, y una mandíbula firme, que aún ahora la hacían parecer más joven de lo que era. Aún era delgada y fuerte, pues la mantenía así su trabajo en la casa y en su huerta y su jardín de flores. Aquel día, para celebrar una fecha tan especial, se había puesto su viejo vestido de boda de color marfil, que ahora amarilleaba y había adquirido con los años el color de la manteca. Tenía un cuello alto de encaje, fruncido como un puño; mangas largas con mucho vuelo; y una falda ahuecada que caía hasta el suelo y que, de la cintura para abajo, formaba por detrás una cascada de lazos, rizos y rosas de seda que barrían el suelo en una breve cola, todo graciosamente enfatizado por el pequeño polisón que había usado entonces con el vestido. Ya no estaba de moda en absoluto, pues los bajos de las faldas femeninas eran estrechos y ajustados en la actualidad —algo escandaloso, en opinión de Rachel—, y habían empezado a acortarse. Pero después de tantos años, aún podía ponerse el vestido.

Ensimismada en sus reflexiones, se habría perdido en los recuerdos del día de su boda. Pero de pronto, oyó un ruido estridente y luego el obsesivo mugido de una bocina en la entrada. ¡Alguien la estaba llamando! Desconcertada, se apresuró hacia la ventana para ver qué era lo que causaba tanta conmoción abajo.

—¿Qué diablos…? ¡Oh, por el amor de Dios! —exclamó mientras apartaba la cortina con una mano y se llevaba la otra, con consternación, al pecho—. ¡Ese viejo loco se va a matar!

Allí estaba Slade Maverick, su marido durante cuarenta años, pasándolo en grande con un automóvil nuevo y ruidoso, saludando como un chiflado mientras daba vueltas sin control por el jardín, pues nunca había tenido una de esas máquinas y no sabía conducirla. Se le veía tan asustado y divertido como un niño en la mañana de Navidad, pensó ella, con el cabello y el bigote gris pálido reluciendo como la plata bajo el sol brillante de la tarde, y una amplia sonrisa dibujada en el rostro bronceado, mientras tocaba alegremente la bocina del coche y gritaba a pleno pulmón para que Rachel bajara a verlo.

Todos gritaron y rieron, corrieron tras el vehículo para verlo mejor, pero se dispersaron entre nuevos gritos cuando giró bruscamente hacia ellos. Las pobres gallinas, que habitualmente se pavoneaban por el jardín, cacarearon y aletearon asustadas, perdiendo plumas en la estampida; y Rachel vio que una hilera entera de sus lindos parterres de flores estaba bajo el peligro inminente de ser aplastada, como la primera línea de un ejército.

—¡Que Dios nos salve! —murmuró para sí porque, más allá de lo divertido de la escena, advertía que el septuagenario Slade, que ya no era ningún joven, se mostraba tan fuerte y osado como siempre—. ¡Supongo que es verdad, que no hay peor loco que el loco viejo! ¡Espero que ese trasto temible sólo sea prestado!

Pero conociendo a su marido, tenía la ligera sospecha de que no sería así.

En ese momento, el bisnieto más pequeño de Rachel, Tobias, de tres años, entró chocando con la puerta de la habitación, y la aplastó tan fuertemente contra la pared que casi se salió de sus bisagras. Tras el golpe, corrió asustado como una liebre por la habitación, y las palabras se le atropellaron en medio de la excitación y alegría, de modo que apenas pudo pronunciar alguna.

—¡Abuela! ¡Abuela! ¡Ven a ver! ¡Ven a ver! —Se subió a la cama y empezó a saltar alegremente sobre el colchón de plumas, haciendo que el somier crujiera estrepitosamente—. ¡El abuelo ha comprado un auto *pa anvesayo*!

Involuntariamente, confirmó lo que ella había adivinado ya. Luego saltó de la cama, cayendo de cuatro patas, y se deslizó ligeramente por la alegre alfombrilla desgastada que había en el suelo.

—¡Bravo! —exclamó inquieto, mientras se recobraba y alzaba sobre los pies. Luego, agarrándola con su manita, empezó a tirar de Rachel impacientemente hacia la puerta—. ¡Ven, abuela! ¡Date prisa! ¡Rápido! ¡Rápido! ¡Abuelo quiere que veas!

—Soy demasiado vieja para moverme rápido —repuso cuando, sin aminorar sus energías, el chico se escapó y volvió a la cama—, ¡y deja de saltar así sobre mi cama o la vas a romper en dos! ¡No soy tan vieja como para darte unos buenos azotes! ¡Vas a ver si no, Tobias Maverick! —lo amenazó, agitando el dedo reprobadoramente ante él... aunque eso era todo lo que podía hacer para mantener su apariencia severa y no estallar en risas.

De todos sus nietos y bisnietos, aquel enérgico y brillante pequeño de sonrisa traviesa y aires impertinentes era el favorito de Rachel. Tenía la hermosa cabeza cubierta de rizos negros y rebeldes, y un brillo malicioso en los ojos grandes, de largas pestañas, que le recordaba mucho a su bebé, Toby. Era como si fuera él, como si estuviera vivo, y por eso ella nunca podía reñirle de corazón. Su bisnieto lo sabía, y por eso se aprovechó desvergonzadamente de ella, hablándole con dulzura y apuntándola con su pequeño dedo tan astuta y encantadoramente como habría hecho Slade.

—Si no eres demasiado vieja para dar azotes, no eres vieja para darte prisa —insistió descaradamente Tobias, saltando de la cama y llevándola de la mano otra vez.

—¡Y tú! ¡Eres demasiado listo para tu edad! Ahora vete —ordenó—. ¡Vamos! Me canso sólo de verte. Te he dicho que te vayas, ¡vamos! Bajaré dentro de un minuto. —Luego, cuando el chico hubo desaparecido, Rachel fue hasta la ventana abierta, sacó la cabeza y gritó—: ¡Deja de dar bocinazos, Slade Maverick, a menos que quieras que todos los vecinos en diez kilómetros a la redonda estén sordos para el atardecer! ¡Ya voy! ¡Ya voy! —Después, empezó a bajar las escaleras, rezongando a cada escalón—. Viejo tonto —murmuró—. Conque me ha comprado un automóvil nuevo por nuestro aniversario, ¿eh? ¡Humm! ¡Más bien se lo ha comprado él! ¡No me gustan esas máquinas infernales, y no quiero tener una! Un buen tiro y una carreta sólida son bastante para mí. Siempre lo ha sido y siempre lo será. Viejo tonto. ¡Probablemente hará que nos matemos los dos en ese loco artilugio!

El coche era espléndido, un Packard descapotable de color limón pálido brillante, con tapicería de cuero negro en los asientos delanteros y traseros, faros relucientes y neumáticos de tira blanca. Slade había conseguido finalmente detenerlo, y ahora que Rachel se aproximaba lentamente, saltó del automóvil, lo rodeó para situarse al otro lado y le abrió caballerosamente la puerta, sin amedrentarse por el brillo marcial que brillaba en los ojos de ella.

—Bueno, ¿qué opinas de tu regalo de aniversario, querida? —preguntó, estallando de orgullo y placer—. ¿No es una belleza? Lo encargué para que hiciera juego con el color de tu cabello. Entra. Te llevaré a dar una vuelta.

—No, gracias, Slade —rehusó Rachel, firmemente—. Ya he visto cómo conduces, o mejor dicho, ¡cómo lo intentas!

—Ay, Rachel, cariño... vamos —gruñó. Sonrió insolentemente, con los ojos del color azul de la noche risueños—. Sólo era el precalentamiento. Ahora ya lo domino. Sube y te lo demostraré.

Al fin, de mala gana y en contra de su voluntad —porque no se fiaba de nada que no fuera tirado por un caballo o una mula, y nunca había pensado que viviría para ver el día en que los vehículos se desplazaran por cuenta propia—, Rachel accedió y se deslizó dentro del Packard largo y brillante. Slade lo puso en marcha con una sacudida.

En cierto modo, no funcionaba tan mal una vez se decidía arrancar, porque al fin no dieron muchas vueltas por los alrededores. Pero Rachel se sujetaba con fuerza en el borde de la portezuela para no salir despedida, pues no había ido nunca tan deprisa. Echó un vistazo al velocímetro y vio que estaban corriendo a sesenta kilómetros por hora, y casi chilló de espanto. Luego gritó de verdad, porque Slade aplastó una hilera entera de pimpollos de chopo que había plantado aquella primavera cerca de la casa; y esta calamidad hizo que el automóvil derrapara y saliera directamente disparado hacia el tendedero de Rachel.

Ésta ni siquiera tuvo tiempo de moverse antes de que Slade embistiera la línea de ropa limpia que flameaba ante el vehículo, que quedó envuelto en lino blanco. Dos camisas fueron arrancadas de las pinzas de tender, y olearon por detrás del Packard como la cola de una cometa por un momento, antes de inflarse y volar mientras el coche avanzaba sin aminorar la marcha. Una tercera camisa quedó atrapada en el extremo del parabrisas. Desafortunadamente, a Rachel le había faltado una pinza al tender la ropa, y había atado un extremo de la camisa al cable. No había previsto que el demonio de su marido le caería encima con un Packard; y ahora, el impacto fue tal que, antes de que la prenda de algodón se rasgara en dos, el cable de tender cedió por el impulso haciendo que las dos estacas de madera en que se sujetaba se movieran peligrosamente. Rachel oyó un agudo chasquido y, corriendo el riesgo de mirar por encima del hombro, vio que el cable se había partido bruscamente en dos y que exactamente un tercio de su ropa limpia estaba ahora tendida en medio de la suciedad, mientras que lo que quedaba en las otras dos líneas se arrastraba por el suelo.

—¡Slade Maverick! —exclamó, irritada y angustiada—. ¡Slade! ¡Mira lo que hiciste, temerario lunático! Para este artilugio ruidoso ahora mismo, ¿me oyes? ¡Es peligroso! Idiota, casi hiciste que nos matáramos...

Pero después de cuarenta años de soportar la lengua punzante de Rachel, Slade era inmune a sus ataques. Dedicándole una mirada claramente impenitente, echó la cabeza atrás, soltó una carcajada y pisó a fondo el acelerador, haciendo que ella se aplastara contra el asiento y se agarrara otra vez a la puerta del coche para no salir despedida contra el suelo.

—Te diré lo que ocurre, Rachel —gritó él por encima del fuerte rugido del motor—. Estamos demasiado aprisionados. Este jardín es como una maldita carrera de obstáculos..., niños, animales y plantas por donde... —interrumpió la frase a la mitad para dar un giro brusco al volante y evitar la colisión con una pelota de criquet que había sido impulsada por uno de sus nietos, en lo que Rachel estaba segura de que era un tiro irregular, y que ahora sobrevolaba el jardín hacia ellos.

La pelota golpeó uno de los neumáticos traseros. Rachel lanzó una breve mirada al rostro medio contento y asustado de su nieto Blaze Beecham, que había alcanzado un insospechado objetivo. Slade dirigió hábilmente el automóvil hacia la pradera, para no ser víctima de algún desastre peor.

—¿Cuál de esos descarados diablillos fue el responsable? —bramó, frunciendo el ceño por el ataque de que había sido objeto el Packard—. Blaze, ¿verdad? ¡Maldito mequetrefe! Escucha, Rachel: no sé adónde irá a parar el mundo. ¡Esta nueva generación es una desgracia! No tienen educación, ni respetan en absoluto la propiedad ajena. Bueno, puede que Blaze haya abollado uno de los parachoques de mi coche nuevo... ¡y se estaba riendo, el muy pícaro!

—Pensé que habías dicho que era mi coche —observó Rachel, volviéndose para que su marido no pudiera ver que una divertida sonrisa le curvaba los labios.

—¿Qué? Oh, sí. Eso dije. Y lo es, lo es —se apresuró a corregir Slade—. Pero..., bueno, lo que quiero decir es... tú no quieres conducirlo... ¿verdad? —La miró ansiosamente, como si estuviera un poco asustado por si ella reclamaba realmente posesión de su nuevo juguete.

Rachel se mordió el labio tan fuertemente que se hizo sangre en el intento de contener la risa que amenazaba con escapársele de la garganta.

—¡Conducirlo! —gritó, mirándolo con recelo—. ¡Bueno, ni siquiera quería subir para dar este paseo!

Sin embargo, no estaba tan mal como temía al principio, eso había que admitirlo. Incluso, a pesar del hecho de que el velocímetro hubiera alcanzado la horrible marca de los ochenta por hora, rodar juntos en el Packard resultaba algo bastante placentero, ahora que Slade estaba realmente empezando a encontrar el tranquillo.

Como el tórrido sol de agosto los golpeaba desde el cielo azul claro, el viento que entraba en el vehículo descapotable mientras cruzaban las llanuras le resultaba muy agradable a Rachel. Alrededor de ellos crecían ramas altas de cáñamo y florecían las amapolas, mezclándose con manojos de flores de Illinois, esplendorosas «nieves de montaña», delicadas bayas dispersas y esponjoso algodón de campo. Pequeñas savias «de cántaro azul» y «garras del diablo», con sus cuernos largos y retorcidos, brotaban entre preciosas «mantas indias» rosa y «plumas alegres» con pintas de color rosa purpúreo y malas hierbas. Ahora, también había toda variedad de girasoles en flor: el común, el maximiliano, y el más bonito de todos en opinión de Rachel, el girasol de la pradera, como un rayo dorado. A lo lejos pudo distinguir parcelas cuadradas de color marrón, que eran las nuevas cosechas, desprovistas ya del grano amarillento. El viento transportaba el fino olor de la alfalfa fresca recién segada.

Mientras el coche rodaba, vio la vieja construcción de maderos construida ante ellos, en las llanuras. Medio derruida, era todo lo que quedaba de lo que había sido una vez el establo donde vivieron Fremont, Poke y Seeks. Los tres yacían ahora bajo la hierba que cubría cierta colina de la pradera, bajo el árbol solitario que tanto había crecido con el paso de los años y que todavía permanecía firme, aunque había sido atacado por un rayo en dos ocasiones. Su vieja cabaña de maderos había desaparecido. No sabía por qué Slade no había enviado a alguno de sus empleados para derribar el establo también. Sin duda, en tan malas condiciones era un peligro.

Mientras estos pensamientos cruzaban por su cabeza, Rachel vio que un animal grande y fuerte salía repentinamente de detrás del establo y se dirigía directo hacia el camino que embestía el automóvil.

—¡*Pimienta!* —gritó, sorprendida y asustada—. ¡Dios mío, Slade, es *Pimienta*!

No se explicaba qué estaba haciendo su viejo toro galardonado allí en medio. Todo lo que se le ocurrió fue que debía haber escapado de los pastos, y la repentina y horrible certeza de que Slade no podría detener el vehículo a tiempo de evitar chocar con la bestia. Gritó, y su marido pisó el freno mientras estiraba su fuerte brazo para aplastarla contra el asiento y evitar que saliera despedida contra el parabrisas cuando el coche dio un violento bandazo, derrapando y describiendo una curva. Aterrorizado, el toro soltó un hondo y furioso bramido, y echó a correr mientras el automóvil daba vueltas en redondo y Slade luchaba por recuperar el control del volante. Pareció una eternidad, pero sólo segundos más tarde el Packard recobró la dirección. Rachel vio entonces con horror cómo se precipitaban descontroladamente hacia adelante antes de que Slade pudiera frenar el vehículo, atravesaban como un ariete las puertas cerradas del viejo establo, haciéndolas pedazos.

Dentro del edificio no había más que un almiar olvidado, contra el que el coche se estampó haciendo que una bandada de pichones asustados gorjeara desde su refugio en los huecos desiguales del techo deteriorado. Al enterrarse en el almiar, el automóvil se paró en seco, y el heno cayó en cascada desde el altillo de madera amarillenta, casi enterrando a Rachel y Slade bajo la avalancha.

Después de un momento, temblando, se dieron cuenta de que todavía estaban vivos. Tosiendo y estornudando, trataron de abrir camino a través de la pila de heno que se interponía entre los dos, y se miraron fijamente el uno al otro en silencio, tan aliviados al ver que el otro no estaba herido que no había palabras para expresar el amor y la emoción que los sobrepasaba.

Luego, encogido de culpabilidad al ver el rostro encendido de Rachel, Slade murmuró con sequedad, pero con arrepentimiento también:

—Bueno, eso fue sin duda una carrera hacia el infierno, ¿verdad, cariño?

—¡Viejo tonto! —chilló ella, encolerizada y asustada. Las lágrimas corrieron por su rostro mientras empezaba a golpearle furiosamente el pecho con los puños—. ¡Viejo tonto! Estuviste a punto de matarme... ¡Y, lo que es peor, también a mi mejor toro!

Y entonces, casi sin advertirlo, se halló arropada por los brazos de su marido, temblando y sollozando en silencio contra su pecho, mientras él acariciaba su cabello suavemente y canturreaba dulces palabras de amor y arrepentimiento. Y todo volvió a su equilibrio inicial. Al cabo de un rato, calmada y recobrada, Rachel se apartó y suspiró.

—¡Bueno, no queda mucho de mi regalo de aniversario! —declaró, mirando el Packard destruido.

—Sí, es cierto. —Slade se revolvió incómodo en su asiento—. Me temo que tengo una pequeña confesión que hacerte, Rachel, cariño —anunció, con afecto—. Sabes, en realidad compré el coche para mí, porque sabía lo mucho que querías que yo lo tuviera como regalo de aniversario, cariño. Pero a pesar de que tenemos bastante dinero, no habrías sido capaz de abrir tu monedero lo bastante como para que las polillas salieran de él, pues no debía de haber bastante acumulado en esa lata de la estantería de la cocina que te hace sentir tan segura. ¡Por el contrario, a mí no me parece razonable que estemos sentados sobre cuarenta mil acres y que tengamos casi medio maldito millón de pavos en la cuenta del banco, sin disfrutarlos un poco mientras todavía estamos vivos para hacerlo! Así que me regalé el Packard de tu parte y te compré esto de la mía. —Buscó en el bolsillo de su chaqueta y sacó un paquete, que le tendió en desagravio—. Feliz aniversario, Rachel, cariño.

Contra su propia voluntad, los dedos de Rachel temblaron de avidez y excitación cuando desató los lazos de fantasía y el papel de colores. Era una caja envuelta en una tienda, estaba segura; Slade no podía envolver tan cuidadosamente un regalo ni en sueños, pero así estaba bien. Apartó la tapa y retiró el papel de seda que había dentro para descubrir un broche de oro macizo, en forma de corazón, completamente bordeado de rubíes. En su centro había una inscripción: «Las raíces del corazón.»

—¡Oh, Dios! —jadeó Rachel al ver el broche, y sintió un nudo en la garganta mientras las emociones amenazaban con desbordarla.

Luego, al alzar lentamente el broche, vio que un pequeño sobre de color pastel yacía debajo. Apenas pudo leerlo, porque las lágrimas anegaban repentinamente sus ojos mientras lo abría y encontraba dentro, escrito en la enérgica letra de su marido, el mensaje: «Mi querida Rachel, a pesar de los cuarenta mil acres de tierra, y de todos y cada uno de los cuarenta años transcurridos, el lugar donde tú estás ha sido siempre el que mi corazón ha llamado hogar. Entonces, ahora y por siempre, te amo con todo mi corazón, cariño. Slade.»

—¡Oh, Slade, Slade! ¡Yo también te amo! —susurró fervientemente, llorando con una sonrisa trémula. Rodeó su cuello con los brazos y lo abrazó con fuerza durante un largo y emocionante momento. Luego cogió el broche y preguntó—: ¿Me... me lo pones, por favor? Mis manos todavía están temblando tanto que creo que no podría hacerlo.

—Claro. ¿Te gusta, cariño? —preguntó mientras cerraba el broche sobre el cuello alto de encaje de su vestido de boda.

—¿Que si me gusta? ¡Me encanta! Es tan hermoso, Slade... Es lo más bonito que he tenido jamás.

—Supongo que no te importará si conservo el coche, ¿verdad?

Rachel rió a través de las lágrimas y meneó la cabeza irónicamente.

—Pobre *Pimienta* —suspiró—. Apuesto a que ya está a mitad de camino de Oklahoma, preguntándose qué fue lo que casi lo golpeó. Probablemente tardará un mes en recuperar su estampa habitual. ¡Gracias al cielo, topamos con un almiar! Ahora mismo podríamos estar criando malvas, si no llega a ser por él... Huele a moho, sin embargo. Me pregunto durante cuánto tiempo ha estado aquí, enmoheciéndose. Realmente deberías mandar a algunos de tus empleados que derribaran este viejo establo, Slade...

—Pero ¿qué dices? —estalló, indignado, irritándose con ella sólo por sugerirle la idea—. ¡Y no quiero oír ni una sola palabra más sobre ello... punto final!

—Bueno, no sé por qué no. Es peligroso, y...

—Es el lugar donde besé por primera vez a la mujer

que amo —declaró, terco—, ¡y no se va a venir abajo hasta que yo lo haga!

—Pero ¿de verdad me besaste aquí la primera vez? —replicó suavemente Rachel, complacida y conmovida porque él fuera tan sentimental después de tanto tiempo.

—Sí… ¡y además creo que te besaré otra vez ahora mismo!

Sintiendo que aquélla era una idea muy inspirada, Rachel se acomodó adecuadamente en el asiento. Pero para su sorpresa, confusión y decepción, y a pesar de su explícita intención, Slade no hizo ningún ademán hacia ella; y al fin, mirando su figura inmóvil y dudando ante su creciente silencio, Rachel inquirió:

—¿Y bien?

—¿Bien, qué? —gruñó enfurruñado, erguido como un huracán en el asiento de al lado, y con el entrecejo severamente fruncido.

—¿Vas a besarme o no? —insistió ácidamente, más confundida que nunca por su extraña conducta, y empezando a sentirse molesta.

—Estoy esperando —mascculló entre dientes.

—¿Esperando? —repitió con incredulidad—. ¡Por Dios, Slade! ¿Esperando qué?

—Una invitación —gruñó, mirándola fieramente, como si la retara a reírse—. Me propuse que, como era nuestro cuarenta aniversario… después de todo, por una vez sería educado.

—¡Una invitación! —Finalmente, se hizo la luz. Divertida por la broma, Rachel se palmeó la rodilla, y su risa sonó como el alegre tintineo de una campana en el establo silencioso y veteado de sol—. ¡Perdona! ¡No puedo creerlo! Slade Maverick, si pretendes sentarte ahí y decir eso después de cuarenta años, ¿quiere decir que al final conseguí enseñarte buenas maneras?

—Supongo que sí, porque sin duda estoy esperando… ¡Maldita sea, me estoy impacientando!

—¡Por todos los santos! —sonrió Rachel, sacudiendo suavemente la cabeza—. ¡Cómo han cambiado los tiempos!

Estaba allí sentada, en el asiento de cuero negro del Packard, perdida en sueños y recuerdos de los años que habían pasado desde que Slade la había besado por primera vez mucho tiempo atrás, un día de verano, en aquel viejo establo. El sol amarillo de agosto se colaba radiante por las hendiduras del techo, envolviéndolos en un halo dorado como las briznas de heno y las motas que flotaban en el aire, llevadas por la leve brisa que se colaba por las puertas que el automóvil había abierto de par en par. Cuarenta años... ¿Era posible que hubiera pasado tanto tiempo?, se preguntó ella, como ya lo había hecho por la mañana temprano. Sí, sin duda había pasado en un abrir y cerrar de ojos, con la rapidez de una sonrisa. Y sin embargo, había tantos recuerdos apresados como una flor en el interior de las páginas de su mente que ahora la llenaban a rebosar. Al contar a su marido y a los miembros de su familia, su Rancho de las raíces del corazón —que ahora era uno de los mayores de Kansas—, el dinero que había en una lata de la estantería de la cocina —y también el que había en el banco—, y todas las demás bendiciones, Rachel supo que su copa había sido colmada y que no podía pedir a la vida nada más de lo que ya le había dado.

—¿Y bien...? —inquirió Slade exasperado, interrumpiendo su ensoñación.

—¿Y bien, qué? —repitió distraída, con la mente todavía en el pasado.

—¿Qué quieres decir...? —preguntó Slade—. ¿Es que te estás volviendo loca, al hacerte vieja? Porque si es así, bueno, ¡yo no, y eso es todo! Durante cuarenta años he soportado tu lengua viperina, Rachel, y tu mal carácter...; he disfrutado cada instante a tu lado, porque al final siempre sacaba lo mejor de ti —declaró, arrogante, dedicándole una sonrisa maliciosa. Sus ojos la recorrieron admirativamente—. Y además, lo mejor de ti era siempre muy bueno —afirmó, ponderándola—. ¡Pero no estoy dispuesto a soportarte como una vieja chiflada! Así que... ¿dónde estaba? Ah, sí. Todavía estoy esperando. ¿Vas a pronunciar esa invitación para que te bese, sí o no, anciana?

—Está bien. Sí —respondió Rachel lentamente, con el corazón rebosante de cuarenta años de amor por él y toda la alegría que había sentido—. Sí, creo que voy a hacerlo. —Se interrumpió y, por fin, sentenció—: ¡Considérese invitado, anciano!

Y con el corazón alegre, Slade la besó.

ÍNDICE

BIBLIOTECA DE AUTOR DE

REBECCA BRANDEWYNE

3/01 **FINAL DEL ARCO IRIS, EL**
3/02 **AMORES TURBULENTOS**

BIBLIOTECA DE AUTOR DE

CANDACE CAMP

7/01 **PASION OTOÑAL**

BIBLIOTECA DE AUTOR DE

CATHERINE COULTER

4/01 **NOVIA DE SHERBROOKE, LA**